LA PROMESSE

LA PROMESSE

LES LAIRDS DES HIGHLANDS
TOME QUATRE

KIM SAKWA

Traduction par
EMMA VELLOIT, VALENTIN TRANSLATION

Taggart
Press

LA PROMESSE

PROLOGUE

La petite Brianna O'Roarke, âgée de huit ans, se réveilla en sursaut. Même si la chaleur du soleil avait commencé à réchauffer son visage, elle avait encore si froid qu'elle en avait mal aux os. Elle gémit et essaya d'ouvrir les yeux, mais ils la piquaient tellement qu'elle abandonna rapidement. Pendant un court instant, elle se sentit perdue, puis elle se rappela : le bateau de papa. Quelque chose s'était produit, quelque chose de grave.

Lentement, les souvenirs revinrent, des flashs effrayants qui la firent tressaillir et lui apprirent pourquoi elle était trempée. Elle était accrochée à la coque du bateau de papa, le plus gros morceau qui restait. Elle sentit sa bouche se tordre en le comprenant et elle déglutit avant de grimacer à cause de sa gorge à vif.

— Maman ? Papa ? croassa-t-elle.

Sa gorge était si sèche et abîmée qu'elle reconnaissait à peine sa propre voix. Elle tâta à l'aveugle autour d'elle et ne rencontra que le métal froid de la coque, ce qui la fit paniquer. Elle se concentra pour ouvrir les yeux, enflés à cause de l'eau salée et du soleil. Puis :

— On est là, Breea.

— On ne te laissera pas, mon cœur.

En entendant la voix rassurante de ses parents confirmer qu'ils étaient toujours avec elle, Brianna se calma enfin et laissa ses paupières retomber.

Repoussant le son des vagues et la sensation moite de ses vêtements mouillés collés à elle, elle imagina qu'ils étaient de retour à la maison, que sa maman venait de l'envelopper dans son peignoir rose préféré après un bain chaud. Elle soupira en visualisant le couloir familier qu'elle traverserait en sautillant pour aller dans sa chambre, le tapis doux qui bruisserait sous ses orteils quand elle monterait dans son lit.

Aussi vite que l'image lui était venue, elle s'estompa et Brianna tenta de reconstituer ce qui s'était passé sur le bateau et comment elle en était arrivée là. Elle ne se rappelait pas tout à fait ce qu'ils célébraient cette fois, juste qu'ils étaient partis sur le nouveau bateau de papa. Ils semblaient toujours fêter quelque chose : ses parents faisaient des plus petites choses un moment spécial et disaient que tout était possible avec un *soupçon de magie*. Brianna n'avait jamais demandé ce qu'ils voulaient dire par là, mais sa vie paraissait spéciale et elle se fichait que ce soit grâce aux efforts de ses parents ou à la poussière de fée. Elle était spéciale, c'est tout. Mais c'était avant ce dernier voyage. Maintenant, elle essayait d'ignorer ses os glacés et n'était plus sûre de croire en la magie, même pas un soupçon.

En général, Brianna adorait partir en famille en bateau – elle aimait n'importe quel voyage, en fait – mais cette fois, quelque chose avait très mal tourné. Elle venait de s'installer dans son lit, dans une alcôve agréable avec des coussins moelleux et quelques-unes de ses peluches préférées, quand maman avait crié. Avant que Brianna ne comprenne ce qui se passait, elle avait entendu papa répéter à la radio d'une voix grave :

— SOS. SOS. SOS. Ceci est Excalibur...

Elle n'était peut-être qu'une enfant, mais Brianna savait que « SOS » voulait dire « à l'aide ». Elle avait été étonnée de son ton et s'était retournée vers lui. Papa avait croisé son regard et elle se rappelait combien ses yeux s'étaient adoucis et fixés sur elle tandis qu'il continuait à parler et répétait des chiffres. Il l'avait attirée à lui et avait vérifié les sangles de son gilet de sauvetage.

Maman était apparue alors, juste derrière elle, et avait murmuré :

— Je m'en occupe.

Elle avait tendu à papa ce qui ressemblait à une lampe torche et il l'avait accrochée à une sangle de Brianna avant de la tourner jusqu'à ce qu'elle brille. La lumière était si vive que Brianna avait dû fermer les yeux. Puis, un éclair avait déchiré le ciel au-dessus d'eux, suivi par le plus gros grondement de tonnerre que Brianna ait entendu.

— Arthur ! avait crié sa maman.

Juste après, papa avait poussé Brianna vers maman en hurlant :

— Sors-la de là, Mere ! Le radeau de sauvetage ! *Vite, vite* !

Maman l'avait soulevée et avait commencé à courir, mais elle n'avait fait que quelques pas quand une immense vague heurta le bateau et qu'elles tombèrent par-dessus bord. Brianna se rappelait la sensation de chaleur et l'eau glacée dans le même temps, ses jambes et bras emmêlés tandis qu'elle tourbillonnait dans les vagues jusqu'à ne plus savoir où était la surface. Pile quand elle avait senti ses poumons sur le point d'éclater, les bras forts de papa l'avaient soulevée et sa voix douce lui avait rappelé qu'elle pouvait flotter sur le dos. Maman et lui avaient trouvé le morceau de coque et l'avaient aidée à y grimper.

C'était il y a un jour et une nuit, peut-être plus. Brianna ne savait pas tout à fait combien de temps ils avaient passé dans l'eau, mais la veille avant de s'endormir, elle avait cru entendre ses parents chuchoter.

— Ils sont forcément tout près, avait dit maman.

— J'en suis sûr, mais ils ne vont pas la trouver ce soir.

Brianna voulait savoir de qui ils parlaient, mais elle était trop fatiguée pour dire quelque chose.

— Ça prend encore l'eau, avait chuchoté maman.

Brianna avait alors remarqué que de l'eau s'amassait sous elle, dans la coque.

— Je sais, mon amour.

Dans le fond, Brianna savait que quelque chose n'allait pas, qu'ils n'étaient pas censés être encore dans l'eau, mais elle savait aussi que ses parents la garderaient en sécurité. Ils l'avaient toujours protégée, quoi qu'il arrive. La dernière chose dont elle se souvenait en s'endormant la nuit d'avant, c'était le son de leurs voix qui chantaient une berceuse.

Et maintenant, on était le matin. Maman et papa se parlaient à voix basse et elle se laissa apaiser par leurs voix tout en imaginant encore leur routine à la maison. Après avoir grimpé dans son lit, elle aurait aligné les livres qu'elle voulait que ses parents lui lisent. Elle venait d'en choisir un dans sa tête quand elle entendit un bruit, un vrombissement qui augmenta jusqu'à ce que sa maman s'écrie :

— Ils l'ont trouvée, Arthur. Ils l'ont trouvée !

— Breea, agite les bras, mon bébé.

C'était papa. Comme elle voulait lui faire plaisir, Brianna agita ses bras et continua.

— C'est bien, lui répondit sa voix.

Elle sourit. Maman et papa continuèrent de l'encourager et leurs voix devinrent plus fortes et claires malgré l'hélicoptère désormais au-dessus d'eux. Brianna ouvrit les yeux juste assez pour le distinguer, mais elle dut les fermer à cause du vent qui envoyait ses cheveux dans tous les sens et aspergeait son visage d'eau. Elle entendit une autre voix l'appeler par son nom, celle d'un homme mais pas celle de papa.

— Brianna. Brianna O'Roarke.

Puis soudain, elle fut enveloppée d'une couverture. Ça faisait tellement de bien d'être de nouveau au chaud qu'elle grogna.

— Je te tiens, dit le même homme par-dessus le bruit. Tu es blessée ?

Ses mains étaient douces, mais fermes et il examina sa tête, puis son corps.

— Ça va aller, tu es en sécurité maintenant.

Il l'attacha à son matériel avec de gros crochets et des mousquetons tout en la tenant fort. Avant que Brianna n'enregistre ce qui se passait, il la soulevait de sa petite coque sans cesser de lui parler.

— Tout ira bien pour toi, disait-il. Tu as réussi. Tu as été tellement courageuse. Ton grand-père t'attend. On va te ramener à la maison.

CHAPITRE 1

Présent

Habituellement, Brianna était toujours l'image même du calme, arborant un air réservé et pondéré. Ce jour-là, elle observait le grand hall de la maison ancestrale de sa famille, le manoir Dunhill, et personne n'aurait pu la dépasser et la suspecter de ressentir autre chose qu'un vague intérêt pour ce qui l'entourait. Brianna avait perfectionné cette façade à l'école primaire et cela lui avait bien servi dans les années qui avaient suivi, au grand désespoir de son grand-père.

Inquiet et responsable de son bien-être, son grand-père s'était efforcé d'assurer le bonheur émotionnel de Brianna. Au fil des années, cela avait impliqué de l'accompagner à différentes sessions d'aide psychologique sur le deuil. Certains des professionnels qu'elle avait vus avaient qualifié sa maîtrise du contrôle de produit de conditionnement, d'autres estimaient que c'était une prouesse. Peu importait ce qu'ils en pensaient, que ce soit positif ou négatif, handicap ou avantage, il y avait un consensus : le trauma enduré par Brianna enfant lui avait appris à être plus que prudente. Depuis le décès de son grand-père, deux ans auparavant, même faire confiance tout en restant sur ses gardes n'était plus une option. Elle vérifiait en premier tout, toujours, et peu accédaient à la colonne des gens en qui elle avait confiance.

Ce jour-là, pourtant, Brianna n'arborait pas un masque prudent pour évaluer les circonstances et réfléchir à ses possibilités. Non, aujourd'hui, c'était différent. Aujourd'hui, Brianna était bouche bée.

Elle venait de rentrer à Dunhill, espérant trouver des papiers que son grand-père aurait pu ranger dans les archives de la famille avant son décès. Une évaluation de valeur peut-être ou une assurance annexe, peut-être juste une entrée dans un des registres de la famille O'Roarke, n'importe quoi ferait l'affaire. Elle avait besoin de quelque chose qui prouvait que l'épée de sa famille était bien à eux avant d'approcher ce M. MacTavish avec assurance. Ce voyage à l'étranger était un dernier recours. Non prévu, mais nécessaire. Sinon, elle n'aurait jamais pris cet avion. Brianna voyageait rarement, surtout sur l'eau, si elle pouvait l'éviter.

Pourtant, voilà qu'après avoir franchi la porte d'entrée, Brianna prenait sa première inspiration profonde depuis ce qui semblait être des années. Le choc de la familiarité et la sensation d'être rentrée chez elle l'envahirent. Elle n'avait jamais vraiment *habité* à Dunhill, mais chacune de ses visites avait été chaleureuse et accueillante. Toute tension restante quitta son corps quand elle prit dans ses bras sa tante et son oncle pour leur dire bonjour. Elle s'affaissa littéralement contre eux. Elle avait oublié ce que cela faisait de prendre dans ses bras de la famille, d'être vraiment dans les bras de quelqu'un qui vous aimait. La perte de son grand-père deux ans plus tôt l'avait heurtée si fort qu'après l'enterrement, elle s'était jetée à corps perdu dans le travail et s'était isolée de sa famille et de ses amis. Maintenant, elle craignait d'avoir commis une erreur en restant loin. Elle adorait sa vie aux

États-Unis, mais ce retour à la maison tendre et chaleureux la touchait jusqu'à l'os.

Elle s'apprêtait à admettre son erreur et qu'elle avait peut-être bel et bien besoin de la famille qui lui restait quand elle jeta un regard au foyer de la cheminée. En voyant le manteau nu, un nouveau choc s'empara d'elle. Elle exécuta un virage à cent quatre-vingts degrés et la tendresse et la chaleur disparurent pour un froid glacial. Elle recula abruptement.

— Qu'est-il arrivé aux boîtes aux lettres ? demanda-t-elle.

Son regard dur passa du manteau à sa tante et son oncle. Elle les vit échanger un regard embarrassé, puis son oncle haussa les épaules et lui adressa un sourire innocent. Brianna ne voyait pas ce qu'il pouvait y avoir de drôle sur la perte du dernier héritage précieux de leur famille.

— On a eu une visiteuse, Brianna. Peu après le décès de ton grand-père. Tu étais déjà rentrée aux États-Unis. La légende de notre famille s'est réalisée juste sous nos yeux, expliqua son oncle Christopher les yeux brillants en tapotant ses doigts ensemble avec gaieté. Et si on te racontait l'histoire plus tard, devant un bon repas ?

Confondant le silence béat de Brianna avec de la fatigue, oncle Christopher et tante Michelle s'excusèrent ; son oncle tendit la main vers sa valise et sa tante parla de sa chambre qui était prête.

Engourdie, Brianna entra dans le grand hall, où se dressait le mur vide qui avait jadis recueilli la précieuse épée loup de sa famille. Un héritage inestimable qui datait du XVe siècle. Un héritage inestimable que son grand-père avait vendu pour quelques pièces sans le lui dire, elle qui était pourtant historienne et cataloguait les antiquités de la famille. Ce qu'il savait parfaitement bien, puisqu'elle s'était entraînée à ses côtés depuis aussi longtemps que ses souvenirs remontaient. En reportant son regard sur le manteau, elle ne ressentit que de l'horreur de voir le vide laissé par deux boîtes aux lettres qui avaient miraculeusement traversé les siècles. Les siècles !

Et maintenant, elles n'étaient plus là. Les derniers trésors de sa famille avaient été imprudemment perdus.

Contente d'avoir un peu de temps seule pour encaisser cette dernière nouvelle, Brianna se rendit dans sa chambre, une belle suite à l'origine occupée par Cateline De la Cour au XVe siècle, sœur et amie d'Isabeau O'Roarke, la première lady de Dunhill. Si l'on voulait retracer l'histoire de sa famille, Dunhill avait été construit par Fergus O'Roarke, un château sur une colline digne d'une reine. Sa reine. C'était un cadeau pour son épouse, l'amour de sa vie. Leur mariage était un mariage d'amour. Tous les mariages O'Roarke l'étaient, même si ce n'était pas forcément la norme à l'époque. Le destin n'avait peut-être pas béni tous les membres de leur lignée d'une longue longévité – c'était le cas de ses parents, en l'occurrence – mais quand un O'Roarke se mariait, que cela dure des années ou de simples mois, c'était un amour véritable et puissant.

Depuis le décès de ses parents, la foi de Brianna, si on pouvait l'appeler comme ça, avait changé. Les objets, les seules choses qui duraient vraiment *et* sur lesquels elle pouvait compter, étaient devenus primaires. Compter sur le fait que les gens restent était futile, peu importe combien ils vous aiment. Alors elle s'entourait d'artéfacts et plus ils étaient vieux, mieux c'était. Ils étaient fiables, toujours là où elle les avait laissés et exactement dans le même état. Elle ne pouvait pas dire la même chose des gens et dans son travail, éviter les autres était facile. S'isoler était facile.

La seule consolation que Brianna s'autorisait – une consolation hypothétique et très petite – était que si elle trouvait un jour quelqu'un en qui elle aurait assez confiance pour se laisser approcher, elle saurait qu'elle suivait la tradition. Elle saurait que ce serait de l'amour véritable et puissant. La seule question qui resterait : pour combien de temps ? Se rendant compte de sa fatigue après un long vol, Brianna repoussa toute pensée de romance, confiance et histoire et se concentra sur sa tâche.

Après avoir défait sa valise, elle se coula un bain, ayant hâte de savourer la baignoire sur pied qu'un O'Roarke ou un autre avait installé ce dernier siècle. Elle attacha ses cheveux avec une pince, attrapa l'une des serviettes douces ornées d'un monogramme, puis la posa sur le rebord de la baignoire. Elle s'enfonça dans l'eau chaude, s'adossa à la baignoire, le cou sur la serviette, et fredonna pour se vider la tête.

Elle venait rarement à Dunhill désormais, mais à chaque fois, quelque chose dans l'atmosphère, surtout dans cette suite, l'enthousiasmait. C'était inexplicable, mais vrai. Même le choc de ces boîtes aux lettres perdues commençait à s'estomper.

Quand elle eut terminé son bain, Brianna s'enveloppa dans une robe de chambre douce et retourna dans la chambre, où elle trouva un plateau de rafraîchissements déposé sur la table près de la fenêtre. Certes, elle était en colère après sa tante et son oncle, mais elle ne put s'empêcher de sourire. Une sélection de ses fromages et crudités préférés se trouvaient devant elle, avec une théière de thé au citron. Christopher et Michelle mangeaient tard, alors la soirée était déjà bien entamée quand ils l'appelèrent. En descendant, elle balaya des yeux chaque détail du domaine riche en histoire. Ses doigts suivirent le mur en pierre, cela lui permettait de se sentir plus connectée à cet endroit. Même si cela la peinait d'être ici sans ses parents ou son grand-père, c'était sa demeure ancestrale et ces murs lui apportaient toujours autant de réconfort qu'avant.

En entrant dans la petite salle à manger informelle – d'abord utilisée par l'unique fils de Fergus et d'Isabeau, Callum –, Brianna se sentit bien plus calme. Elle adorait sa tante et son oncle et leurs sourires chaleureux et accueillants quand elle les rejoignit la firent culpabiliser de sa réaction. Ils avaient toujours eu de bonnes intentions. Pendant que le dîner était servi, elle essaya d'expliquer ce qu'elle ressentait et pourquoi.

— Brianna, laisse-nous t'expliquer, la coupa gentiment son oncle. Nous n'avons pas trahi notre héritage familial. Tout le contraire, même. Notre légende familiale s'est réalisée. C'est un héritage aussi.

Il échangea un sourire excité avec Michelle et Brianna réprima un soupir.

Ah, bien sûr. L'histoire transmise de génération en génération de la dame qui viendrait réclamer ces boîtes aux lettres historiques. La légende disait que non seulement elle aurait la clé pour les ouvrir, mais que ses initiales concorderaient avec celles inscrites sur les boîtes. Qui sait combien de personnes avaient entendu et répété une version de l'histoire ? Les O'Roarke avaient reçu plusieurs arnaqueuses qui clamaient être *la bonne*, certaines que ces boîtes seraient remplies d'un trésor ou d'un artéfact inestimable, mais aucune n'avait pu fournir une clé qui fonctionne. Malgré tout, sa tante et son oncle étaient des proies faciles, prêtes à être fauchées. Ils y avaient cru chaque fois.

— Je sais ce que tu penses, mais elle n'était pas comme les autres. Cette femme était la *vraie*. Initiales et compagnie. Un soupçon de magie, juste sous nos yeux.

— Un soupçon de magie, répéta Brianna en soupirant.

Elle ne savait pas ce qu'elle ressentait après avoir entendu les détails de leur histoire sur cette femme aux initiales concordantes et à la clé, celle qui avait trouvé les lettres et avait semblé affectée par leur contenu. C'était dur d'être en colère après eux puisqu'ils semblaient vraiment croire qu'ils transmettaient l'héritage de leur famille. Peut-être que Brianna s'y accrochait trop. Malgré tout, une vague de tristesse l'envahit de cette perte. C'était un mystère que cette femme ait eu une clé qui fonctionne, mais le résultat était le même : les boîtes avaient disparu. Elle fixa l'assiette de porcelaine blanche devant elle, admirant les minuscules roses qui en décoraient le bord, et se demanda comment ils avaient pu tous croire que quelqu'un viendrait, que la légende était vraie. Mais ils y avaient cru. Tous et toutes.

Tous les O'Roarke de l'histoire croyaient en ce *soupçon de magie*. À un moment dans sa vie, Brianna y avait cru aussi. Comment aurait-il pu en être autrement, avec une enfance aussi idyllique ? Mais toute foi qu'elle avait eue en la magie était morte tragiquement avec ses parents, des années auparavant.

— Après tout ça, tu n'y crois toujours pas ? demanda son oncle.

Brianna marqua une pause et choisit prudemment ses mots.

— Je comprends que quelqu'un qui concordait avec la description d'une vieille histoire soit venu ici et je vois combien vous êtes heureux d'avoir accompli cette légende. Et je vous crois, sa clé rentrait dans la serrure.

Ou du moins, les boîtes se sont ouvertes. Elle n'évoqua pas sa suspicion grandissante que les serrures aient été suffisamment vieilles pour que n'importe quelle clé les ouvre.

— Mais la magie ? Comment peux-tu ne pas y croire ?

Brianna n'avait jamais dit pourquoi elle restait catégoriquement sceptique, mais la raison demeurait sur le bout de sa langue. Comme toujours. Un jour, elle aimerait le crier de tous ses poumons : *Ce n'est pas réel ! La magie n'existe pas ! Dites-moi où elle était quand mes parents sont morts !*

— Breea, commença-t-il.

— Tonton Christopher, s'il te plaît, pour une raison ou pour une autre, votre soupçon de magie n'a pas touché ma branche de la famille.

— Oh, mais pas du tout ! hoqueta-t-il. Au contraire, Breea, c'est encore plus fort de ton côté de la famille.

Brianna rit sèchement.

— En quoi ? Une tempête est apparue de *nulle part* et a détruit notre bateau. J'ai vérifié les bulletins météo de ce jour-là encore et encore et rien. On était coincés en pleine mer et mes parents qui m'ont remonté le moral et n'ont jamais perdu espoir *tout le long* se sont noyés avant de pouvoir être secourus. Pas très magique, je te l'assure.

— Oh, Breea.

Chacun tendit la main vers celle de Brianna la plus proche d'eux.

— Je n'imagine pas ce que tu as dû traverser. Tu étais encore un bébé. C'est un miracle que tu aies survécu.

— C'est ce que tout le monde dit, répondit-elle plus pour elle-même.

Christopher et Michelle grimacèrent. Elle comprenait pourquoi et ils avaient toujours été une famille très proche, même avec un océan entre eux. La mort de ses parents avait été une grande perte pour eux aussi.

— Je suis désolée, s'excusa-t-elle aussitôt. J'aurais juste aimé qu'ils survivent plus longtemps, *ça*, ça aurait été un vrai miracle.

Brianna leva les yeux vers sa tante et son oncle qui s'échangeaient un étrange regard.

— Quoi ? Qu'y a-t-il ?

— Oh, Breea, commença sa tante en serrant sa main.

Elle jeta un autre regard à son oncle de l'autre côté de la table. Il secoua la tête.

— Non, Michelle.

— Christopher, il est grand temps. Elle doit savoir la vérité. Si tu ne lui dis pas, je le ferai.

Le cœur de Brianna commença à tambouriner dans sa poitrine.

— S'il vous plaît, quoi que ce soit, dites-moi.

Il y eut un long moment avant que son oncle hoche enfin la tête et détourne son regard de Michelle pour la regarder elle.

— Breea... tes...

Il s'étouffa, les yeux remplis de larmes, puis déglutit et se racla la gorge.

— Breea... il n'y avait pas de tempête, mon amour. Le ciel était dégagé toute la semaine, comme le prédisaient les bulletins météorologiques.

Brianna eut l'impression d'avoir reçu une gifle.

— De quoi parles-tu ?

Elle ne comprenait pas un mot de ce qu'il avait dit. C'était comme si soudain, il parlait une autre langue.

— J'étais là quand papa a appelé de l'aide. On était *vraiment* en danger.

Cela faisait des années qu'elle revoyait cette journée dans ses souvenirs, mais à y repenser, tout lui revint très clairement. Un frisson parcourut sa colonne vertébrale en se rappelant le ton sec de son père et le regard frénétique de sa mère.

— J'ai vu l'éclair, j'ai entendu le tonnerre. C'était une tempête, tonton Christopher.

Elle aurait parié tous les artéfacts de sa collection dessus.

— Non, répondit doucement Christopher. C'était un feu, Breea. Un terrible feu causé par un problème électrique, suivi d'une explosion.

Son oncle prit ses mains dans les siennes et s'approcha. Le désespoir dans ses yeux lui fit presque peur.

— Quoi ? Mon Dieu, *quoi* ? Il y a autre chose ?

— Tu es la seule à avoir pu quitter le bateau. La *seule*, Breea.

— *Non.*

Elle secoua la tête, d'un air déterminé.

— Non, non, ils étaient avec moi. Ils m'ont protégée jusqu'à l'arrivée des secours.

— Je ne doute pas qu'ils l'aient fait, mon cœur. Mais je te jure sur tout ce qui est saint et sur toute l'intégrité des O'Roarke transmise de génération en génération que mon cher frère Arthur et sa femme Meredith ont été tués dans l'explosion qui t'a projetée hors du bateau.

CHAPITRE 2

Écosse 1433

Judith Fitzgerald ferait une bonne épouse, Aidan Sinclair en était sûr. La question qu'il ne cessait de se poser, c'est si elle ferait une bonne épouse pour *lui*. Ses frères lui avaient soumis l'idée à son dernier retour d'Abersoch et même s'il n'avait pas refusé d'entrée de jeu le mariage, il leur avait dit qu'il y réfléchirait. Mais c'était il y a des mois et maintenant ils commençaient à s'impatienter.

Jusqu'à récemment, Aidan avait eu peu d'interaction avec les frères Fitzgerald, même s'il avait eu de son vivant de bons rapports avec leur père, Robert. Aidan et lui partageaient un respect mutuel datant de leur tout premier voyage pour conquérir le domaine des Montgomery – il était alors en compagnie de Gavin, Lachlan et Dar. En découvrant que leur voyage serait plus expéditif en passant par les terres des Fitzgerald, Lachlan était parvenu à un accord avec Robert Fitzgerald. Malheureusement, Robert était décédé l'hiver précédent et très peu de temps après, ses deux fils avaient cherché un nouvel arrangement.

Leurs motivations étaient évidentes. Les frères Fitzgerald espéraient exploiter la nouvelle influence d'Aidan, maintenant qu'il avait pris la place de Lachlan. Sans parler qu'il avait également gagné en importance en s'occupant d'Abersoch. Il était honoré d'avoir pris part à sa construction. Cette réputation lui servait parmi les locaux et le long de la frontière, maintes fois troublée par des escarmouches. Même si le gros de leurs trajets se faisait à cheval, parfois, Aidan et ses camarades montaient à bord d'un navire de Greylen, ce qui n'était pas exempt de complication non plus. Ses efforts se concentraient sur l'achèvement du bastion Montgomery, bien avant l'heure prévue, et Aidan ne voulait pas mettre en danger ce qui ressemblait désormais à une alliance fragile. Il n'aimait pas non plus l'idée de créer d'autres problèmes encore avec les hommes abusés qui les suivaient. C'était la seule raison pour laquelle il n'avait pas refusé d'emblée.

Il relut la dernière lettre des frères, une lecture longue – et inutile – remplie de présomption et de réprimandes. *Une leçon de retenue leur ferait du bien*, conclut Aidan en jetant la lettre sur le côté avec un grognement.

— Monsieur.

Aidan leva les yeux dans l'antichambre qui était en quelque sorte devenue son bureau. Henry montait la garde sur le seuil.

— Ça ira, Henry, dit-il.

Henry était l'un des trois hommes qui étaient devenus son ombre au départ de Lachlan pour le futur. Il hocha la tête et attendit d'autres instructions.

Il y avait encore beaucoup à faire, un nouveau trajet à Abersoch notamment, alors l'idée d'un mariage pour apaiser des frères Fitzgerald devrait attendre. Aidan posa sa main sur l'épaule de son homme en passant, conscient qu'Henry le suivrait de près.

Aidan avança dans le grand couloir, sans pouvoir s'empêcher

de remarquer combien l'après-midi était calme. Pembrooke n'avait jamais grouillé d'habitants de toute façon – du moins, pas comme Seagrave ou Dunhill –, mais le manque absolu de personnes marchant dans les couloirs se voyait. Le domaine était de taille modeste, mais il était joliment meublé et bien tenu. Ainsi, quelques personnes compétentes – une cuisinière et une femme de chambre qui avaient travaillé pour Lachlan, ainsi que le majordome d'Aidan, entre autres – se hâtaient toujours dans le domaine, armées de sourires chaleureux et bavardant gentiment. Aidan avait toujours aimé ça lors de ses séjours chez Lachlan au fil des ans : la tranquillité, le calme et la chaleur que renfermaient ces murs. Pour dire vrai, il s'était souvent émerveillé de combien il se sentait bien ici, même avant que le domaine lui fût légué. Pas seulement dans le château en lui-même, mais aussi sur la terre autour et le lac qui en entourait une grande partie. Ce jour-là, pourtant, ce calme était une distraction. Ça comme l'œil attentif d'Henry tandis qu'ils progressaient dans le couloir.

— Henry ?

— Oïl, dit-il, aussi serein que toujours.

— Que me caches-tu ? Je me rends compte que je suis souvent absent, mais même un simple d'esprit remarquerait que quelque chose ne va pas.

Henry s'arrêta, ce qui était déjà inhabituel. Il avait tendance à être rapide et à ne pas tourner autour du pot.

— Ils sont inquiets, expliqua-t-il avant de marquer une pause, ce qui alarma Aidan. Certes, Judith Fitzgerald pourrait faire une bonne future maîtresse pour Pembrooke, mais ses frères...

Henry marqua une pause, lâcha un petit grognement et reprit :

— Les frères Fitzgerald se sont récemment forgés une réputation questionnable.

Avant de recevoir leur lettre, Aidan n'était pas au courant de leur réputation, qu'elle soit bonne ou mauvaise, mais le ton de leur dernière correspondance indiquait qu'ils aimaient goûter à ce nouveau pouvoir obtenu depuis le décès de leur père.

Aidan se tourna pour regarder son homme en face.

— *Je* n'étais pas au courant de leur véritable personnalité avant, alors d'où cette inquiétude vient-elle ?

— La missive que vous relisiez il y a peu a été vue de tous, monsieur.

— Ah.

La nouvelle position des Fitzgerald en tant qu'hommes à l'influence toute récente n'était pas un secret, elle n'était peut-être pas connue de tous, mais quand même. À présent, Aidan se rappelait dans les moindres détails avoir laissé la lettre sur son bureau, à la vue de tous. Conscient de son contenu, il avança vers la cuisine où il trouva son personnel, la tête penchée en train de discuter nerveusement près de la porte menant à l'extérieur. Aidan, qui marchait furtivement et toujours avec précision, dut se racler la gorge pour qu'on remarquât sa présence. Le personnel fit volte-face d'un coup et en voyant leurs mines inquiètes, Aidan s'efforça de les rassurer.

— Pembrooke est sacré pour moi, dit-il en levant la main pour chasser leurs inquiétudes. Et quand je dis Pembrooke, je parle de tout ce qui en fait partie, ce qui inclut chacun d'entre vous. Ainsi, soyez rassurés, votre future maîtresse, *qui qu'elle soit*, sera une nouvelle arrivée de valeur.

Il observa l'assemblée avec insistance et insista sur le *qui qu'elle soit*. Leurs yeux vifs et sourires furent instantanés et, satisfait, Aidan sortit dans la cour, sa destination originelle.

Ce qu'il avait dit à son personnel était vrai. Il avait toujours considéré Pembrooke sacré. Cela avait beaucoup à voir avec Lachlan qu'il tenait en haute estime. Deux ans s'étaient écoulés depuis la dernière fois qu'Aidan l'avait vu, mais il se rappelait encore le moment où il avait compris qu'il ne perdait pas simplement Dar, l'un de ses amis les plus proches, mais aussi son mentor.

Le plan de Dar avait toujours été de retourner dans le futur avec Céleste et Aidan n'avait jamais eu la bêtise de penser l'inverse. Mais le départ inattendu de sa femme, emportant avec elle l'épée qu'ils pensaient être la seule clé entre leurs siècles, avait été difficile à supporter. Ce n'est que plus tard, l'esprit plus clair, qu'ils avaient compris qu'il restait un moyen pour Dar de retrouver sa femme, mais les portails d'Abersoch n'étaient guère attrayants. L'un demandait à ce que l'on sautât d'une falaise et l'autre reposait quelque part dans les tunnels, sans qu'on sût où précisément. Étonnamment, c'était Gwen, la femme de Greylen, qui leur avait parlé d'un autre portail, bien moins dangereux et qui ne demandait pas un saut incertain – un saut qui aurait pu tuer Lachlan quoi qu'il arrivât d'après Gwen. Il suffisait d'entrer dans les bassins d'eau créés par les marées.

Une fois cette nouvelle information connue, ils avaient rapidement fomenté de nouveaux plans – si rapidement qu'Aidan n'avait pas eu le temps de comprendre pleinement ce qu'impliquait leur succès. Au cours du peu de temps qui leur restait, Lachlan l'avait imploré de reprendre Pembrooke, pas seulement pour prendre soin et protéger ceux dont il avait la charge, mais pour veiller sur le portail, au cas où quelqu'un tomberait accidentellement dessus ou pire, le détruirait. C'était un honneur qu'Aidan ne prenait pas à la légère. Ce n'était que le dernier jour, quand Dar et Lachlan disparurent sous ses yeux, que le caractère irrévocable de ce départ lui était apparu. Quand Aidan avait rejoint les hommes dans leur quête pour construire Abersoch, il avait participé avec empressement et dévouement, sans jamais imaginer qu'il finirait par en avoir le contrôle.

Aidan avait passé le reste de cet été-là à comprendre pleinement ce que ce transfert de pouvoir voulait dire. Il était rentré pour parler avec son frère aîné, Rhys, et l'informer de ses plans. Si Rhys n'était pas emballé de le voir abandonner ses devoirs familiaux, il comprenait la gravité de sa nouvelle position et l'autorité qu'il endossait. Rhys avait également un immense respect pour Lachlan et acceptait que ce soit là la destinée de son frère.

— Ce manteau te va bien, avait-il dit en le saisissant à l'épaule.

Avec sa bénédiction, Aidan avait senti un grand poids le quitter et sa concentration s'était affinée. Presque deux ans s'étaient écoulés depuis et maintenant que la structure principale du château était enfin terminée, Gavin et Isabelle feraient bientôt d'Abersoch leur foyer, assurant le futur de leur propre descendance.

Aidan franchit les portes d'entrée de Pembrooke et sa main effleura le nœud celtique qu'un des hommes de Lachlan avait gravé dans la pierre des années avant, faisant de Lachlan un gardien et protecteur et de Pembrooke un sanctuaire. Un nœud circulaire avait été ajouté depuis, un geste symbolique pour marquer la transmission du titre à Aidan deux ans auparavant quand Dar et Lachlan... étaient partis.

Aidan s'arrêta en haut des marches, flanqué de deux autres hommes de Lachlan, Alan et Richard. Un cavalier approchait en portant les couleurs des Montgomery. Henry alla chercher la missive qu'il apportait et Aidan en déchira le sceau avant de lire le message de Gavin.

— Nos plans ont changé, déclara-t-il en fixant l'horizon. On part à l'ouest, à Seagrave.

CHAPITRE 3

Quand Brianna avait planifié le trajet entre Dunhill et Abersoch, le domaine au Pays de Galles où Darach MacTavish avait indiqué séjourner, elle s'était assurée d'inclure un arrêt dans un *bed and breakfast* charmant. Une pause en solitaire bien nécessaire après la révélation de sa tante et de son oncle.

En apprenant la vérité sur la mort de ses parents, les boîtes aux lettres perdues et même l'épée étaient passées au second plan. Comment aurait-il pu en être autrement alors que l'histoire qu'elle s'était racontée presque toute sa vie, la base sur laquelle elle avait construit toute sa stabilité émotionnelle était irrévocablement craquelée ? Même si elle ne s'en était pas rendu compte au dîner, plus tard, seule dans sa chambre, elle avait compris que tout ce en quoi elle avait cru avait soudain changé.

La tête lui tournait quand Christopher lui avait dit ce qu'il avait appris de l'explosion, d'après les rapports remplis par les garde-côtes. Elle était restée assise en silence, à fixer les appliques derrière sa tête. Quand il eut terminé, sa tante et son oncle la regardaient d'un air implorant, plein de pitié, mais Brianna avait déjà décidé du prochain pas à faire. Le même que d'habitude. Fuir.

Ce n'était pas la réaction la plus mature, mais sur le moment, c'était tout ce qui lui venait. L'idée de creuser dans les archives de la famille avait perdu son attrait. Malheureusement, cette étreinte chaleureuse et accueillante qu'elle avait ressentie en arrivant, de la part de ses proches comme du château, semblait soudain gâchée. Elle annonça qu'elle avait un rendez-vous avec Darach MacTavish au Pays de Galles. Bien sûr, Brianna n'avait pas *vraiment* rendez-vous, mais peu importe. Elle était au Royaume-Uni et lui aussi. Elle s'attendait à ce que Christopher et Michelle insistent, la supplient de rester, mais en entendant le nom MacTavish, ils échangèrent un rapide regard avant de se tourner pour lui faire face avec un petit sourire. Étrangement, ils semblaient presque contents de son départ, mais avec tant d'idées conflictuelles qui tourbillonnaient dans la tête de Brianna, elle n'avait pas pensé à demander pourquoi.

En fait, avant ça, elle n'avait même pas songé à faire irruption dans les vacances de M. MacTavish, ou dans son voyage d'affaires, quelle que soit la raison de sa présence ici. Qu'il ait répondu à son appel en l'invitant à le rencontrer à son retour aux États-Unis lui suffisait. C'était sa réponse qui l'avait motivée à recommencer à chercher parmi les papiers de son grand-père.

Quand elle était revenue les mains vides après une fouille consciencieuse de leur maison aux États-Unis, elle avait réservé un voyage en Écosse. Elle était triste de quitter Dunhill après deux nuits seulement, mais le château n'irait nulle part. Elle se dit qu'elle y retournerait un jour, avec l'objectif de l'explorer en tant qu'adulte. Pour l'instant, elle avait besoin d'un but, d'une quête pour ainsi dire, alors elle avait cherché le meilleur trajet pour se rendre au domaine des Montgomery – avec un petit arrêt dans un joli village en chemin –, puis avait rangé ses affaires, avec la sensation d'avoir l'esprit un peu plus clair.

En disant au revoir ce matin, elle était encore un peu fébrile, mais optimiste. Elle avait bien besoin de repartir à zéro, et ce serait bon pour elle. Sa tante et son oncle la suivirent jusqu'à sa voiture, puis attendirent qu'elle paramètre son téléphone et fasse apparaître le trajet choisi. Il fallait un peu plus de six heures de route et Brianna avait hâte d'explorer un peu avant sa réservation.

Sur la route, son esprit se remplit d'images de ces années idylliques de sa vie, le Camelot de son existence. Maintenant, elle se demandait si elle n'avait pas embelli ou inventé certains souvenirs. Ce ne fut qu'une pensée brève : elle savait que non. Son enfance avec ses parents avait vraiment été parfaite. Elle peinait avec l'idée d'exhumer la vieille croyance de sa famille en la magie. Elle avait fermé la porte sur ce genre de choses depuis longtemps, mais son oncle suggérait que ses souvenirs de ses parents ayant survécu quelques jours de plus dans l'eau avec elle n'étaient pas une réponse traumatologique, mais une *preuve* de magie. Une preuve que ses parents, quoique décédés, étaient parvenus à rester avec elle jusqu'à l'arrivée des secours. C'était presque trop parfait – que ses parents en soient la preuve – et Brianna sourit. Elle n'avait pas accepté cette hypothèse comme étant vraie, bien sûr, mais c'était agréable de penser que le soupçon de magie qu'elle avait repoussé ce jour-là se soit produit juste sous ses yeux.

Puisqu'elle était préoccupée, le temps passa vite et en un clin d'œil, Brianna était stationnée sur le parking du *bed and breakfast* qu'elle avait réservé. Il lui restait plusieurs heures avant de pouvoir récupérer la chambre, alors elle laissa ses affaires à l'accueil et se rendit au village à pied. C'était une ville charmante et Brianna entra dans plusieurs boutiques, pour la première fois calme depuis le dîner de la veille. En rentrant, elle tomba sur un marché de créateurs, ce qu'elle adorait. Enchantée de cette trouvaille, la nouvelle Brianna – celle qui était censée commencer à croire au soupçon de magie – considéra que c'était peut-être le destin.

Perdue dans une pléthore de trésors locaux, elle remonta les allées de stands et s'arrêta en repérant une belle, non une *époustouflante* réplique d'une robe vénitienne du XVe siècle. La robe était intelligemment accessoirisée avec une grande sacoche en cuir à porter sur le torse. Le style *médiéval-noble* n'avait jamais été si beau. Aussitôt attirée par l'ensemble, elle entra dans la tente pour mieux voir, puis faillit trébucher en voyant la femme à côté. Si Brianna avait eu une image d'une reine féérique parfaite, ça aurait été celle de cette femme. Comme irréelle, la femme avait de longs cheveux et des traits parfaits et elle portait une robe superbe faite main qui semblait flotter autour de son corps.

La femme sourit chaleureusement, mais quelque chose dans l'éclat de son œil coupa court aux pensées de Brianna. Elle murmura un *bonjour* et reporta son attention sur la vitrine. Encore troublée et agitée, elle prit le temps d'admirer la pièce avant de passer à la table à côté, remplie de robes, cottes et chemises.

— Elles sont magnifiques, chuchota Brianna pour elle-même.

Sa main effleura la pile de lin doux, de laine et de soie. Elle examina les coutures et couleurs et se rendit compte que tous les vêtements étaient des répliques de styles européens de la fin du Moyen Âge. Les tissus, pourtant, semblaient tous onéreux.

La femme qui tenait le stand se plaça à côté d'elle et commença à chercher dans les piles désordonnées et en même temps organisées.

— Là, dit-elle en sortant des affaires du tas de sous-vêtements et robes.

Brianna l'observa et sa curiosité fut aussitôt piquée : les tenues qu'elle avait choisies lui allaient à la perfection. Du moins, elles lui seraient allé, si elle avait été une noble du milieu du XVe siècle.

— Et ça, ajouta la femme.

Elle jeta des bas et des bottines doublées de fourrure sur la pile. C'était vraiment de bons vêtements, la différence avec les modèles antiques qu'elle avait croisés dans sa carrière était presque indétectable.

— Ce sont des répliques incroyables, murmura Brianna.

La femme sourit et, sans la quitter des yeux, sortit quelques autres vêtements.

— Vous voudrez ceux-là aussi.

Brianna baissa la tête et sourit avant de tendre la main vers les sacs que la femme avait ajoutés. Jamais du genre à résister à un bon sac, elle ne put s'empêcher d'être impressionnée. La sélection de la femme continuait d'être pile-poil ce qu'elle aimait. En examinant la soie et les sacs en cuir, Brianna hoqueta en découvrant un miroir de poche dans un pochon accordé. Même s'ils n'étaient pas authentiques, Brianna en était éprise.

— C'est d'accord, décréta-t-elle en souriant. Je les prends.

— Bien entendu, répondit la femme décidément étrange et intrigante.

Elle prit la carte de crédit de Brianna et la passa dans sa machine. Le reçu sortit, mais avant qu'elle ne le lui tende, la femme esquissa un petit sourire, presque pour elle-même, puis se dirigea vers l'entrée du stand où elle commença à déshabiller le mannequin dont la robe avait attiré Brianna en premier lieu. Elle prit doucement dans ses bras la robe et la sacoche en cuir.

— Oh, dit Brianna en levant la main pour l'arrêter. Je ne suis pas sûre qu'ils soient dans mon budget.

— Non, probablement pas. Mais ils sont parfaits. Alors je vous les offre.

— Oh non, refusa Brianna en agitant la main. Je ne peux pas.

— Si, vous pouvez, insista la femme.

C'était un cadeau si généreux – et de la part d'une complète étrangère – que Brianna, qui ne se sentait jamais redevable auprès de quiconque, décida qu'elle laisserait de l'argent sur la table avant de partir. Ça ne suffirait pas pour payer la robe, mais cela serait déjà quelque chose. Bouche bée, elle observa la femme tout ranger dans la sacoche en cuir et quand Brianna lui prit le sac, elle serra l'ensemble dans ses bras, déchirée. Elle ne savait pas si elle ne devait pas le lui rendre, vu le prix de cette sacoche. Simple d'apparence, mais le cuir était souple et avait vécu, sans qu'il ait l'air usé. Sans savoir ce qui lui prenait, elle eut la sensation que le sac était bien dans ses mains et décida qu'elle le garderait. Elle passa la bandoulière par-dessus sa tête et l'ajusta sur sa poitrine comme si c'était là sa place. Quand elle attrapa de nouveau son portefeuille, la femme l'arrêta.

— C'est un cadeau, Brianna.

Un court instant, Brianna se figea. Comment connaissait-elle son nom ? Brianna baissa les yeux vers son portefeuille et ses épaules se détendirent légèrement. Bien sûr, sa carte de crédit, que la femme venait d'avoir en main, était estampillée au nom de « Brianna O'Roarke ».

— Vous les utiliserez à bon escient et c'est un paiement suffisant.

Brianna soutint son regard un long moment. La sincérité dans sa voix était bien là et toute culpabilité qu'elle avait pu ressentir disparut. C'était un cadeau et elle l'accepterait en guise de bon augure. Au bout d'un moment, elle hocha la tête et remercia la femme avant de descendre la rue presque en flottant, tout en pensant à ses nouvelles affaires et à la femme étrange et irréelle qui les lui avait données.

Quand elle revint au *bed and breakfast*, sa chambre était prête et ses affaires y avaient été placées. Puisqu'elle ne restait qu'une nuit, il n'y avait pas grand-chose à sortir à part son pyjama et des rechanges pour le matin. En posant une serviette pour les mains sur le comptoir en marbre pour y déposer ses affaires de toilettes, elle se rendit compte que la tension qu'elle avait emmagasinée pendant sa visite à Dunhill s'était estompée. Tout en songeant à sa petite excursion inattendue, elle prit son temps pour se rafraîchir avant le repas, servi sur une table avec une vue sur un splendide coucher de soleil par la fenêtre. Elle termina sa soirée par une douche chaude et se glissa dans son lit, où elle soupira joyeusement et sombra dans un matelas moelleux et de bons draps en lin.

Quand elle se réveilla le matin suivant, Brianna se sentait étonnamment reposée. Habituée aux nuits passées à se tourner et se retourner, surtout quand elle était loin de chez elle, elle songea qu'elle devrait poser des questions sur le matelas avant de partir. Refaire ses sacs était un défi vu les achats – et cadeaux – de la veille, mais elle ne regrettait rien, pas même cette rencontre étrange. Après un délicieux petit déjeuner, des œufs Bénédicte servis avec la sauce hollandaise la plus divine qu'elle ait goûtée, Brianna décida de commander un déjeuner à emporter avec elle. Une inquiétude en moins pour elle, et vu ce qu'elle avait eu jusque-là, c'était déjà ça de pris.

Une fois ravitaillée en carburant et nourriture, Brianna repartit, déterminée à arriver devant la propriété des Montgomery en milieu d'après-midi. En prêtant attention au paysage inconnu, Brianna tourna sur la route qui menait au domaine et repassa dans sa tête ce qu'elle comptait dire à M. MacTavish. S'il la laissait entrer. Son calme d'avant commençait à laisser place à la nervosité.

Soudain, elle appréhendait et s'inquiétait à l'idée d'échouer à retrouver l'héritage de sa famille. Elle avait passé presque deux ans à traquer cette épée et avait enfin eu une occasion de négocier son retour dans la famille O'Roarke. Elle n'avait appris sa vente qu'après le décès de son grand-père, quand Brianna s'était attelée à la tâche de parcourir ses papiers et différentes collections. Le choc de voir le coffre de l'épée vide demeurait toujours. Et elle n'était toujours pas sûre de pouvoir la récupérer. Perdre l'épée en soi était quelque chose, mais apprendre que les MacTavish prétendaient qu'*ils* en étaient les dignes propriétaires ne passait pas.

Brianna réfléchit à tout ça tout en garant sa voiture et avança jusqu'à la porte d'entrée. Pas facile puisque les photos qu'elle avait trouvées sur Internet ne rendaient pas justice à cet endroit. Brianna avait fait un peu de recherches sur cette propriété – qui se trouvait dans son champ d'intérêt en tant qu'historienne et collectionneuse d'art, même si elle n'avait pas à se justifier. Elle avait creusé tout ce qu'elle avait pu trouver. Et on aurait pu la traiter de folle, mais elle avait découvert que les propriétaires de ce domaine, la famille Montgomery, avaient leur propre histoire mystérieuse, qui n'avait a priori jamais été mise au clair.

Une fois sur les marches de devant, elle s'arrêta devant les portes en acajou dotées d'une vitre biseautée. Elle prit une profonde inspiration pour se donner de la force. *Tu peux le faire, Brianna. Il est temps de récupérer l'histoire de ta famille.* Avant qu'elle ne puisse s'en dissuader, elle appuya sur la sonnette puis recula, les mains jointes devant elle. La porte s'ouvrit juste après et à sa grande surprise, Darach MacTavish l'ouvrit en personne. Naturellement, elle l'avait cherché sur Google, curieuse d'en apprendre plus sur lui et sa femme et sur leurs liens avec la famille Montgomery. Malgré tout, le voir en personne à un mètre d'elle avec ses cheveux noirs, sa carrure imposante et son regard terriblement sérieux, était intimidant.

— Monsieur MacTavish, le salua-t-elle.

Elle détesta combien sa voix semblait docile. Elle était là pour réclamer ce qui était à elle par droit, bon sang ! Reprends-toi, Breea !

— Mademoiselle O'Roarke.

Elle sursauta. Comment pouvait-il la connaître ? Bien sûr, il avait pu lui aussi faire des recherches. Cette idée la fit se détendre légèrement.

— Je ne vous attendais pas.

Ce n'était pas une réprimande directe, mais Brianna rougit quand même et espéra qu'il la laisserait entrer. Après son long trajet, elle avait besoin d'au moins passer aux toilettes.

— Je suis désolée d'arriver à l'improviste, dit-elle en mettant plus de force dans sa voix cette fois. Quand nous nous sommes parlé la dernière fois, vous avez dit que vous seriez au Pays de Galles au domaine des Montgomery pour un moment.

— Et vous m'avez suivi ?

Elle secoua la tête.

— Non, non, non, protesta-t-elle en agitant la main. J'étais à Dunhill il y a deux nuits. Ce n'était pas prévu.

— Dar ?

Une voix féminine l'avait appelé. C'était inattendu, Brianna n'avait pas compris que c'était un voyage en famille.

M. MacTavish recula et fit entrer Brianna d'un geste, son attention désormais rivée sur la femme enceinte qui l'avait appelé. Brianna la reconnut comme sa femme, Céleste, et vit combien les yeux de M. MacTavish s'étaient réchauffés et tout l'amour présent dans son expression et son langage corporel. Sans un mot, il l'attira à lui, puis se pencha et lui chuchota quelque chose. L'ouïe de Brianna prit un moment avant de s'ajuster quand elle comprit qu'il parlait en français.

— C'est Brianna O'Roarke. La nièce de Christopher et Michelle.

Céleste jeta un regard à Brianna, si brièvement qu'elle faillit ne pas le remarquer.

— Tu veux dire..., chuchota-t-elle aussi en français.

Soudain, Brianna fut encore plus embarrassée à l'idée que même Céleste sache qui elle était. Elle détourna le regard et vit Dar hocher la tête.

— Pourquoi est-elle toujours sur le pas de la porte ? Tu l'as invitée à entrer ?

Dar jeta un regard à Brianna et s'apprêtait à répondre quand Céleste soupira.

— À *vraiment* entrer ?

— Elle a des questions sur l'épée. On était censés se rencontrer à la fin du mois.

Là-dessus, Brianna regarda le couple et surprit Céleste à la regarder différemment, avec un peu de méfiance.

— Alors pourquoi est-elle *ici* ? Au pays de Galles ?

Brianna les entendait parfaitement, même de l'autre côté de la pièce, mais elle s'efforça de rester à l'écart et de feindre de ne pas comprendre. Autant en apprendre autant que possible, puisque visiblement les MacTavish tenaient à garder leur conversation secrète. Darach dut sentir qu'elle écoutait car il la regarda et commença à parler dans une autre langue encore. Du gaélique écossais. Elle connaissait cette langue aussi, mais s'empêcha de lever les yeux au ciel. Ils allaient devoir faire mieux que ça s'ils espéraient l'empêcher de comprendre. Tous les O'Roarke parlaient assez bien l'anglais, le français et le gaélique et certains étaient encore plus doués. Toute la gloire remontait aux sœurs De La Cour – selon les archives, Cateline avait appris le français à la seconde femme de son neveu, Margaret, qui l'avait appris à ses enfants et ainsi de suite. La tradition familiale avait débuté comme ça et s'était transmise de génération en génération. Margaret était responsable d'une autre tradition. Selon des lettres que Brianna avait trouvées, c'était elle qui s'était assurée que toutes les femmes O'Roarke maîtrisent une arme, principalement dans un but d'autodéfense, même si à l'origine, elle avait voulu protéger son mari Callum.

Brianna attendit patiemment, admirant l'escalier à sa droite et l'énorme salle de bal qui donnait sur le terrain. Pendant que les MacTavish évoquaient les avantages de l'inviter à rester, un homme qui semblait être le père de Darach apparut depuis une autre partie de la maison. Il lui sourit chaleureusement avant d'interrompre le couple, encore en plein débat. Quand il prit la parole, il parla avec fermeté, insistance et en anglais, à l'évidence pour elle.

— C'est une O'Roarke. Elle reste.

CHAPITRE 4

Quand Aidan et ses hommes arrivèrent sur les terres MacGreggor, la nuit tombait. Le temps qu'ils atteignent le premier portail de Seagrave. Une odeur de fête troublait la nuit quand ils entrèrent dans la basse-cour illuminée de grands feux de bois dont les flammes craquaient et dansaient avant de disparaître dans le néant. Ce n'était pas un spectacle inhabituel, puisque Grey et Gwen installaient des brasiers dès qu'ils recevaient des invités et au fur et à mesure que le nombre augmentait avec les mariages successifs de leurs camarades et membres de leur cercle proche, puis les naissances, leur zèle pour les festivités grandissait. Ce spectacle devenait vite familier et faisait réfléchir Aidan sur son futur, sa destinée et son d'héritage.

Comme il détestait l'idée d'interrompre les enfants qui, malgré l'heure tardive, jouaient et se couraient après, Aidan immobilisa son cheval et observa la scène de loin. Il inspira l'odeur accueillante du feu de bois et regarda les changements faits depuis sa dernière visite. Il adressa un hochement de tête à l'attention de Grey, sur les marches du donjon, qui lui retourna le signe, sa femme Gwen contre lui. Après avoir perdu un bébé mort-né, Gwen avait passé une année difficile et cela faisait plaisir de la voir visiblement de nouveau enceinte. Gavin – le meilleur ami de Grey et ancien second – et sa femme Isabelle – la sœur de Grey – étaient rentrés à Seagrave des mois auparavant. Au départ, ils voulaient proposer leur aide à Gwen et Grey, puis avec leur installation imminente à Abersoch, ils avaient décidé de rester. Aidan savait que Lady Madelyn, la mère de Grey et d'Isabelle, était reconnaissante de les avoir tous sous le même toit de nouveau. Elle était encore en très bonne santé et Aidan savait d'expérience que voyager n'était jamais facile pour le corps.

Reportant son attention sur les jeunes qui allaient d'un bout à l'autre de la cour, Aidan sourit quand Tristan, l'aîné de Gwen et Grey, hoqueta et s'arrêta net en le remarquant sur son étalon, dans l'ombre. Aidan avait une affection particulière pour le jeune garçon, qui cherchait souvent ses faveurs et le suivait dans le château. Quand Tristan sauta sur une roche et croisa son regard, Aidan sut ce qui allait arriver. Le garçon mit la capuche de son manteau, dissimulant son visage dans l'ombre, et ouvrit les bras théâtralement en décrétant :

— Protecteur du royaume, l'Ours tout puissant est arrivé.

C'était d'après Aidan une belle imitation et il s'esclaffa, comme les autres adultes. Les enfants reprirent leur jeu et Aidan et ses hommes s'occupèrent des chevaux avant de les laisser entre les mains de James, le maître d'écurie de Seagrave.

Quand Aidan traversa enfin la cour vers le donjon, les enfants étaient partis se coucher. À l'intérieur, il repéra Grey qui montait l'escalier et Gwen qui descendait.

— On se parle demain ? proposa Grey en se tournant, un bébé dans les bras.

— Oïl.

Rien n'était urgent, cela pouvait attendre le lendemain.

— Tu es dans la chambre de Callum, précisa Gwen. Mais va à la cuisine d'abord, la cuisinière savait que tu venais et t'a préparé le souper. Je demanderai à Anna de te couler un bain chaud en attendant.

Alors qu'elle s'apprêtait à le dépasser, il l'arrêta et l'examina d'un air inquiet.

— Tu vas bien ?

Elle hocha la tête, un sourire en coin aux lèvres, avant que ses yeux ne se remplissent soudain de larmes. Il sentit son cœur se retourner.

— Ohh, Gwen.

Ce fut tout ce qu'il put dire.

— Ne me fais pas pleurer, répliqua-t-elle en tapotant son torse avant de le chasser de la main. Mange. Je dois trouver Anna.

Elle s'arrêta au bout de quelques pas dans le couloir.

— Et dis à tes hommes, dit-elle en désignant Alan, Henry et Richard, que j'ai gagné.

Toute trace de larmes avait disparu.

Il sourit en entendant le crédo des MacGreggor.

— Comme toujours, ma lady, répondit-il avec un hochement de tête.

Satisfaite, Gwen sourit et partit dans le couloir. Aidan l'observa s'éloigner et croisa le regard de Grey, qui les regardait depuis le premier palier des escaliers. La réplique de sa femme l'avait fait sourire. Même si le château était calme, tout le monde savait que Gwendolyn MacGreggor avait une protection renforcée. Les hommes de Grey ne la suivaient pas partout comme avant, mais elle avait toujours des yeux sur elle. Pas juste les leurs.

Avec un salut pour Grey, Aidan et ses hommes se rendirent en cuisine, vers le grand espace dans un coin où ils prenaient les repas informels. La cuisinière rayonna quand elle le vit – elle s'était prise d'affection pour eux tous, mais avec Dar parti et Callum qui prospérait à Dunhill, il savait qu'elle savourait ses visites encore plus. Il ne perdit pas de temps et s'approcha d'elle pour sortir le pochon qu'il avait rempli d'herbes ramassées avec soin dans le petit jardin généreux de Pembrooke. Elle en regarda le contenu avec joie et le poussa à s'installer à table. Il ne se fit pas prier.

Il rejoignit ses hommes et ne fut pas surpris de trouver sous le couvercle des plateaux l'un de ses plats préférés, que Gwen avait baptisé *pot-au-feu*, cuisiné avec des légumes et servi avec du pain encore chaud sorti du four. Un repas divin, en effet. Il remercia la cuisinière et se régala. Lorsqu'ils eurent terminé, ils débarrassèrent la table sous les grognements bon enfant des serviteurs encore occupés à préparer les repas qui seraient servis le lendemain. Aidan laissa ensuite ses hommes près des portes avant de monter à l'étage.

La chambre, auparavant occupée par Callum après le décès de sa première femme Fiona, était devenue celle d'Aidan lorsqu'il venait. Il repensa aux différentes étapes que lui et ses compagnons avaient traversées au fil des ans. À un moment donné, la boucle finissait toujours par se boucler. Ayant été élevés ensemble en tant que jeunes garçons – lui, Greylen, Callum, Darach et Ronan – leur lien était aussi indéfectible aujourd'hui qu'il l'avait toujours été.

Il importait peu qu'ils ne se vissent qu'une fois par an, ce qui était le cas depuis près d'une décennie. C'était une cérémonie solennelle qui les réunissait chaque année, une commémoration d'Allister et de Fergus, les pères de Grey et de Callum, qui avaient tous deux joué un rôle déterminant dans leur développement. Bien que Lachlan eût joué un rôle essentiel dans leur entraînement et dans leur vie, ce n'était que plus tard qu'ils avaient appris qu'il était une véritable force dans la création de leur confrérie. Il n'était donc pas étonnant qu'ils le vénérassent tous autant.

Se débarrassant de la mélancolie qu'il ressentait parfois en pensant à Lachlan et Dar, Aidan déballa sa sacoche, impatient de prendre un bain. De la vapeur s'élevait encore du grand baquet placé devant le feu, signe évident du travail d'Anna. Aidan repensa au plaisir qu'il éprouvait à être de retour à Seagrave, au château débordant de vie, d'amour et de joie – et de chagrin aussi, ce qui avait sa propre beauté. Il songea à ce que ces murs avaient vu au fil des ans. Que d'histoires grandioses et de démonstrations d'honneur et de bravoure. Après son bain, les souvenirs du passé l'accompagnèrent quand il s'enfonça dans les draps et ferma les yeux.

Aidan dormit profondément, ce qui était toujours une aubaine lorsqu'il se trouvait à Seagrave, qui offrait non seulement le confort, mais aussi le véritable sentiment d'être chez soi. Il venait de finir de se raser et passait le dos de sa main sur sa mâchoire lorsqu'un léger coup retentit à sa porte.

— Entrez, dit-il en souriant, sachant qu'il s'agissait de Tristan.

Peu de temps après, le garçon se précipita vers lui, les yeux brillants, la main tendue.

— Je peux avoir ton médaillon ? demanda-t-il.

Aidan sourit et secoua la tête.

— Si seulement je l'avais.

Les yeux de Tristan s'écarquillèrent.

— Que s'est-il passé ? Tu l'as oublié ? Tu l'as perdu ? Est-ce que... quelqu'un l'a *volé* ?

Le garçon était si expressif qu'Aidan rit.

— Rien de bien méchant, lui assura-t-il, rien qu'un coup porté à ma fierté.

— Non ! souffla le garçon.

Aidan lui ébouriffa les cheveux.

— Oïl, ça arrive aux meilleurs d'entre nous.

Tristan parut sceptique, ce qui n'était pas du tout surprenant compte tenu de ses parents.

— En vérité, poursuivit Aidan, c'est un petit chaton qui a fait le coup.

— Mais non !

— Je vois que tu as hérité du cran de ta mère, ainsi que de son jargon, dit Aidan en riant.

— Ne m'en parle pas, se plaignit Grey en entrant.

Pourtant, ses complaintes étaient démenties par *tout* dès qu'il s'agissait de sa femme.

— Petit déjeuner ? proposa-t-il en tendant la main à Tristan.

— Papa, Aidan a perdu son médaillon.

Grey ne dit rien au garçon mais leva un sourcil curieux en direction d'Aidan tout en tenant la porte ouverte.

Aidan haussa les épaules, attrapa sa cape et suivit. Dans un contraste saisissant mais agréable avec le calme de Pembrooke, le couloir était presque bondé, rempli de cris et de bavardages tandis que tout le monde descendait vers la grande salle. Un tour de chaises musicales plus tard, hâté par un visage de chérubin aux intentions sérieuses, les plateaux atteignirent la table et un autre tour de chaos s'ensuivit le temps de remplir assiettes et bols. Aidan s'amusait de ce vacarme, aidant dès qu'il le pouvait à attraper un plat qui passait rapidement, alors que les petits bras se tendaient en vain.

Quelques instants plus tard, les enfants se calmèrent enfin pour manger, et un peu de silence régna, jusqu'à ce que Tristan parlât de nouveau du médaillon d'Aidan et de sa disparition. Espérant que la mention passerait sans fanfare au milieu de la table bondée, Aidan prit une profonde gorgée de l'infusion matinale de la cuisinière, savourant la saveur agréablement forte tout en prenant un air délibérément nonchalant. Il avait l'intention de garder le silence sur la question et était presque sûr que cela passerait inaperçu jusqu'à ce qu'une tête se penchât dans sa direction et qu'une paire d'yeux s'arrêtât sur les siens.

— Attendez.

C'était Gwen, bien sûr, qui, de toutes les personnes présentes, allait s'en emparer. Il la fixa de l'autre côté de la table, ce qui la fit éclater de rire.

— Tu vas devoir faire mieux que ça, je suis mariée avec *lui*, dit-elle avec un mouvement de tête vers sa droite, là où Grey était assis. Est-il vraiment perdu ?

Aidan secoua la tête.

— Non. Je sais précisément où il se trouve.

— Oh. Je pensais que peut-être...

— Peut-être, quoi ? demanda-t-il.

Il n'avait pas resongé à cet incident, du moins pas avant ce moment précis. Aidan se prépara, conscient de là où Gwen voulait aller.

— Eh bien, commença-t-elle. Ce n'est pas un secret que vos médaillons ont une certaine signification. Comme...

— Pas dans ce cas, la contredit aussitôt Aidan, espérant étouffer toutes les absurdités qu'elle pourrait inventer.

Margaret portait peut-être le médaillon perdu de Callum, et Gwen avait trouvé du réconfort dans celui de Grey avant leur mariage, mais il n'y avait aucune importance particulière dans le cas de Dar et Céleste. Afin d'étouffer tout argument en sa faveur, il ajouta :

— Passons à quelque chose de plus concret. J'ai été abordé pour épouser Judith Fitzgerald.

Grey et Gavin le regardèrent avec le plus grand sérieux tandis que les femmes sursautèrent, l'air horrifié.

Aidan haussa les épaules, donnant l'impression d'être indifférent, mais soudain, il ressentait tout le contraire.

— Je n'ai pas encore donné mon accord, précisa-t-il. Mais si je refuse, ses frères ne le laisseront pas passer à la légère.

Il détestait l'incertitude qui s'insinuait dans sa voix.

— Sans ses frères et ce qu'ils sont, on pourrait faire pire que Judith Fitzgerald, déclara lentement Grey.

La réputation de brutes et tyrans de Nigel et Gil Fitzgerald était pour le moins connue de tous, car tout le monde – même les femmes – hocha la tête à la déclaration de Grey.

— Cependant, poursuivit Grey, pour tout te dire, Judith est pleinement de notre époque, n'est-ce pas ?

C'était une question d'une grande importance.

— S'il y a quelque chose à tirer de notre expérience combinée, il est probable que vous vous mariiez avec une jeune femme venue d'un siècle futur.

Gwen acquiesça lentement.

— Vous savez, je ne suis pas du genre à être d'accord avec mon mari, mais dans ce cas, je crois qu'il a raison.

— Dire qu'il a raison aurait suffi, grogna Grey.

Pendant que les deux se chamaillaient à propos du choix de mots de Gwen, Aidan se remémora en silence les évènements qui avaient conduit à la perte de son médaillon. C'était un jour de fête, il y a quelques mois, pour marquer l'achèvement de la construction du domaine d'Abersoch. Frappé de mélancolie en réalisant que ce jour marquait également les deux ans depuis le départ de son ami et de son mentor, Aidan avait cherché un peu de solitude et s'était dirigé vers le rivage en début de soirée.

Il se souvint distinctement du moment où il avait failli écraser le chaton qui s'était élancé devant lui, d'autant plus surprenant qu'il n'en avait jamais vu dans la propriété auparavant. À sa vue, il avait trébuché et, alors qu'il se redressait, un éclair de métal avait attiré son attention, tourbillonnant dans les airs avant de rebondir sur le sol avec un claquement, et d'atterrir juste à l'abri des regards. Sur le moment, il s'était esclaffé de ce spectacle comique, jetant un coup d'œil vers le bas pour confirmer que c'était bien son médaillon qui avait volé dans les airs.

Les médaillons que lui et ses camarades possédaient avaient été sculptés pour eux lorsqu'ils étaient encore de jeunes garçons et n'avaient jamais eu vraiment d'importance en eux-mêmes pour Aidan – c'était la présence réelle de ses frères qu'il chérissait. Mais *ce* médaillon-là avait une grande importance. Lachlan l'avait forgé lui-même, gravant le symbole qui n'appartenait qu'à lui – le même symbole qui était désormais gravé à l'entrée de Pembrooke – d'un côté, et un ours de l'autre, quelques jours avant son départ.

Aux aguets, au cas où un autre chaton de la même portée se promènerait dans les environs, Aidan était allé le récupérer, un peu ému, en se rappelant le moment où Lachlan le lui avait offert. Lorsqu'il avait enfin aperçu l'endroit où il était tombé, il n'avait pas pu s'empêcher de rire de nouveau, cette fois devant l'ironie de la situation. Il était sur le point d'aller le chercher, mais Duncan avait choisi ce moment précis pour l'appeler à l'aide. Bien qu'il eût prévu d'y retourner plus tard dans la nuit, Aidan n'était toujours pas allé le chercher. En voyant les visages bouleversés autour de la table, il se demanda s'il ne s'était pas trompé. Le médaillon était-il en fait plus important qu'il ne le pensait ?

À la question de Grey sur Judith, il devait admettre qu'il avait lui aussi songé la même chose lorsqu'on l'avait approché pour la première fois. Après tout, Maggie était à l'abbaye depuis plus d'un an avant de rencontrer Callum. Ce n'était qu'une pensée fugace, cependant, comme toute pensée d'une future épouse à ce moment-là. Le fait que Judith fût une Fitzgerald, une Fitzgerald du XVe siècle, comme ses frères – mais, supposait Aidan, pas *exactement* comme ses frères, car ils étaient particuliers –, apporta toute une série de questions et de mises en garde, non seulement de la part de Grey et de Gwen, mais aussi de Gavin, d'Isabelle et de Lady Madelyn. Même Anna lui adressa un regard inquiet en s'occupant d'un bébé qui avait déjà besoin d'une sieste matinale.

Lorsqu'il devint évident qu'Aidan n'avait plus rien à dire sur le sujet, les conversations reprirent autour de lui, et il fut reconnaissant lorsqu'Henry interrompit leur repas, une main sur son épaule, pour l'informer discrètement d'un problème avec l'inventaire du navire. Avec un bref au revoir et un signe de tête de remerciement à la cuisinière, Aidan quitta la table, plus heureux que jamais d'être flanqué de ses hommes. D'après les bavardages animés qu'il laissait derrière lui, il était évident que sa présence n'était guère nécessaire.

Si seulement ils savaient la vérité.

Ce ne fut qu'une fois devant les marches qui les mèneraient hors du grand hall que Gwen l'interpella. Aidan venait de soulever sa capuche, un pied sur le sol en pierre du foyer, à deux doigts de la liberté, et s'arrêta au son de son nom.

— Aidan, répéta Gwen. Où est ton médaillon ? Tu ne l'as jamais dit.

Un sourire se dessina sur ses lèvres, devant l'ironie de la situation. Il était pleinement conscient des conséquences possibles de ce jour. Il se retourna, annonçant la nouvelle avec l'air intrigant qu'elle méritait.

— Il se trouve à Abersoch, Gwendolyn. Au fond d'un bassin d'eau créé par la marée, pour être précis.

CHAPITRE 5

La déclaration de Lachlan sur Brianna sembla remettre les choses en ordre. Comme si Brianna était acceptée comme faisant partie de la famille ou quelque chose de similaire. Quoi que cela veuille dire, l'effet fut immédiat. La tension, l'inquiétude même, que Dar et Céleste montraient disparut en un clin d'œil.

Dans une bourrasque d'excuses, de bienvenues chaleureuses et d'introductions formelles, on alla chercher les affaires de Brianna dans sa voiture et elle fut escortée en haut. Tout arriva très vite et même si elle insista – plus d'une fois – sur le fait qu'elle serait très bien dans la chambre qu'elle avait réservée dans un *bed and breakfast*, à une bonne trentaine de minutes du domaine, cela n'aurait jamais pu produire les mêmes sentiments que ceux qu'elle ressentit en étant choyée par cette famille. Brianna les suivit dans le couloir et ralentit derrière Dar quand il s'arrêta parce qu'une voix douce mais enjouée l'avait interpellé :

— Papa.

Ils firent un petit détour par une pièce et Brianna s'attendrit devant un adorable enfant – elle apprit qu'il s'appelait Griffin – qui sautillait les bras tendus, ne demandant qu'à être sorti de son berceau. Après un rapide changement de couches, encore un peu ensommeillé et timide de voir une étrangère, le petit garçon s'accrocha à Dar et fixa Brianna par-dessus l'épaule de son père. Ils continuèrent jusqu'aux prochaines portes qui révélèrent une charmante suite. Aussitôt attirée par la vue spectaculaire sur l'océan, Brianna s'approcha des grandes fenêtres entourées de jolis pans de rideaux neutres. Elle se tourna vers ses hôtes pour s'excuser le temps de défaire ses affaires et tout le monde commença à parler en même temps. Dar et son père expliquèrent qu'ils avaient une affaire à gérer, probablement ce qui les avait menés sur le domaine en premier lieu, et Céleste devait préparer à manger pour Griffin.

Brianna les salua de la main avec un sourire et se tourna pour trouver sa trousse de toilette. Sa valise était déjà sur un espace fait exprès, nichée entre une armoire ouverte et une porte fermée. Pendant qu'elle contemplait la vue, l'un des hommes avait dû placer le plus petit sac dans la splendide salle de bains qu'elle voyait derrière un espace salon agréable.

En prenant son temps, elle se rafraîchit, se réjouissant du déroulement inattendu de cette journée. Au début, elle sortit quelques objets nécessaires à laisser près de l'évier, puis sur un coup de tête, elle vida toute la trousse. Elle en fit de même avec sa valise. Il n'y avait pas beaucoup à vider de toute façon, mais étrangement, elle se sentait tout autant chez elle ici qu'à Dunhill. Ça semblait normal de s'installer pleinement. Elle empila des objets sur les étagères et en rangea d'autres dans les tiroirs, puis commença à accrocher quelques blouses et cardigans. Quand ses mains effleurèrent la sacoche en cuir toute douce au fond de sa valise, Brianna décida de la sortir aussi – inutile que les vêtements se froissent et puis, elle était excitée à l'idée de les admirer de nouveau. Elle venait de finir de rouler la dernière paire de bas et essayait de décider si elle les rangerait dans la sacoche sur l'étagère ou les accrocherait à un cintre quand elle fut interrompue par un coup à la porte. Intriguée, elle posa le sac dans sa valise vide et se dépêcha d'ouvrir.

Elle découvrit Céleste, Griffin dans les bras.

— C'est incroyable de pouvoir tenir un bébé tout en étant

aussi enceinte, commenta Céleste avec un petit rire en montrant le petit garçon.

Il était plaqué contre elle et Brianna leur fit signe d'entrer tout en riant.

— Je me suis dit que tu aurais peut-être faim, alors j'ai quelque chose qui arrive. C'est facile d'en abuser, la chef ici est incroyable.

Céleste commença à expliquer que se préparer pour le repas en étant enceinte et avec un bébé à charge n'était pas aussi facile ou rapide qu'avant. En tant qu'enfant unique, Brianna n'avait pas beaucoup d'expérience avec les enfants, mais elle n'hésita pas à proposer de garder Griffin.

Sa maman sourit et refusa d'un geste de la main.

— C'est très gentil, mais je m'apprêtais à le confier à Dar. Y a-t-il quelque chose dont tu as besoin ?

— Ça va. Vraiment.

Brianna rendit à Céleste son sourire. Elle sentait sa sincérité et puisque son déjeuner remontait à des heures, elle avait hâte de manger ce qui était en route pour sa chambre.

— Très bien alors, on mange à 19 h, l'ambiance est simple et classique.

Céleste se tourna pour partir et Brianna s'apprêtait à fermer la porte derrière elle quand elle s'arrêta net en voyant quelque chose.

— Je peux ? demanda-t-elle en montrant le placard.

Se demandant ce qui avait attiré son regard, Brianna hocha la tête et fut surprise de la voir s'arrêter devant la valise.

— Je n'ai pas vu une sacoche comme ça depuis...

Elle laissa sa phrase en suspens et toucha le cuir.

— Depuis ? demanda Brianna, curieuse.

Céleste se tourna vers elle, l'air mélancolique.

— Depuis très longtemps. Tu as de la chance d'avoir d'aussi beaux trésors de famille. C'est une merveille... un miracle, vraiment, qu'elle ait résisté au test du temps.

Là-dessus, Brianna ressentit un flash de colère. D'abord de se souvenir que la famille de Céleste était en possession du réel trésor de sa famille, puis de se rappeler les autres, qui avaient été perdus, notamment les boîtes aux lettres .

— Oh ! Oh non, Brianna, reprit-elle en voyant son visage. Je suis vraiment désolée, j'ai manqué de tact. Dar m'a dit que tu étais ici pour l'épée. Je ne savais pas que tu la cherchais. Je ne savais pas que *qui que ce soit* la cherchait.

Céleste était soudain paniquée et Brianna se sentit se détendre : elle était honnête avec elle et ne décrétait pas que Brianna n'avait pas de revendications à faire sur cette épée.

— Je peux ? redemanda Céleste en montrant le sac.

Brianna hocha la tête et lui tendit le sac. Céleste ouvrit la sacoche, puis la fixa un long moment, inspecta les coutures et regarda l'intérieur. Quand elle leva les yeux vers Brianna, on aurait dit qu'ils étaient embués. C'était étrange, mais après tout, Brianna elle-même était presque restée bouche bée par toute cette expérience devant ce stand, alors qui était-elle pour la juger ?

Céleste lui adressa un sourire quelque peu ému et lui serra la main avec affection.

— Nous sommes en famille, Brianna. Nous n'avons peut-être pas de lien de sang direct, mais la connexion entre ma famille et la tienne remonte à plus loin que tu ne le penses.

La façon dont elle avait dit ça, le regard dans ses yeux, la chaleur de son contact, toucha Brianna comme rarement dans sa vie. Même pour elle, cela semblait bête mais elle pouvait *ressentir* la connexion entre elles, même avant que Céleste ne la prenne dans ses bras avec Griffin. Elle l'avait entendu quand Lachlan avait parlé auparavant, mais à cet instant, elle comprit que pour les MacTavish, être une O'Roarke avait du poids.

Au moment où Brianna s'apprêtait à s'écarter, elle sentit Céleste se tendre et l'entendit chuchoter :

— Oh mon Dieu.

Dos au placard, Brianna ne sut pas ce qui avait causé cette réaction, mais le câlin impromptu se termina et elle vit que

Céleste était étrangement effrayée. Muette, le regard fixé par-dessus l'épaule de Brianna, elle lui tendit Griffin si vite qu'ils n'eurent tous deux pas le temps de réagir. Brianna se retrouva avec le petit enfant sur la hanche tandis qu'ils regardaient sa mère examiner frénétiquement les robes dans son placard.

— Où les as-tu trouvées ? demanda-t-elle après une minute complète.

Elle avait le tissu de la robe qu'on avait offerte à Brianna dans les mains.

Ne sachant pas ce qui lui était arrivé, Brianna recouvrit les mains de Céleste, s'efforçant de les écarter doucement avant qu'elle n'abîme la robe coûteuse. Elle était un peu agacée de son comportement – la robe devait être manipulée avec soin et elle était soudain d'humeur possessive.

— Je les ai trouvées à un marché d'artisans du coin hier, en venant ici.

Elle se détendit quand les mains de Céleste retombèrent le long de son corps.

Son hôte fixa les deux robes un long moment, puis repéra les bottines en dessous et écarquilla de nouveau les yeux.

— Tu les y as trouvées aussi ? demanda-t-elle en les prenant pour les soulever.

Ne voulant pas que Céleste passe en revue tout son placard, Brianna posa Griffin par terre et lui donna un morceau de papier dans lequel les robes étaient emballées pour l'occuper. Le garçon commença aussitôt à froisser le papier et Brianna se retourna vers Céleste qui regardait dans chaque bottine, scrutant chaque centimètre.

— Techniquement, je ne les ai pas trouvées, corrigea Brianna en tendant la main vers les chaussures. La femme qui tenait le stand les a choisies.

À nouveau, Céleste se fit très silencieuse.

— Ah. Et qu'est-ce que cette femme a choisi d'autre ?

— Est-ce que ça va ? demanda Brianna.

Elle commençait à se demander si elle devrait être inquiète, peut-être que Céleste faisait une crise à cause des hormones de la grossesse, si c'était possible. Celle-ci lui lança un regard qui voulait clairement dire : *je ne suis pas folle.*

— Dis-moi, s'il te plaît.

Brianna céda et haussa les épaules.

— Tout, j'imagine, dit-elle en réunissant les vêtements pour les placer sur l'étagère.

Elle prit même la sacoche dans sa valise.

— Donc ça et...

Elle tendit la main et tapota sur les cintres qui contenaient les chemises et robes achetées.

Céleste absorbait les informations, puis ouvrit la bouche en regardant l'étagère.

— Attends, la sacoche aussi ? Elle n'était pas à toi ?

De plus en plus mal à l'aise, Brianna hocha la tête.

— Non, elle l'a utilisée pour tout ranger.

Un regard que Brianna ne connaissait que trop bien traversa le visage de Céleste. Elle se sentait coupable d'avoir douté de sa santé mentale juste avant. Céleste encaissait visiblement les mots de Brianna et elle lui laissa de l'espace en attendant patiemment, espérant avoir une explication. Quand elle sembla avoir pris une décision, Céleste prit le sac de l'étagère et l'ouvrit en faisant signe à Brianna de s'approcher.

— Regarde, dit-elle en montrant de petites lettres gravées dans le cuir sous le motif celtique à moitié caché par ses doigts.

Peu importait, parce qu'en voyant le monogramme, le cœur de Brianna s'arrêta un court instant. Elle le reconnut aussitôt. C'était l'insigne dans chaque sac O'Roarke. Dans sa valise, sa trousse de toilette, le sac qu'elle utilisait pour le travail, le portefeuille de son grand-père qui était resté sur son bureau, là où elle l'avait placé après son décès, et le porte-monnaie qu'elle avait hérité de sa mère et emportait toujours avec elle.

— Je ne comprends pas, chuchota Brianna.

Elle pensait que la sacoche était un modèle récréé – très belle, mais une réplique – mais il semblerait que non seulement c'était un vrai objet vintage mais qu'il avait appartenu il y a longtemps à un O'Roarke. Brianna prit la sacoche des mains de Céleste et l'observa différemment maintenant, avec toute l'admiration qu'on doit à un trésor de famille – ce qu'elle semblait être, comme l'avait dit Céleste. Effleurant des doigts l'insigne, elle posa les yeux sur le nœud celtique gravé au-dessus et sursauta avant de rapprocher le cuir.

— Tu as vu ça ?

Brianna n'en croyait pas ses yeux. Elle n'avait pas prêté très attention à l'insigne avant, mais maintenant, elle ne voyait plus rien d'autre.

Céleste regarda à l'intérieur et haussa les épaules.

— C'est le motif sur tous les sacs, non ?

— Pas celui-ci.

C'était celui qu'elle avait cru être à *elle*, le nœud celtique aux dix lignes tressées qui avait captivé son cœur quand elle l'avait vu pour la première et unique fois, quand elle était petite. Ça avait eu un tel impact sur elle qu'elle l'avait dessiné d'un air absent pendant des années. Il était resté avec elle tant et si bien qu'à son dix-huitième anniversaire, elle se l'était tatoué derrière son oreille exactement comme dans son souvenir : un nœud celtique avec six lignes tressées entourées d'un rond. Ça n'avait pas été facile, pour un tatouage aussi petit.

Ne sachant pas ce que cela voulait dire de revoir ce motif singulier après tant d'années, Brianna garda les détails pour elle et Céleste y regarda de plus près.

— Oh, tu as raison, Brianna, dit-elle avec un ton étrange. Il est différent.

Céleste lui lança un drôle de regard et elle se sentit soudain sceptique : Céleste savait-elle quelque chose ? Son scepticisme laissa la place à une autre pensée et elle jeta un regard aux robes. Elle retoucha le tissu en l'observant sous une nouvelle lumière. Elle se tourna vers Céleste qui l'observait avec insistance.

— Tu sais... Je lui ai dit, à cette femme, que c'étaient des répliques incroyables, que je n'arrivais pas à croire qu'elles ne soient pas vraies – les matériaux, le savoir-faire... Et elle a souri.

— D'accord, répliqua Céleste en la regardant avec encore plus de détermination. Cette femme. À quoi ressemblait-elle ?

Brianna lui parla de la femme, qui avait presque semblé irréelle, une copie conforme d'une marraine la bonne fée.

Céleste glissa sa tête dans ses mains.

— Oh Brianna, ce n'est pas bon.

— Pourquoi ? Que veux-tu dire ?

Le rythme cardiaque de Brianna, déjà rapide, s'accéléra.

— Je dois aller chercher Dar et Lachlan.

Elle prit Griffin dans ses bras et se précipita dans le couloir. Avant que Brianna n'ait le temps de comprendre ce qu'il s'était passé, ils étaient tous dans son placard, à passer en revue les robes et à prêter une attention toute particulière à la sacoche et au motif à l'intérieur. Dès qu'ils le virent, Brianna sut que cela voulait dire quelque chose pour eux aussi. Quoi que ce soit, cela les troublait.

Après plusieurs minutes passées bouche bée à se regarder, Brianna s'apprêtait à briser le silence et demander ce qui se passait quand Dar prit la parole.

— On ne peut pas être sûrs que c'était Esmeralda, dit-il en regardant Céleste et Lachlan.

Ils ne semblaient pas être d'accord.

— Qui ça ? demanda Brianna, agacée de ce manège. Qu'est-ce qui se passe ?

Dar, qui tenait la sacoche et en examinait la marque, se tourna vers Brianna.

— La femme qui d'après nous pourrait t'avoir donné ces choses.

Cela n'expliquait rien.

— Vous la connaissez ? demanda Brianna.

Ils acquiescèrent, mais vu l'atmosphère dans la pièce, elle n'était pas sûre que ce soit une bonne chose.

— Donc ça veut dire quelque chose... ?

À l'évidence, oui, mais leur tirer les vers du nez prendrait une éternité.

Céleste opina.

— Oui, ça veut dire quelque chose. Probablement que tu vas faire un voyage.

Pouvaient-ils être plus énigmatiques ? *Eh-oh ?!* Quel était le rapport ?

— Malgré les apparences, je ne suis pas du genre à voyager, répliqua Brianna.

Elle espérait que Céleste expliquerait un peu plus – ou Dar ou Lachlan. Mais son commentaire rencontra des grognements évasifs – à part Griffin qui trouvait ça drôle.

Le rire de Griffin semblait être la distraction dont tout le monde avait besoin, car leurs hôtes se mirent aussitôt en marche, parlèrent de l'heure qui avançait et la laissèrent pour se préparer pour le dîner.

Brianna décida d'écarter ce moment étrange pour l'instant et d'en reparler au repas. Il y avait visiblement plus à savoir sur cette Esmeralda et le fait que la réplique – ou ce qu'elle croyait être une réplique – qu'elle lui avait donnée contenait l'insigne des O'Roarke *et* le nœud celtique singulier et unique. Elle aurait le temps de poser des questions plus tard, quand les MacTavish se seraient remis de leur choc initial.

Après une bonne douche, Brianna mangea un petit sandwich au concombre avec une sauce pris sur le plateau que Céleste avait fait monter. Elle s'approcha de son placard et décida quoi porter tout en réfléchissant à tout ce qui s'était passé. Elle tendit la main pour toucher les robes qui avaient causé tant de boucan, se demandant pour la millionième fois ce que cela voulait dire. Elle finit par se décider pour un pantalon et une blouse en soie et descendit retrouver Céleste, Dar et Lachlan dans le salon, l'air tout à fait à l'aise, comme s'ils n'avaient pas été plongés dans une panique collective moins d'une heure avant. À les voir se parler, il était évident qu'ils étaient proches et aimaient être ensemble. Lachlan la vit en premier et l'appela.

— Ah, Breagha. Viens.

Avec un sursaut, elle se rendit compte combien ça lui avait manqué d'entendre son prénom être ainsi dit, avec un accent prononcé, comme le faisait son grand-père.

Lachlan lui fit signe d'avancer et Dar et lui se levèrent pour l'accueillir. Ils souriaient tous – clairement, ils avaient décidé d'oublier le moment étrange un peu plus tôt. Ils échangèrent tous quelques plaisanteries et Dar lui servit un verre avant qu'ils ne passent à table ensemble et s'installent sur leurs sièges. Lachlan précisa que l'on mangeait l'un des repas préférés de son fils.

Brianna était charmée par l'homme et Dar et Céleste aussi, elle ne pouvait s'empêcher de sourire. Ils n'avaient pas encore évoqué l'épée, pas vraiment, mais elle se rendit compte qu'elle s'en fichait, du moins pour le moment.

Quand Lachlan la questionna sur ses parents, Brianna se lança dans une histoire qu'elle n'avait jamais racontée à voix haute.

— Breagha, raconte-nous avec ton *cœur*, lui dit Lachlan en prenant sa main pour la serrer.

Ce n'est qu'alors qu'elle comprit qu'elle racontait l'histoire de ses parents – de sa vie – comme si elle était au travail et détaillait un catalogue, enchaînant une liste de faits de généalogie et géographie. Pourtant pas prompte aux larmes, Brianna sentit un flot d'émotions la parcourir quand Lachlan plongea son regard dans le sien.

— Oïl, de là.

L'effet était époustouflant. De toute sa vie, au moins depuis le décès de ses parents, elle ne s'était jamais sentie autant libre d'entraves en la compagnie de quelqu'un. Même avec sa famille – son grand-père, sa tante et son oncle – c'était différent, ils avaient souffert le même deuil qu'elle. Bien sûr, elle se sentait en sécurité et à l'aise avec eux, mais tout était teinté par le chagrin sous-jacent. Ici, avec les MacTavish, Brianna ressentait quelque chose de profond. C'était dans l'air, tout autour d'eux, et elle peinait à croire les mots qui lui venaient, mais tout était un peu magique – puisqu'elle tournait une nouvelle page, elle devait l'admettre. Elle ne pouvait nier cette sensation oubliée depuis longtemps et quand Lachlan serra sa main encore, elle sourit et une larme ou deux coulèrent, mais elle s'en fichait. Elle rit une seconde de la liberté qu'elle ressentait soudain.

— J'ai des souvenirs absolument incroyables de mes parents.

Et voilà. Comme une vague, le flot la transporta au gré de différentes histoires de sa vie avec ses parents, de ce qu'elle savait de leur enfance, de leur rencontre et leur histoire d'amour, tout ce qui lui venait à l'esprit. Et au lieu de l'écoute polie dont ils avaient fait preuve avant, Lachlan, Dar et Céleste se penchèrent tous vers elle, pendus à chacun de ses mots.

Brianna parla tout le long de l'entrée, un plateau de homard frais, du thon ahi et des huîtres, chacune servie avec une généreuse cuillerée de sauce. Reprenant son souffle tandis que leurs assiettes étaient retirées, elle découvrit avec joie que la suite n'était rien d'autre qu'une simple salade de légumes avec vinaigrette. Elle rit doucement quand une sélection de pain et du beurre furent posés à table.

— Il y a un programme de sport prévu à un moment, c'est ça ?

— Très certainement, lança Céleste.

Puis elle commença à parler d'une amie à elle, Gwen, qui non seulement insistait pour avoir une routine quotidienne mais dictait l'emploi du temps avec le sérieux qu'on utilise pour les bans. Lachlan et Dar s'y mêlèrent aussi et Brianna se retrouva emportée dans les histoires animées de leurs amis proches et de leur famille. Elle entendit parler des MacGreggor, Greylen et Gwen – la reine du sport – et des Montgomery, pas Alex ni Amanda, mais des proches à eux, Gavin et Isabelle – Dar était resté vague sur leurs liens. Ils mentionnèrent ensuite un ami cher, Aidan Sinclair, qui avait apparemment travaillé avec eux sur ce château. Curieuse de la partie qu'ils avaient rénovée en dernier, Brianna s'apprêta à poser la question quand Dar passa à une histoire sur un autre ami d'enfance, Ronan. Sa question fut oubliée quand Lachlan commença à mentionner les O'Roarke qu'il connaissait. Elle n'était pas sûre d'avoir rencontré ou entendu parler de cette partie de la famille, d'autant qu'elle s'en serait souvenue, puisqu'ils portaient le nom de ses ancêtres préférés, Callum et Margaret. C'était un aperçu intime et incroyable dans la vie des MacTavish, sous les rires et quelques larmes. Ils portèrent ensemble un toast à ces souvenirs chéris.

En sentant la chaleur autour de la table, Brianna leur envia la connexion qu'ils avaient avec leurs proches. Elle sentait combien ces personnes étaient importantes pour eux ; même si leurs amis ou leur famille n'étaient pas là physiquement, leur amour et leur affection remplissaient la pièce. Cette sensation avait été endormie pendant des années chez elle et sentir cet éclat magique réémerger était un peu fort pour elle.

Il y eut une autre pause quand Dar se leva pour aller chercher une nouvelle bouteille de vin dans la cuisine. À son retour, après avoir rempli les verres de tout le monde, Brianna inspira profondément et sentit que c'était enfin le bon moment pour dévier la conversation vers l'épée, la raison même de sa présence.

— Je ne sais pas trop comment aborder le sujet, dit-elle les joues rouges. Mais peut-on parler de l'épée ?

Soudain envahie d'émotion de nouveau, elle sentit ses yeux s'embuer de larmes et quelques-unes coulèrent sur ses joues.

— Je suis désolée, chuchota-t-elle en essuyant ses larmes, gênée.

Lachlan et Céleste, les plus proches d'elle, tendirent la main pour la réconforter.

— C'est juste que tout ce à quoi je tenais, tout l'héritage chéri de ma famille ne cesse de disparaître. Et l'épée... cette épée, elle vaut le monde pour moi. C'est la plus vieille pièce de notre histoire. Dites ce que vous voulez en échange. Vous pouvez avoir les robes, et la sacoche aussi, si vous voulez ! Je suis prête à payer le prix que vous...

Brianna s'arrêta en les voyant hoqueter, les yeux écarquillés, et agiter la main. Elle devait quand même proposer un prix... Elle s'était entraînée tant de fois sur le trajet que les mots quittèrent ses lèvres tous seuls.

— Je suis prête à payer le prix que vous voulez pour qu'elle retourne dans notre famille.

Elle leva les yeux et découvrit trois visages abasourdis, bouches ouvertes, comme s'ils attendaient que le sol les engloutisse. En silence, le personnel réapparut en apportant l'entrée et la pièce plongea dans un silence irréel, troublé des murmures de remerciements quand le repas fut servi – steak avec des frites de différents légumes au lieu des traditionnelles. Pendant ce temps, Brianna tenta de rassembler son courage pour demander ce qui n'allait pas.

— Pardon, Brianna, dit en premier Céleste après un regard avec les hommes. Pendant un moment, je crois qu'on s'est tous inquiétés que... enfin, on pensait...

Les mots lui manquaient et Dar prit la parole, tout autant consterné :

— Ce que ma femme essaie de dire, c'est que... Enfin, tu vois on était tous dans une... enfin on a...

— Oh, tous les deux, arrêtez, s'agaça Lachlan. S'il y a quelque chose à tirer de notre expérience et de ce qu'on sait, c'est ça : Breagha, cette épée est ton héritage. Non, laisse-moi finir.

Il réagissait sûrement à la confusion et la gêne qui avaient parcouru le visage de Brianna.

— L'épée en *elle-même* n'est pas ton héritage, même si elle en fait partie. La *magie* est ton héritage, Breagha, ma chère.

— Père ! s'écrièrent Céleste et Dar en même temps.

— *Quoi ?* C'est une O'Roarke, une pure et dure. La magie coule dans son cœur. Ce serait impensable qu'elle n'ait pas connu ne serait-ce qu'un soupçon de magie.

Ils se tournèrent tous pour la regarder avec attente et même si elle y était ouverte, vraiment ouverte, après des années à repousser ne serait-ce que l'idée de la magie, son doute dut se voir.

— *Breagha* ! s'exclama Lachlan. TOUS les O'Roarke croient !

Brianna haussa les épaules, regrettant de ne pas pouvoir se forcer à croire vraiment. Dar et Céleste dirent à Lachlan de se calmer un peu, inquiets que son ton ait pu la vexer. C'était très gentil de leur part, mais honnêtement, Brianna savait que ses mots étaient remplis d'affection. Il était visiblement passionné par le sujet.

— Ce n'est rien. C'est juste que... eh bien, après la mort de mes parents, tout soupçon de magie a semblé partir avec eux.

Lachlan hocha la tête et ferma les yeux un moment. Quand il les rouvrit, il la regardait intensément.

— Connais-tu l'histoire de l'épée de ta famille ?

Brianna secoua la tête lentement.

— À part ce qu'on sait de la datation au carbone 14, c'est un objet embué de mystère.

Encouragée par l'éclat dans les yeux de Lachlan et le sourire sur son visage, le rythme cardiaque de Brianna s'accéléra et elle se pencha et lui toucha la main.

— Mais vous la connaissez, non ?

Soudain, les larmes lui montaient aux yeux et l'espoir la traversait.

— Oïl. Il y a une bonne raison à tout ce mystère.

L'air craquela dans la pièce et il s'arrêta. Que ce soit pour l'effet théâtral ou non, Brianna était reconnaissante de cette bouffée d'air, car soudain son cerveau était sur le point d'exploser. Elle essaya d'absorber ce que Lachlan impliquait tandis que Dar et Céleste le mettaient en garde pour éviter qu'il ne parle plus – ce qui ne faisait qu'attiser la curiosité de Brianna. Heureusement, ils ne dissuadèrent pas Lachlan.

— Elle a le droit de savoir – surtout si c'est bien Esmeralda qui lui a offert ces cadeaux en chemin pour venir à Abersoch en plus de ça !

Il frappa la table.

— Et il est de notre devoir de lui dire.

Il fixa son fils et sa belle-fille avec tant de détermination que Brianna se demanda si elle voulait vraiment savoir. Cette hésitation ne dura qu'une milliseconde, car le nom d'Esmeralda était réapparu et elle semblait visiblement liée à l'épée et aux O'Roarke. C'était trop parfait pour être une coïncidence et vu le regard que Dar et sa femme échangèrent, Brianna sut qu'il y avait beaucoup en jeu.

— Nous sommes d'accord alors ? demanda Lachlan comme ni Dar ni Céleste ne parlaient.

Ils marquèrent une pause un peu plus longtemps, puis semblèrent parvenir à un consensus tacite. Après un dernier regard pour Brianna, ils se tournèrent vers Lachlan et opinèrent. Lachlan tapota la main de Brianna.

— Installe-toi confortablement, ma belle. On en a pour une longue nuit.

Brianna accepta le verre de vin que Dar lui tendait, Dieu merci, et resta assise là des heures à dévorer chaque mot.

Lachlan lui parla des O'Roarke d'il y a des siècles, Fergus et Isabeau, Callum et Margaret et elle écouta, captivée. Après un moment, cela devint difficile d'ignorer que Lachlan ne parlait pas d'eux comme de figures historiques mais plutôt contemporaines. Céleste intervint et expliqua comment l'épée était arrivée en leur possession, comment sa belle-sœur, une femme nommée Maggie, l'avait trouvée après la mort du frère de Céleste, Derek. Lui-même l'avait eue du grand-père de Brianna. Elle avait bien besoin de plus de vin après ça. Si ce que ces gens disaient était vrai, il y avait plus qu'un soupçon de magie dans l'artéfact de sa famille, *non*, dans toute l'histoire de sa famille. Apparemment, tout ça était magique.

Tout comme les terres du château d'Abersoch, sur lesquelles ils se trouvaient à présent.

CHAPITRE 6

— Je reviendrai dans un mois, dit Aidan à Tristan.

Le garçon l'aidait à rassembler ses affaires et à les placer sur le lit pour qu'elles soient emportées.

Après trois jours à Seagrave, ils étaient presque prêts à partir en mer. Quand Aidan ouvrit sa sacoche, Tristan se dirigea vers l'armoire en traînant un peu les pieds pour rassembler les quelques affaires qu'Aidan avait rangées, ainsi que les habits qu'il portait à son arrivée et qui avaient été lavés. Normalement, le jeune garçon passait ses bras sur l'étagère et revenait joyeusement chargé de vêtements, mais ce jour-là, il était d'une humeur différente et traînait.

— Je devrais venir avec toi, décréta-t-il en lui tendant un haut. Papa dit qu'apprendre à naviguer est vital.

Aidan s'esclaffa, puis s'arrêta net en voyant la mine déconfite de Tristan, qui avait baissé les yeux vers le sol. Il posa une main sur la tête du garçon pour la relever doucement et le regarder dans les yeux.

— Je me moquais de ton père, pas de toi. Et tu as bien raison. Apprendre à commander les navires des MacGreggor est à faire, mais – et c'est un mais très important – je crois qu'en ce moment, ta maman a besoin de toi ici, surtout que ta tante, ton oncle et tes cousins partent aussi.

Aidan savait que c'était là le nœud de la mélancolie de Tristan.

— S'assurer de la sécurité de sa famille est le plus important, conclut-il en lui adressant un regard sérieux.

Là-dessus, Tristan se redressa, maintenant qu'il avait une cause noble à accomplir.

— Tu as raison. Mon devoir est ici.

— Oïl. Pour l'instant.

— Tu crois qu'ils apprendront avant moi ?

Ah, une autre inquiétude se révélait donc : que ses cousins plus jeunes le dépassassent. Aidan veilla à ne pas rire de nouveau.

— Je ne crois pas que ton oncle et ta tante apprendront à tes cousins les arts nautiques sur ce voyage.

Le garçon ne semblait pas si sûr de cela et franchement, Aidan non plus. Naviguer coulait dans le sang des MacGreggor et des Montgomery. Seul le temps pouvait parler.

— Épée ou flèches ? demanda Aidan.

Il voulait donner une distraction au garçon tant qu'ils avaient encore le temps.

— Les deux, répondit le petit mercenaire.

Cette fois, Aidan rit.

Après environ une heure dans la cour avec Tristan, Aidan retourna dans le donjon. Il fut assiégé dès qu'il entra. D'abord par Anna, qui demandait quelques objets utilitaires pour leur inventaire. Puis, par Lady Madelyn qui l'implorait de veiller sur un coffre rempli de potions et autres. Juste avant le départ, Isabelle l'aborda avec une flopée de questions – auxquelles son mari aurait pu répondre – au sujet de ses appartements dans le navire, son envie de s'arrêter à Ayr si les conditions le permettaient et le trajet proposé de voyage. Aidan resta patient à chaque question et requête, même si la majorité avait déjà été évoquée. Il comprit que même si cet emménagement était une heureuse nouvelle, au bout du compte, la famille se séparait.

Une fois qu'Isabelle sortit dehors, il fut reconnaissant d'avoir une petite pause dans le brouhaha et mit sa capuche.

— Ça aide, ricana Gwen.

Il se tourna et la vit observer son supplice avec Greylen à ses côtés. Il lui adressa un sourire effronté et repoussa sa capuche. Gwen rit et s'en alla tandis que son mari invitait Aidan à venir dans son bureau. Certain que Grey avait été assiégé lui aussi, Aidan le suivit dans le couloir, espérant avoir un moment prolongé de calme.

En entrant dans le bureau de Grey, il découvrit Gavin qui attendait à l'intérieur, assis au bureau. Il se leva et céda le fauteuil, de vieilles habitudes de quand il était le second de Grey. Aidan s'assit dans une des chaises en face du bureau et bougea ses jambes le temps que Gavin prît l'autre. Aidan accepta une pile de papiers que Gavin lui tendait, un registre de commerce avec les détails sur l'équipage et le voyage et les résultats de la dernière inspection.

Deux navires devaient partir pour Abersoch, l'un pour les marchandises et les objets de luxe qu'Isabelle et Gavin emportaient avec eux et l'autre avec leur chargement le plus précieux : leurs quatre enfants. Les autorités locales à chaque port étaient gracieusement récompensées et le plan était le suivant : le navire transportant Isabelle et les enfants jetterait l'ancre dans la crique à Abersoch et le navire de marchandises s'amarrerait à un port du coin. À l'approche de leur destination, il avait été décidé que Gavin irait sur le navire de marchandises pour faire connaître sa présence au port. De là, il veillerait au transfert des biens par la terre, ce qui était bien plus pratique que par bateau. Tout dans les registres semblait en ordre jusqu'à ce qu'Aidan atteignît la page qui indiquait que Gavin l'avait placé avec les marchandises.

— Non, refusa-t-il en secouant la tête.

Il prit une plume sur le bureau de Grey pour faire les changements. Jusque-là, les voyages en mer n'avaient requis qu'un seul bateau.

— On a deux navires. Isabelle et tes enfants. Moi, je monte avec toi. Alan et Richard peuvent aller sur l'autre navire.

En théorie, Aidan n'abusait pas de son rang, même s'il pouvait bien, puisqu'il avait été chargé d'installer les Montgomery dans leur nouveau siège. Pourtant, puisque c'était Gavin qui était derrière les commandes, c'était un peu vague. Sa décision fut pourtant accueillie de hochements de tête de la part de Gavin et Grey.

Une fois les derniers détails réglés, Aidan jeta la liste revue des passagers sur le bureau de Grey et s'adossa à son siège, les yeux fermés pour savourer le moment de tranquillité qu'il cherchait. En entendant au loin des pas lourds et déterminés venant vers eux, il ouvrit un œil et examina l'air entendu de Grey et Gavin. Ils soufflèrent tous le nom *Alex* au même moment. Avec une présence autoritaire que seul Grey pouvait égaler, Alex était vite monté en rang et avait gagné une place convoitée au sein de leur cercle proche des années auparavant. Il leur venait des MacPherson au sud, de la famille proche de la mère de Dar, Ella. Déterminé à les servir, il avait vite prouvé sa valeur – c'était un bretteur accompli. Même s'il avait jadis été un homme prompt à sourire et à lancer des taquineries, après l'enlèvement de Gwen, toute trace de légèreté avait disparu et son unique but était devenu la protection de Seagrave, des MacGreggor et de Gwen tout particulièrement.

Aidan se rendit compte qu'il n'avait pas vu Alex ce matin-là et vu son apparition maintenant, il comprit qu'il était parti en patrouille.

— Les Fitzgerald ont franchi la frontière des MacGreggor à l'aube, dit-il en guise de salutation. Ils atteindront le haut de la colline d'ici peu.

Aidan secoua la tête quand Grey lui jeta un regard.

— Ils ne sont pas là sur mon invitation.

Il avait l'intention de parler aux frères en chemin pour retourner à Abersoch, mais c'était avant que Gavin envoyât une missive à Pembrooke pour évoquer leur changement de plan et avant la conversation au petit déjeuner, deux jours avant. Avec un soupir, il se leva pour s'occuper de cette venue inattendue. Les autres suivirent et ils avaient à peine fait deux pas dans le couloir que Gwen et Isabelle se précipitèrent vers eux.

— Que se passe-t-il ? demanda Isabelle très légèrement essoufflée. Tes hommes ont rejoint Kevin et Ian sur les marches et ils ne plaisantent pas. Ils sont en mode guerrier.

Aidan n'était pas surpris. Si Henry, Alan et Richard étaient prêts pour la bataille, même si cela n'était pas nécessaire, les hommes de Grey suivraient, qu'ils eussent raison ou non.

— Les frères Fitzgerald semblent être venus chercher ma réponse, annonça-t-il aux femmes.

Sans surprise, elles arborèrent un air inquiet.

— Tu n'y penses pas encore, n'est-ce pas ? l'interrogea Gwen.

Aidan lui lança un regard noir qu'elle interpréta comme tel. Elle changea aussitôt d'expression et sourit tandis qu'Alex regardait Aidan, attendant visiblement des explications. Étonné que ce ne soit pas un fait connu de tous, il raconta à Alex les dernières conditions de l'accord ajoutées par les Fitzgerald et toute l'histoire déplaisante, tout en sortant pour rejoindre ce qui semblait être la moitié des habitants de Seagrave. Apparemment, certaines nouvelles avaient fait le tour malgré tout et ils étaient là en soutien.

Aidan prit place en haut des marches, flanqué de Grey et Gavin, leurs hommes formant un mur impénétrable derrière eux. Pensant qu'elles pourraient avoir une bonne vue de l'action, Gwen et Isabelle se pressèrent jusqu'à leurs maris. Gwen peinait à se tenir au mieux, avec son ventre rond, et plusieurs jurons lui échappèrent. Aidan n'était pas le seul à tenter de garder l'air neutre, conscient que même un rire affectueux lui attirerait ses foudres. Heureusement pour eux, les cavaliers furent escortés dans la cour à cet instant précis et les hommes poussèrent doucement les femmes derrière eux.

Immobile comme une pierre, Aidan attendit, se

questionnant sur cette dernière mauvaise approche des Fitzgerald. Ils avaient vraiment manqué de discipline et de guide après la perte de Robert et peut-être n'en avaient-ils jamais eu pour commencer. Quelle urgence y avait-il à avoir sa réponse ?

Les frères mirent pied à terre et s'avancèrent avec une arrogance exagérée, visiblement inconscients de leur position précaire. S'il ne l'avait pas vu de ses yeux, Aidan n'aurait jamais cru en une telle audace et un irrespect pareil. Il eut un moment de tristesse pour Judith, qui ne ressemblait en rien à ses frères. Ce sentiment le fit marquer une pause – car il comprit qu'il avait le pouvoir et l'occasion de l'enlever à eux. Étrange, mais c'était la première fois qu'il ressentait quelque chose au sujet de ce mariage, même si c'était temporaire.

Gil, le plus jeune des Fitzgerald, parla en premier :

— Nous sommes venus pour ta réponse.

Évidemment. Aidan avait prévu de décliner leur proposition, pourtant soudain, il n'arrivait pas à penser à autre chose qu'à leur sœur et au mal qui pourrait lui arriver à cause de son refus. Ils le prendraient sûrement comme une insulte et il avait le sentiment qu'ils le reprocheraient à Judith. Il ne considérait pas soudain l'idée de l'épouser, mais il ne voulait pas qu'on lui fît du mal. Face aux frères, Aidan se rendait pourtant compte que depuis des mois, cette proposition de mariage l'indifférait royalement. Il aurait dû comprendre que c'était une réponse en soi.

— Retirez-vous pendant que vous le pouvez encore, décréta-t-il. Et j'ajouterais *respectueusement* par égard pour votre sœur.

Avec les navires prêts à partir, une famille à installer dans leur nouveau château et de nombreuses choses à faire, Aidan n'avait pas le temps pour ça.

Gil regarda Nigel, son aîné de deux ans. Celui-ci le fusillait du regard, mais hocha lentement la tête.

— Oïl. Nous partirons. Tu es clairement trop... préoccupé pour voir ton erreur de jugement, répondit Gil. Mais nous reviendrons. Tu nous es redevable, Sinclair.

Aidan garda un air stoïque, mais à l'intérieur, il s'étonnait de leur insolence. Ces garçons couraient à leur perte.

— Je ne dois rien à personne. Et que ce soit clair, je connaissais votre père assez pour savoir que *ceci*, dit-il en montrant les frères du menton, fait honte à sa mémoire.

C'était une insulte et ils le savaient.

Ils s'avancèrent comme pour le défier, montrant un tout autre niveau de stupidité encore. Heureusement pour eux, les hommes avec qui ils voyageaient les retinrent.

Malgré tout, Gil cracha :

— Jusqu'à ce qu'on ait ta réponse, vous resterez loin de nos terres. Notre accord est terminé.

Une vague de *messires* s'entendit depuis la ligne de soldats derrière eux. Aidan répondit, puisque l'insulte lui était destinée :

— Ne les tuez pas, ordonna-t-il.

Et sur cette remarque, il congédia pour de bon les Fitzgerald.

CHAPITRE 7

Brianna eut la tête qui tourna longtemps après le dîner. Elle n'arrivait pas à se sortir les derniers mots de Lachlan de la tête – les plus difficiles à croire après une longue série de mots durs à avaler.

— Le destin t'emmènera où tu as besoin d'aller, Breagha, j'en suis certain – que tu sois prête ou non.

Il l'avait dit si sérieusement. Elle avait cherché un éclat dans son regard, un sourire au coin de sa bouche, en vain. Soit il était fou – ainsi que Dar et Céleste, ce qui était franchement difficile à croire – soit le voyage dans le temps était une réalité, ils savaient comment cela fonctionnait et étaient convaincus qu'elle était la suivante.

Elle se tourna et se retourna la majeure partie de la nuit, maintenue éveillée par toutes les possibilités des *et si*. Principalement : et s'ils avaient raison ? Cela expliquerait pourquoi Lachlan, Dar et Céleste racontaient tous à table des histoires inattaquables qui semblaient naturelles – pas mémorisées ou fabriquées – et indéniablement crédibles. Ils semblaient y croire vraiment. À moins que tous trois souffrent de la même maladie, ils l'avaient presque convaincue. Et s'ils avaient raison ? Pourtant, chaque fois que Brianna s'apprêtait à les croire, son côté raisonnable – celui d'une historienne accréditée qui manipulait des faits – disait que c'était impossible. Mais *et si* ?

Et si chaque choix qu'elle avait fait dans sa vie l'avait menée *ici*, à cet endroit pour embrasser sa destinée – qui selon les MacTavish se trouvait des centaines d'années dans le passé, celui de sa propre famille ô combien magique – leurs mots ? Pas étonnant que son oncle et sa tante aient été heureux de la laisser aller voir les MacTavish. Céleste avait admis que c'était *elle* qui était venue chercher les boîtes aux lettres, que les lettres à l'intérieur avaient été écrites par Dar des siècles auparavant pour elle. Peut-être que son oncle et sa tante n'avaient pas été dupés finalement.

La nouvelle Brianna s'autorisa à imaginer. Elle pourrait rendre visite à sa famille, voir les boîtes aux lettres *et* le château de Dunhill dans toute sa splendeur et sa gloire originelle. Bon Dieu, elle pourrait rencontrer Cateline De la Cour en personne, son ancêtre préférée qui avait été un précurseur pour les traditions de son époque ! L'idée d'explorer dans la vraie vie ce qu'elle avait passé une décennie à découvrir dans de vieilles sections poussiéreuses de bibliothèque l'excitait. Peut-être que ça faisait partie de son voyage, du voyage de son âme. Peut-être que cette partie d'elle terriblement blessée qu'elle avait enfermée aurait enfin la chance de guérir. Vu ce que Lachlan, Dar et Céleste avaient dit, si c'était vraiment sa destinée, comme ça l'avait été pour eux et plusieurs de leurs amis, alors rien ne pouvait arrêter ça. Incapable de se faire aux implications que cela aurait sur toute sa perception de la réalité, Brianna décida une chose : elle parlerait avec ses hôtes au matin et essaierait de dormir ce soir.

Quand elle rejeta enfin la couette le matin suivant, elle ne sut pas à quoi s'attendre. En descendant, trouverait-elle ses hôtes assis autour de la table à rire, prêts à expliquer que tout ça était une immense blague bien ficelée ? Ou persisteraient-ils à insister sur le fait que tout était vrai ? Étrangement, Brianna commençait à penser que c'était plus probable que le voyage dans le temps.

Quand elle entra dans la cuisine où les MacTavish s'installaient pour le petit déjeuner, Brianna remarqua que quelque chose semblait différent. Il y avait une sorte d'urgence dans l'air.

— Qu'y a-t-il ? demanda-t-elle soudain inquiète.

Dar jeta un regard à Céleste avant de prendre une enveloppe que Brianna n'avait pas remarquée, posée contre un saladier de fruits.

— Quand tu es arrivée hier, j'ai envoyé un courrier pour récupérer ça.

Brianna prit l'enveloppe et hoqueta quand ses yeux tombèrent sur l'écriture florissante et familière.

— Je ne comprends pas ? chuchota-t-elle en effleurant les lettres de son nom. C'est de mon grand-père mais comment l'avez-vous ?

— Je crois que cela a été donné à Derek avec l'épée.

Dar regarda Céleste qui le dévisageait, la mine défaite.

— Tu ne me l'as jamais dit.

— Je voulais le faire. Je suis désolé, mon amour. C'était caché dans notre coffre. Je ne l'aurais pas trouvée ou je n'aurais pas regardé de plus près si nous n'avions pas vendu la maison. Je voulais juste être sûr qu'il ne restait rien derrière.

— Attendez, les coupa Brianna en secouant la tête. Vous avez ça depuis... combien de temps ?

— Pas longtemps. Comme il y a juste écrit « Brianna » dessus, sans nom de famille, je n'ai compris qu'à ton appel à qui c'était destiné.

Brianna attendit à peine qu'il termine avant d'ouvrir l'enveloppe et de déplier le morceau de papier à l'intérieur. Elle commença à lire :

Ma très chère Brianna,

Si tu lis ceci, alors je suppose que j'ai quitté ce monde et que tu as découvert que l'épée n'était plus là. Il est impératif que tu saches que j'avais toute ma tête quand je l'ai vendue à M. Lowell et même s'il se pourrait que tu t'étouffes au sujet des dollars et centimes de cette affaire, j'espère que tu auras assez foi en mon jugement pour savoir que c'était la bonne décision. Sois sûre que je crois que cette transaction était non seulement nécessaire mais requise pour s'assurer de notre héritage à un point que même moi – un pur croyant – n'ai jamais imaginé.

C'est tout ce que je peux dire pour l'instant, mais un jour, tu sauras pourquoi j'ai agi ainsi. Je crois que tu découvriras qu'une partie de toi a toujours su.

Avec mon amour éternel,
Dougal O'Roarke.

Même s'ils restaient vagues, les mots énigmatiques de son grand-père donnaient du poids à ceux de Lachlan. D'une certaine façon, Brianna partageait quelque chose de plus profond que les liens familiaux avec ce groupe. C'était beaucoup à encaisser, tout ça. Submergée, la nouvelle Brianna qui voulait suivre son instinct partit se cacher. Une nécessité pour pouvoir comprendre tout ce tourbillon. Au moins, elle prendrait une pause et utiliserait son masque habituel : *quand tu doutes, ne fais rien.*

Heureusement, quand elle s'excusa en marmonnant qu'elle avait besoin de temps pour réfléchir, ses hôtes furent compréhensifs et chaleureux.

Lachlan lui adressa un sourire paternel.

— Prends tout le temps qu'il te faut, jeune femme.

Reconnaissante, Brianna glissa l'enveloppe dans sa poche et retourna en haut avec dans les mains la tasse de café que Dar avait absolument voulu qu'elle prenne. Une fois dans sa chambre, elle fit ce qu'elle faisait de mieux et qui lui avait permis d'exceller dans son travail. Rester concentrée, laisser de côté toutes les histoires, connexions, coïncidences et étranges phénomènes. Elle s'immergea dans son environnement, prêta attention à ce qui l'entourait. Son havre de paix. Après une longue douche, habillée de son pantalon en lin préféré et d'un haut simple, elle tendit la main vers ses chaussures de marche, mais s'arrêta en repérant les bottines du marché. Elle choisit de mettre plutôt celles-ci et les essaya, surprise de découvrir qu'elles étaient très confortables – non seulement elles lui allaient parfaitement, mais elles soutenaient bien la cheville. Elle prit un moment pour admirer la touche qu'elles apportaient à sa tenue avant de prendre une veste légère et de descendre. En chemin pour les jardins, elle passa par la cuisine et s'arrêta net en voyant Céleste et Dar qui savouraient un peu de temps seuls sans Griffin.

— Oh non, murmura Brianna avant de rougir et de se couvrir les yeux.

Céleste et Dar rirent un peu et agitèrent la main. Alors que Brianna était presque sortie, Céleste l'appela.

— Hé, si tu explores les tunnels, fais attention en approchant des falaises.

— Et reste en dehors de l'eau, ajouta Dar.

Ils étaient vraiment sérieux. Brianna leva la main et leur assura qu'elle éviterait l'eau, ce qui ne serait pas un problème de toute façon. Les grands espaces ouverts l'effrayaient, mais la mention d'une caverne sombre et étroite piqua son intérêt.

Abandonnant son plan d'origine d'explorer les jardins, elle les dépassa et entra dans les tunnels à l'autre bout de la propriété. Même si l'espace était doté d'un joli endroit pour s'asseoir, l'entrée en elle-même était cachée derrière une belle haie bien entretenue. C'était censé être un moyen de dissuasion, mais Brianna se rappela qu'elle avait la permission – tant qu'elle ne sautait pas – et se fraya un chemin à travers la végétation dense.

Une fois à l'intérieur, elle épousseta sa veste et attendit que ses yeux s'ajustent, regrettant de ne pas avoir apporté de lampe torche. Elle sourit un peu plus tard quand une petite lumière clignota à sa gauche et elle comprit qu'elle avait dû déclencher un détecteur de mouvement. Les lanternes éclairèrent les tunnels devant elle, comme s'ils l'appelaient et elle avança, excitée de découvrir ce qu'elle pourrait trouver.

Étrangement, à part quelques sièges nichés dans une alcôve occasionnelle, elle ne trouva pas grand-chose. Pourtant, il y avait quelque chose d'attirant et d'accueillant ici, une énergie qui la fit avancer et Brianna perdit le fil du temps en progressant dans la caverne. Quand elle entendit de l'eau clapoter, elle fut perturbée et se demanda si elle n'était pas descendue accidentellement sur la côte. Cela semblait impossible vu combien elle était en hauteur, mais en suivant le bruit, une lumière éclatante se déversa dans un passage devant elle. Quand elle tourna, elle dut protéger ses yeux le temps de poser le pied dans la grande ouverture.

Quand ses yeux s'ajustèrent, Brianna resta debout là, absolument abasourdie par la splendide vue magique, *oui*. C'était une grotte cachée, isolée, avec des bassins d'eau créés par la marée, bloquée par la roche. Digne d'un récit mythologique et assez loin de la mer pour qu'elle se sente encore en sécurité. Cette trouvaille rendit Brianna survoltée. Elle n'était pas une experte en géologie, mais elle appréciait les jolies pierres et dans un endroit aussi riche en minéraux qu'ici, Brianna se demanda si elle pourrait avoir la chance de trouver un cristal.

Excitée à cette idée, elle avança sur la roche entre la plage rocailleuse et la crique cachée. Elle s'accroupit, encore dans sa recherche de trésor, en faisant attention à où elle mettait les pieds. Après avoir contourné les bassins toujours pleins, mais a priori inintéressants, elle avança vers le mur rocheux où les bassins étaient principalement vides à cause de la marée descendante.

Un peu déçue de n'avoir rien trouvé, pas même une pierre polie, Brianna écuma du regard la zone une dernière fois. Son regard atterrit sur des roches plates au soleil. *Parfait*, pensa-t-elle. Si elle ne rentrait pas les poches pleines de jolies pierres, elle pouvait au moins se reposer un peu et profiter de ce joli cadre.

Elle avança vers la roche et s'assit doucement, savourant sa chaleur, le visage levé vers le soleil. Après le tourbillon de ces derniers jours, ça faisait du bien de respirer profondément et se détendre vraiment. Elle passait un si bon moment, ses questions temporairement oubliées, jusqu'à ce qu'un cri au loin la fasse sursauter.

Brianna leva les yeux et vit que le cri venait de Dar qui s'approchait d'elle à la hâte, Céleste et Lachlan dans son sillage. Ne sachant pas ce qui les inquiétait autant, elle agita la main pour qu'il sache qu'elle l'avait entendu, puis se leva pour les rejoindre. Quand elle leva les yeux, ils couraient tous vers et elle vit que Céleste avait un grand sac... au loin, elle aurait juré que c'était une sacoche qui était à elle. En fait... n'était-ce pas celle qu'elle avait achetée ? Ils criaient quelque chose, mais le vent s'était levé assez pour que Brianna ne puisse pas distinguer ce qu'ils disaient. Les bourrasques augmentaient au fur et à mesure qu'ils s'approchaient et résonnaient si fort qu'elle dut se couvrir les oreilles. Sentant leur panique, Brianna commença à se hâter et à avancer à un rythme stable, essayant de ne *pas* imaginer quelle mauvaise nouvelle ils étaient venus lui donner.

Pour clore la distance entre elle et les autres, Brianna dépassa un autre bassin et un éclat vif attira son œil. Elle ne voulait pas s'arrêter, mais la collectionneuse en elle l'emporta – comme le fait qu'elle était presque sûre d'avoir déjà inspecté cette mare. Repoussant les appels des MacTavish, à peine audibles par-dessus le son du vent qui hurlait, Brianna regarda l'endroit où elle avait vu l'éclat. Son souffle se coupa quand elle vit une large pièce dorée, logée entre les roches. Elle fut aussitôt attirée, comme un papillon de nuit par la lumière et fit marche arrière, avançant sur une pente qu'elle avait remarquée de l'autre côté.

Désormais en mode travail, Brianna ignora tous les autres sons et sens pour se concentrer sur l'objet. Pas son meilleur choix. Une fois presque rendue, elle glissa sur une pierre moussue et cria en trébuchant. Elle agita les bras, essayant d'éviter une chute hasardeuse, mais la gravité l'avait déjà emportée. Elle poussa vers le haut au dernier moment et sans réfléchir, sauta dans l'eau. En l'espace de quelques secondes entre sa chute et le moment où elle avait atterri, tout devint parfaitement calme et un éclair de ce qu'on pourrait décrire comme une *énergie* l'entoura.

Tout arriva si vite qu'elle n'eut pas le temps d'avoir peur. Elle atterrit violemment et l'onde de choc traversa ses genoux alors que ses mains effleuraient les sédiments rêches au fond de la piscine. Prise de vertige, son cœur tambourinait à cause de l'afflux d'adrénaline et elle fixa le bassin rocheux, clignant des paupières jusqu'à ce que son environnement réapparaisse clairement. Elle regarda ses mains et reprit son souffle, chassa quelques cailloux coincés sur sa paume. Une fois sûre qu'elle n'était pas vraiment blessée, elle reporta son attention sur son trésor. Par chance, elle avait atterri à quelques centimètres de la pièce et la délogea prudemment. Avec un large sourire aux lèvres, elle la souleva dans ses deux mains – c'était un prix plus que digne de ce moment de gêne.

Ce qu'elle avait d'abord pris pour une petite pièce était en fait un grand médaillon forgé à la main. Même si elle ne pouvait pas déterminer en quoi il était fait, il était en si bonne condition qu'il semblait presque neuf. Brianna le leva à la lumière et admira le nœud d'infini circulaire gravé sur le rebord, déroutée d'avoir trouvé un si bel artéfact. Quand elle reporta son attention sur le motif sur la face, son souffle se coupa en voyant l'image d'un formidable ours, fait en relief. Les ours avaient toujours été des totems de chance pour Brianna – le nom de son père, Arthur, provenait du mot celtique ours. Elle sourit et effleura du doigt le contour avant de retourner le médaillon pour voir le dos. Elle faillit le lâcher quand elle vit ce qui était gravé au dos. C'était le même nœud, *le* fameux nœud entouré d'un cercle qui lui avait échappé la majeure partie de sa vie, jusqu'à la veille. Avec un ours d'un côté et ce motif celtique unique de l'autre, elle sut que ce médaillon voulait dire quelque chose. Ça ne pouvait pas être une coïncidence.

Excitée à l'idée de montrer aux MacTavish ce qu'elle avait trouvé et espérant trouver des réponses, Brianna se leva et agita la main dans les airs en souriant comme une idiote. Mais en regardant le rivage, elle se rendit compte que non seulement le chemin sur lequel ils se trouvaient était vide, mais tout était différent. Le large creux dans la roche avait disparu et la roche en elle-même, des falaises à la grotte, était pleine de végétation alors qu'elle n'était pas sûre qu'il y en avait avant.

Elle peinait à comprendre ce qui s'était passé mais sentit cette étrange sensation d'énergie de nouveau. Comme si l'air bourdonnait autour d'elle. Quand son sac apparut à côté d'elle avec un *plop*, Brianna se figea et un mauvais pressentiment l'envahit : elle avait fait exactement ce qu'elle ne devait pas faire. Espérant avoir tort et s'efforçant de ne pas paniquer, Brianna plaça le médaillon dans sa poche, puis se pencha pour ramasser la sacoche. En la parcourant, elle découvrit que Céleste y avait rangé tout ce qu'Esmeralda avait choisi pour elle et son cœur s'emballa encore – de plus en plus fort. Essayant de contrôler ses respirations irrégulières et de prévenir une vraie crise de panique, elle regarda le chemin vide de nouveau, espérant désespérément voir Céleste venir vers elle. *Oh non. Non, non, non.* Elle voulait juste un peu de temps pour explorer et ne *pas* penser aux propositions extraordinaires des MacTavish et tout ce qui allait avec.

Avait-elle vraiment... *voyagé dans le temps* ?

En fixant le chemin devant elle, Brianna se demanda ce qu'elle avait mal fait. Elle était sûre d'avoir suivi les avertissements de Dar et Céleste. Non ? Elle avait évité la mer et pour ce qui était des falaises, eh bien, elle ne s'était pas approchée du rebord et n'avait certainement pas sauté. Puis, elle se rappela comment elle s'était écartée de la roche – un geste instinctif, presque incontrôlable – et se rappela avoir sauté dans les airs avant d'atterrir au centre du bassin d'eau. Attendez. *Ça comptait ?* En baissant les yeux vers son sac, Brianna eut le sentiment que oui. Pas étonnant qu'ils couraient vers elle : ils savaient et elle avait été aveugle. Un sentiment étrange et pourtant vaguement familier l'envahit, tandis qu'elle se levait et sortait de l'eau. La peur. Une véritable peur mêlée à de l'incertitude. Cela faisait des décennies qu'elle n'avait pas ressenti ça – pas depuis la nuit où ses parents étaient décédés.

En tremblant, elle se demanda ce qu'elle devrait faire ensuite et entendit soudain un petit cri. Reconnaissante d'avoir quelque chose – n'importe quoi – sur quoi se concentrer, elle se tourna vers le son et découvrit un tout petit chaton à quelques mètres d'elle.

— *Oh...* salut, bébé.

C'était un étrange endroit pour un chaton et Brianna observa la zone, mais ne vit aucun signe de sa mère ou de ses frères et sœurs.

— Où est ta maman ? Tu t'es perdu ? Ou tu es tombé ? demanda Brianna en examinant la paroi rocheuse.

Le chaton se contenta de la fixer, puis émit un nouveau petit miaulement. Inquiète à l'idée qu'il s'enfuie si elle tendait la main vers lui, Brianna épousseta son pantalon pour chasser le sable et sourit quand il commença à avancer vers elle d'une démarche instable. Brianna passa sa sacoche à son épaule et l'ajusta sur sa hanche, puis approcha sa main du chaton, désormais à ses pieds. Le mignon bébé commença à ronronner dès qu'elle le berça contre sa poitrine.

Elle resta debout ainsi un moment, à réconforter et tirer réconfort, jusqu'à ce que le bruit de chevaux au loin l'alerte. Brianna se tourna et manqua de faire tomber le chaton quand elle vit un groupe important d'hommes galoper le long de la côte. Ils chevauchaient par rangées de trois et remplissaient toute la plage de l'eau jusqu'à la paroi rocheuse. Ce spectacle était à la fois beau de par sa symétrie et terrifiant de par le témoignage que cela transmettait. Brianna cligna des yeux, se demandant si ce n'était pas qu'un produit de son imagination – s'était-elle cogné la tête en sautant, sans le remarquer ? – ou si c'était une preuve de plus que ce qu'on lui avait dit était vrai : le voyage dans le temps était possible et elle venait d'en faire un. Après quelques secondes, il n'était plus possible de nier que ce n'était pas son imagination.

Les cavaliers s'approchaient et Brianna se rendit compte de ce qu'elle portait – un *pantalon*, pour commencer – et tendit la main vers son sac en portant le chaton dans un bras pour pouvoir chercher parmi les tissus. Elle attrapa la robe rouge et la passa par-dessus sa tête en tirant le tissu sur sa tenue moderne. L'espace de quelques secondes, elle serra le chaton et songea à fuir en courant, mais les hommes s'arrêtèrent à moins de trois mètres d'elle. L'un d'eux mit pied à terre et commença à s'approcher et elle resta figée et décida de faire de son mieux, puisqu'elle n'avait pas le choix.

— Vous êtes perdue, jeune femme ?

Son accent gaélique écossais était une nouvelle preuve. Apparemment, le mieux de Brianna était un silence. Elle espérait qu'il pensait qu'elle tremblait à cause du froid.

— Vous êtes blessée ? demanda-t-il inquiet et non plus curieux. Pouvez-vous me dire votre nom, jeune femme ?

Dieu lui vienne en aide, elle espérait faire le bon choix.

— Brianna. Brianna O'Roarke.

CHAPITRE 8

Béni d'un ciel bleu, d'un vent vif et d'eaux calmes, Aidan passa les deux premiers jours du voyage pour Abersoch exactement comme il l'avait suspecté : à travailler avec Gavin et Isabelle pour apprendre la navigation aux jumeaux et à leur jeune frère. C'était une aubaine qui lui rappelait sa jeunesse, quand Allister et Fergus avaient fait la même chose pour lui et ses camarades. Même le capitaine John, le plus âgé et chevronné des commandants des MacGreggor, raconta quelques récits aux garçons, y compris des histoires d'Isabelle qui s'était glissée à bord.

Absorbés dans leurs devoirs, le temps passa vite et le troisième matin du voyage, ils firent escale à Ayr – leur seul et unique arrêt prévu. Avec une courte liste de provisions à trouver, c'était à l'origine censé être une brève excursion, mais ils n'avaient pas pris en compte qu'ils arriveraient en même temps que la foire annuelle, alors ils prolongèrent leur arrêt jusqu'à l'après-midi. Aidan et Gavin suivirent Isabelle et les enfants, donnant quelques conseils aux jumeaux de temps à autre tout en troquant des biens. Isabelle en profita pour réunir ce qui se révéla être un trésor de tissus. Elle quitta le stand sur lequel elle était restée un bon moment les mains pleines de soie et d'un bébé.

— Visiblement, je suis à court d'argent, dit-elle en confiant une pile de tissus à Gavin.

Aidan rit, attendri par leur amour évident. Quand Isabelle se tourna vers lui et lui tendit quelque chose, Aidan répondit rapidement et fut surpris d'avoir le bébé Emmalyn dans les bras.

— J'ai besoin de deux mains, expliqua Isabelle avec un haussement d'épaules et un sourire avant de retourner chercher ses achats.

Gavin aida les jumeaux et Aidan installa la petite Emmalyn contre son torse – dernière des quatre enfants, le bébé avait l'habitude de passer de bras en bras – tout en agitant la main à l'attention d'Isabelle. Il attendit en parcourant des yeux la foule, adressa un signe de tête à ses hommes, comme toujours quelques pas derrière eux, et vit que la plupart de l'équipage savourait ce répit prolongé sur terre. Il sourit quand Emmalyn roucoula et se blottit un peu plus contre lui. Il caressait son dos quand quelque chose d'étrange attira son attention – juste devant, la foule de visiteurs d'écarta sans heurts et une silhouette familière quoiqu'inattendue apparut.

— Esmeralda, souffla-t-il comme si Emmalyn pouvait comprendre.

Même s'il était concentré sur la mystérieuse femme qui avait joué un rôle dans chacune de leurs vies, il put rattraper Isabelle de sa main libre, qui quittait le stand et avait trébuché dans un hoquet en voyant Esmeralda.

Il y eut un changement dans l'atmosphère, toute trace de tranquillité disparut et Aidan se redressa. Il confia le bébé à Isabelle, puis se plaça devant elle tout en faisant un signe en direction de Gavin, de l'autre côté du chemin avec les garçons, pour qu'il restât en place. Comprenant son ordre silencieux, leurs hommes les entourèrent, au grand déplaisir de Gavin.

Malgré leurs postures, Esmeralda ne ralentit pas et ne montra aucune émotion, continuant d'avancer vers lui avant de s'arrêter à un cheveu. Aidan voulait mettre fin à tout ça au plus vite et attendit mal à l'aise tandis qu'elle levait la tête et que ses yeux bleus fluorescents se posaient sur lui. Quelle que soit la tâche qu'on lui donnait, il l'exécutait avec facilité, mais quand il s'agissait de magie, il n'y avait aucune garantie. Tout ce dont il était sûr, c'était qu'un destin promis avait toujours un coût.

Après un moment, Esmeralda prit la parole.

— Tu as beaucoup accompli et tu as largement prouvé ton courage, Aidan Sinclair, mais ta mission est loin d'être terminée. Avance avec prudence, le chemin qui se déploie devant toi ne sera pas sans encombre.

Aidan savait qu'il ne fallait pas poser de questions et soutint son regard en hochant la tête.

Satisfaite, Esmeralda se tourna pour partir et Aidan sentit ses muscles se détendre une seconde, jusqu'à ce qu'Isabelle parvînt à le contourner et appelât la femme qui partait.

— Attendez ! dit-elle en levant un bras, l'autre toujours sur Emmalyn.

Esmeralda s'arrêta et se tourna.

— Isabelle.

Elle se figea et Aidan posa une main protectrice sur son épaule.

— Vous connaissez mon nom ?

— Bien sûr. Je vous connais tous, tout comme vos parents.

— Pourquoi avez-vous menti à Maggie et Callum ? répliqua aussitôt Isabelle, comme si elle savait qu'elle allait vite perdre son audace.

Aidan la tira derrière lui, inquiet à l'idée que l'enchanteresse ne le vît comme une insulte, mais Esmeralda se hérissa plus de ce geste que des mots d'Isabelle et le rappela à l'ordre :

— Je n'étais pas insultée par sa question, Aidan Sinclair, dit-elle en s'approchant de lui. Ton manque de foi en moi me donne à réfléchir. Maintenant, écarte-toi.

La dernière chose qu'il avait voulu faire, c'était énerver Esmeralda, mais il avait réussi. Un triste accomplissement, une première a priori dans leur cercle. Il jeta un regard à Gavin et attendit son signe de tête avant de s'écarter légèrement. Quand Esmeralda se plaça là où il était juste avant, il sentit un changement chez elle.

— Fiona était enceinte d'une fille et elle est décédée. Alors j'ai dit à Callum qu'il accueillerait un garçon pour qu'il ne se souvienne pas de Fiona et de la fille qu'elle portait.

Les mots directs d'Esmeralda étaient bien loin de ses déclarations à demi-mot habituelles. À l'évidence, cela lui tenait à cœur. Aidan observa Isabelle incliner la tête, toute bravade disparue.

Puis, Esmeralda se tourna vers lui.

— Tu gâches une denrée rare, Aidan Sinclair. Les roues du destin sont déjà en marche.

Et là-dessus, elle se tourna pour partir.

Aidan fut bien content de la regarder s'éloigner, plus que prêt à mettre tout cet échange derrière lui. Il sentit vaguement Gavin le pousser pour atteindre sa femme et chancela sur le côté, le regard rivé sur Esmeralda jusqu'à ce qu'elle disparût dans la foule.

— Réunissez l'équipage, ordonna-t-il.

Il savait sans l'ombre d'un doute que leur moment ici était terminé, mais il ne mentionna pas le sentiment soudain d'urgence qu'il ressentait après l'avertissement de la voyante et se mit en route.

CHAPITRE 9

Brianna fut escortée à dos de cheval. Même si elle était une cavalière accomplie grâce aux années de leçons d'équitation que son grand-père lui avait fait prendre, elle était reconnaissante de n'être qu'une passagère cette fois, assise avec le garde qui semblait aux commandes. Ils progressèrent sur le chemin ardu jusqu'à la falaise au-dessus d'eux et elle comprit que sans son exploration des tunnels, elle ne se serait jamais trouvée près des bassins d'eau. Consumée par ses pensées, pas tant sur *comment* elle était arrivée ici, mais *pourquoi* elle s'était sentie attirée vers l'eau à chaque pas, elle fut reconnaissante du silence des hommes – et du chaton, qui ronronnait toujours contre sa poitrine.

Quand ils atteignirent la terre ferme, Brianna eut le souffle coupé en voyant le château. Alors voilà Abersoch dans sa forme originelle. Comme un vrai phare sur une colline, le château semblait briller dans toute sa beauté. Son style lui rappelait Pembrooke, le domaine pas très loin de Dunhill auquel elle s'était profondément attachée plus jeune, et où elle avait vu ce nœud spécifique qui semblait partout maintenant. Elle se redressa sur sa selle, frappée par une vague de souvenirs, et ses yeux s'humidifièrent. Elle se rappelait encore le jour où son grand-père l'y avait emmenée et combien la vue de ce motif gravé dans la pierre l'avait affectée.

Elle était encore dans une sorte de stupeur quand on l'aida à descendre du cheval, mais elle s'assura malgré tout d'offrir une tape affectueuse à l'animal avant de monter les marches qui menaient aux portes. Soudain tremblante et glacée jusqu'à l'os, Brianna s'arrêta dans l'entrée massive où on la remit aux bons soins d'un homme qui semblait s'occuper du domaine. Pendant qu'il échangeait plusieurs mots tendus avec le garde qui l'avait amenée, Brianna observa le décor et serra Minette contre elle tout en feignant un air de détachement, espérant ne pas être refusée à l'entrée.

— Je viendrai voir comment vous allez au matin, jeune femme, lui indiqua le garde.

Ses mots indiquaient clairement qu'elle serait toujours là au matin et la tirèrent de sa torpeur.

Brianna ne savait pas pourquoi il s'intéressait autant à son bien-être, mais appréciait l'attention et hocha la tête en le remerciant avant qu'il parte. Ses bottes résonnèrent bruyamment tandis qu'il s'avançait vers la porte, la laissant dans son malheur avec l'homme qui devait être le chambellan du domaine. Elle se tourna vers lui et l'homme exerça aussitôt son autorité en montrant Minette avec déplaisir avant de secouer la tête.

— S'il vous plaît, monsieur, souffla Brianna en s'accrochant à Minette comme si sa vie en dépendait. Elle n'a pas de puces, elle ne fera aucun mal.

À vrai dire, c'était une totale supposition de sa part.

Heureusement, le garde qui l'avait ramenée était toujours à portée d'oreille et cria depuis l'extérieur :

— C'est une O'Roarke, William.

— Très bien, répondit l'homme.

Il regarda la boule de poils d'un air sceptique, mais quand il croisa le regard de Brianna, elle vit son expression s'adoucir.

Encore une fois, le nom O'Roarke s'était révélé avoir de

l'importance et Brianna lâcha le souffle qu'elle retenait, contente que ses ancêtres aient fait si bonne impression.

L'homme – William – lança un dernier signe de tête au garde et fit un signe à une jeune femme que Brianna n'avait pas remarquée, dans l'escalier. Elle s'approcha rapidement et William s'adressa à elle en l'appelant Lily et lui demanda d'emmener *Mademoiselle O'Roarke dans la chambre d'amis au nord.*

Soulagée d'avoir été acceptée, Brianna suivit la fille en haut des marches en passant sa main sur le mur en pierre tout en admirant l'excellente maçonnerie. Brianna fut menée dans la même chambre que celle dans laquelle elle avait dormi la veille et resta plantée sur le seuil, à observer. Même si elle était vide de luxe moderne, la pièce renvoyait toujours autant de chaleur et de charme et faisait preuve d'une petite avance sur son temps.

Des draps en lin vert sauge et blanc recouvraient un lit à baldaquin doté de rubans et d'un tissu assorti à chaque colonne. Une coiffeuse et deux armoires flanquaient un grand miroir posé au sol. Au mur nord, face à la mer, des rebords de fenêtres profonds devançaient des vitraux, un luxe que Brianna savait réservé à la royauté ou aux églises. Elle eut le souffle coupé quand Lily ouvrit la fenêtre et l'attacha au mur avec des crochets en métal. L'air frais avait une odeur incroyable, mais lui donna vite froid, ce qui lui arracha un frisson et la fit serrer Minette contre elle.

Lily le remarqua dès qu'elle se tourna et eut l'air horrifiée de l'avoir dérangée.

— Juste un peu, dit-elle en guise d'excuse.

Elle expliqua que même si la chambre d'amis avait été préparée, ils ne s'attendaient pas à ce qu'elle soit occupée à l'arrivée des Montgomery.

— Un tout petit peu d'aération et je la ferme, dit-elle en s'avançant vers la cheminée pour allumer du petit bois empilé.

Brianna se réchauffa près du feu et Lily tira un grand baquet en bois de derrière deux paravents pour le placer devant le foyer. Ensuite, le personnel de la maison s'affaira pour apporter des seaux d'eau fumante. Brianna présuma que les seaux d'eau devaient être préparés et stockés quelque part en attendant. Elle ne se rappelait pas avoir lu ce détail quelque part et elle était ravie de le découvrir, même si ce n'était pratiqué qu'ici. Une fois la baignoire pleine, une longue planche polie fut fixée sur le rebord et rapidement remplie d'objets de toilette. Tandis que Brianna regardait autour d'elle la pièce pour un endroit adapté et sécurisé pour Minette, elle remarqua un espace salon au charme désuet avec une table toute simple et de splendides fauteuils. Lily s'occupa d'allumer les bougies dans la pièce et quand elle vit le regard de Brianna tomber sur une porte dans le coin, elle expliqua qu'elle menait à des latrines privées.

— Avez-vous besoin d'aide pour votre bain ? demanda Lily.

Elle commença à défaire la sacoche de Brianna et écarquilla les yeux en sortant la robe vénitienne. Elle coula un regard vers Brianna, puis revint au tissu.

Brianna laissa la fille réconcilier son apparence débraillée et ses vêtements luxueux, mais se rendit soudain compte qu'approprié ou non, le fait que Lilly reste impliquait qu'elle verrait les vêtements modernes sous la robe. Tout en réfléchissant à comment éviter ça, Brianna regarda la pauvre fille s'alarmer de plus en plus à chaque vêtement au mieux humide qu'elle retirait de la sacoche.

— Ça ira Lilly, on peut accrocher la sacoche devant la cheminée, je suis sûre qu'ils sécheront très vite.

Vu le regard de Lilly, elle n'était *pas* d'accord et réunit doucement toutes les affaires de Brianna d'un geste du bras avant de se presser vers la porte. Contente d'un peu d'intimité et plus que prête à essayer ce baquet, Brianna se demanda s'il y avait moyen de verrouiller ou barrer sa porte. Bien trop vite, Lilly réapparut sans les vêtements de Brianna, mais avec ce qui ressemblait à une sorte de robe de chambre.

— Avez-vous besoin de moi ? Pour votre bain ?

Brianna sourit.

— Non, ça ira.

Lilly partit après avoir déposé des morceaux de lin sur le rebord du baquet. Brianna barra la porte derrière elle, puis plaça Minette dans un panier qu'elle avait repéré de l'autre côté de la chambre et se déshabilla, cachant ses vêtements modernes et le médaillon au fond d'une des armoires. Une fois immergée dans le baquet, à côté du feu qui crépitait et réchauffait la pièce, elle découvrit qu'elle n'était pas opposée aux bains, finalement – de l'eau chaude, un peu d'huile parfumée et un savon floral étaient appréciés, même des siècles en arrière.

Après avoir enfilé la robe de chambre laissée pour elle, Brianna débloqua la porte et s'assit devant la cheminée pour sécher ses cheveux devant le feu. Elle venait de commencer à brosser les mèches avec ses doigts quand Lily revint avec un plateau rempli de rubans et d'un joli peigne pour ses cheveux, ainsi qu'un panier de paille fraîche pour Minette. Cette silencieuse jeune fille avait plus qu'un bon entraînement, elle pensait à tout !

Lilly monta trois fois de plus cette nuit-là : une première fois avec un plateau-repas qui incluait heureusement quelque chose pour Minette. En voyant la nourriture, Brianna se rendit compte que cela faisait des heures qu'elle n'avait pas mangé et elle se demanda ce qu'on lui avait servi. Heureusement, la cuisinière perfectionnait plusieurs recettes avant l'arrivée des Montgomery et cela sentait divinement bon. Elle devait admettre qu'elle était un peu obsédée par la jolie vaisselle aussi. Quand Brianna souleva le couvercle, elle sourit devant la vue parfaitement familière d'un pot-au-feu et s'y attaqua aussitôt, savourant les morceaux de viande tendres et les légumes cuits à la perfection.

Un peu plus tard, alors que Brianna fixait le feu en caressant Minette, Lilly ramena une chemise de nuit. Brianna l'enfila par-dessus sa tête et vit que le tissu suivait son corps à la perfection. Elle s'émerveilla devant la beauté du vêtement. Le château employait visiblement une couturière expérimentée et ne manquait pas de tissu luxueux. Après, Lilly prépara le lit et éteignit les bougies dans la pièce avant de sortir en silence.

Épuisée, Brianna s'enfonça dans le matelas, surprise de le sentir si moelleux, et s'endormit rapidement.

Brianna passa les trois jours suivants sous les yeux attentifs de la maisonnée sympathique, mais très mutique. Elle oscillait entre la panique totale et l'émerveillement complet à l'idée qu'elle ait bel et bien *voyagé dans le temps*, des centaines d'années dans le passé. Il lui fallut ces trois jours pour se débarrasser de l'idée qu'elle allait être jetée dans un donjon – non qu'elle en ait vu un – ou entendre les cris *qu'on lui coupe la tête* – lesquels, de mémoire, s'appliquaient plutôt quelques années avant cette époque – ou être témoin d'une pendaison ou d'un bûcher. Quand elle comprit qu'elle n'était pas vraiment en danger, elle sentit ses murs lentement s'abaisser et laisser entrer l'euphorie pure de *vivre l'histoire* pour de vrai. Cela la plongeait dans un état de surcharge sensorielle constant.

Malgré tout, elle restait beaucoup seule, bien consciente que son apparition inattendue n'avait pas seulement causé de l'agitation mais aussi ajouté aux responsabilités du personnel. Via Lilly, Brianna avait appris qu'ils préparaient le château pour recevoir Gavin Montgomery, sa femme Isabelle et leurs quatre enfants. Leur excitation était évidente et après quelques jours, Brianna décida qu'elle avait hâte de les rencontrer aussi. C'étaient les gens dont les MacTavish avaient parlé avec tant d'affection, leurs amis les plus proches du XVe siècle – les *ancêtres* des Montgomery très connus du XXIe siècle, Alexander et Amanda. Brianna n'avait pas honte d'admettre qu'elle était un peu impressionnée par cette idée.

Vu sa récente expérience avec les MacTavish, il était clair que les Montgomery étaient faits du même bois. Cela se voyait au personnel du château et aux gardes. La joie qu'ils ressentaient était au départ surprenante, mais *tout* était surprenant en soi.

Elle avait appris que Duncan, l'homme qui l'avait trouvée près des bassins d'eau de mer avait été jusqu'à récemment le second de Greylen MacGreggor et veillait désormais sur la sécurité du château, une position qu'il prenait avec un grand sérieux. Duncan venait voir comment elle allait chaque jour et continuait à lui assurer que quand son commandant arriverait, ils veilleraient à ce qu'elle rentre chez elle en sécurité, à Dunhill. Puisque Brianna n'avait jamais dit *où* elle habitait, pas une fois, et qu'on ne le lui avait pas demandé spécifiquement, elle avait hoché la tête sans objecter. Quand les Montgomery arriveraient, elle déciderait ce qu'elle devrait leur dire. Avec un peu de chance, avec leur aide, elle comprendrait le mystère de Pembrooke, celui du médaillon, du nœud celtique et le lien entre les trois. Malgré tout ça, elle avait failli aborder le sujet avec Duncan plusieurs fois, surtout quand elle s'était rendu compte qu'il était familier des gens dont elle avait entendu parler grâce aux MacTavish, mais elle s'était arrêtée chaque fois. À l'origine, elle pensait que le comportement honorable de Duncan et de ses hommes venait de sa tenue, qui suggérait qu'elle était noble ou du moins, bien née. Au fur et à mesure que les jours défilaient, elle constata que les gardes du château des Montgomery étaient en un mot : chevaleresques.

Le personnel, qui franchement semblait faire partie de la même famille – sur au moins trois générations – était mené par William. Des femmes de chambre aux lavandières et même le personnel de cuisine, leurs fossettes et leur bonté étaient à l'évidence héréditaires, ainsi que leurs compétences. Observer leur routine quotidienne était fascinant, excitant, même. Brianna était devenue le témoin direct de ce qu'elle avait appris dans ses livres d'Histoire et ses textes érudits.

Avec très peu de choses à faire les jours suivant à part attendre les Montgomery, qui lui affecteraient quelqu'un pour l'escorter à Dunhill, si Dieu le voulait, elle explora le château et le domaine. De ce qu'elle avait pu réunir jusque-là, le château était terminé, du moins pour l'instant. Pas un mauvais point de départ, à son avis. Brianna avait bien sûr examiné ce genre de structures avant, mais en voir une fraîchement bâtie et non après diverses restaurations et des centaines d'années lui permettait d'apprécier sa beauté, esthétique comme structurelle. Elle était ravie de connaître certains hommes qui avaient participé à sa construction – Dar et Lachlan seraient sans doute fiers de ce que leur vision avait donné.

De ses conversations avec le personnel – qui se transformaient souvent en nuée de questions tant elle voulait apprendre si ce qu'elle avait appris dans les livres était vrai – Brianna avait découvert que les Montgomery comptaient s'installer dans leur château et s'occuper de toute modification le printemps suivant. Elle ne voyait pas ce qui pouvait nécessiter des changements. Dar et Lachlan avaient fait un travail remarquable – sans parler de leur ami, M. Sinclair, si elle se rappelait bien, qui avait commencé le projet avec eux et avait pris le relais à leur départ. En moins de trois ans, c'était devenu une structure saine et fortifiée avec un personnel digne de confiance et des hommes formidables missionnés pour protéger le lieu. Brianna supposait que leurs fortifications de masse avaient un rapport avec la protection du portail également.

Le quatrième matin à Abersoch, Brianna se réveilla après une nuit de sommeil incroyable. Elle s'étira avec contentement avant de repousser les draps en lin en souriant. Tout était bien plus somptueux que ce à quoi elle s'attendait, malgré toutes ses lectures et connaissances en histoire. Non seulement les draps étaient étonnamment doux, mais le matelas et les oreillers aussi. Honnêtement, elle s'attendait à un aménagement rêche ou même sommaire, mais c'était loin d'être le cas pour les Montgomery et leur château.

Brianna descendit du lit en utilisant un repose-pied rembourré, un objet charmant du XVe siècle doté d'un tissu brodé. Elle attrapa Minette, qui avait pris l'habitude de dormir à ses pieds et pile quand elle commença à faire son lit, on frappa à la porte.

— Entrez.

Elle continua sa tâche à une main, consciente que c'était Lilly, qui était devenue un visage agréable à voir ces derniers jours.

— Ah, bonjour, mademoiselle O'Roarke, dit joyeusement Lilly.

Elle posa le plateau et le panier avant de se précipiter de l'autre côté du lit pour l'aider.

— Je vous ai rapporté de la nourriture fraîche pour votre compagnon, dit-elle en parlant de Minette.

Comme toujours, elle prit le temps de remodeler le matelas depuis le dessous avant de lisser chaque pli sur les draps.

Pendant que Lilly s'occupait de nettoyer et ranger sa chambre, même s'il n'y en avait pas besoin, Brianna prit le bol de nourriture de Minette sur son plateau de petit déjeuner et le posa par terre pour qu'elle se régale. Dieu merci, ils savaient comment nourrir un chat domestique – Brianna rechignait à l'idée de la mettre dehors pour qu'elle aille chasser. Le personnel de cuisine l'avait aussi surprise avec une poignée de bonnes choses qui étaient aussi en avance sur leur temps. Comme le thé à la menthe et au gingembre qu'elle buvait maintenant. Elle n'allait pas s'en plaindre, mais en même temps, elle se demanda comment un domaine du XVe siècle au Pays de Galles stockait des granolas parfaitement croquants ou servait des fruits frais au lieu des fruits conservés dans des bocaux comme il était d'usage à l'époque. Soit cela avait quelque chose à voir avec le fait que d'autres femmes modernes vivaient parmi ces familles comme Dar et Céleste l'avaient dit, soit ses livres d'Histoire se trompaient. Peut-être un peu des deux. Elle avait fait quelques commentaires nonchalants, mais ils étaient passés inaperçus, alors plutôt que de risquer de soulever des suspicions, elle laissa couler.

Brianna choisit des sous-vêtements propres et une robe, puis porta Minette, qui était toujours dans ses pieds. Tandis qu'elle s'avançait vers les latrines – une autre surprise, et une très bonne – Lilly prit Minette. Elles avaient commencé à trouver leur routine ces derniers matins et Brianna ne pouvait pas dire que cela la gênât. Lilly semblait contente aussi, surtout d'avoir un animal. Les premiers soupçons de Brianna – que tout le personnel soit de la même famille – s'étaient révélés exacts, et c'était agréable de les voir ensemble, surtout au moment du repas. Elle n'était pas autorisée à manger avec eux – ce serait *en dessous de son statut social* dixit Lilly – et elle refusait de les laisser la servir uniquement elle à la grande table du grand hall – ils avaient assez de responsabilités sans avoir à s'occuper d'une invitée inattendue et *noble*. Elle avait brisé le protocole parfois – si parfois pouvait s'appliquer à au moins deux fois par jour – quand elle ramenait son plateau à la cuisine en s'extasiant sur ce repas réussi, puis s'attardait pour boire une tasse de thé et discuter.

— Quelle robe devrais-je porter aujourd'hui, Lilly ? demanda Brianna.

Elle parcourut des yeux sa collection grandissante de robes, qui incluait maintenant les trois d'Esmeralda et deux autres qui avaient été ajoutées à sa garde-robe depuis son arrivée. Lena, la tante de Lilly, une couturière talentueuse, avait insisté pour les concevoir. Au début, Brianna avait refusé catégoriquement, ayant déjà l'impression qu'on lui avait trop donné, mais quand Lena avait expliqué qu'ils gagneraient du temps sur le long terme, Brianna avait cédé. Et puis, ses nouveaux vêtements étaient splendides et vu qu'elle ne savait pas combien de temps elle serait là, quelques tenues de plus aideraient. Elle avait trouvé une routine agréable et avait découvert avec surprise qu'elle aimait avoir des gens autour d'elle. Lilly souleva la robe bleu foncé avec des manches bouffantes et hocha la tête avant de l'aider à l'enfiler.

Brianna venait de finir de relever ses cheveux quand elle entendit des cris de joie en bas. Curieuse, elle traversa la pièce tout en tenant Minette dans ses bras, jusqu'au rebord de fenêtre. Elle hoqueta en voyant le magnifique navire au loin et l'observa changer de direction pour la baie.

Le bateau ralentit et s'approcha et elle distingua un homme sur le pont, le visage caché sous une capuche. Deux autres hommes se tenaient derrière lui, un signe clair de puissance. On pouvait également déduire cette puissance à la falaise remplie de soldats. Elle entendit des cris depuis le pont et observa l'équipage se précipiter pour obéir aux ordres et ferler les voiles restantes avant de lâcher une ancre, puis une autre pour amarrer le navire. Une chaloupe fut descendue dans l'eau et un filet fut fixé à la coque – tout le long, l'homme à la capuche et ses gardes ne bougèrent pas. Ce n'est que lorsque la femme et les enfants furent en sécurité sur la chaloupe qu'ils brisèrent leur formation. Brianna dut admettre que c'était un spectacle formidable, digne du propriétaire de ce château.

Quand ils approchèrent du quai, Brianna se pencha autant que possible sans tomber, fascinée. L'homme à la capuche – M. Montgomery, certainement – se leva et ses bottes cirées touchèrent le quai l'une après l'autre. Puis, tandis qu'il surveillait la côte, la falaise et le château en lui-même, il retira sa capuche et Brianna hoqueta en reculant. Elle était surprise qu'il soit aussi *beau* et étonnée de sa propre réaction. Des cheveux bruns avec des reflets ensoleillés, des épaules larges et des bras musclés visibles d'ici. Elle repoussa ce qui l'avait frappée et se rappela qu'il était marié et aidait même sa jolie femme et leur troupeau d'enfants à descendre.

Brianna continua d'observer tandis qu'un défilé de personnes descendait, suivi par des coffres et paquets emballés, jusqu'à ce que les Montgomery disparaissent sur le chemin pentu. Ils mirent un temps à atteindre le haut de la falaise. Puis, ils chevauchèrent jusqu'à la cour du château, lui avec un bébé. Un jeune enfant et deux autres enfants plus âgés se trouvaient avec ses soldats. Toute la famille fut accueillie par Duncan. M. Montgomery se laissa glisser de son étalon et sa grande main s'attarda pour le tapoter avec affection tout en écoutant Duncan. Il transféra le bébé dans les bras de sa femme.

Puis, il leva les yeux vers le château et l'endroit exact où elle se trouvait.

CHAPITRE 10

Ce n'était pas du tout inhabituel qu'Aidan fût accueilli par Duncan à son arrivée. Ce qui était inhabituel, cependant, c'était la nouvelle qu'il apportait : une O'Roarke, ici, qui attendait d'être escortée jusqu'à Dunhill. Aidan essaya d'assimiler l'information, si loin de ce à quoi il s'attendait – même si ce à quoi il s'attendait impliquait un portail entre les royaumes et les avertissements d'une puissante enchanteresse, ce qui était plutôt inhabituel en soi. Les garçons, déjà impatients de découvrir leur nouvelle maison, poussèrent des cris d'excitation, courant pour rencontrer ce membre de la famille – qu'ils eussent ou non des liens de sang, selon Gwen et Maggie, ils étaient tout de même tous de la famille –, suivis de près d'Isabelle.

Aidan écouta Duncan lui donner des nouvelles des hommes qui avaient été envoyés à la rencontre de Gavin, confirmant qu'ils étaient arrivés au port comme prévu et que leur progression vers Abersoch était déjà bien entamée. Il lui faudrait encore une heure ou deux de trajet, peut-être plus avec leurs marchandises, mais c'était bien moins pénible que d'emprunter le sentier escarpé.

Debout dans la cour, en observant l'extérieur du château et les derniers détails terminés en son absence, Aidan fut frappé d'un immense sentiment de satisfaction. C'était fait, bel et bien fait. Il savait que l'intérieur serait probablement éclatant lui aussi, le personnel, bien que peu nombreux, avait été engagé pour son excellence, ainsi que pour sa discrétion. Lorsque Gavin arriverait avec le reste des affaires de la famille, leur mission à Abersoch serait achevée, et son temps ici terminé.

Un peu victorieux, Aidan donna une tape dans le dos de Duncan tandis qu'ils traversaient la cour et montaient les marches. Il entendit des bavardages joyeux, entra et sourit en observant la scène. Les trois garçons étaient rassemblés autour de celle qu'Aidan supposait être leur fameuse cousine, la mystérieuse invitée O'Roarke. La première chose qu'il remarqua fut qu'elle était très jolie, avec un beau sourire, des yeux chaleureux et de longs cheveux lisses.

— Une O'Roarke, tu es sûr ? demanda Aidan à Duncan.

Tous les O'Roarke qu'il connaissait, à l'exception de quelques-uns par alliance, avaient des cheveux épais et indisciplinés.

La femme en question se tourna vers Isabelle et lui fit une révérence comme si elle était reine. Aidan réprima un sourire. Oui, une O'Roarke en effet, et sans doute proche de Margaret.

Duncan s'esclaffa.

— Qu'en penses-tu ?

Lorsqu'Isabelle remarqua la présence d'Aidan, elle prit la main de la femme et la fit avancer, ayant manifestement déjà fait sa connaissance.

— Venez, je vais vous présenter, dit-elle avec enthousiasme.

La femme O'Roarke croisa son regard, levant la tête à mesure qu'elle s'approchait, ses yeux bleus étonnants encadrés de cils épais. Aidan dut admettre qu'il s'agissait bien des yeux des O'Roarke – presque exactement les mêmes que ceux de Callum, sans la dureté de son regard. Ses cheveux ne correspondaient pas, mais ses yeux... ses yeux oïl.

— Je suis ravie de vous rencontrer, monsieur Montgomery, dit-elle.

— Oh, oh non, non, non, dit Isabelle en riant doucement. Ce n'est pas mon mari, Brianna. Je vous présente M. Aidan Sinclair.

La femme sembla d'abord confuse, mais il aurait juré qu'un éclat de reconnaissance brilla dans ses yeux à la mention de son nom. Pendant qu'Isabelle expliquait l'absence temporaire de Gavin, Aidan fouilla dans sa mémoire, essayant de se souvenir d'une Brianna O'Roarke, mais il ne trouva rien. Il lui faudra demander à Callum de quelle partie de la famille elle venait.

— Pardonnez-moi, monsieur Sinclair, dit la femme – *Brianna*.

— Qu'est-ce qui vous amène au château d'Abersoch ? demanda Aidan.

Il voulait l'entendre parler à nouveau mais une autre pensée lui traversait l'esprit. Et franchement, si Duncan ne lui avait pas dit qu'elle était une O'Roarke, cela aurait été sa première question, surtout après l'avertissement d'Esmeralda.

Elle le fixa un long moment, ce qui signifiait qu'elle était soit réticente soit en train de choisir quoi répondre, ce qui pourrait confirmer qu'elle était exactement ce qu'Aidan soupçonnait. À moins qu'il se trompât et qu'il n'en fût rien. Quoi qu'il en soit, après tant de jours au château, on s'attendrait à une réponse toute prête pour une question aussi simple. Finalement, elle dit :

— La famille.

Perplexe face à son hésitation et à la possible motivation derrière, Aidan insista :

— La famille ? Vraiment ? Je ne connais aucun O'Roarke dans les environs. Vous êtes bien loin de l'Irlande, jeune femme.

Elle écarquilla momentanément les yeux, peut-être surprise par son regard scrutateur, avant de se reprendre très vite.

— En effet, monsieur. Mais ma famille s'est installée dans le nord de l'Écosse il y a quelques années.

Isabelle lui donna un coup de coude sur le côté, affichant un sourire un peu fou, l'incitant visiblement à changer de ton. *C'est vrai, une invitée.* De la famille, rien de moins. Jusqu'à ce qu'il pût parler à Gavin, et interroger Duncan et peut-être le personnel, il laisserait tomber.

Pendant que les enfants continuaient à courir en cercle, le personnel rassembla les affaires qu'ils pouvaient prendre et Aidan et les hommes – Duncan, Henry et Richard – prirent le reste et montèrent à l'étage. Les garçons, toujours sous le charme de leur invitée, les suivirent, bavardant sans cesse jusqu'à leurs nouvelles chambres, où ils se désintéressèrent rapidement d'elle, comme les enfants ont l'habitude de le faire. Laissant Isabelle et les garçons s'installer, Aidan poursuivit son chemin dans le couloir, en marchant derrière Mlle O'Roarke. Celle-ci se retourna après quelques pas.

— Vous me suivez ?

Oïl, mais il expliqua simplement :

— Ma chambre se trouve après la vôtre.

Elle acquiesça et resta silencieuse dans le couloir jusqu'à ce qu'elle atteignît sa porte, puis se retourna.

— Monsieur Sinclair, je ne souhaite qu'un passage sûr vers Dunhill, dit-elle.

Il nota un léger désespoir dans son ton, ce qui éveilla de nouveau ses soupçons.

— Quand M. Montgomery arrivera, je demanderai une escorte convenable.

— Très bien, mademoiselle O'Roarke, dit-il en inclinant la tête, laissant entendre que, convenable ou non, *il* était son escorte.

Aidan ne la revit pas avant le dîner. Pourtant, entre le moment où ils se quittèrent et celui où il posa les yeux sur elle à nouveau, il ne pensa pas à grand-chose d'autre. Quelque chose à propos de Mlle Brianna O'Roarke continuait à le ronger – quelque chose clochait, bien qu'il n'eût pas encore déterminé quoi. Il avait interrogé Duncan sur son arrivée et on lui avait dit qu'un petit navire avait été repéré près de la côte le jour même, mais il n'était pas certain que Mlle O'Roarke eût été à bord. Elle semblait nerveuse, lui dit Duncan, et n'avait pas donné l'impression d'être arrivée par bateau – ou par n'importe quel autre moyen, d'ailleurs. Cela soulevait plus de questions que de réponses pour Aidan.

Tout d'abord, pourquoi quelqu'un voudrait-il se faire passer pour un O'Roarke ? À part l'utilisation des bassins de marée, quelle motivation pouvait-on avoir pour s'infiltrer à Abersoch ? Pourtant, il était presque sûr que personne n'était au courant à part sa confrérie. Il pensa momentanément aux frères Fitzgerald, mais rejeta l'idée tout aussi rapidement – ils étaient loin d'être assez intelligents pour organiser quelque chose de ce genre. Et si la réticence de Mlle O'Roarke le rendait à juste titre méfiant, c'était son arrivée étrange et parfaitement opportune qui le troublait vraiment.

Il se demanda également si elle ne venait pas du XXIe siècle, comme Maggie et Gwen. Après tout, elle avait été trouvée sur le rivage, sans moyen de transport évident. Mais, une fois de plus, il écarta cette idée : non seulement le personnel lui avait dit qu'elle parlait parfaitement le gaélique écossais, mais la cadence de ses mots et son accent la situaient *ici*, à la fois dans le temps et dans l'espace, tout comme ses effets personnels, pris – sans objection, lui avait-on dit – et lavés à son arrivée. La qualité raffinée du tissu et les coutures impeccables des vêtements, même le lettrage délicat de son nom, discrètement brodé sur chaque pièce, avaient été remarqués avec appréciation. Il fut surpris par sa déception en comprenant qu'elle ne pouvait pas venir du futur. Tout soupçon mis à part, elle était belle et manifestement intelligente. En vérité, si Mlle O'Roarke – si elle était bien celle qu'elle disait être – devait être sa partenaire, ce ne serait pas difficile. Elle semblait immédiatement plus plausible que Judith Fitzgerald, à laquelle il n'avait pas pensé un seul instant depuis des jours.

Aidan se rappela à nouveau les avertissements d'Esmeralda et se demanda si Mlle O'Roarke n'était pas simplement un autre obstacle à franchir, une distraction nécessaire par rapport aux bassins et à la possible femme dont il était censé tomber amoureux. Un obstacle que le destin avait mis sur sa route. Ou bien, réfléchit-il encore, la raison de sa présence ici était-elle plus périlleuse ? Il semblait de plus en plus improbable qu'elle fût arrivée avec de mauvaises intentions, mais quelque chose le tiraillait tout de même.

Lorsqu'Aidan entra dans le grand hall ce soir-là, il vit Mlle O'Roarke assise près de la cheminée avec Gavin et Isabelle, à discuter joyeusement. Aucun d'entre eux ne l'avait encore remarqué, aussi profita-t-il de l'occasion pour s'arrêter un instant dans l'embrasure de la porte et l'observer. Elle était ravissante, avec des cheveux couleur miel et un teint clair, presque parfait, à l'exception d'un peu de taches de rousseur sur l'arête du nez. Elle rit doucement, un son agréable et pour le moment, il mit de côté ses doutes.

— Ah, le voilà, dit Gavin en repérant Aidan et en lui faisant signe d'entrer. Viens, on porte un toast bien mérité.

Aidan s'avança et son sourire vint facilement ; Isabelle avait l'air si heureuse. Gavin aussi. Lorsqu'ils furent tous debout, il ne put s'empêcher de remarquer la robe de Mlle O'Roarke, une pièce éblouissante qui montrait sa richesse. Elle la portait bien, royalement même. Cela comptait sûrement.

Il accepta le verre tendu par Gavin, ainsi que l'éloge sincère qui l'accompagnait.

— C'était un honneur, mon ami. Rien de moins, dit-il, humblement.

Mlle O'Roarke parcourut la salle d'un œil attentif, puis se tourna vers lui.

— Ce que vous avez accompli en si peu de temps, monsieur Sinclair, est vraiment remarquable, dit-elle. Je considère que c'est un privilège d'avoir exploré ce château moi-même, l'attention portée aux détails et la qualité du travail – tout cela est bien au-dessus de la norme.

Ses compliments semblaient sincères, tout comme son sourire

— Vous vous y connaissez en architecture, mademoiselle O'Roarke ? demanda-t-il.

Un air un peu étrange, peut-être de la surprise, passa sur son visage, bien qu'il ne comprît pas pourquoi elle serait soudainement surprise par un sujet qu'elle avait elle-même abordé. À moins, bien sûr, qu'elle ne cachât quelque chose – encore une fois, il se demanda si son apparition était aussi innocente qu'elle le prétendait.

— Ah, eh bien, oui, je...

Elle s'interrompit et écarquilla un instant les yeux avant de se ressaisir.

— C'est juste que grandir avec un tel exemple de ce qui est possible, peut-être, m'a donné le goût de l'architecture.

Peu convaincu, Aidan haussa un sourcil. Il en avait connu beaucoup qui avaient grandi dans de grandes propriétés et ne savaient toujours rien du métier.

Mlle O'Roarke dut remarquer son scepticisme, car elle reprit la parole, plus rapidement cette fois :

— Après tout, Fergus, mon grand-oncle, a construit Dunhill, un château pour sa reine. Et je dois avouer, monsieur Sinclair, que lorsque j'ai vu Abersoch pour la première fois, il m'a rappelé un autre château qui m'a captivée dès le début, d'ailleurs. En le voyant, j'ai pensé à un véritable phare, dit-elle avec charme, ses doigts fins dansant dans l'air.

— Oh, mon Dieu, lâcha Isabelle. C'est un bel éloge.

— C'était voulu, vraiment, ajouta Mlle O'Roarke en levant son verre.

Aidan se joignit aux autres pour saluer, mais quelque chose le troublait tout de même.

— Vous ne l'avez jamais dit, mais comment êtes-vous arrivée ici, mademoiselle O'Roarke ?

Il l'observa attentivement, elle fit tournoyer son brandy pendant plusieurs longues secondes avant de lever les yeux.

— Ah, eh bien, je... j'ai été transportée ici par la mer, dit-elle avec un signe de tête décisif.

Bien que cela confirmait ce que Duncan lui avait dit, Aidan s'interrogeait sur son hésitation, ainsi que sur la manière étrange dont elle décrivait son voyage. Il échangea un regard réservé avec elle, mais un éclat de rire d'Isabelle attira son attention.

— C'est une histoire très drôle, Aidan.

Isabelle rit et prit la main de Mlle O'Roarke.

— Quand Brianna a dit aux enfants qu'elle avait été transportée par la mer, ils ont cru qu'elle avait parlé de magie.

Isabelle rit à nouveau.

— Tu aurais dû voir la façon dont elle s'est amusée avec eux, en faisant des grimaces et en leur racontant une histoire d'un trésor familial perdu et d'une fée qui transporte les gens par magie. Elle les a suppliés de garder son secret. Oh, ils ont *adoré* !

En se tournant vers Mlle O'Roarke, un sentiment étrange l'envahit.

— Un trésor perdu ? Une fée, mademoiselle O'Roarke ? dit-il, résistant à l'envie de poser ses doigts sur elle, comme Isabelle.

Ses yeux d'un bleu profond caractéristique se posèrent sur les siens, et elle haussa les épaules avant d'agiter ses doigts, tandis qu'un sourire et un rougissement se répandaient sur son visage. C'était plausible, en effet.

— C'est gentil d'avoir joué le jeu, Brianna, dit Gavin. Vous savez à quel point les enfants peuvent être idiots.

La cadence lente de ses mots était à peine détectable. Aidan jeta un coup d'œil dans sa direction, et lorsqu'il croisa le regard de son ami, il remarqua que Gavin arborait lui aussi un air curieux. En se retournant vers Isabelle, il vit la prise de conscience s'opérer sur son visage également, et ce fut alors que tous les regards se tournèrent vers leur invitée. La Brianna O'Roarke, très probablement une fée venue du futur.

Mlle O'Roarke se trémoussa sur son siège sous le poids des regards.

— Croyez-vous que cela soit possible, mademoiselle O'Roarke ? demanda Aidan, le ton léger, mais curieux de sa réponse. Les fées, je veux dire ?

— J'en suis venue à croire que tout est possible, monsieur Sinclair. Même la magie. On m'a récemment rappelé à juste titre que nous, les O'Roarke, devons croire, ne serait-ce qu'un tout petit peu.

Une réponse vague et intelligente, qui tombait au moment exact où l'on servit le dîner.

— Oh, ça sent divinement bon, dit-elle en changeant de sujet. Si je ne me trompe pas, c'est le même repas que celui que j'ai mangé lors de ma première nuit ici.

— Un de mes favoris, expliqua Aidan, ce qui était vrai.

Ce qui l'intriguait, c'était de savoir si elle connaissait l'appellation du XXIe siècle que Gwen leur avait fait découvrir.

— Connaissez-vous ce plat ?

Elle plissa les yeux un instant, si rapidement qu'il aurait pu le manquer, puis le regarda avec curiosité.

— De la viande avec des légumes ? Oui, j'aime bien les deux.

— Du pot-au-feu, corrigea Aidan en l'observant attentivement.

Elle soutint son regard un instant, puis baissa les yeux sur son assiette.

— Quel choix intéressant. Et intelligent.

Elle sourit, visiblement amusée, mais reporta rapidement son attention sur Isabelle, comme si le sujet n'avait que peu d'importance pour elle.

Contrarié, Aidan continua à l'observer tout au long du dîner. Elle était un mystère, intrigante et fascinante, dotée d'un esprit vif, et bien qu'il nourrît encore des soupçons, il la trouvait aussi assez exceptionnelle. Elle était impeccablement bien élevée et connaissait mieux les artéfacts et les objets courants que n'importe qui d'autre dans sa vie. Elle s'émerveillait devant un plat couvert comme s'il rivalisait avec la découverte du feu, roucoulait devant un plateau d'argent et fit même l'éloge d'un carré de lin, dont il n'était franchement pas sûr de l'utilité. Elle se comportait ainsi avec presque tout ce qu'elle avait à portée de main et de vue. Elle s'animait de plus en plus à chaque détail qu'elle soulignait, admirait et décrivait. Elle repéra même une collection de coffres en bois, à l'autre bout de la pièce, les déclarant *O'Roarke*, et leur expliquant avec enthousiasme où l'on pouvait trouver l'insigne unique. Elle avait raison, bien sûr – Callum avait fabriqué ces coffres pour Gavin et Isabelle, en l'honneur de leur nouveau foyer. Il y avait donc quelque chose d'étrange chez elle, c'était certain, mais elle semblait si ravie de ce qui l'entourait qu'Aidan ne put plus en conclure qu'elle représentait une menace ou qu'elle avait de mauvaises intentions.

Lorsque la table fut débarrassée, ils décidèrent qu'il valait mieux se retirer. Après une si longue journée, sans parler du voyage en lui-même, Isabelle était presque endormie à table.

— Viens, Bella. C'est l'heure d'aller au lit, ma chérie, dit doucement Gavin en réveillant sa femme avant de l'aider à se lever.

Aidan reporta son attention sur Mlle O'Roarke, qui observait Gavin et Isabelle avec une expression quelque peu mélancolique. Sans y penser, il lui adressa un sourire franc qu'elle lui rendit. Il n'était pas encore tout à fait sûr de ce qu'il devait penser de leur invitée, et tandis que le groupe montait en silence, il commença à y réfléchir un peu plus. Il était parfaitement conscient qu'elle marchait à ses côtés, mais il était tellement plongé dans ses pensées qu'il ne se rendit pas compte qu'ils étaient arrivés à sa porte avant qu'elle s'arrêtât.

— Bonne nuit, monsieur Sinclair, le salua-t-elle.

— Bonne nuit, mademoiselle O'Roarke.

CHAPITRE 11

Brianna se leva plus tôt que d'habitude, excitée à l'idée de profiter de la journée. Elle avait hâte de passer plus de temps avec les Montgomery et M. Sinclair. Alors que Minette était encore profondément endormie, elle enfila sa robe de chambre et se lava. Puis, elle s'assit devant sa coiffeuse et tourna ses cheveux pour les fixer sur le sommet de sa tête avec un ruban en soie. En fixant son reflet dans le miroir, elle imagina ses cheveux dans leur état naturel, rebelles, ce qui était d'après les dires un trait dominant chez les O'Roarke. Elle les avait lissés si longtemps qu'elle avait presque oublié comment s'occuper de ses boucles, mais son dernier traitement à la kératine durerait encore quelques semaines, voire un mois maximum.

Décidant qu'elle s'occuperait de ça quand elle y serait rendue, Brianna poursuivit sa routine matinale. Elle venait d'enlever sa robe de chambre et s'apprêtait à s'habiller quand on frappa à la porte. Pensant que c'était Lilly qui venait l'aider à se préparer, Brianna attendit qu'elle entre comme les autres matins. Comme elle ne le fit pas, elle se dit que ses mains devaient être pleines et se hâta d'aller l'aider. Elle ouvrit la porte et découvrit M. Sinclair dans toute sa gloire, occupant tout l'espace. Ses yeux, d'une teinte tempétueuse de vert ce matin-là, étaient soulignés par sa cape fauve et un frisson traversa sa colonne vertébrale, ce qui la surprit. Il dut le remarquer, car son regard passa de son visage au chignon désordonné sur sa tête. Soudain, Brianna se rendit compte qu'elle ne portait que sa chemise de nuit, sans même une robe de chambre pour la protéger de son regard pénétrant. Pour sa décharge, M. Sinclair la regardait directement et ne baissa pas les yeux une seule fois.

— Monsieur Sinclair. Puis-je vous aider ?

Elle fut contente que sa voix ait été stable.

— Vous avez dit que la famille vous amenait à Abersoch, mais vous ne vous êtes jamais expliquée, dit-il en examinant son visage d'un air implorant.

Il semblait si franc et réellement curieux que Brianna recula et lui fit signe d'entrer dans réfléchir. Après une brève hésitation, il hocha la tête et se lança dans le *lonnnnnng* trajet entre le seuil et l'entrée de sa chambre. Elle remarqua bien sa retenue cordiale. Si elle avait appris quelque chose cette semaine, c'est qu'on pouvait faire confiance à ces gens et ils continuaient de le lui prouver encore et encore. Même M. Sinclair qui avait paru se méfier d'elle, au moins au début, était là à lui parler sans artifice et encore une fois, elle se retrouva à frôler la vérité autant que possible sans l'aborder.

— Je suis venue retrouver un héritage familial.

Il sembla réfléchir à ses mots.

— Je vois. Vous l'avez trouvé ?

Elle secoua la tête.

— Non.

— Voudriez-vous mon aide dans votre quête ?

Ses mots lui rappelèrent les preux chevaliers et gentes damoiselles et quand elle sourit, il lui rendit son sourire.

— Je crois que notre chère épée loup est hors de portée maintenant.

Elle fut surprise de voir comme les mots étaient sortis facilement ; c'était vrai, elle était venue à Abersoch pour retrouver l'épée et elle était bel et bien inatteignable, à des centaines d'années d'elle, mais c'était sa façon de le dire qui l'avait choquée. Elle n'avait jamais été une grande charmeuse, on l'aurait plutôt décrite comme maladroite, mais même à ses oreilles, cela sonnait un peu aguicheur. Ce n'était pas voulu et elle se demanda ce qui lui avait pris, mais elle s'arrêta en voyant quelque chose changer dans ses yeux. Il souriait toujours, pourtant, il semblait calculer quelque chose.

— Je suis désolé pour ce que vous avez perdu, alors. C'est un objet précieux, en effet... avec ou sans la pierre.

Là-dessus, Brianna frémit. La pierre ? Quelle pierre ? Quand elle avait mentionné l'épée, elle avait oublié qu'il saurait de quoi elle parlait. Il lui fallut une seconde pour comprendre ce que cela voulait dire et comme elle voulait absolument en entendre plus, elle s'approcha plus près, s'oubliant complètement.

— Attendez. Vous l'avez vue ? La pierre ? chuchota-t-elle en retenant son souffle.

Elle crut se rappeler Lachlan ou Céleste parler d'un joyau, peut-être, mais ils en avaient tellement dit qu'elle ne se rappelait plus. Voilà que M. Sinclair lui parlait de la pierre, *la* pierre, celle qui allait dans le creux sous les armoiries de la famille et qui l'avait toujours intriguée.

Il acquiesça.

— Oïl, une beauté inestimable.

— De quelle couleur est-elle ? demanda-t-elle incapable de contenir son excitation. Mon grand-père avait dit saphir, mais nous n'avons jamais pu en être sûrs.

Tellement absorbée par l'épée, elle ne songea rien de son regard scrutateur.

— Pour dire vrai, jeune femme, je dirais bleu O'Roarke. La couleur exacte de vos yeux.

Même s'il ne faisait rien d'autre que louer sa lignée et dire que ses yeux étaient bleus, ce qui était vrai, sa façon de le dire la fit sourire comme une idiote. Mais sa réaction d'écolière fut de courte durée : en le dévisageant, elle commença à se demander si... s'il connaissait Pembrooke. S'il savait pour l'épée, il était proche de Callum – Dar avait dit qu'ils se considéraient comme des frères – et il connaîtrait la zone autour de Dunhill.

— Connaissez-vous Pembrooke, monsieur Sinclair ?

— Oïl.

Elle écarquilla grand les yeux. Même si elle avait voulu retrouver l'épée de sa famille, Pembrooke était resté un mystère encore plus longtemps et être en compagnie de quelqu'un qui connaissait le domaine était en quelque sorte un miracle. Elle se rendit vite compte qu'elle y allait peut-être un peu fort et vu l'expression de fascination curieuse sur le visage de M. Sinclair, elle essaya de se calmer, mais son cerveau était hors de contrôle. Il lui fallut sûrement une minute entière pour respirer et une autre pour retrouver sa voix.

— Croyez-vous... que je..., bégaya-t-elle avant de pouvoir enfin parler, les mains tremblantes. Croyez-vous que la personne qui m'escortera à Dunhill pourrait m'emmener voir le château ? De Pembrooke, je veux dire ?

M. Sinclair hocha la tête.

— Sans l'ombre d'un doute.

L'agitation qu'elle ressentit était euphorique.

— Oh, monsieur Sinclair... *Aidan !*

Dans son excitation, elle cria et leva ses mains en l'air, mais heureusement, elle s'arrêta avant de commencer à lui tapoter le torse. Mortifiée de ce presque faux pas, Brianna grimaça, ce qui la gêna encore plus. Elle éventa ses joues et commença à marcher dans la pièce pour se reprendre, bien consciente de l'image qu'elle devait renvoyer. Elle ne se rappelait pas la dernière fois qu'elle avait été aussi spontanée devant quelqu'un, et un laird des highlands stoïque tout droit sorti du XVe siècle en plus. Une fois calmée, elle se tourna vers lui, soulagée de voir qu'il ne semblait pas vexé. Il avait bien une drôle d'expression, même si c'était plus un sourire qu'un regard noir.

— Mes excuses, monsieur Sinclair, dit-elle d'une voix aussi calme que possible. Vous ne savez pas combien c'est important pour moi. Vraiment, c'est un des moments les plus incroyables de ma vie.

Elle rit de ses propres mots et se couvrit la bouche avant de lui lancer un regard chaleureux. Si seulement il savait combien cette affirmation était ridicule. Bien sûr, revoir enfin Pembrooke était incroyable, mais elle avait eu son lot de journées incroyables dernièrement.

Comme elle avait besoin d'expier sa joie et que ce n'était pas sage de l'imposer à M. Sinclair, Brianna flotta presque jusqu'à son lit et prit Minette avant de la serrer contre elle et de la bercer dans une sorte de danse.

— On va à Pembrooke, Minette, chuchota-t-elle à l'oreille du chat en la faisant tourner lentement.

Elle s'arrêta net en se rendant compte qu'elle se donnait en spectacle. Encore.

Heureusement, quand elle lui jeta un regard, M. Sinclair – *Aidan* – semblait simplement amusé.

— Ce n'est pas judicieux, dit-il en secouant la tête avec un regard insistant pour Minette.

Brianna ne put s'empêcher de lever les yeux au ciel.

— Elle n'a pas de puces, dit-elle avec plus de certitude qu'à son arrivée. Et le personnel s'est déjà pris d'affection pour elle.

Il ne semblait pas être influencé par sa réplique et une autre idée lui traversa l'esprit.

— Vous n'êtes pas superstitieux, si ?

Elle avait lu des récits historiques conflictuels sur la question, surtout au sujet des chats.

— Loin de là, s'étouffa-t-il.

Elle voyait pourtant qu'il n'était pas vexé. En fait, il semblait plutôt amusé.

Brianna se rendit compte qu'elle appréciait de parler avec lui. Elle n'avait pas eu la chance de le faire avant – pas comme ça, du moins, en tête à tête. Après l'incroyable repas de la veille, ce rapport amical et chaleureux entre eux semblait naturel et ne demandait pas d'effort. Elle échangea un regard amusé avec lui, avec une aise qui ne lui ressemblait pas, et quand un sourire juvénile traversa le visage d'Aidan, elle rougit. Comme cet homme était beau. Être près de lui battait de loin les piles de livres et artéfacts poussiéreux dont elle s'entourait habituellement au quotidien – elle n'aurait jamais dit la même chose de quelqu'un d'autre.

— La dernière fois que j'ai vu un chaton, il a failli me faire trébucher et...

Il avait commencé cette réplique d'un ton taquin, mais Brianna remarqua un changement et Aidan s'approcha du chat, les sourcils froncés.

Instinctivement, Brianna recula et continua jusqu'à toucher le mur derrière elle. Elle ne savait pas ce qui lui donnait soudain envie de toucher Minette, mais il était à quelques pas maintenant et elle finit par tendre la main et la poser contre son torse quand il l'atteignit.

— Arrêtez-vous, s'écria-t-elle soudain effrayée pour Minette. Ne lui faites pas de mal, s'il vous plaît. S'il vous plaît.

Là-dessus, un mélange de confusion, consternation et frustration traversa le visage d'Aidan avant qu'il s'adoucisse, visiblement contrit de l'avoir effrayée. Il lâcha un petit soupir puis secoua la tête.

— Je ne lui veux pas de mal. Je vous le jure sur ma vie. Je voulais juste la voir de près.

Elle hésita, toujours en proie au doute. Pourquoi voudrait-il regarder Minette de près ?

— Je vous le jure, Brianna.

Quelque chose dans la façon dont il prononça son prénom l'adoucit.

— S'il vous plaît.

Elle céda et retira la main qui protégeait Minette. Aussitôt, un éclair apparut dans les yeux d'Aidan.

— Où avez-vous eu ce chat ? demanda-t-il.

— Je l'ai trouvée. Près de la côte, chuchota-t-elle perplexe.

Elle se demandait de quoi il s'agissait. Aidan fixa Minette un peu plus longtemps, puis la regarda elle, hocha la tête et partit soudainement.

Quand il revint une demi-minute plus tard, elle était toujours là, à fixer la porte. Il ne frappa pas, ne s'encombra pas de formalité et elle aurait juré que quelque chose avait changé chez lui – il semblait plus détendu, presque décontracté.

— On part dans l'heure, ma lady, dit-il comme si les deux minutes précédentes ne s'étaient pas produites. Avez-vous besoin d'aide pour faire vos affaires ?

Brianna décida de ne pas mentionner le moment avec Minette non plus.

— Dans l'heure ? Si vite ? Aujourd'hui ?

Comme c'était soudain. Et étrange.

— Avez-vous une raison qui vous garde plus longtemps ici ?

— Eh bien, non, mais je... je ne pensais pas...

Elle laissa sa phrase en suspens. Il sourit.

— Moi non plus.

Brianna ignora l'étrange réponse, encore perturbée par le changement abrupt de plan, même s'ils n'avaient pas parlé de la date de son départ. Elle pensait aborder le sujet avec Gavin ce jour-là, mais si elle devait partir maintenant, au moins Aidan serait-il son escorte.

— Ai-je besoin de quelque chose en particulier pour notre voyage ?

— Tout ce qui est important pour vous – sauf le chat.

Puis, il partit. Encore.

Il ne lui fallut pas longtemps pour faire ses affaires. Elle commença par son médaillon et le glissa dans une poche qu'elle avait découverte dans sa sacoche, intelligemment cachée. Elle fut surprise de la vitesse avec laquelle la sacoche se remplit – avec ses nouveaux vêtements et quelques objets personnels comme les peignes et rubans et des savons qu'Isabelle avait voulu qu'elle garde, elle avait désormais besoin d'un autre sac. Isabelle lui apporta une très jolie mallette en cuir. C'était une superbe pièce et Brianna protesta, mais elle insista.

Pour la première fois, dire au revoir fut difficile. Elle venait de rencontrer les Montgomery, mais elle se sentait si à l'aise avec eux et bien accueillie qu'elle serait bien restée plus longtemps. Même William, qui s'était beaucoup adouci depuis son arrivée allait lui manquer, tout comme Duncan – qui ne ressentirait pas de la tendresse pour le garde qui s'était comporté comme un gardien plus qu'un garde ? Mais quand il fallut dire au revoir à Lilly, elle fut frappée d'une vague d'émotion à laquelle elle ne s'attendait pas. Elles n'avaient pas partagé de secrets personnels ou quoi que ce soit, mais Lilly était la première personne avec qui elle s'était liée et Brianna s'y était attachée.

— Vous êtes un joyau, Lilly. Douce, intelligente et un véritable atout, pour cette famille comme la vôtre.

Elle essaya de parler à voix basse, mais elle savait que les autres avaient entendu. Ils attendirent qu'elle se reprenne pendant qu'elle restait dans l'entrée à se demander si elle reverrait un jour Abersoch. Si oui, serait-ce dans ce siècle ou le sien ?

— Il est temps d'y aller, ma lady.

Brianna fit volte-face en entendant la voix d'Aidan. Il avait préparé tout ce qu'il fallait pour le voyage et maintenant, il avait l'air de vouloir se mettre en route. Brianna lança un dernier long regard au château, essayant de tout graver dans sa mémoire le domaine comme son expérience ici.

— Prête, dit-elle avec un soupir.

Elle se sentait mélancolique, mais pour une fois, elle ne s'embêta pas à le cacher. Brianna 2.0 était moins carrée, visiblement. Aidan lui lança un regard compatissant apprécié et même Minette miaula, s'agitant contre elle. Il leva les yeux vers le chat, blotti contre sa poitrine.

— Vous m'avez désobéi ?

Se préparant à la confrontation – puisqu'elle avait fait semblant de ne pas comprendre sa consigne sur Minette et qu'il l'avait bien compris – Brianna lâcha :

— Que voulez-vous dire ? J'ai suivi vos ordres.

Il montra Minette, glissée dans l'espèce d'écharpe

confectionnée par Lena, qui ressemblait à une écharpe de portage pour bébé et permettait que Minette soit en sécurité et que Brianna ait ses deux mains libres pour les rênes.

— Je vous ai dit *sauf* le chat, Brianna.

Elle inclina la tête sur le côté et le fixa d'un air innocent.

— Je vous ai demandé ce dont j'avais besoin. Vous avez dit *tout ce qui est important pour vous, sauf le chat*. Vous avez dit que le chat n'était pas nécessaire, pas que je n'avais pas le droit de l'emporter.

Il lâcha un soupir exaspéré et si elle avait été de meilleure humeur, Brianna aurait trouvé la réaction drôle sur un homme aussi stoïque habituellement.

— C'était assez implicite, Brianna.

Elle le savait bien, évidemment, mais elle garda le silence. Elle n'abandonnerait jamais Minette.

Aidan la dévisagea un long moment et Brianna crut voir un petit sourire au coin de sa bouche. Pourtant, il se contenta de hocher la tête et se détourna.

Une fois le sujet clos, Brianna songea au voyage à venir. Tout en avançant vers les écuries, elle imagina comme ce serait agréable de chevaucher et voir les terres – *rustique*, peut-être, mais quand même agréable. Elle ne pouvait imaginer le temps que prendrait leur voyage, mais puisqu'il lui avait fallu bien plus de dix heures en voiture, elle savait que cela durerait plusieurs jours, au moins, à dos de cheval. Curieuse du trajet pris, elle demanda à Aidan par quelles villes ils passeraient, se rappelant combien elle avait adoré son arrêt à Carlisle juste une semaine avant – ou plusieurs siècles après.

— Brianna, l'appela-t-il doucement.

Cela interrompit à peine ses pensées. Quand sa voix pénétra son esprit, elle se tourna et le vit debout dans la cour, tenant les rênes de deux chevaux. Elle aimait la façon dont il avait dit son nom et son comportement à la fois décontracté et sérieux. Elle aimait aussi le voir sous la lumière vive du jour, tandis qu'il la regardait, ses cheveux ondoyant au gré de la brise, sa chemise en lin ouverte au col. Elle aimait son pantalon ajusté et ses bottines en cuir cirées, sa cape dotée d'une capuche dans son dos. Elle l'aimait *lui*, supposait-elle en haussant les épaules d'un air absent. Pas aimer-*aimer*, aucun homme ne lui avait jamais plu assez pour autre chose qu'un premier *date*, mais avec Aidan... peut-être que si. L'idée était étonnante, tout comme le fait qu'il la regarde aussi, la tête penchée sur le côté, avec curiosité.

Elle avait oublié combien Brianna 2.0 était transparente et détourna rapidement le regard. Quand ses yeux se posèrent sur les chevaux, elle remarqua qu'aucune provision n'était attachée aux selles. Perplexe, elle vit l'homme d'Aidan, Henry, qui attendait près du chemin menant au rivage et se sentit soudain malade, toute trace de l'émerveillement provoqué par Aidan disparue.

Elle n'avait pas songé que le trajet se ferait par bateau. Elle regarda la baie, où le navire était toujours amarré. Elle était familière de ce genre de navire, elle en avait vu une reconstruction après qu'une épave avait été trouvée sur la côte est. C'était une chose d'admirer un grand navire du XVe siècle à une exposition, mais tout autre chose d'embarquer et de naviguer sur un. Des images de l'Excalibur traversèrent son esprit et les sons qu'elle s'était efforcée d'oublier lui vinrent aux oreilles. Elle ne pouvait pas monter sur ce bateau. Elle secoua la tête et recula.

— Je ne peux pas, dit-elle.

Soudain, elle se sentait engourdie.

— Vous ne pouvez pas quoi ?

— Voyager par la mer. Embarquer sur ce bateau.

Aidan la regarda avec curiosité.

— Je vous assure qu'il est solide, avec un équipage de qualité.

— Peu importe combien il est solide, répliqua-t-elle en peinant à garder une voix stable, ou la qualité de son capitaine et de son équipage. La mer est sans pitié. J'ai survécu pour raconter son histoire, mais je ne suis pas sûre de pouvoir le refaire.

Là-dessus, il posa les rênes sur le col du cheval et avança vers elle. Quand il fut à un pas d'elle, il s'arrêta et la regarda dans les yeux.

— Brianna. Vous voulez dire que vous avez eu un accident en mer ?

Elle n'était même pas sûre qu'il ait cligné des paupières tant son regard était intense. Honnêtement, vu tout ce qu'elle savait des coutumes et de la culture du XVe siècle, elle était surprise qu'il tente de comprendre.

— Oui. Quand j'étais enfant. Je ne suis pas montée sur un bateau depuis.

Elle comprit que cela contredisait son histoire d'être arrivée par la mer à Abersoch, mais après leur conversation, elle eut le sentiment qu'il savait déjà.

Aidan hocha la tête lentement, puis se détourna un moment avant de reprendre la parole :

— Pour être clair, au moins entre vous et moi, vous n'êtes *pas* arrivée par *bateau*, alors ?

Elle secoua la tête.

— Non.

Encore ce regard, qu'elle commençait à lui associer. Sans artifice, et très intuitif. Ce qu'elle y lisait n'était pas tant de la suspicion, ce qu'il ressentait à l'évidence avant, mais plutôt l'envie de résoudre le puzzle qu'elle était – même si bien sûr, Brianna cachait les morceaux manquants. Quand il parla, il ne laissa rien transparaître et son ton resta franc et égal :

— Nous avons deux possibilités, Brianna. Un, vous restez ici à Abersoch pendant que je vais m'occuper d'une affaire urgente. Je reviendrai pour vous dans quinze jours, peut-être plus tôt, puis je vous ramènerai à la maison par la terre.

Tout en faisant les calculs dans sa tête, elle se demanda si elle verrait un jour Dunhill ou Pembrooke ou Aidan d'ailleurs. Qui sait ce qui pourrait arriver entretemps ? C'était vrai quel que soit le siècle.

— Et l'option deux ? demanda-t-elle, même si elle était sûre de déjà la connaître.

— On embarque sur ce navire. Et vous me faites confiance sur le fait que je vous protégerai.

Elle regarda le bateau sur lequel il voulait qu'elle embarque et se demanda si elle en était capable. Il était peut-être plus grand que le bateau de sa famille, mais il n'y avait pas de gilets de sauvetage ou d'extincteurs, pas de radio pour appeler à l'aide, pas d'hélicoptère pour la secourir Dieu sait où. Juste la mer à perte de vue, froide et sans pitié. Quand elle releva les yeux, il attendait patiemment, comme s'il avait tout le temps du monde. Il ne lui demanda même pas de réponse. Elle fut surprise de voir qu'elle était réellement déchirée entre rester et le regarder partir ou affronter sa peur et monter sur un bateau pour la première fois en presque vingt ans. Alors qu'elle regardait tour à tour le bateau et Aidan en se demandant ce qu'elle devrait faire, il s'avança et remplit l'espace entre eux. Il lui prit les mains et la regarda droit dans les yeux.

— Je reviendrai pour vous, Brianna, promit-il, comme pour lui épargner la torture du choix.

Elle était touchée par son inquiétude et elle commençait à comprendre comment il opérait : d'après ses observations, il avait toujours été attentionné avec tout le monde autour de lui.

Il resta planté là, la regarda un long moment. Elle sentit son hésitation à la quitter et elle songea alors – pas pour la première fois – qu'Aidan et elle avaient peut-être une connexion. C'était un sentiment nouveau pour elle et ce n'était pas pour lui déplaire. Elle finit par le sentir qui s'écartait et elle attrapa ses mains.

— Je viendrai, dit-elle sans réfléchir.

Il sembla si surpris – à vrai dire, elle l'était aussi – qu'elle le répéta, plus fermement cette fois :

— Je viendrai. Je veux venir avec vous.

— Je vous protégerai de ma vie, Brianna. Je vous le jure.

Étonnamment, elle le crut, ce véritable étranger qu'elle considérait quelques minutes avant simplement comme un homme honorable qui la ramènerait chez elle. Un geste apprécié, mais rien de plus. Maintenant, elle se questionnait. Qu'avait dit Lachlan ? *Le destin t'emmènera où tu as besoin d'aller.* Elle avait été tellement sceptique de tout ça, typique de Brianna 1.0, qui regardait tout d'un point de vue strictement intellectuel. Maintenant, elle n'avait pas d'autre recours que de s'en remettre à *ça*, quoi que ce soit. Peut-être que la magie n'était pas juste le voyage dans le temps ou même le fait de vivre l'histoire en personne, peut-être qu'il y avait quelque chose de plus, qu'elle commençait tout juste à découvrir.

Perdue dans ses pensées, elle laissa Aidan l'aider à monter sur le cheval, sans remarquer qu'il avait repoussé l'autre cheval avant qu'il ne monte derrière elle. Elle ferma les yeux et il prit les rênes. Elle sentit ses bras musclés l'entourer et trouva du réconfort dans le petit bruit qu'il fit pour faire avancer son cheval. Elle ne pouvait pas en être sûre, mais elle l'entendit murmurer quelque chose qui ressemblait à :

— Maintenant et pour toujours, Brianna.

CHAPITRE 12

Le vent s'était considérablement renforcé lorsqu'Aidan installa Brianna sur la chaloupe. Ils étaient assis l'un en face de l'autre et les places étaient étroites, de sorte que ses jambes étaient glissées entre les siennes. La tension qu'elle ressentait à l'idée d'être à bord d'un bateau était évidente ; elle se cramponnait à Minette en regardant la mer. Elle frissonna et, sans réfléchir, il retira sa cape et l'enveloppa autour d'elle. Lorsqu'il souleva le capuchon, il fut reconnaissant de voir une étincelle de plaisir dans ses yeux – le premier signe de vie depuis qu'ils avaient quitté la falaise. Alors qu'auparavant, elle avait été si farouche et insouciante, si pleine de joie pure pour tout ce qui l'entourait, depuis qu'ils avaient quitté la cour, elle était restée muette et arborait une expression neutre. C'était un changement douloureux et il fut surpris de voir à quel point cela l'affectait. Il n'imaginait pas ce qu'elle pouvait ressentir, mais il soutint son regard et espéra qu'un jour il mériterait l'honneur de ses confidences.

Il était vrai qu'il s'était méfié de Brianna au début, mais cela avait rapidement changé. À chaque interaction, l'énigme de Brianna se démêlait un peu plus, et bien qu'il n'eût pas encore reçu de confession franche de sa part sur son origine, sa véritable origine, Aidan était tout à fait convaincu que Brianna O'Roarke était celle qui lui était destinée. La liste de ses qualités s'allongeait rapidement au fur et à mesure qu'il apprenait à la connaître, mais il y avait quelque chose de *plus*, autre chose que son attirance physique comme intellectuelle évidente. Il ne pouvait pas dire exactement ce que c'était, vraiment, c'était immatériel et une sensation entièrement nouvelle pour lui, mais en présence de Brianna, il se sentait... au bon endroit. Hier, il l'avait considérée comme simplement plus plausible que Judith – aujourd'hui, plausible n'était pas à la hauteur de sa conviction, et que Dieu vînt en aide à quiconque oserait dire le contraire.

Les yeux dans les siens, il vit la lueur de plaisir dont elle l'avait gratifié s'estomper et elle reprit un air si sérieux, le fixant de ses grands yeux obsédants, qu'il commença à s'interroger sur les raisons qui l'avaient poussé à l'emmener. Il était sur le point de faire signe aux hommes d'équipage de faire demi-tour et de retourner sur le quai quand Brianna lui prit le bras. Elle secoua la tête et il sut qu'elle avait deviné son intention, le surprenant une fois de plus. Quelques mèches de cheveux s'étaient détachées du chignon ordonné qu'elle avait sur la tête, et il tendit la main pour les remettre en place. Au moment où il le faisait, elle murmura quelque chose qu'il ne put entendre à cause du vent. Lorsqu'il s'écarta et lui demanda de répéter, elle dit :

— Croyez-vous en la magie ?

Il ne savait pas si elle reprenait leur conversation de la veille ou si sa question était nouvelle.

Pour se donner plus de temps pour formuler une réponse, il coinça une dernière mèche derrière son oreille, puis rabattit le capuchon de la cape sur sa tête, juste comme ça, pour encadrer son visage. Lorsqu'il croisa son regard, il y trouva tant de sincérité qu'il répondit de la même manière.

— Je crois qu'il y a des choses que je ne comprends pas et que je ne peux pas entièrement sonder ou expliquer. Mais j'ai vu de mes propres yeux des situations a priori impossibles, qui sont pourtant bien réelles et existent.

Elle ne cligna pas des yeux pendant qu'il parlait, mais le chercha du regard, s'accrochant à chaque mot. Compte tenu de la gravité de la situation – le pont qu'elle avait franchi entre les siècles – il comprit sa réticence, bien conscient qu'elle testait son positionnement et sa valeur. Elle seule devait prendre la décision de lui faire confiance, et même s'il était certain d'avoir au moins en partie gagné sa confiance – d'où leur étroite proximité sur un bateau dans l'eau –, il restait captif de son regard pénétrant, ne voulait pas bouger ou même cligner des yeux, de peur de la perdre. Il était soulagé de voir la vie briller à nouveau dans ses yeux, mais il avait pitié de tous ceux qui étaient soumis à un tel examen.

Lorsqu'elle se pencha enfin vers lui, il l'imita et elle demanda :

— Croyez-vous au destin ?

— Plus que la majorité des gens, répondit-il sans hésiter.

Il semblait avoir réussi le test qu'elle lui avait imposé, car Aidan aurait pu jurer avoir senti son soulagement lorsque ses épaules s'affaissèrent. Ella posa une main sur sa jambe et s'approcha encore plus près, si près qu'il pouvait voir les différentes taches de bleu dans ses yeux et en oublia presque de respirer.

— Si je vous disais quelque chose... quelque chose qui semble impossible mais...

Les yeux de Brianna s'écarquillèrent lorsque le bateau se mit à tanguer, et Aidan la soutint en la voyant s'élancer vers l'avant, puis plaça délicatement sa tête sous son menton. Lui aussi était stupéfait de réaliser qu'ils avaient atteint le navire. Il ne se souvenait pas avoir été immergé au point d'oublier ce qui l'entourait. Jamais. En se levant, il la souleva avec lui, son animal de compagnie ronronnant joyeusement entre eux. À cet instant, il se réjouit de l'instabilité du petit bateau. Il l'aida à retrouver son équilibre, puis la relâcha doucement. Personne ne dit rien, mais pendant les brefs instants où il l'avait tenue contre lui, Brianna avait enroulé ses bras autour de sa taille et l'avait serré tout aussi fermement.

Henry rassembla les affaires de Brianna – tout le reste avait déjà été emmené sur le bateau – et monta à bord, Aidan aida Brianna à descendre de la chaloupe. Il n'y avait aucune trace de tout ce qui venait de se passer entre eux, et bien qu'elle ne l'eût pas encore regardé depuis qu'elle s'était dégagée de leur étreinte, il pouvait clairement voir à quel point elle était concentrée sur la tâche qui l'attendait, et combien la réalité du voyage à venir s'imposait à elle.

Lorsqu'elle s'approcha de l'échelle, il recouvrit ses mains qui s'agrippaient aux barreaux.

— Comme ceci, dit-il en les repositionnant pour une meilleure stabilité.

Elle acquiesça et leva les yeux vers l'endroit où Henry l'attendait.

— Vous y serez en un rien de temps. Je serai juste derrière vous, dit-il.

Elle le regarda d'un air grave et son cœur se serra. Il se demanda si c'était ce que ses camarades ressentaient chaque jour, et si c'était le cas, il ne savait pas combien de temps il pourrait y survivre.

— Brianna ?

— Et si le destin me ramenait à la case départ ?

Aidan secoua la tête.

— Si je pensais une seule seconde que monter à bord de ce bateau vous causerait du tort, je ne vous laisserais pas faire.

Brianna fit un petit signe de tête, puis se concentra à nouveau sur les échelons. Alors qu'elle commençait à grimper, elle murmura quelque chose pour elle-même, et bien qu'il ne fût pas sûr d'avoir bien entendu, Aidan aurait juré qu'elle avait dit : *Le destin te mènera là où tu dois aller.* Il la regarda monter, barreau après barreau, incapable de croire que Brianna s'était préparée à l'ascension en murmurant les mots exacts que Lachlan avait souvent dits à Dar, en particulier dans les jours précédant leur départ. Le temps de se remettre de sa stupeur, convaincu d'avoir mal entendu, le moment était venu de grimper l'échelle pour rejoindre Brianna, qui attendait sur le pont à côté d'Henry. Aidan la regarda attentivement pendant qu'elle ajustait l'écharpe dans laquelle Minette se trouvait, et lissait le tissu de sa robe. Son visage ne trahissait rien des mots qu'elle venait de murmurer et il décida donc de tourner la page, du moins pour l'instant.

Après lui avoir laissé quelques instants pour se ressaisir, Aidan lui fit visiter le navire. Tout comme lorsqu'ils avaient marché côte à côte après le dîner de la veille, il était à nouveau très conscient de la présence de la jeune femme à ses côtés, et encore une fois de manière positive. Chaque fois qu'elle s'arrêtait pour examiner un aspect ou un autre du navire, accordant une attention particulière à chacun des mâts, aux mécanismes et à tout le reste, il attendait patiemment. Les membres de l'équipage, qu'il connaissait tous sauf un, hochaient la tête poliment et s'affairaient à leurs tâches.

— Ah, je vois que nous avons un autre marin à bord, dit le capitaine en s'approchant et en riant, ayant sans doute remarqué l'attention de Brianna pour le navire. Ou plutôt, une naviga*trice*, je veux dire.

Bien que Brianna eût souri au Capitaine John, qu'Aidan avait toujours considéré comme amical bien qu'un peu trop direct, elle plaisanta avec nervosité :

— Oh, non, monsieur, je m'intéresse juste au navire. Ne comptez pas sur moi pour naviguer !

Aidan s'occupa des présentations officielles et expliqua à Brianna que le capitaine John avait contribué à leur apprendre à tous à naviguer lorsqu'ils étaient jeunes, y compris aux jeunes filles.

Un véritable sourire se dessina sur le visage de Brianna, qui répondit :

— Mon père m'a aussi appris à naviguer. On m'a dit que c'était une tradition des O'Roarke, lancée par Fergus lui-même.

Le capitaine John regarda Brianna avec curiosité et se gratta le menton.

— Une O'Roarke, vous dites ? demanda-t-il en secouant la tête. Je n'en ai encore jamais rencontré un qui n'ait pas une crinière de cheveux sauvage. À moins que ce ne soit du côté de votre mère, je suppose, mais tous les enfants O'Roarke que j'ai rencontrés avaient hérité de cette chevelure.

L'homme, plus familier de la famille et de ses branches qu'Aidan, continua à observer Brianna, qui avait visiblement rougi et passait distraitement ses doigts dans ses cheveux.

— Il y a toujours une première, capitaine, répliqua Aidan sèchement, hérissé par l'impudence du capitaine.

Il saisit la main de Brianna et l'entraîna à sa suite tandis que le capitaine John leur criait dans le dos :

— Ce n'est pas une insulte, c'est juste une observation, Sinclair ! Bienvenue à bord, jeune femme !

Peu importait qu'Aidan eût pensé à la même chose à propos des mèches très peu O'Roarke de Brianna, il ne l'avait pas dit ouvertement, de peur de la blesser. Grommelant tout en traversant le pont, Aidan ne s'arrêta que lorsque Brianna lui donna un coup sur le bras. Il se retourna en se demandant ce qui avait bien pu lui prendre et vit qu'Henry le regardait bizarrement lui aussi. Il retint son impatience à la vue de Brianna qui tentait de reprendre son souffle.

— Désolée, dit-elle en haussant les épaules, un petit sourire au visage. J'ai *essayé* d'attirer votre attention. C'était difficile de suivre votre rythme, vous me traîniez pratiquement sur le pont.

C'est vrai. Et dire qu'il se considérait mesuré. Il grogna quelque chose qu'il espérait passer pour des excuses et s'apprêta à repartir lorsqu'elle posa une main sur son bras.

— Ce qu'il a dit est vrai. C'est une caractéristique des O'Roarke d'avoir des boucles sauvages, et je crois que parfois je suis un peu triste que mes cheveux n'aient pas la marque de notre héritage qu'ils pourraient avoir.

Il ne savait pas trop quoi en penser, si ce n'est qu'il voyait qu'elle essayait de le réconforter. Il choisit de changer complètement de sujet.

— Voulez-vous voir vos quartiers ? demanda-t-il.

— Il n'y a rien que je veuille faire à bord de ce bateau, mais puisque nous sommes ici, il serait bon de s'installer.

Il la conduisit sous le pont jusqu'à la cabine bien aménagée qui lui avait été réservée, tout en prenant soin de lui indiquer des repères pour qu'elle pût facilement s'orienter au cas où ni lui ni Henry ne seraient avec elle. Dans la chambre, des draps frais avaient été mis sur le lit et Aidan fut heureux de voir qu'un bouquet de fleurs avait été posé sur une table. Le personnel d'Abersoch n'avait pas manqué de lui dire qu'ils avaient apprécié que Brianna fût leur première invitée officielle, et cela se voyait. Alors qu'il commençait à lui faire remarquer les caractéristiques de la cabine, elle lui lança un regard. *Oïl*. Il se comportait comme un idiot.

— Ah oui, bien sûr, dit-il en se reprenant. Ma cabine se trouve juste après celle-ci, si vous avez besoin de moi. Vous vous souvenez de la façon dont nous sommes arrivés ici ?

Elle acquiesça en plaçant Minette sur le lit, à côté de ses sacs, qu'Henry avait descendus.

— Si je ne vous vois pas sur le pont une fois que nous serons en route, je viendrai vous voir. Henry ou moi serons toujours à portée de main.

Quand il fut sûr que Brianna irait bien, Aidan se rendit sur le pont pour s'entretenir à nouveau avec le capitaine John, puisque leur première conversation s'était terminée si abruptement. L'homme rit en le voyant, puis leva la main en finissant de donner des ordres à son équipage. Une fois qu'ils eurent quitté la crique, il sourit et dit :

— Elle te convient bien, Sinclair.

C'était évident. Aidan savait que John n'attendait pas de réponse et se contentait de savourer le fait qu'il perdait la tête. Une affliction nouvelle pour lui. Alors, à part le gratifier d'un regard noir, Aidan ignora les paroles de l'homme et s'enquit plutôt des provisions. Bien qu'Aidan n'eût pas prévu un long séjour à Abersoch, comme ils partaient avec un ou deux jours d'avance, il se demandait ce qui pouvait bien rester.

— Tout est prêt, à part quelques hommes qui sont tombés après avoir bu de la bière avariée, dit le capitaine John.

Il expliqua alors qu'ils avaient fait quelques remplacements, ce qui expliquerait le visage inconnu qu'Aidan avait aperçu au moment de monter à bord. Le capitaine lui assura que les marins étaient qualifiés, mais comme il s'agissait de véritables inconnus, ils étaient bien sûr surveillés de près. L'autre navire, désormais vide de vivres, aurait un jour de retard, et le plan actuel était de faire escale à Ayr et d'y passer la nuit. Bien qu'il ne fût pas optimal, compte tenu des circonstances, c'était une bonne idée.

Aidan était impatient de mettre officiellement fin aux espoirs d'alliance que les Fitzgerald nourrissaient encore concernant leurs terres, ainsi qu'à leur projet malavisé d'épousailles avec Judith. Même s'il les avait repoussés assez facilement jusqu'à présent, il s'était rendu compte que c'était une erreur d'avoir laissé leur proposition en suspens et de ne pas avoir coupé toute alliance à Seagrave quand il en avait eu l'occasion. Maintenant, Aidan espérait qu'une démonstration de son respect – non pas qu'ils le méritassent – en leur parlant directement permettrait que Judith ne fût pas présentée sous un jour défavorable – à la fois aux futurs prétendants et à ses frères.

Aidan n'avait pas encore informé Greylen et Callum de son intention de rencontrer les Fitzgerald. Il avait prévu de le faire en personne, mais avec cet arrêt supplémentaire, il y avait une réelle possibilité qu'une missive leur parvînt en premier. Il passa devant Henry, qui surveillait la porte de Brianna, et se dirigea dans sa cabine pour rédiger les lettres destinées à ses frères. Il resta vague dans les détails, de peur que sa correspondance ne tombât entre de mauvaises mains, mais la tâche prit tout de même un certain temps, et lorsqu'il eut terminé, il était impatient d'aller voir Brianna pour savoir comment elle allait. Il espérait qu'un peu d'air frais et peut-être quelques rafraîchissements lui plairaient.

En quittant sa cabine, il fut surpris de trouver le couloir vide. Si Henry était parti, cela signifiait sûrement que Brianna était passée sur le pont, mais il frappa tout de même au cas où, tout en s'esclaffant. Il se sentait un peu plus léger maintenant, plus clair, et il avait hâte de lui parler, en espérant qu'elle serait ouverte à quelques questions bien posées.

Dès que ses bottes touchèrent le pont, il entendit une agitation. Avant qu'il ne pût en deviner la cause, l'un des membres de l'équipage, un homme qu'il connaissait bien depuis des années, se précipita vers lui. En voyant l'urgence dans ses yeux, un sentiment d'inquiétude s'installa chez Aidan. Tout ce qui lui vint à l'esprit, c'était la peur de Brianna d'être condamnée à couler avec le navire et il se mit à courir dans la même direction. Aidan se fraya un chemin à travers la foule, se préparant à ce qu'il pourrait trouver, complètement pris au dépourvu par ce qu'il vit en arrivant.

Un autre membre de l'équipage – l'un des remplaçants à en juger par son visage peu familier – avait réussi à s'emparer de Minette et la tenait par la peau. Il semblait menacer de la jeter par-dessus bord, tandis que le reste de l'équipage tentait de le raisonner, avertissant le marin de la terrible erreur qu'il commettait.

Terrible était bien loin de la réalité, car Aidan était furieux.

L'horreur qui se lisait sur le visage de Brianna alors qu'elle regardait cet homme suspendre son précieux animal de compagnie par-dessus la rambarde était douloureuse à accepter. Henry la retenait, probablement pour éviter qu'elle ne chargeât l'homme elle-même. Si cet intrus avait eu un brin de bon sens, le regard d'Henry aurait à lui seul mis fin à la situation. Attirant l'attention de son homme, Aidan lui fit signe qu'il allait s'occuper de l'homme – avec plaisir. Sur un hochement de tête d'Henry, il s'avança derrière le marin et le fit perdre connaissance en appliquant une pression rapide et ferme sur son cou. Avant que l'homme ne s'écroule, Henry bondit, l'air hargneux, et arracha Minette des bras de l'homme, désireux de rendre l'animal à Brianna. Aidan assista avec soulagement à leurs retrouvailles larmoyantes, puis regarda l'homme qui revenait à lui à ses pieds.

— Enfermez-le en bas, ordonna-t-il à l'équipage qui s'était rassemblé.

Il ne pensa pas à son ton avant de voir le regard de Brianna.

Si seulement elle connaissait l'ampleur réelle de sa colère. Il commençait à se calmer, mais la rage de ce qui lui avait été fait couvait encore lorsqu'il s'approcha d'elle. Elle leva les yeux vers lui et il ne cacha pas la colère qui se lisait encore sur son visage – l'incrédulité et les yeux écarquillés de Brianna le lui confirmèrent. Cependant, quand il prit la parole, il s'efforça de garder une voix égale.

— Je vous demande de ne pas laisser le comportement d'un seul homme, inconnu avant aujourd'hui, influencer votre opinion sur le reste des hommes à bord de ce navire, ou sur toute personne que vous rencontrerez sous mon commandement, dit-il. Je ne peux pas parler du caractère de ceux que je ne connais pas, mais je vous promets, Brianna, que tant que je respirerai, je vous protégerai, vous honorerai et vous servirai aux dépens de tout le reste.

Il n'était pas sûr qu'elle comprît ce que cela impliquait, et cela n'avait pas d'importance. Il la regarda droit dans les yeux, priant silencieusement pour que les épreuves qu'ils avaient endurées aujourd'hui correspondissent à l'avertissement d'Esmeralda.

Au fond de lui, cependant, il savait que ce n'était pas le cas.

CHAPITRE 13

Le reste de l'après-midi, Brianna resta dans ses quartiers pour se remettre de l'incident sur le pont. Bien que la rencontre elle-même ait été de courte durée et que l'homme qui ait mis Minette en danger ne soit plus une menace, Brianna avait du mal à surmonter le traumatisme. Elle savait qu'elle et Minette étaient en sécurité, mais comme elle l'avait appris récemment, savoir quelque chose et le ressentir étaient deux concepts totalement différents.

Après qu'Henry l'avait escortée dans sa cabine et s'était assuré qu'elle et Minette étaient confortablement installées, il lui avait indiqué un endroit juste derrière sa porte où il avait dit qu'elle le trouverait chaque fois qu'elle en aurait besoin. Il était sur le point de partir lorsque Brianna lui avait demandé d'attendre, voulant le remercier. Mais lorsqu'il s'était retourné pour la regarder, elle s'était mise à pleurer et n'avait pu qu'articuler les mots sans son, la gorge nouée par l'émotion. Son hochement de tête avait été brusque, mais ses yeux débordaient de chaleur et de compréhension.

C'était presque ironique. Lorsqu'elle avait demandé à Henry de l'escorter sur le pont plus tôt, c'était un acte de bravoure de sa part ; elle voulait se prouver qu'il n'y avait rien à craindre sur ce navire. De plus, elle était curieuse de voir ce que cela ferait de naviguer en tant qu'adulte, en regardant la mer. Brianna se souvenait de l'admiration qu'elle avait éprouvée enfant, mais honnêtement, elle n'avait jamais pensé qu'elle la ressentirait de nouveau. Jamais. Nerveuse, timide même, elle s'était concentrée sur le bateau en lui-même, essayant d'admirer les détails des boiseries tout en rassemblant son courage pour s'approcher de la rambarde. Henry était derrière elle, mais visiblement pas assez près, car alors qu'elle regardait l'un des marins enrouler une corde, elle avait été déséquilibrée par un coup à la poitrine. Elle avait été tellement abasourdie qu'il lui avait fallu une seconde pour réaliser que Minette lui avait été arrachée. Frénétiquement, Brianna avait regardé autour d'elle jusqu'à apercevoir Minette qui se tortillait dans les bras d'un homme au regard fou – et qui avait manifestement peur des chats, ou qui était peut-être superstitieux à leur égard. Aussi terrifiée était telle, Brianna avait senti une rage écrasante s'emparer d'elle, et Henry avait dû la retenir, en lui assurant à plusieurs reprises que Minette lui serait rendue. Au milieu de ses efforts pour la calmer, Henry avait également prévenu le marin qui avait enlevé Minette qu'il commettait une terrible erreur. Ses paroles avaient été soigneusement mesurées, mais lorsqu'il était devenu évident que l'homme ne voulait pas entendre raison, Henry avait changé de ton. D'une voix qui aurait dressé les cheveux de Brianna sur sa tête de peur sans son traitement à la kératine, il avait dit au marin que Minette était une compagne bien-aimée de Sinclair *et de la maison de Pembrooke*, comme si Aidan descendait de la dynastie la plus puissante de la planète, et qu'il était maintenant le gardien du royaume.

Brianna avait été tellement impressionnée par tout cela – c'était comme si elle avait soudain été projetée sur un plateau de cinéma juste au moment où la bataille du bien contre le mal était sur le point de commencer. Bon sang, elle avait presque levé les yeux pour voir si les dragons avaient été libérés ! Cependant, quand Henry lui avait chuchoté que l'homme serait puni – ou était-ce *tué* ? Elle ne s'en souvenait pas –, Brianna avait dégrisé instantanément, réalisant qu'aussi folle que soit cette nouvelle réalité – et elle était à la limite de la folie – c'était la sienne et il était crucial qu'elle reste concentrée.

C'était alors qu'elle avait aperçu Aidan, qui se frayait rapidement un chemin à travers la foule rassemblée autour d'eux. Lorsqu'il les rejoignit, Brianna le vit échanger un bref regard avec Henry avant de se diriger avec fureur, fermeté et résolution vers l'homme qui tenait Minette. Henry s'était penché vers Brianna pour lui dire qu'il devait s'éloigner un instant afin de récupérer son chat, de peur qu'il ne soit blessé ou qu'il ne tombe quand Aidan mettrait à terre l'homme. Au début, Brianna avait cru qu'il exagérait, mais non, ce fut vraiment ce qui se produisit. Tout s'était terminé si vite qu'elle eut à peine le temps de cligner des paupières – et encore moins *réfléchir* à ce qu'elle avait entendu moins d'une minute avant. Henry était revenu à elle et avait glissé Minette dans ses bras. À ce stade, toute son attention se trouvait sur son cher chaton, qu'elle avait étudié prudemment, reconnaissante de voir qu'elle avait l'air d'aller bien. Elle était secouée, oui, mais avec un peu de chance, elle oublierait l'incident après quelques ronrons.

Ce n'était qu'après qu'Henry avait fermé la porte suite à ses remerciements silencieux qu'une vague de fatigue la heurta. Brianna se frotta le torse et grimaça en sentant une sensibilité. Tout ce qu'elle voulait faire était s'allonger et câliner Minette, mais elle n'était pas sûre de pouvoir se détendre vraiment. Alors elle trouva un compromis et s'assit au bord du lit, son chat sur les genoux, avant d'écouter, espérant entendre les pas lourds d'Aidan venir vers elle.

Des heures plus tard, elle attendait toujours et le souper était passé. Un plateau avait été emmené à sa chambre et elle avait autant mangé que possible – le plat était bien meilleur que ce à quoi elle s'attendait, étant donné qu'ils se trouvaient sur un bateau. Encore agitée de son après-midi et inquiète de ne pas avoir revu Aidan depuis, elle n'avait pas très faim et repoussa le gros du repas sur son assiette, tout en nourrissant Minette de petits morceaux. Brianna jeta un nouveau regard à la porte, regrettant pour la centième fois qu'Aidan ne se trouve pas derrière. Elle savait que son attachement inhabituel était prématuré, peut-être même irrationnel, mais cela ne voulait pas dire qu'il n'était pas réel ou qu'elle pouvait feindre qu'il n'existait pas. Elle ne pouvait s'empêcher d'avoir la sensation qu'il l'évitait, même si elle ne comprenait pas pourquoi.

Enfin, Brianna décida qu'elle en avait assez. Elle avait passé le gros de sa vie à repousser les gens, à s'efforcer de ne rien ressentir, ou du moins de ne rien montrer, mais avec Aidan, elle commençait à se demander s'il n'y avait pas un interrupteur pour couper ça. Elle connaissait pourtant cet homme depuis un jour et demi – à peine. Même pour elle, ça lui semblait impossible, mais comme tout le reste, non ? Aidan et elle avaient une connexion, on ne pouvait pas le nier, peu importait que ce soit une attirance humaine classique ou quelque chose de surnaturel. Mais à cause de ça, Brianna se réglait sur sa fréquence et elle avait la *sensation* qu'il peinait avec quelque chose – et pas juste le fait d'avoir sauvé son chat ou de s'assurer qu'elle rentre à Dunhill en toute sécurité. Elle n'essayait pas de clamer qu'elle était tellement évoluée et émotionnellement mature qu'elle savait ce qui le dérangeait, mais elle était sûre qu'Aidan vivait sa propre expérience 2.0. Et même si elle prenait encore le coup de main de cette proximité avec les autres, elle savait ce que c'était que de vivre un tel changement. S'il ressentait une fraction du grand huit émotionnel qu'elle avait vécu, ce *laird* du XVe siècle était parti pour un sacré tour.

Après s'être assurée que Minette était en sécurité dans la petite zone où elle avait créé une sorte d'enclos, Brianna se leva et se dirigea vers la porte. De l'autre côté, elle fut accueillie par Henry qui lui sourit chaleureusement, comme s'il n'était pas planté là depuis de longues heures avec visiblement rien à faire.

— J'aimerais monter sur le pont encore une fois, dit-elle en inspirant pour se calmer. Je voudrais le trouver. Aidan, je veux dire.

Il sembla content de ses mots et s'il la remarqua faiblir, il ne dit rien et l'aida à monter l'échelle. Il resta juste derrière elle jusqu'à être sûr qu'elle avait trouvé son équilibre et ne montrait pas des signes de réponses traumatiques à l'idée de monter sur le pont. Puis, il lui laissa de l'espace et recula de deux pas.

Une fois en haut, elle parcourut prudemment du regard la zone et fut soulagée de voir que les gestes de sympathie lancés à son attention plus tôt étaient désormais remplacés par des hochements de tête fermes et des sourires. Un autre avantage à passer son temps avec des livres et des artéfacts : ils ne vous adressent pas des regards de pitié quand vous vous ridiculisez devant eux. Le pont était plein, mais aucun signe d'Aidan. Après avoir regardé autour du capitaine encore une fois, Brianna se reporta vers la proue du bateau. Le soulagement qui la traversa en le voyant là-bas à fixer la mer était un peu sidérant.

Le soleil venait de plonger dans l'horizon. Elle se posta à côté de lui, assez proche pour sentir le frémissement de sa cape contre sa robe. C'était en soi une excitation à laquelle elle ne s'attendait pas et qu'elle n'avait jamais vécue. Elle ne dit rien, mais le sentit s'approcher d'un centimètre tandis qu'elle plaçait ses mains sur la rambarde et regardait droit devant elle, elle aussi. C'était une très belle vue. Ils restèrent ainsi silencieux quelques minutes avant qu'il ne prenne la parole :

— En vous voyant avoir peur pour Minette plus tôt, commença-t-il lentement, en comprenant que nous avions laissé quelqu'un d'aussi vil dans nos rangs... nous n'adhérons pas à ça.

Brianna comprit ce qu'il voulait dire, les discours du XVe siècle n'étaient pas si difficiles à suivre, même si vous ne connaissiez pas la langue aussi bien qu'elle, mais elle devenait de plus en plus consciente du poids différent des mots. Malgré cet accroc, Brianna était sûre et certaine qu'Aidan Sinclair était un homme d'intégrité qui ne mâchait pas ses mots. Il était sincère et il était clair que cet incident avait eu des répercussions sur lui.

Elle ne savait pas si elle réagissait viscéralement à ce qu'il disait ou à lui tout court, mais tous les autres bruits dans sa tête disparurent, comme assourdis en présence d'Aidan. Elle voulut demander s'il l'avait évitée pour cette raison, par culpabilité, mais quand elle se tourna et le trouva à attendre avec impatience de pouvoir la regarder dans les yeux, sans plus une trace de sa colère précédente, elle eut envie de le rassurer.

— Je ne vous connais pas depuis longtemps, Aidan Sinclair, mais c'était très clair pour moi.

Aidan hocha la tête.

— Je suis honoré de vous voir me défendre aussitôt, mais j'aurais aimé que n'eussiez pas à endurer ce que cet homme vous a fait traverser aujourd'hui.

Qu'elle ait mal au cœur pour lui, et non pas pour elle, adoucit sa réponse de son sarcasme habituel.

— Vous n'êtes pas le seul.

Son grognement fut subtil, tout comme le léger mouvement de menton, mais il ne dit rien. Après un moment, il tendit la main, comme pour écarter des cheveux de son visage, même si elle était sûre de ne pas avoir de mèches rebelles. Malgré tout, elle ferma les yeux et recouvrit sa main, laissant le confort de son poids la traverser. Brianna 2.0 était plus audacieuse, visiblement plus mature. Du moins, avec Aidan. Ils échangèrent un petit sourire et elle sentit sa main tomber. Celle d'Aidan suivit, après avoir replacé une mèche imaginaire derrière son oreille.

— Quand j'ai compris que vous vous étiez aventurée de votre propre chef sur le pont, j'ai...

Il laissa ses mots en suspens, puis haussa les épaules.

— Peut-être que cela vous semblera déplacé ou surprenant, mais je me suis senti fier. Ce n'était pas facile, vu votre expérience, Brianna.

Elle lui retourna son haussement d'épaule, contente que la conversation facile et amicale revienne entre eux.

— Eh bien, Henry me suivait de près, précisa-t-elle en souriant.

— Oïl, c'est bien son genre.

Cette fois, son sourire se lut aussi dans ses yeux.

— Je ne suis montée que pour voir ce que ça ferait de voir l'océan vaste, mais je n'ai pas eu la chance de le faire. Mes yeux étaient rivés sur Minette et je n'ai rien vu de ce qui se trouvait derrière elle.

Avec un geste ample vers l'océan, Aidan lui suggéra de le faire. Elle hésita et il l'encouragea d'un regard et hochement de tête. Elle inspira profondément, se tourna et posa ses mains sur la rambarde, fixant son regard sur l'eau. En le faisant, elle le sentit s'approcher encore un peu plus.

— Et maintenant ? demanda-t-il.

— Je vois un coucher de soleil si beau et paisible que ça semble irréel. Même l'eau semble tranquille.

Elle resta là à observer et inspirer.

— Oïl...

Il n'ajouta rien et elle entendit un petit soupir lui échapper. Sans son incroyable prestance, elle aurait cru qu'il était nerveux. Après un moment, elle le vit se tourner vers elle à la périphérie de son regard et attendre qu'elle lève les yeux vers lui. Son expression trahissait son inquiétude et quand il reprit la parole, sa voix était remplie de sincérité.

— Je n'aurais pas demandé sans vos mots précédents, mais je me demande maintenant les *sensations* que cela éveille en vous.

Elle était surprise qu'il ait prêté autant attention à ce qu'elle avait dit et qu'il ait repéré qu'elle ne répondait pas à sa question. Une question qu'il avait posée avec sérieux, elle s'en rendait bien compte. Ce n'était pas rien, même pour cette version 2.0 d'elle.

En la voyant hésiter, il hocha la tête, lâcha un petit bruit à peine perceptible et re-regarda la mer, comme pour lui montrer l'exemple.

— Quand je regarde l'horizon, je me sens calme et libre, même dans un monde rempli d'urgences à traiter, raconta-t-il.

Son cœur se brisa un peu en l'entendant ; cela lui rappelait son père, toujours heureux de tout laisser derrière lui pour se concentrer sur sa famille. Elle inspira profondément, rassembla son courage et en tira peut-être même d'Aidan, et quand elle contempla de nouveau l'océan cette fois, elle laissa une vague d'émotion la heurter et elle secoua la tête. Il lui fallut un moment avant de pouvoir parler.

— Je me sens triste... quand je regarde la mer, je me souviens d'eux et je *ressens* combien tout était bien.

Elle essuya une larme, elle ne voulait pas pleurer et n'essayait pas d'attirer l'attention d'Aidan.

— Ça me rappelle qu'après leur départ, je n'ai plus jamais ressenti la même chose.

— Brianna...

— Non, ce n'est rien, coupa-t-elle en se tournant vers lui. Qui suis-je pour penser que j'aurais dû avoir plus ? J'ai eu de la chance d'avoir ce temps ensemble.

Elle secoua la tête, soudain remplie de remords.

— Jusqu'à il y a quelques jours, je ne m'étais pas autorisée à penser à eux, pas vraiment, pas pour me rappeler... ou ressentir l'essence de notre famille... *ici*.

Sa main recouvrit son cœur et elle eut la sensation qu'il s'effilochait, que la carapace de protection qu'elle avait érigée autour de sa blessure la plus profonde craquait. À moins que ce soit *elle* qui s'effilochait, protégée par la présence d'Aidan, assez en sécurité pour être vulnérable.

Elle inspira et reprit :

— Je ne suis pas sûre que j'aurais affronté ça un jour, dit-elle en montrant leur environnement de la main. Embarquer sur un bateau, naviguer sur la mer. Je ne suis pas sûre que mon courage ait été mis à l'essai comme aujourd'hui... comme toute cette semaine.

Elle chercha alors son regard, se demanda comment ou si elle devait aborder ce qu'elle avait failli avouer sur la chaloupe. Elle était si désespérée à ce moment, elle avait la sensation que sa vie allait se terminer, mais elle n'en était plus aussi sûre.

— J'accueillerai vos pensées, quelles qu'elles soient, la

rassura-t-il en sentant son hésitation. Je comprends que j'ai échoué aujourd'hui, mais vous ne trouverez jamais sujet plus loyal.

Elle n'avait jamais rencontré quiconque qui parle avec autant de profondeur, et encore moins à *elle*. Même si elle n'avait jamais laissé quelqu'un être aussi proche, Brianna était sûre que cela n'aurait rien changé – parce qu'elle n'était pas prête à ça. Sans la séquence d'évènements qui l'avait menée à Dunhill la semaine dernière, sans tout ce qui avait suivi, elle n'aurait pas pu s'ouvrir et encore moins comme *ça*. Pourtant, debout à la proue de ce qui était sûrement l'un des plus imposants navires de cette époque, naviguant sur la mer d'Irlande, Brianna avait la certitude absolue que le destin l'avait emmenée là où était sa place. Vers cet homme qui la regardait avec tant de respect et qui l'émouvait tant.

Elle posa une main sur le torse d'Aidan et se pencha légèrement.

— Vous n'avez pas échoué, Aidan, dit-elle fermement, sans se laisser fléchir. Je crois que vous et cet endroit êtes ma destinée.

Là-dessus, elle vit ses yeux s'écarquiller une demi-seconde avant qu'il s'agenouille devant elle et incline la tête.

— Et je scellerai notre destin.

Ses mots avaient été dits comme un vœu solennel, et même si elle n'avait aucune idée de ce que leur futur leur réserverait, elle sut à cet instant qu'ils seraient liés à jamais.

CHAPITRE 14

Le lendemain matin, Aidan discutait avec le capitaine quand il repéra Brianna de l'autre côté du pont. Quoique content de la voir, il était surpris qu'elle fût debout si tôt. Il avait espéré qu'elle parvînt à trouver un sommeil profond et rester au lit après l'aube, surtout après tout ce qui était arrivé la veille. Elle n'avait pas eu un moment de calme du matin au soir, cela avait dû la fatiguer. Il s'était senti ému comme jamais qu'elle eût affronté chaque incident avec bravoure et grâce et eût encore de la témérité pour le chercher et lui confesser ses suspicions. Ce moment resterait sûrement gravé dans sa mémoire pour l'éternité, l'image des derniers rayons de soleil qui les illuminaient tandis qu'il se liait à elle devant Dieu. Il sentait encore le contact de ses petites mains sur sa tête quand il lui avait prêté allégeance à genou. C'était un serment et une promesse qu'il emporterait jusque dans sa tombe. Il songea à la façon dont ses doigts avaient effleuré ses cheveux quand il avait levé les yeux vers elle, avant qu'elle ne prît son visage entre ses mains. Il pouvait à peine respirer en voyant la profondeur de son regard et la tendresse de son contact. Ils se connaissaient à peine, il n'avait même pas pressé ses lèvres contre les siennes, pourtant il savait au plus profond de lui que Brianna était sa partenaire pour la vie. C'était le destin, pour sûr, mais il y avait quelque chose chez elle, quelque chose qui le troublait depuis l'instant où il l'avait vue.

— Qu'est-ce que ça veut dire, Aidan ? avait-elle chuchoté la veille, en le regardant droit dans les yeux.

Si seulement elle savait combien les circonstances avaient changé depuis sa confession sur le destin. Elle lui avait demandé avec tellement de candeur qu'il sut qu'il avait gagné sa confiance et qu'il ne lui épargnerait pas la vérité.

— Ça veut dire que je me promets à vous, Brianna. Mes mots sont un consentement à nous considérer mariés...

Les yeux de Brianna avaient brillé d'inquiétude.

— *Cependant*, avait-il repris, ce n'est que mon consentement. Je ne compte pas vous forcer la main, même si j'ai bon espoir qu'en temps voulu, quand vous serez prête, vous donnerez le vôtre.

Elle avait gardé le silence, l'air très sérieux, mais avait hoché la tête. Leur conversation agréable avait pris fin alors, à cause de sa fatigue. Elle avait assez traversé de choses pour cette nuit-là, peut-être pour une semaine, et quand il lui avait demandé si elle voulait retourner dans ses quartiers, elle avait semblé reconnaissante et l'avait autorisé à glisser son bras au sien. Enchevêtrés l'un à l'autre, il l'avait raccompagnée, encore plus conscient qu'avant de l'énergie de Brianna et de la façon dont cette énergie se mêlait à la sienne. Quand elle se tourna pour dire au revoir, il vit les cernes sous ses yeux et passa doucement ses pouces dessus avant de baisser les lèvres pour les poser sur son front. Elle lui avait souri avant de fermer doucement la porte, sans jamais détourner les yeux de lui.

Aidan l'observa parcourir du regard le pont et le chercher, visiblement, jusqu'à ce que leurs yeux se croisassent. Se considérant chanceux, il inclina la tête et un petit sourire apparut aux lèvres de Brianna tandis qu'elle avançait vers lui. Il sentit une agitation chaude dans son torse, qu'il commençait à lui associer, comme cela arrivait chaque fois qu'il la voyait. Il l'avait remarqué dès leur premier repas à Abersoch – était-ce vraiment deux jours auparavant seulement ? – quand elle avait agité les doigts pour la première fois. Avant cet instant, il n'avait jamais pensé – ou peut-être pas assez – à ce que c'était qu'être avec quelqu'un ou être amoureux. C'était une chose de songer à la femme dont il était censé tomber amoureux, mais il n'avait jamais aimé avant. Il n'était pas certain d'être amoureux, du moins pas encore, mais il n'avait jamais ressenti cette envie de protéger, cette possessivité même. Il s'engageait sur un nouveau territoire.

Alors qu'elle progressait sur le pont, fidèlement suivie d'Henry, cette sensation physique qu'il lui attribuait revint – le cœur qui se serre, puis enfle. Il était sûr que ce n'était pas *simplement* de l'attirance. Oïl, elle l'attirait terriblement. Quand il avait accepté qu'elle fût la femme qu'il avait attendue, cela n'avait fait que s'intensifier. Son apparence et son attitude n'avaient pas d'importance. Elle pouvait bien être parée de beaux atours, d'une allure royale, à la mode de l'époque dans sa tenue noble, déterminée à affronter son destin ou vêtue d'une simple chemise de nuit, ses cheveux en désordre sur sa tête, pieds nus et étincelante d'innocence. Mais il avait vu beaucoup de ravissantes dames de son époque et il n'avait jamais ressenti la moindre attirance physique accompagnée de cette sensation.

Quand elle croisa son regard, ils échangèrent un sourire, franc cette fois, et il se figea. S'il avait été au beau milieu du champ de bataille, il serait mort. Fauché sur le coup. Il supposait qu'être à bord du bateau lui permettait de souffler, mais il savait qu'il ferait mieux de se reprendre avant que ses sentiments prématurés ne causassent problème.

— Bonjour, dit-elle doucement en l'atteignant.

— Oïl. Bonjour, Brianna.

— Qu'est-ce que c'est ? demanda-t-elle la tête penchée en montrant les tresses en cuir dans sa main.

Il avait presque oublié.

— Je vous ai fait une sorte de harnais pour Minette.

— Ah oui ?

Que Dieu lui vînt en aide, elle rayonnait et il se sentit très léger. Puis, il remarqua qu'elle n'avait pas Minette avec elle.

— Vous ne vouliez pas l'emmener sur le pont avec vous ?

En voyant son regard, il la rassura aussitôt :

— Il sera parti demain. Nous jetterons l'ancre tôt.

— Oh, répondit-elle visiblement surprise. Nous nous arrêtons ? Je pensais qu'on irait directement à Dunhill.

— Non, nous ferons un arrêt à Seagrave avant. Le chemin est rapide à cheval.

Elle plissa les yeux.

— Y a-t-il autre chose ?

Bien entendu, mais il venait de s'en rendre compte. Elle hocha la tête, sentant son hésitation.

— Oïl, il y a autre chose.

— Peut-être que *rapide* n'est pas la description la plus exacte, admit-il.

Il se demanda comment lui dire qu'ils avaient souvent fait usage de la cabane entre Seagrave et Dunhill pour couper en deux le trajet.

— Chevaucher ne me dérange pas, Aidan. En fait, c'est quelque chose que j'apprécie.

— Je suis heureux de l'entendre. Le trajet peut être fait en une journée, mais il est long. Pour ne pas avoir à chevaucher trop longtemps, que pensez-vous de dormir une nuit au...

Il s'arrêta en voyant sa bouche s'ouvrir et ses mains serrer ses manches.

— Le cottage familial ! On va au cottage familial des O'Roarke !

Elle était survoltée, comme quand il lui avait dit qu'elle pouvait voir Pembrooke.

— Quel est le problème ? demanda-t-elle. J'adorerais le voir de mes yeux !

Dans son excitation, elle pianota de ses mains sur son torse, puis grimaça et s'écarta en rougissant.

— Pardon.

Il s'esclaffa.

— Inutile. Et il n'y a pas le moindre problème à y dormir, dit-il en secouant la tête.

— Oh.

Sa peau claire rougit de sa robe à ses joues.

— Vous vouliez dire...

Il secoua la tête. Son cœur tambourinait à l'idée de ce qu'elle pensait qu'il voulait dire.

— Non. En vérité, je ne voulais rien dire.

Il marqua une pause, se demandant s'il devait poser d'autres questions, mais il décida de laisser le sujet de côté ; le temps et les circonstances éclaireraient ses interrogations. À la place, il brandit les tresses qu'il avait confectionnées la veille.

— Venez, dit-il en lui proposant sa main. Je vais vous montrer.

Son excitation – à l'idée du changement de sujet ou du harnais en lui-même – était évidente et elle glissa sa main dans la sienne. Il était ravi que le geste lui vînt naturellement, d'autant que c'était la première fois qu'elle lui tenait la main depuis tout ce qui s'était passé la veille.

Aidan n'avait jamais passé une aussi bonne journée. Quoique très chaste, ils partagèrent une certaine intimité dans le temps passé dans leurs chambres, allant et venant d'une à l'autre avec Minette, avant de remonter sur le pont. Aidan sentait presque leur proximité et leur familiarité grandir. Il était content que Brianna s'intéressât à ses affaires et sacs de voyage, grands comme petits, les examinant avant de s'extasier sur de petits détails. Quand ils allèrent dans sa cabine à elle peu de temps après, elle avança aussitôt vers sa sacoche et il eut l'impression qu'elle était sur le point de lui montrer quelque chose, mais elle sembla changer d'avis. D'après son visage, il avait la sensation qu'il y avait plus que l'artisanat élégant de ce sac et il dut admettre qu'il était légèrement déçu quand elle le posa, mais encore plus curieux. Peu importait, il était un homme patient et cela lui suffisait qu'elle eût effleuré l'idée.

Plus tard, elle fit une boucle simple nouée dans un morceau de cuir au sommet du harnais de Minette et elle lui apprit un jeu de ficelle. Cela l'inspira pour lui montrer plusieurs jeux idiots aussi, auquel il n'avait pas joué depuis sa jeunesse – mais jouer avec Brianna en prenant sa main avant de la lâcher de nouveau rendait la chose totalement différente par rapport à quand il jouait avec ses proches. Il y en a un qu'elle appela avec excitation un *bras de fer chinois*, et il enchaîna sur un autre. À partir de là, Brianna ajouta plusieurs comptines stupides, mais il finit par l'arrêter.

À la fin de la soirée, après avoir regardé un autre coucher de soleil ensemble, ils retournèrent dans sa cabine et elle s'endormit près de lui pendant qu'il lisait la liste des marchandises qu'il devait réunir à Ayr. Il lui sourit, content qu'elle se sentît en sécurité. Ensuite, il appuya sa tête contre le mur, Brianna blottie contre lui et Minette roulée en boule entre eux.

Oïl, le destin avait illuminé sa vie.

Le lendemain matin, le navire franchit le canal du Nord et pénétra dans le Firth of Clyde en direction d'Ayr. L'air était nettement plus frais, le soleil n'avait pas encore atteint l'horizon, et pourtant, Aidan ne parvenait pas à éloigner Brianna de la proue, où elle s'abreuvait des images que seule la lumière de l'aube permettait de contempler. Il la regarda s'appuyer sur la rambarde comme si elle n'avait jamais eu peur d'être à bord d'un navire ou de la mer elle-même.

Lorsqu'il arriva près d'elle, elle pencha la tête vers lui et sourit. Il n'était pas assez stupide pour penser qu'il était seul responsable de son bonheur, mais il devait l'avoir en partie créé. Aidan apprenait rapidement que lorsqu'il s'agissait de Brianna, il se concentrait d'abord sur ses sentiments et ensuite sur sa raison. Comme affliction, cela ne le dérangeait pas, même s'il fallait s'y habituer. Il lui rendit son sourire et, la voyant frissonner, drapa sa cape sur ses épaules. Quand elle se colla à lui, cherchant sa chaleur, il la lui donna volontiers, l'enveloppant dans ses bras.

Ils n'avaient pas parlé de leur échange de l'autre nuit, des vœux qu'il avait faits, et cela ne semblait pas avoir d'importance. Les faits avaient été reconnus tels qu'ils étaient et le temps s'occuperait du reste, comme il semblait déjà le faire. Peut-être que d'ici leur arrivée à Seagrave, ou peut-être à Dunhill, ce qui grandissait entre eux – la camaraderie et l'amitié, certes, mais aussi l'attirance, l'affection, et un soupçon de plus – serait suffisant pour construire les fondations d'une relation solide. Il était maintenant certain qu'elle lui était destinée et il semblait donc plus que prudent de l'emmener voir Dunhill, où elle souhaitait aller. Par la suite, Brianna vivra avec lui, en tant qu'épouse, à Pembrooke. Il ne pouvait pas dire avec certitude si elle était au courant, mais étant donné qu'elle était toujours si sûre de ses désirs – quelque chose qu'ils avaient en commun –, il n'avait pas hâte de lui annoncer une telle nouvelle pour le moment. Mais tout cela était secondaire, car quand il s'était interrogé sur celle qui serait son futur grand amour, jamais il n'avait imaginé *cela*. S'il ne ressentait que *ça*, à ce degré exact, et rien d'autre pour le reste de sa vie, il mourrait en homme heureux.

Réfrénant ses pensées, Aidan se força à se recentrer sur ce qui se trouvait devant lui à ce moment précis. Tout à coup, il se rappela ce pour quoi il était venu ici et partagea ce qu'il savait être une agréable surprise :

— J'ai envoyé Henry chercher une boisson chaude, dit-il.

Elle frissonna contre lui, mais il sut que ce n'était pas à cause du froid, il avait assez de chaleur pour eux deux.

— Je ne veux pas paraître ingrate, mais la dernière boisson chaude qu'on m'a servie sur ce navire était dégoûtante, répliqua-t-elle. Disons simplement que le cuisinier à bord de ce navire n'a pas tout à fait les compétences de la cuisinière d'Abersoch.

Compte tenu de ses nouveaux goûts raffinés et *modernes,*

grâce à Gwen et aux nombreux ingrédients et épices qu'elle avait ajoutés à leur repas, il ne pouvait qu'imaginer et s'esclaffa.

— Celle-ci vous plaira.

Sur ce, elle se retourna, là, dans ce petit espace. Elle protégeait de la main ses yeux pétillants contre le soleil qui commençait enfin à se lever et dit :

— Une boisson chaude du matin qui me plaira ? Dites-moi, Sinclair ?

Sa douce espièglerie le stupéfia momentanément. Dans la seconde qui suivit ses mots, un rougissement envahit ses joues et elle détourna le regard un instant pour dissimuler son embarras.

Finalement, Aidan réussit à répliquer :

— J'ai trouvé du thé dans mon sac. Un mélange avec des morceaux d'écorce d'agrumes. Bien loin de la bière tiède qu'on vous a probablement servie hier, je dirais.

Les yeux de la jeune femme s'écarquillèrent et il sut qu'elle était contente.

— Je ne sais pas comment vous remercier, dit-elle en reprenant son sérieux. Vous avez été si attentionné et si prévenant.

Puis elle se frotta les bras et fronça le nez.

— Et j'aime beaucoup votre cape.

Il gloussa, conscient que ce n'était pas la cape qui était la véritable cause de son sourire, mais il se reprit.

— Vous ne me devez aucun remerciement, Brianna. Je suis sincère quand je dis que je veillerai toujours à votre bien-être.

Il ferma un instant les yeux.

— Je sais que cela ne devrait pas me rendre si nerveuse, mais...

Elle laissa sa phrase en suspens.

— Mais ?

Elle rougit.

— Eh bien, soudain j'ai, ou du moins j'ai presque, un mari et tout ce qui va avec...

Il fut abasourdi par combien elle était directe au sujet de leur union. Il sentit son corps répondre à ce qu'elle suggérait et inspira pour faire taire la sensation. Oïl, il souhaitait consommer leur union physiquement, mais il sentait que Brianna était loin d'être prête. Elle sentait peut-être l'attirance grandissante entre eux et de toute évidence, elle lui faisait désormais confiance, mais Aidan savait que s'ils prenaient le temps de se connaître, leur lien n'en serait que renforcé. Ça n'était pas important pour lui, mais il était sûr que ça l'était pour Brianna. La patience n'avait jamais été un problème pour lui et la confiance continue de Brianna valait bien la peine d'attendre.

Il secoua la tête.

— En temps voulu, Brianna, nous ne sommes pas pressés. *Je* ne suis pas pressé, corrigea-t-il, sachant que la prudence était la clé.

Son soulagement fut évident, mais elle inspira et fronça les sourcils.

— Mais... ce n'est pas parce que vous ne voulez pas... avec... moi ?

Sa voix était devenue de plus en plus basse à chaque mot jusqu'à ce qu'il fût obligé de reporter son attention sur ses lèvres pour distinguer ce qu'elle disait.

Il espérait que son étonnement à l'idée qu'elle nourrît cette pensée se voyait sur son visage.

— Je vous assure que ce n'est pas le cas.

Elle lui lança un regard dubitatif – qu'il contra aussitôt – avant de s'expliquer en quelque sorte.

— C'est juste que chaque mariage dans l'histoire des O'Roarke...

Elle marqua une pause quand il haussa un sourcil en entendant *dans l'histoire* – c'était difficile de faire comme s'il n'avait pas entendu.

— Enfin, reprit-elle bien vite, c'est juste qu'ils sont tous...

Elle hésita encore, les yeux fuyants.

— Brianna, qu'essayez-vous de dire ?

— Ce sont tous des mariages d'amour, Aidan. Quand un

O'Roarke se marie, que cela dure des années ou des mois, c'est un amour véritable et puissant. Ça a toujours été ainsi.

— Et c'est un problème ?

— Un instant je me suis juste inquiétée, quand vous avez dit... *ça*, dit-elle en penchant la tête, sur le fait de dormir ensemble.

Aidan se considérait comme un homme patient, du moins c'était le cas juste avant, mais il ne savait pas où Brianna voulait en venir.

Elle soupira, visiblement frustrée.

— Quand vous avez dit que vous ne ressentiez pas le besoin de...

— Je vais vous arrêter ici, coupa Aidan en levant la main.

Il avait compris que Brianna avait mal interprété ses intentions. Il souhaitait simplement l'apaiser, pas qu'elle doutât de son attirance pour elle.

— Si j'avais su que ces mots vous feraient douter, au lieu de vous apaiser comme je le voulais, je ne les aurais pas prononcés. Pour être clair : je vous désire, Brianna. C'est le cas depuis le moment où j'ai suspecté que vous étiez la femme que j'ai attendue. Ça a été le cas chaque instant qui a suivi. Dès que vous donnerez votre consentement verbal – *si* vous le donnez, ajouta-t-il –, nous nous marierons. Après ça, j'attendrai avec *impatience* notre union physique. Et même si nous ne nous connaissons pas encore bien, il n'y a pas l'ombre d'un doute sur le fait que notre union sera à l'image des standards de votre lignée.

Aidan marqua une pause, un peu essoufflé, parcouru d'émotions. Comment pouvait-elle ne pas le voir ? Il voulut lui demander s'il avait dissipé ses inquiétudes, mais par-dessus l'épaule de Brianna, il repéra un château avec une grande falaise et il sut qu'elle voudrait le voir.

— Vous feriez mieux de vous tourner, jeune femme, précisa-t-il en montrant de la tête la direction du château.

Elle pivota rapidement, visiblement contente d'avoir une distraction et manqua de s'évanouir de joie. Elle hoqueta.

— Oh, Aidan. Merci.

Il n'avait pourtant pas abattu un dragon, mais il savait qu'elle s'intéressait beaucoup aux choses et à son environnement. Les mains serrées sur la rambarde, elle reporta toute son attention ailleurs et il se tourna pour la laisser à sa joie, mais elle tendit la main.

— Ne partez pas.

Ses yeux restèrent rivés sur l'architecture complexe un instant de plus, puis elle lui fit face.

— Je suis désolée, c'est si... je n'ai même pas les mots.

— Pas besoin de vous excuser. Je ne peux pas réparer ce que je ne sais pas être brisé. Même si pour être clair, rien n'est brisé.

En voyant son regard, il s'esclaffa, puis lui indiqua de continuer, content de rester simplement à côté d'elle. Quelques minutes plus tard, Henry apparut avec le thé précédemment mentionné et il le prit et posa la tasse chaude entre ses mains. Il savait qu'elle aimait le thé, car il avait posé la question au personnel en voulant rendre son voyage aussi facile que possible, mais ce thé-là faisait partie de sa collection. Même son murmure de ravissement quand elle inhala l'arôme était séduisant. Elle but une longue gorgée et se tourna, lui offrant un sourire avant de glisser la tasse dans ses mains.

— Vous devez essayer ça. Je crois que c'est mon préféré jusque-là.

Oïl, c'était son préféré aussi, mais il but une gorgée comme s'il ne le connaissait pas. Somme toute, cette matinée avait été forte en changements, mais il en était ravi. Peut-être que comme les tresses qui s'enroulaient autour du symbole de ses armoiries unique, un autre fil avait été ajouté, un qu'ils tissaient ensemble.

Il resta à côté d'elle tandis qu'ils entraient dans le port, désigna des points de repère et répondit à ses questions sur la ville d'Ayr. Il l'observa regarder l'équipage amarrer le bateau au port, pas surpris de songer qu'elle avait peut-être regagné le goût de la navigation. Il la laissa un petit moment pour voir l'homme qui avait menacé Minette et avait été amené sur le pont. Après avoir jeté un sachet de pièces vers lui, Aidan lui ordonna de rester loin d'eux, maintenant comme à l'avenir et attendit qu'il fût emmené sur la terre ferme.

Content que tout cela fût derrière lui, il chercha Brianna et la trouva à contempler un groupe de pêcheurs qui quittait le port. Après avoir décidé qu'il valait mieux laisser Minette en sécurité dans sa cabine, Aidan aida Brianna à descendre sur la chaloupe. Elle était plus assurée cette fois, ce qui faisait de ce moment une tout autre expérience. Ses jambes reposèrent de nouveau entre les siennes et ses mains le touchaient presque nonchalamment tandis qu'elle observait autour d'elle.

Elle le repéra qui s'émerveillait de ce revirement.

— Quoi ?

— Vous... vous épanouissez. C'est un beau spectacle.

Vu son petit sourire, il sut qu'elle appréciait son compliment. Après un moment, elle haussa les épaules.

— Comment grandir si on n'affronte pas ses peurs ?

— Vous avez bien raison.

— J'aurais préféré me complaire dans mes peurs. Peut-être que vous auriez pu me demander de passer un jour sur la plage d'abord, comme dans un rendez-vous classique, mais *c'est la vie*[1].

Il la regarda avec curiosité. Pas à cause de sa suggestion d'une cour moderne, ce qu'il était heureux d'offrir, mais par son utilisation du français, d'une expression. Il avait entendu plusieurs expressions inconnues de Gwen et Maggie, *surtout Gwen*, mais pas celle-ci. Il supposait que de nombreuses personnes pouvaient lancer une phrase dans une langue étrangère, mais soudain, il se demanda si Brianna la parlait.

— *Tes yeux sont la plus belle nuance de bleu que j'aie jamais vue de ma vie*, dit-il en français.

Oh, oïl, elle parlait français, que Dieu l'aidât, son sourire enflamma le sien et son torse enfla presque jusqu'à éclater tandis qu'elle rougissait.

---

1. En français dans le texte.

— *Je suis flattée. Merci.*

Sa main serra sa jambe quand ils furent légèrement balancés sur l'embarcation. Il était encore perdu dans ses yeux quand elle s'approcha de lui pour s'appuyer à lui et monter sur le quai. Bon Dieu ! Elle l'avait encore fait. Il rit, mais il savait qu'il ferait mieux de contrôler *ça*... ou plutôt Brianna, s'il devait regagner l'ordre et le contrôle dont il était si fier.

Une fois sur terre, Brianna en sécurité à ses côtés, il la guida dans la ville d'Ayr, avec un signe de tête à ceux qu'il connaissait et des salutations d'autres sur son passage. Même avec la foire toujours en place, tout était ordonné. Mais il songea soudain que Brianna était inhabituellement silencieuse. Quand il se tourna vers elle, il ne sut que faire de son expression.

— Brianna ?

Les yeux écarquillés, elle secoua la tête et continua de regarder autour d'elle. Il lui rendit son expression dans l'espoir d'une réponse. Ses yeux dévièrent avec nervosité et quand elle comprit qu'il ne bougeait pas, elle murmura enfin :

— Je suis un peu submergée.

Ah. C'était vrai qu'il la faisait traverser une ville portuaire prospère alors qu'elle avait été relativement peu exposée jusque-là.

— Comment puis-je vous aider ? demanda-t-il en s'avançant.

— Comment j'ai l'air ?

Cela le surprit.

— Pardon ?

Nerveusement, elle regarda de nouveau autour d'elle et lissa sa robe.

— Brianna, vous êtes exactement comme vous devriez, comme si vous aviez toute votre place ici, absolument charmante.

Il se demanda s'il ne devait pas la ramener au bateau, puis songea à Isabelle et combien elle était contente et distraite quelques jours avant. La foire produirait peut-être le même effet sur Brianna. Il s'approcha d'elle et lui prit les mains en lui souriant doucement et en la regardant dans les yeux.

— Nous avons deux possibilités.

Il la sentit aussitôt se détendre, que ce fût à cause de ses mots familiers ou simplement parce qu'il avait détourné son attention de ce qui l'entourait.

— Un ? demanda-t-elle doucement, mais avec hâte.

Ah oui. Il s'esclaffa.

— Un, je peux vous ramener sur le bateau, où vous pourrez passer la journée. Vous pouvez chanter vos comptines stupides tout l'après-midi pendant que j'imagine de nouveaux jeux qui me permettent de tenir vos mains. J'enverrai Henry chercher le souper et demain, nous repartirons.

— Et deux ?

— Je sais de source sûre que la foire annuelle est remplie de marchandises.

Elle écarquilla les yeux.

— Une foire ? Avec des marchandises d'artisanat ? Et de bons repas ?

Il sourit.

— Oïl, juste là-bas.

Elle tourna la tête pour regarder encore autour d'elle.

— Vous êtes sûr que je suis bien ? Ma robe ? Mes cheveux ? Les gens me dévisagent.

Ah, maintenant il comprenait.

— Je suis passé par Ayr souvent. Y compris juste avant de venir à Abersoch, il y a quelques jours. Ce n'est qu'une courtoisie élémentaire. Et vous êtes mieux que bien.

Elle hocha la tête et lui offrit un petit sourire, même si elle semblait toujours plongée dans ses pensées. Lui laisser un peu plus de temps ne le gênait pas, mais ensuite, il vit son visage se décomposer, ses sourcils se froncèrent et un petit bruit lui échappa. Il voulut lui adresser des mots de réconfort, mais il ne savait pas ce qui l'avait troublée si soudainement. Après un moment, elle se redressa et du soulagement la traversa quand il glissa son bras au sien et recommença à marcher.

CHAPITRE 15

Brianna se promena d'étal en étal pendant la majorité de l'après-midi ; Aidan lui avait mis dans les mains une bourse remplie de pièces, mais elle n'avait toujours rien acheté. Ce n'était pas qu'elle n'avait pas admiré des objets charmants, bien entendu que si – des tissus et bijoux, des tuiles peintes et tapisseries, des bols en bois et pots en fer et même des choses qui pouvaient être utiles comme des savons, des sachets remplis de pétales de fleurs séchées, des foulards et même des petites boîtes en fer dans lesquelles stocker ses affaires. Pourtant, elle ne profitait pas de l'expérience comme elle l'aurait fait si elle ne s'était pas sentie autant… en décalage.

Elle n'y aurait peut-être pas pensé autant si elle n'avait pas vu un homme la regarder étrangement, presque avec mépris, mais c'était arrivé si vite qu'elle n'en était pas sûre. Et puis, après qu'Aidan l'avait rassurée sur le fait qu'il n'y avait rien de mal chez elle, elle s'était sentie bête de s'inquiéter de son apparence, ce qui ne lui était jamais arrivé. En réalité, elle savait qu'elle était habillée comme il fallait pour l'époque – plus que ça, vu la qualité de sa tenue – mais elle avait vu des regards s'attarder sur eux à leur passage. Il était évident qu'Aidan était bien connu et respecté et elle supposait qu'il l'avait gardée assez près de lui, alors peut-être était-ce juste qu'ils ne l'avaient jamais vu avec une femme avant. Ou qu'ils avaient l'habitude de le voir avec une femme différente… d'autres femmes. C'est en songeant à cela qu'elle avait grimacé plus tôt et peut-être même lâché un bruit de dégoût. Aidan s'était inquiété, comme il semblait toujours tout remarquer. Puisqu'il était hors de question de lui avouer qu'elle était jalouse d'une femme imaginaire qui n'existait peut-être pas, voire des femmes, il lui avait fallu quelques minutes pour le convaincre que tout allait bien.

Quand ils avaient recommencé à marcher, il lui avait montré les rues marchandes et derrière elles, la foire, assez large pour rivaliser avec celles de chez elle. Du bétail et des chevaux, des tentes et des rangées d'étals, de tables, nourriture et boissons en abondance. Cela aurait dû être agréable, une expérience d'une vie, surtout pour elle, mais pas après sa journée avec Aidan la veille, si simple en apparence, mais si lourde de sens et de connexion entre eux. Aidan était aussi attentionné, mesuré et réfléchit, alors elle trouvait ses mots et ses actions encore plus importantes et romantiques venant de lui. Il ne l'avait pas interrogée sur son passé ou comment elle était arrivée ici, même si elle savait qu'il devait s'en douter. Elle avait failli lui montrer le médaillon, mais avait changé d'avis. Plus tard, elle songea à lui montrer l'insigne dans sa sacoche, mais elle hésita encore. Elle se doutait que, bien vite, il repérerait son tatouage et reconnaîtrait le symbole. Un souffle lui échappa en se rendant compte qu'elle s'était marquée à son insu comme propriété de Pembrooke. *Hmm.* Elle marqua une pause. Peut-être que cela faisait d'elle un membre de la maison de Pembrooke aussi.

Quand elle sentit des mains sur ses épaules, elle pria pour que ce soit celles d'Aidan, puis comprit que ça l'était forcément, puisqu'il était resté près d'elle. Henry et lui l'avaient suivie en l'observant à distance respectable, si un mètre était la norme pour une distance respectable. Ils lui laissaient un peu plus d'espace quand elle entrait dans un stand, *une fois* qu'ils l'avaient déterminé comme sans danger. C'était mignon, mais un peu exagéré.

Quand elle se tourna, Aidan la regardait avec inquiétude et elle songea à sa chance encore une fois. Sans compter le destin, si cet endroit était vraiment chez elle maintenant, passer sa vie avec Aidan Sinclair était le meilleur aboutissement qu'elle aurait pu imaginer. Aidan Sinclair *et* la maison de Pembrooke. Elle effleura son tatouage en posant sa main sur celle d'Aidan, se demandant ce que tout ceci voulait dire. Quand elle lui avait demandé s'il connaissait Pembrooke, elle n'aurait jamais imaginé qu'il le connaîtrait très bien parce que c'était là qu'il vivait – était-ce la raison de sa fascination depuis sa plus tendre enfance ? Un autre lien menant à leur destin final ensemble ?

— Qu'y a-t-il ? demanda Aidan en la cherchant du regard.

— De quoi parlez-vous ?

Elle appréciait le poids de ses mains sur ses épaules et esquissa une moue quand il les retira.

— Eh bien, dit-il avant de soupirer et prendre sa tête dans ses mains. Vous regardez depuis des heures et vous n'avez rien pris.

— Je suis désolée, s'excusa-t-elle en haussant les épaules.

C'était tout ce qu'elle pouvait offrir.

— Brianna, vous semblez mélancolique alors que vous devriez être ravie. Je vous ai amenée à un endroit plein de toutes les choses sur lesquelles je vous ai vue vous extasier encore et encore.

Elle sourit. C'était gentil et vrai, mais elle avait tellement en tête. Elle était si perplexe.

— J'aimerais plus du thé que vous avez trouvé, dit-elle en comprenant qu'elle serait ravie de rentrer au bateau.

Ouah, ce n'était pas rien : elle choisissait un après-midi à parler et jouer plutôt qu'une journée à examiner des objets historiques. Elle faillit rire en se rappelant la réaction d'Aidan en entendant la comptine du petit Tim qui essaie de manger la baignoire. C'était une bonne chose qu'elle n'ait pas précisé qu'on ne parlait pas de bois – la porcelaine aurait sûrement été trop pour lui.

— J'ai encore plein de thé. Mais on fera encore mieux que ça. On ira manger à l'auberge ce soir. La nourriture y est aussi bonne qu'à Abersoch. Mais d'abord, vous *devez* trouver quelque chose pour vous dans les étals.

— Mais...

Aidan secoua la tête.

— Faites-moi plaisir, un objet, quel qu'il soit.

Brianna sourit, soudain un peu plus légère. Peut-être avait-elle juste besoin d'une aide, ou peut-être que la suggestion d'Aidan de dîner avec elle en ville avait quelque chose à voir avec ce changement d'humeur. Elle avait vu un joli peigne et ces boîtes en fer qui commençaient à devenir une obsession, maintenant. Elle essayait de se souvenir exactement où elle les avait vues quand elle repéra un homme derrière l'étal qui traînait une jument émaciée et sale avec lui. Brianna fut horrifiée de cette vue. Pauvre créature, elle avait visiblement été maltraitée et semblait désespérée.

— Mon achat doit être sur un étal, Aidan ?

— Peu importe où vous le trouvez.

Sa décision fut aussitôt prise.

— Aidan, chuchota-t-elle en serrant son manteau. Je la veux.

Elle montra du menton la jument. Aidan recula en entendant son ton et se tourna pour voir ce qui avait causé sa réaction soudaine. Il n'était pas ravi non plus.

— On peut essayer, dit-il en secouant la tête, mais je vous en prie, n'espérez pas trop. Et si vous montrez trop votre intérêt, il pourrait refuser juste pour vous voir souffrir, oïl ?

— Bien entendu, même vous n'y verrez rien.

Il grogna et elle fut sûre qu'il avait compris ce qu'elle voulait dire.

Quand l'homme fut assez près, elle l'appela, s'étonnant de son audace :

— Monsieur.

Il l'ignora et continua à avancer.

— *Monsieur.*

Brianna se hâta d'avancer vers l'arrière de l'étal et se plaça derrière lui, essayant de ne pas regarder la jument, de peur de pleurer et montrer ce qu'elle voulait. Malgré tout, l'homme ne lui prêta pas attention quand elle l'interpella encore. Se préparant, elle courut devant lui et s'arrêta, essoufflée, la main tendue devant elle.

— *MONSIEUR !*

Pas ravi d'avoir été interrompu, il grogna :

— Hors de mon chemin, jeune femme.

Brianna se planta devant lui.

— Monsieur, je n'ai besoin que d'un moment. J'aimerais acheter votre jument.

Il lui lança un regard étrange.

— Pourquoi ? Elle n'est pas à vendre.

— Je vous donnerai toute ma bourse.

Elle n'avait aucune idée de l'argent que contenait cette bourse, mais quand Aidan la pressa dans ses mains, elle fut surprise de son poids. Il se contenta de hausser les épaules et de lui faire un clin d'œil et elle comprit qu'il lui avait donné l'équivalent médiéval d'une carte noire. Aidan l'avait menée vers des étals qui contenaient des biens onéreux, alors elle aurait parié qu'il y avait beaucoup.

L'homme la regarda un long moment, puis le cheval, l'air de réfléchir à son offre. Brianna sut qu'elle – et la jument – n'avait probablement que cette unique chance. Si elle ne l'obtenait pas, l'homme serait sûrement agacé par cet échange et maltraiterait l'animal encore plus. Brianna songea à une litanie de prières silencieuses et quand il montra la bourse dans la paume de sa main, elle fit un effort pour garder une expression neutre.

— Comment saurais-je qu'elle n'est pas remplie de sable ou de pièces sans valeur ?

Il n'avait pas tort, mais elle agit comme s'il ne pouvait pas se tromper davantage.

— Je vous assure que ce n'est pas le cas, affirma-t-elle avec un air d'autorité.

Puis elle renversa le contenu de la bourse dans la paume de sa main pour qu'il puisse le voir. Oh, bon Dieu, ce n'étaient même pas des pièces de monnaie. Aidan lui avait donné un sac rempli de ce qui semblait être de l'argent pur frappé. L'homme écarquilla les yeux, clairement content de ce qu'il voyait.

— Vous voulez dire que vous offrez tout cela pour elle, dit-il en donnant un coup de coude à la jument – probablement les derniers coups qu'il pouvait, pensa Brianna.

La jument ne fit pas un bruit, mais Brianna perçut un léger mouvement de ses naseaux.

Ce n'était pas facile, mais elle continua à feindre l'indifférence tout en remettant les pièces dans le sac.

— Le choix vous appartient. C'est juste que j'ai besoin d'un cheval, la raison n'a pas d'importance.

Puis elle lui lança ce qu'elle espérait être un regard complice, puisque les hommes mauvais aimaient la compagnie.

Il lui répondit par un ricanement un peu joyeux. C'était un malade. Il lui fit un signe de tête sec, puis lui tendit la main.

— Les rênes, monsieur.

Ils échangèrent maladroitement les rênes et le sac rempli de pièces au même moment. Une fois que Brianna eut pris possession du cheval, elle garda un air stoïque, même si elle déplaça gentiment la jument pour la mettre à l'abri. Ensuite, elle resta devant elle, attendant que l'homme s'en aille, et si justice était faite, il tomberait dans un fossé et n'en sortirait jamais. Alors qu'elle pensait que ce malheureux épisode était terminé, elle eut le souffle coupé lorsque le marin rustre qui avait attrapé Minette s'approcha de l'homme.

— C'est elle, père. Elle était avec l'homme qui m'a menacé, dit-il en pointant son doigt dans sa direction.

Brianna se prépara à une nouvelle confrontation, mais cette fois-ci, l'enjeu n'aurait pas pu être plus important. Elle savait qu'elle était capable de lui faire face et dans les quelques secondes qui suivirent cette nouvelle et imminente menace, elle campa fièrement sur ses positions, non seulement au sujet de sa situation immédiate, mais au sujet de son destin et du XVe siècle lui-même. C'était sa nouvelle réalité, et elle aimait ce qu'elle était ici. Ces hommes ne feraient pas tomber la maison de Pembrooke, *sa* maison, pas tant qu'elle était là.

Rassemblant toute la bravoure dont elle était capable, Brianna se tint droite et fière, puis fit un pas en avant.

— Je peux vous assurer, monsieur, qu'il n'a rien fait de tel, dit-elle,

Le dédain s'insinuait dans ses paroles. Elle savait qu'elle exagérait, mais une insulte pareille ne pouvait être permise, il lui fallait nier qu'Henry l'avait bien menacé. Si Dieu devait la frapper de mort pour avoir menti, elle aurait au moins sauvé la jument et la réputation d'Henry. Un petit prix à payer pour appartenir à Sinclair et à la maison de Pembrooke. Elle se gonfla d'orgueil un peu plus à cette pensée, surprise à nouveau par l'élan de confiance qu'elle ressentait.

— Ah oui ?

Le regard de l'homme allait et venait d'elle à son fils, sceptique.

Brianna savait que ce n'était pas fini, mais elle espérait que si elle adoptait le bon ton et choisissait les bons mots, ce serait le cas.

— C'est ce que j'ai dit. Vous pensez que je mens ? Savez-vous qui je suis ?

Elle garda un ton égal, essayant d'être royale. Son discours dut faire mouche, car elle décela un peu de peur dans les yeux de l'homme et n'eut pas honte de se sentir enhardie.

— Je suis Brianna O'Roarke. Je peux retracer la lignée de ma famille depuis près d'un millénaire. De plus, je suis promise à Sinclair et à la maison de Pembrooke.

Elle ajouta cette phrase pour faire bonne mesure, se rappelant que cela avait semblé très théâtral quand Henry l'avait dit l'autre jour. Elle voulut ajouter : *Soyez reconnaissant que je ne lâche pas mes dragons*, mais elle savait que ce serait trop, et peut-être plus déroutant qu'autre chose, alors elle se contenta d'y penser, ce qui était tout aussi stimulant. Elle fit alors mine de redresser ses jupes, assez fière d'elle, avant de se retourner avec autant d'allure royale que possible.

Elle faillit trébucher à la vue d'Aidan et d'Henry, qui avaient réussi à venir derrière elle alors qu'elle était occupée à assurer la survie de leur dynastie. Leur démonstration de solidarité – bras croisés et regards assez glacés pour geler un homme – lui réchauffa le cœur, et elle rayonna.

Prenez ça, misérables crétins.

Elle passa devant les hommes avec sa jument, et lorsqu'elle frôla Aidan, il lui serra le bras, et elle sut qu'il était satisfait du spectacle qu'elle avait donné. Elle n'avait aucune idée de l'endroit où elle allait, mais Aidan ne tarda pas à être à ses côtés. Il prit sa main libre et les fit marcher autour des tentes, puis les entraîna, elle et la jument, sur le côté. Pendant qu'il examinait le cheval, Brianna lui caressa le museau et lui chuchota doucement à l'oreille :

— Tout va bien, un jour tu vivras avec nous.

Là-dessus, Aidan tourna la tête, mais elle haussa simplement les épaules, ne sachant pas pourquoi il était aussi surpris. S'il attendait juste son *consentement verbal* ou Dieu sait quoi, vivre ensemble n'était-il pas une conclusion prévisible ? La jument glissa son museau dans sa main et elle recommença les gratouilles derrière ses oreilles. Sans un mot, Aidan se plaça derrière elle et commença à gratifier le cheval d'affection aussi. Il secoua la tête et sourit.

— Ce que vous avez fait aujourd'hui est louable, Brianna. C'est une chose de voir une injustice, mais agir pour la corriger est différent.

Brianna se plaça dans ses bras et se détendit dans son étreinte, se rendant seulement à ce moment-là compte de combien toute cette rencontre avait été effrayante. Elle sentit

Aidan baisser le menton pour effleurer son visage. Elle savoura ce contact bienvenu.

— Vous pensez qu'elle ira bien ? demanda-t-elle en s'écartant pour le regarder.

— Oïl. Nous l'amènerons à Glenn, il a des écuries pas loin et s'occupe de nombreux chevaux. Je ne suis pas sûr qu'elle puisse faire de la route tout de suite, que ce soit par mer ou par terre. Mais je pense qu'il prendra soin de veiller à ce qu'elle s'épanouisse. Si elle le souhaite.

— Bien sûr qu'elle le veut.

— Oïl, si elle ressemble à sa nouvelle maîtresse, je n'ai aucun doute.

Brianna sentit une chaleur l'envahir.

— Merci. De rester près de moi. De me soutenir et de croire en ma cause.

Il effleura le côté de son visage.

— Brianna, vous me rendez fier.

Il exerça une petite pression et indiqua les rênes pour qu'elle les lui confie. Elle caressa la jument et chuchota :

— C'est une personne bien, ne t'inquiète pas.

Quelque chose avait changé entre eux, Brianna le sentait. Quoi que ce soit, ça s'était produit entre le moment où elle avait vu la jument et l'instant présent. Ils recommencèrent à marcher, elle s'appuya à lui et il enveloppa son bras autour de ses épaules comme si c'était la chose la plus naturelle au monde. Après un moment, il l'attira à lui pour la caresser du menton, un geste qu'elle aimait de plus en plus.

— Si je vous disais que je connaissais un endroit où on pourrait déguster un festin de poissons grillés, légumes rôtis et peut-être une bouteille de bon vin, ça vous intéresserait ?

Elle s'arrêta et le regarda.

— Ne me cherchez pas, Aidan Sinclair, ou je risque de devoir relâcher mes dragons.

Il sourit avec un air qu'elle ne lui avait jamais vu, même si elle devina que c'était le visage d'un homme sur le point de l'embrasser ou du moins, qui y songeait. Jamais Brianna n'aurait imaginé que l'étincelle qui lui avait manqué si longtemps s'allumerait sur une route terreuse dans l'Écosse médiévale du XVe siècle avec un *laird* des highlands. Il y avait quelque chose de doux-amer là-dedans.

Aidan sembla alors inquiet et prit son visage dans ses mains en la regardant dans les yeux.

— Brianna ? Vous allez bien ?

Elle ne s'était pas rendu compte qu'elle le regardait avec autant d'insistance, mais elle sourit et opina du chef.

— Oui. Je crois que j'ai trouvé la magie, Aidan.

— Oïl, je crois qu'on l'a trouvée tous les deux.

Brianna faisait un rêve merveilleux, sur le voyage qu'elle avait fait en Écosse avec son grand-père, quand elle était encore une petite fille. C'était quelques années après l'accident qui avait coûté la vie à ses parents. Dans son rêve, ils se trouvaient à Dunhill dans son bureau jonché de dossiers ouverts et d'objets entassés. Des papiers étaient punaisés au mur, à côté de toutes sortes de cartes, des cartes anciennes côtoyant des cartes plus modernes, apparemment sans logique ni raison.

Puis, ses yeux s'ouvrirent et, pendant un instant, Brianna ne sut pas si elle rêvait ou si elle était éveillée. Elle avait oublié ces années et l'obsession de son grand-père pour les mystères familiaux. Encore à moitié endormie, elle ferma à nouveau les yeux, espérant y retourner, et elle dut s'assoupir car elle se revit petite fille. Son grand-père courait dans le couloir vers l'endroit où elle jouait devant la cheminée. Brianna leva les yeux quand elle l'entendit crier, sursauta lorsqu'il la prit dans ses bras et la fit tourner, riant de voir son jeu de *jacks*[1] s'éparpiller partout. C'était le jour où son grand-père avait découvert Pembrooke. Brianna se souvenait de la première fois qu'elle l'avait vu – le plus

---

1. Variante des osselets.

beau château de conte de fées qu'elle ait jamais vu. Elle était partie jouer pendant que son grand-père étudiait le travail de la pierre.

Brianna se réveilla en sursaut, les images encore très présentes dans son esprit. Elle n'avait pas repensé à ce jour depuis des années. Elle s'étonna d'en avoir rêvé, exactement comme dans la vraie vie et, désespérée à l'idée d'y retourner, elle s'allongea rapidement et ferma les yeux. Comme si elle était destinée à le voir, son rêve revint, avec le petit jardin qu'elle avait trouvé à Pembrooke, et le rocher sur lequel étaient gravées ces initiales qu'elle avait oubliées... Alors qu'elle s'agenouillait et passait la main sur les gravures profondes pour balayer la saleté, elle entendit quelqu'un l'appeler par son nom. Mais... ce n'était pas la voix de son grand-père, et cela la troubla parce qu'il l'avait appelée juste après qu'elle avait trouvé le rocher et découvert...

— *Breea. Réveille-toi, ma chérie.*

Surprise, Brianna se figea. Maman ? Était-ce sa mère qui l'appelait ? Elle n'était pas à Pembrooke.

— *Breea, viens, mon amour, tu dois te réveiller maintenant.*

Papa ? Elle sentit une agitation la parcourir de la tête aux pieds. Ils étaient là ! Elle pouvait les sentir ! *Maman, Papa !* Elle essaya de se retourner mais ne put bouger.

— *Breea, tu dois te lever.*

Elle voulait leur dire qu'elle essayait, mais elle n'y arrivait pas.

— Maman ? Papa ? Où êtes-vous ?

— *BREEA !*

Brianna se redressa en sursaut en entendant Aidan qui hurlait son nom en frappant à sa porte.

— Brianna ! cria-t-il à nouveau juste avant que la porte ne s'ouvre et qu'il ne se précipite à l'intérieur.

Il commença à prendre des choses et à les jeter dans son sac, puis il attrapa Minette et lui mit son harnais, qu'il passa autour des épaules de Brianna. Pendant tout ce temps, elle resta assise, hébétée, confuse, se demandant ce qui pouvait bien se passer.

— Aidan, qu'est-ce que...

C'est alors qu'elle le sentit. Son visage se décomposa et son estomac s'affaissa tandis qu'elle le regardait avec horreur.

— Un f...

Un feu. Elle n'arrivait pas à prononcer le mot. Peu importe qu'ils soient assez proches de la terre pour nager jusqu'au rivage, ils devaient survivre à l'incendie et quitter le navire. *Oh, mon Dieu, non ! Non-non-non...*

— Nous devons partir, dit Aidan, en l'attrapant et en la tirant de l'endroit où elle était gelée et effrayée dans le lit.

Il la poussa derrière lui alors qu'ils pénétraient dans le couloir, bondé puisque tout le monde se précipitait pour se mettre à l'abri. Lorsqu'ils atteignirent l'échelle, il la poussa en avant et l'arrêta avant qu'elle ne commence à monter la suivante.

— Non, là ! ordonna-t-il en lui indiquant une série de marches qu'elle n'avait pas remarquées auparavant.

Elles menaient à une partie moins encombrée du pont. Aidan la hissa dans les bras tendus d'Henry qui la tira, mais Brianna trébucha, envahie d'images de son enfance – l'obscurité sinistre, la lueur étrange de la lumière du feu et le son inoubliable du bois qui craque alors que le bateau censé les garder en sécurité s'abîmait. Pendant un instant, elle sentit la terreur l'envahir en regardant les hommes sauter dans l'eau en contrebas, mais les bras puissants d'Aidan l'emportèrent loin de la frénésie. Il la reposa et alla aider Henry, qui découpait une partie de la balustrade à l'aide d'une hache. Aidan commença à l'arracher à mains nues, puis se retourna vers elle.

— Quand je vous dirai de sauter, vous sauterez, dit-il, les yeux brillants.

Brianna le dévisagea. Elle ne l'avait jamais vu aussi concentré.

— Vous comprenez ? Brianna... vous comprenez ?

Elle sentit Minette se blottir contre elle et paniqua.

— Prenez-la.

Il secoua la tête.

— Mon poids...

Elle sentit ses yeux s'écarquiller en comprenant qu'ils allaient couler sous la surface d'abord, puis qu'il faudrait nager vers le haut. Il lui prit les bras.

— Brianna ! Sautez loin, pas juste en bas. Aussi loin que possible.

Elle acquiesça mais vit son visage sombre. Elle n'avait pas remarqué qu'elle avait reculé avant qu'il ne plonge vers elle et passe son bras autour de son dos, profitant du moment pour les propulser tous deux en avant, loin du bateau, avec assez de force pour dépasser l'ancre. Il la lâcha juste avant de heurter l'eau.

C'était froid, mais ce ne fut pas le froid glacial qui l'hébéta, mais l'eau salée qui l'engloutissait alors qu'elle sombrait dans les profondeurs. Une sensation qu'elle ne voulait plus jamais ressentir. Brianna repoussa sa peur et ses souvenirs et donna des coups de pied jusqu'à jaillir à la surface, où elle inspira profondément et appela Aidan.

— Aidan !

Elle fit volte-face et attendit qu'il refasse surface.

— *Aidan !*

Elle commençait à paniquer, mais elle le vit alors qui nageait vers elle.

— C'est bon, dit-il en cherchant de la main Minette dès qu'il fut auprès d'elle. Tout va bien. Vous savez comment flotter sur le dos, oïl ?

Elle hocha la tête et prit son visage dans ses mains.

— Vous allez bien, hein ?

Il opina du chef, puis sourit et se pencha pour l'embrasser, si vite qu'elle sut que c'était juste pour la rassurer. Malgré tout, la sensation de ses lèvres sur les siennes et de ses yeux dans les siens répara quelque chose en elle et elle se sentit un peu plus calme.

— Nous sommes sains et saufs. Je le jure. Regardez.

Il avait raison, le port était rempli de petits bateaux qui aidaient déjà les marins. Certains avaient même atteint la digue et étaient déjà soulevés jusqu'à la terre ferme. Ils n'étaient pas en pleine mer, après tout. Aidan laissa Brianna tirer ses propres conclusions et il dut la sentir se détendre, car il la retourna et nagea vers l'une des barques venues aider, tirant Brianna avec lui. Se souvenant soudain d'Henry, Brianna se retourna, mais vit qu'il nageait avec assurance et rapidité juste derrière eux.

Aidan l'installa dans un endroit sûr, l'enveloppa d'une couverture que quelqu'un avait poussée vers elle, puis partit aider les hommes qui essayaient d'éteindre le feu. Elle ne sut pas combien de temps elle resta là à regarder, mais c'était triste de voir le Capitaine John enfin abandonner et sauter du pont. Personne ne semblait blessé, mais elle espéra que le bateau n'était pas complètement perdu. Quand Aidan revint, il adressa un signe de tête à quelqu'un derrière elle et elle se retourna, découvrant qu'il avait posté quelques hommes pour veiller sur elle.

— Venez. J'ai réservé un logement pour la nuit.

Elle ne l'interrogea pas sur le logement, elle avait déjà décidé qu'elle ne dormirait pas seule. Elle n'avait pas encore compris tous les détails, mais la réalité s'installait concernant son futur immédiat et après ce soir, elle prendrait l'héritage des O'Roarke par les cornes – à commencer dès maintenant.

Très vite, ils arrivèrent dans une petite maison pleine de charme en périphérie de la ville. Aidan la présenta aux propriétaires, Adam et sa femme Charlotte, qui les accueillirent dehors. Brianna songea qu'Aidan avait l'air d'un guerrier et soudain, elle pensa qu'il ne choisirait pas n'importe quel endroit pour dormir. Il n'avait pas sélectionné cette auberge uniquement pour sa solitude, mais parce qu'il savait qu'elle serait en sécurité ici.

Une fois à l'intérieur, Charlotte s'occupa d'elle pendant qu'Adam et son fils adolescent aidaient Aidan et Henry à réunir les marchandises à ramener au port. Quand Charlotte la mena en haut, Brianna regarda Aidan, se demandant s'ils se reverraient cette nuit.

Il avait déjà les yeux sur elle.

— Je monterai avant de partir voir le bateau, mais pas avant un certain temps, lui dit-il.

Lorsqu'elle entra dans la chambre, Brianna constata qu'elle était déjà chaude, avec un lit de belle taille, une petite table pour les repas privés et une zone l'écart pour s'habiller. Elle sourit à l'idée d'un bain chaud, en repérant quelques grands seaux d'eau fumante et une pile de tissus en lin posés à côté d'une grande baignoire.

Après avoir installé Minette près du lit, Brianna attrapa son sac, toujours gorgé d'eau même plusieurs heures après avoir été sorti de l'eau. Alors qu'elle inspectait les coutures, à la recherche de dégâts, ses doigts rencontrèrent un rond dur, et elle poussa un soupir de soulagement. Son médaillon était toujours en sécurité à l'intérieur, là où elle l'avait glissé le matin de leur départ d'Abersoch, dans la poche secrète. Elle avait failli le montrer à Aidan la journée passée ensemble sur le bateau, mais quelque chose l'en avait empêchée. Le médaillon était si important pour elle, avec ce qu'elle considérait comme son symbole d'un côté, et l'image de l'ours de l'autre. Même le nœud d'infini, gravé sur le bord, l'émouvait. Mais cette journée sur le bateau avait sa propre importance, et bien qu'ils soient, selon Aidan, presque mariés après son engagement envers elle, elle n'était pas tout à fait prête à partager le médaillon avec lui, pas encore.

Tout cela semblait si loin maintenant, mais en réalité, la traversée n'avait duré que trois jours, des jours qui semblaient avoir été beaucoup plus longs. Comment expliquer autrement une telle transformation chez elle ? Comment expliquer que ce médaillon – un médaillon que le destin lui avait presque littéralement tendu, qu'elle pensait être vraiment destiné à être le sien – lui soit déjà sorti de l'esprit ? En le regardant maintenant, elle s'émerveilla de voir à quel point son attention s'était détournée de cet objet brillant – et très important – pour se porter sur Aidan, Minette et ceux qui l'entouraient. Elle le plaça sous les draps pour l'instant et jeta le reste du contenu de son sac sur le sol. Aidan avait réussi à récupérer quelques-unes de ses affaires sur le bateau, mais elles étaient toutes mouillées. Elle trouva cependant un peigne et le harnais de Minette qu'elle mit à sécher près de la cheminée. Charlotte lui dit qu'elle lui avait laissé quelques affaires à porter et emporta ses vêtements pour les laver. Devant l'hésitation de Brianna, la femme lui tapota la main.

— Nous connaissons Aidan depuis longtemps, je vous promets de prendre grand soin de vos affaires.

Brianna faillit pleurer devant sa gentillesse et sa chaleur.

— Ce ne sont que des objets. Je suis juste un peu chamboulée.

— Ohh, ma chère, on a sûrement veillé sur vous, c'est un homme profondément bon.

Brianna acquiesça, encore plus émue.

— Merci.

La femme la serra dans ses bras comme si elle sentait qu'elle en avait besoin.

Comme Aidan avait dit qu'il en avait pour un moment, Brianna prit son temps pour se laver. L'eau chaude était si bonne qu'elle resta pendant ce qui lui sembla être une éternité et eut encore le temps de se laver les cheveux avant qu'Aidan n'arrive. La chemise de nuit qui avait été sortie pour elle était simple, mais douce et à sa taille. Elle venait de peigner ses cheveux et était en train de les attacher et de les fixer sur sa tête quand Aidan frappa à la porte et l'appela par son nom.

— Entrez.

Ses mots étaient légèrement étouffés par les épingles à cheveux qu'elle tenait entre ses lèvres. Elle ne se souvenait plus si elle avait fermé la porte à clé ou non, et continua à se coiffer en s'approchant. Aidan venait d'entrer quand elle attrapa une autre épingle. Lorsqu'il l'aperçut, il s'arrêta net. Brianna s'était également figée, mais elle ne savait pas vraiment pourquoi, si ce n'est en réaction à Aidan.

— Vous allez bien ? dit-elle en finissant de se coiffer.

— Breea... Je... vous...

Elle ne savait pas s'il l'avait délibérément appelée Breea, ou si c'était arrivé par inadvertance puisqu'il était clairement à court de mots, voire d'émotions, mais cela lui plut. Et voir Aidan de cette façon était quelque chose. Non pas qu'Aidan soit un homme froid, loin de là. Brianna savait qu'il éprouvait des sentiments profonds, mais il était toujours si mesuré, toujours en contrôle, même lorsqu'il était furieux. Quelque chose l'avait ébranlé, et elle se précipita vers lui, vraiment inquiète.

— Dites-moi, demanda-t-elle en posant sa main sur son torse tout en approchant l'autre de son visage.

Il couvrit ses deux mains avec les siennes, la regardant avec un air d'incrédulité. Elle attendit qu'il parle, mais il se contenta de secouer la tête. Il semblait déchiré, comme s'il luttait contre quelque chose, mais il l'entoura de ses bras et, pendant un instant, elle oublia tout et se contenta de le serrer à elle.

— Je dois y retourner, finit-il par dire en frottant son menton sur sa tête avant de s'éloigner.

— Je n'ai pas besoin de plus de temps, répondit-elle, soudain effrayée à l'idée que si elle ne le disait pas maintenant, elle n'aurait peut-être pas d'autre chance.

Il pourrait ne plus y avoir d'occasions. Elle avait déjà été réveillée par un autre feu et s'était retrouvée de nouveau dans l'eau... la vie était trop précaire, trop courte pour risquer de perdre ce que le destin s'était donné beaucoup de mal à lui offrir.

— Plus de temps ? répéta-t-il presque distraitement en lui frottant les bras.

Elle sut alors qu'il devait être submergé par tout le reste, sinon il n'aurait pas eu besoin de l'interroger dessus. Brianna posa ses mains sur son torse et leva les yeux vers lui. Elle avait remarqué que sa concentration se précisait quand elle le regardait dans les yeux.

— Aidan... je veux être à vous, commença-t-elle. Jusqu'à mon dernier souffle.

Ce n'étaient pas les mots exacts qu'il lui avait dits cette nuit-là sur le bateau, mais elle vit qu'il savait ce qu'elle voulait dire. Il ferma les yeux et inclina la tête, et lorsqu'il la regarda à nouveau, avec tant d'émotion, elle sut que c'était là qu'elle devait être. Il contempla son visage tandis que ses mains remontaient le long de ses bras et de ses épaules, jusqu'à ce qu'il prenne sa tête dans ses mains. Puis il se pencha pour effleurer ses lèvres. C'était si bon, ce premier *vrai* contact. Elle le poussa en arrière, tout en marmonnant. Il se dégagea, la regarda fixement, secoua la tête pendant une seconde, baissa les yeux sur ses lèvres et y passa son pouce. Sa poigne se resserra et il se pencha et posa de nouveau ses lèvres sur les siennes avec tant de passion et de désespoir qu'elle en fut stupéfaite. Puis il disparut. Elle resta là où il l'avait laissée, à fixer la porte fermée, sa main sur ses lèvres tandis que la sensation de son baiser persistait. Elle ne savait toujours pas ce qui s'était passé, ni ce qui le troublait, mais elle savait qu'Aidan avait raison, leur mariage poursuivrait bel et bien la tradition des O'Roarke, elle le sentait déjà.

CHAPITRE 16

Le soleil commençait tout juste à se lever quand Aidan et Henry se rendirent au port chargés de matériel pour évaluer les dégâts. L'odeur du bois brûlé emplissait l'air et une fois devant l'eau, Aidan observa les vestiges du navire, un spectacle encore plus triste maintenant que le feu était complètement éteint. Repoussant ses souvenirs de lui qui tirait Brianna hors du bateau, il se concentra sur la tâche devant lui, aussi monumentale était-elle. Il faudrait peut-être des jours avant d'avoir une étude complète, mais à la lumière du jour, le bateau semblait complètement perdu. Il décida qu'il apporterait la nouvelle à Grey en personne, ce qui voulait dire que Brianna et lui finiraient le voyage à cheval.

Aidan passa le reste de la journée avec John, à prévoir le retrait du bateau de l'eau pour une inspection complète. C'était la première perte majeure du capitaine et sans surprise, il le vivait mal et portait la pleine responsabilité du coût matériel exorbitant et du coût humain. Aidan n'avait pas plaisir à le voir ainsi et il lui rappela très vite qu'à part des blessures mineures, personne n'était décédé et le bateau n'était qu'un navire qui pouvait être reconstruit, même si c'était son préféré.

Malgré tout, quelque chose dérangeait Aidan, troublé par le

manque de sommeil. Il avait bien remarqué qu'ils avaient gagné la fureur de deux hommes au moins – le marin et son père. Il songea que le feu pouvait bien avoir été intentionnel. Lui et le capitaine érigèrent un récit détaillé pour Grey, inspectèrent tout ce qu'ils purent de la coque et du pont et dressèrent un inventaire en prêtant attention aux signes criminels. C'était une aubaine que leur autre bateau, qui devait arriver plus tard ce jour-là, fût arrivé un peu en avance. Ils purent l'utiliser pour loger leurs marins et vu comme les jours suivants seraient chargés en travail, disposer d'un équipage supplémentaire n'était pas de refus.

Alan et Richard n'étaient pas ravis en voyant la condition du bateau. Sous les ordres de Lachlan, ils avaient protégé leur *laird* au fil des ans et maintenant qu'ils étaient affectés à un *jeunot* comme ils appelaient Aidan, ce genre de péripéties pouvait remettre en question leur réputation. Leur soulagement se lit quand ils repérèrent Aidan et Henry en pleine forme. Ils prirent le relais pour questionner le reste de l'équipage qui aurait pu voir quelque chose d'utile la veille.

Le temps de régler le principal et de donner aux hommes de quoi manger et dormir, le jour déclinait déjà. Ils s'étaient couchés quelques heures seulement avant de se réveiller en pleine nuit avec le feu et avec la longue journée qui avait suivi, l'épuisement ne tarderait pas à se faire sentir. Aidan le sentait déjà, mais vu les maigres affaires qu'il avait pu retrouver dans le bateau, en majorité encore mouillées, il devait faire quelques arrêts en ville. Ils avaient absolument besoin de ravitaillement, encore plus après le feu. Heureusement, son dernier arrêt prévu était aux bains publics et Aidan avait hâte de laver les restes de suie et d'eau salée. En rentrant à son logement, il s'autorisa enfin à penser à Brianna. Avant tout, involontairement ou non, il l'avait placée sur le chemin du danger sans arrêt : en l'emmenant sur le bateau, au contact du marin, puis du feu. C'était un coup qu'il n'avait jamais vécu. Qu'il ne l'eût pas directement blessée en personne n'avait que peu d'importance, il en portait la responsabilité. Il se rappela également les avertissements d'Esmeralda qui semblaient hautement insuffisants à la lumière de ce qui s'était passé ces quatre – que Dieu lui vînt en aide, quatre seulement – derniers jours !

Il espérait que ces quatre jours avaient pacifié le destin pour que Brianna et lui connussent un semblant de paix dans le futur. Pourtant, ce qui tourbillonnait dans sa tête, ce qu'il avait ressenti la veille en la voyant, n'était guère paisible. Il avait réservé une chambre pour eux deux, sans présomption, ils avaient atteint ce niveau de confort l'un avec l'autre. Il avait choisi ce logement parce qu'il connaissait les propriétaires personnellement. Adam avait été un guerrier féroce à son époque et au cours des années où Aidan passait par Ayr, il était devenu un bon ami aussi. Il savait que Brianna serait en sécurité là-bas. Ils n'avaient qu'une chambre, qu'ils ne louaient pas à tout le monde. Dans le chaos de la nuit, il n'avait pas songé à dire à Brianna de considérer la chambre comme la sienne seulement, alors quand elle lui avait dit d'entrer et l'avait accueilli avec familiarité, en vêtements de nuit, souriant la bouche pleine de pinces à cheveux, il avait été submergé par ce spectacle et avait manqué de tomber à genoux. Il ne pouvait pas tout attribuer au désir, même si son attirance pour elle était indéniable. Ce qui l'avait frappé à cet instant n'était pas guidé par la passion, mais par quelque chose de plus pur, de si étourdissant qu'il ne pouvait pas encore le nommer.

En rentrant à la petite maisonnée, Adam et les hommes qu'il avait placés pour la journée auprès de Brianna étaient dehors, à se battre à l'épée. Henry, Richard et Alan les rejoignirent avec joie. Quand Aidan entra, Charlotte l'accueillit d'un sourire.

— Vous aviez raison, Aidan.

Elle sourit tandis que son petit garçon prenait son sac, rempli des vêtements qu'il avait achetés pour le lendemain et de quelques autres habits étranges – un pantalon fait d'une étrange matière et un haut tricoté, qu'il avait trouvés emmêlés avec les robes de Brianna et retirés avant qu'on ne prêtât attention à eux. Il sourit et s'il avait été moins fatigué et moins appréhensif de ce que Brianna pourrait ressentir après une journée seule peut-être à broyer du noir sur ce nouveau danger, il aurait pu rire.

Charlotte lui adressa un regard complice au moment où Brianna redressait la tête de là où elle était assise, sur le sol de l'autre côté de la pièce. Elle avait un grand sourire et des yeux brillants.

— Aidan ! Je ne vous ai même pas entendu rentrer.

Elle sauta sur ses pieds et se hâta de venir vers lui avant de prendre ses mains, presque survoltée par ce qu'elle avait à dire.

— Saviez-vous que Charlotte a la collection de tuiles peintes la plus jolie au monde ?

Oïl, il le savait, mais il répondit à sa joie comme s'il n'en savait rien, repoussant la fatigue, content qu'elle eût passé une bonne journée. Les mains de Brianna toujours sur les siennes, il sentit la tension quitter son corps. Quelque chose dut se voir sur son visage, car Brianna fronça les sourcils et l'examina.

— Vous allez bien ?

— Je suis simplement fatigué.

C'était la vérité. Il ne se rappelait pas avoir déjà été aussi fatigué. Malgré tout, l'inquiétude traversa son visage et elle montra l'escalier de la main.

— Et si vous alliez vous reposer, je peux rester en bas.

Il secoua la tête, songeant qu'il préférerait rester éveillé des heures qu'être sans elle, mais les mots ne voulurent pas sortir. Elle sembla comprendre et dit à Charlotte qu'elle descendrait pour le dîner plus tard. Elle prit sa main et le guida en haut dans leur chambre.

— Venez, reposez-vous.

Elle ajouta qu'elle était parvenue à se reposer plusieurs heures.

Aidan la suivit jusqu'au lit et quand elle monta dedans et lui fit signe d'y entrer, il ne se fit pas prier. Il posa sa tête juste au-dessus de sa poitrine, sous son menton et leurs bras se mêlèrent les uns aux autres. Il se laissa aller à cette étreinte et répondit à voix basse à ses questions sur le bateau, le capitaine John et l'équipage, pendant qu'elle glissait ses doigts dans ses cheveux. Il s'endormit très vite, en sentant son cœur battre, entouré de son odeur.

Plus tard, il se réveilla en sursaut et se redressa d'un coup avant de parcourir des yeux la pièce vide. Il était à Ayr, chez Adam et Charlotte. Brianna. Où était-elle ? Minette était roulée en boule au bout du lit. Il avait dormi profondément – à en juger ce qu'il voyait de l'extérieur, la nuit serait bientôt là. Il s'apprêtait à partir chercher Brianna quand la porte s'ouvrit et que sa silhouette apparut.

Elle sourit doucement en voyant qu'il était réveillé.

— Il se faisait tard et je ne voulais pas maintenir Charlotte éveillée, expliqua-t-elle en levant le plateau qu'elle avait. Alors on a apporté le repas.

Elle montra le fils de Charlotte qui portait un autre plateau derrière elle.

Oïl, il voyait bien. Il l'observa montrer au garçon où laisser les plateaux, puis glisser une pièce dans sa main avec un clin d'œil pour Aidan. Oïl, elle aurait sa récompense aussi. Pendant qu'elle s'affairait autour de la table, Aidan vit le garçon sortir et se retourna vers Brianna – *sa femme*. Les mots firent écho dans sa tête, comme s'il venait de le comprendre.

Elle le regarda avec curiosité.

— Vous allez bien ?

— Je me rappelle soudain les vœux que nous nous sommes faits – notre consentement de mariage, qu'il y ait eu église ou non.

Il manqua de rire en voyant sa tête.

— Là maintenant ? *Vous aviez oublié ?*

C'était le premier éclat de joie depuis un long moment et il sentit son sourire. Il soutint son regard et secoua la tête.

— Non, Breea. Je n'oublierai jamais. Pas les vœux que nous nous sommes faits, pas le moindre moment partagé depuis le tout premier. Et si ceci est aussi bon que l'odeur, on dirait que les bénédictions de la soirée seront nombreuses, précisa-t-il en montrant la table qu'elle avait joliment installée pour leur repas.

Elle plissa les yeux une fraction de seconde et il rit en marchant vers elle.

— Ce n'est pas un subterfuge pour détourner votre attention. Je n'ai pas oublié.

— Si vous le dites.

Elle leva les yeux au ciel.

Il prit son visage dans ses mains, posa ses lèvres sur les siennes et l'embrassa avant de s'écarter pour la regarder dans les yeux. Il la courtiserait pendant le repas et il avait hâte de chaque seconde, mais pour l'instant... il regarda son visage tourné vers le haut, ses beaux yeux bleus, ses taches de rousseur éparpillées sur son nez et ses lèvres légèrement écartées.

— Je n'ai pas oublié.

Puis, il l'embrassa de nouveau, lentement, écoutant ses murmures de plaisir pour apprendre ce qu'elle aimait. Oïl, lui aussi aimait ça, et quand il effleura ses lèvres encore, il pencha sa tête en arrière pour approfondir le baiser. Quand elle lâcha de nouveau un gémissement qui faisait vibrer son corps de sa bouche à son cou, il sentit la vibration le traverser lui aussi. Il ouvrit les yeux et recula.

Brianna le dévisagea les yeux écarquillés, l'air essoufflé, probablement comme lui.

— Que s'est-il passé ? demanda-t-elle.

C'était une question très simple, pourtant il n'était pas sûr de savoir y répondre, muet qu'il était de découvrir sa réaction devant ce qui n'était qu'un baiser doux – ou peut-être un peu plus. Son expression demandait une réponse. Pourtant, la vérité, qui aurait été proche de *Vos lèvres et le son que vous venez de faire... cette vibration dans votre cou, tout m'enflamme*, ne pouvait pas être partagée avec elle, surtout la partie sur le feu.

— Je voulais avoir un petit goût de vous, mademoiselle Brianna O'Roarke, puis m'asseoir et profiter de votre compagnie pour ce repas qui, pour tout dire, sent *terriblement* bon.

— En effet, répondit-elle d'un ton plat qui n'allait pas avec son sourire. J'ai aidé à le préparer pour vous, monsieur Sinclair.

Aidan peina à conserver une expression placide également. Dans n'importe quelle circonstance, il aurait répliqué et continué ce qui deviendrait vite une joute verbale. Pourtant, ce n'était pas un jeu. Il la voulait elle. Pas le plat. Malgré tout, il restait curieux.

— Qu'est-ce que c'est ? demanda-t-il.

— Du coq au vin, dit-elle en redressant le menton.

Il était complètement plongé dans cet échange a priori banal qui ne l'était en vérité pas du tout.

— *Coca quoi* ? demanda-t-il.

Son désir grandissant pour elle était tout aussi fort que son envie de la taquiner.

— Un ragoût de poulet, précisa-t-elle.

— Ah. Coq au vin sonne mieux. Ça ira ?

Elle sourit.

— Oïl.

Là-dessus, Aidan ne put se retenir plus longtemps.

— Je pourrais vous prendre ici et maintenant, Brianna O'Roarke.

— Alors pourquoi parlez-vous encore ? demanda-t-elle en avançant d'un pas. C'est notre destinée et nous *sommes* mariés, non ?

Il s'esclaffa de son ton frustré, puis réfléchit à son comportement jusqu'à présent. Il était presque convaincu que sa femme était aussi pure que la première neige.

— C'était vraiment agréable, très provocateur, même. Mais je me pose des questions sur votre expérience.

— Vous... vous voulez qu'on parle de mon *expérience*, balbutia-t-elle clairement surprise.

Elle marqua une pause un très long moment avant de reprendre.

— Avec..., commença-t-elle en agitant la main, ... à faire...

Elle ne pouvait même pas en parler, ce qui confirmait qu'il avait raison. Il rit, puis secoua la tête devant sa gêne.

— Non.

Il la désigna et elle se figea, ce qui était fascinant en soi, même s'il ne voulait pas qu'elle se sentît ridicule.

— Ce n'est pas un reproche. Vous m'avez surpris, c'est tout...

Il laissa sa phrase en suspens en la voyant sourire.

— Sur presque tous les points.

— Presque ? répliqua-t-elle en avançant encore plus avant de glisser ses doigts sur les bras d'Aidan.

Oh, ça c'est sûr, ma Breea. Sa façade neutre était pleinement en place maintenant, mais il n'était pas dupe. C'était un air qu'elle se donnait, et ça ne le gênait pas. Il suivit du doigt son visage, la regarda dans les yeux. Il sut qu'elle lui ferait confiance pour tout ce qui s'apprêtait à suivre et le verrait comme un guide.

— Toi, Brianna O'Roarke, tu es une énigme que je ne suis pas sûr de pouvoir un jour résoudre entièrement. Je ne suis pas sûr de le vouloir non plus. Mais je te le jure de nouveau : je t'honorerai et te protégerai jusqu'à mon dernier souffle.

Quoi qu'elle eût trouvé dans sa candeur, ses mots percèrent sa carapace et il sentit le changement, il le vit dans ses yeux, désormais ouverts et vulnérables, il le sentit dans son contact quand sa main tremblante recouvrit la sienne.

Toute trace d'artifice avait disparu, même dans son ton lorsqu'elle lui murmura :

— Montre-moi.

— Oïl.

Il acquiesça, pas certain que le mot se fût bien échappé de ses lèvres. Puis, il la prit dans ses bras pour la première fois, sentit son corps entier pressé contre le sien de la tête aux pieds, dans l'attente. La sensation était si stimulante que ses propres mains tremblaient quand il inclina sa tête en arrière et posa ses lèvres sur les siennes, se régalant de sa bouche pendant de longues minutes, sans être jamais rassasié. Il ne pouvait pas la toucher suffisamment, il ne pouvait pas la prendre dans ses bras comme il en avait besoin, et lorsqu'il s'écarta enfin pour la regarder, il sut qu'elle ressentait la même chose.

Il baissa les mains le long de son corps pour retirer sa robe, mais se perdit en la caressant doucement à travers le tissu. Ses doux ronronnements de plaisir avaient des répercussions partout, de ses seins à l'arrière de ses cuisses en passant par chaque creux, chaque courbe, chaque inclinaison. Ce ne fut que de longues minutes plus tard qu'elle leva les bras pour qu'il pût enfin enlever le vêtement tout en laissant sa chemise en dessous en place. Lorsqu'elle tendit la main pour attraper son haut à lui, il s'empressa d'obéir et le jeta par terre. Il avait prévu une nuit de plaisir lent et tranquille, pour éveiller progressivement Brianna à la passion partagée, mais il avait le sentiment que ce serait tout sauf cela. Il n'avait jamais autant désiré une femme. Ayant besoin d'une diversion pour oublier leur lit au moins quelques minutes, il plongea ses yeux dans les siens et le pouls de Brianna s'affola en réponse. Sa respiration devint irrégulière, ce qui n'aidait sûrement pas.

Il aplatit sa main sur sa poitrine et avança en l'emportant avec lui, jusqu'à ce que son dos fût pressé contre le mur. Quand il attrapa l'ourlet de sa chemise de corps et le serra dans ses mains, ses doigts effleurèrent ses genoux, puis ses cuisses. Il s'arrêta à ses hanches et elle manqua de s'évanouir, à moins que ce fût lui. Il évitait de la toucher intimement et se contentait de tourner le tissu de sa chemise autour de sa main. Il leva le poing contre le mur et l'y bloqua. Ses yeux s'enflammèrent et elle hoqueta. Quand elle commença à haleter, à cause de l'attente et l'excitation, il faillit perdre le contrôle. *Ralentis, Aidan.*

Il frotta son visage contre le sien et quand elle pencha la tête en arrière et ouvrit la bouche d'un air suppliant, il ne se retint pas et l'embrassa avec passion et obscénité, pressant son corps contre le sien tout en tirant sur ses lèvres. Elle imita chaque mouvement de sa bouche, tout en le griffant avec ses ongles, s'agrippant à lui où elle pouvait. Il prit ses seins en main, les pressa et les caressa et traça un chemin de baisers entrecoupés de petites morsures jusqu'à sa clavicule et son cou, puis leva la tête pour pouvoir jauger sa réaction. Le désir et le désespoir sur son visage et dans ses yeux le secouèrent d'une façon inédite et il se demanda s'il était aussi transparent qu'elle. Il ressentait pour sûr la même chose et eut pitié d'eux. Il baissa sa main jusqu'à recouvrir son pubis et grogna quand elle se pressa contre lui. Puis, elle tendit la main vers son pantalon et défit les liens pour le libérer avant de prendre son membre entre ses mains. Il rejeta la tête en arrière et gronda, surpris de l'escalade soudaine et de la curiosité de Brianna.

— Breea... Brianna.

Il entendit à peine sa propre voix.

Leurs préliminaires avaient rendu les yeux de Brianna écarquillés et pendant un moment, il songea à faire l'amour avec elle ici et maintenant, mais il ne pouvait pas le faire contre le mur. Du moins, pas ce soir. Elle le dévisageait toujours quand il lui demanda de lâcher son sexe, son pantalon, ou les deux pour qu'il pût les emmener au lit.

Elle secoua la tête, écarquillant encore plus les yeux de cette suggestion, et raffermit sa poigne.

— Je ne peux pas lâcher, chuchota-t-elle.

Puis, elle gémit et sa tête retomba contre le mur.

Ah oui, il n'avait pas lâché non plus. Sa main était collée à elle avec possessivité. Quand il s'esclaffa, elle en fit de même et ils inspirèrent tous les deux. Il en profita pour la soulever et avant qu'elle ne sût ce qui se passait, il les installa sur le lit. Il s'arrêta de nouveau pour retirer le reste de leurs vêtements et la tira sous son corps avant de recommencer à la toucher, cette fois de la tête au pied, cherchant des zones sensibles. Il écarta ses lèvres et passa sa main de l'entrée de son vagin à son clitoris. Elle gémit, se pressa contre lui et faillit causer sa perte. C'était passé si près qu'il craignit de ne pas retrouver le contrôle et l'écarta encore un peu, puis taquina l'entrée de son vagin pour couvrir la zone d'humidité, la suppliant de jouir. Il l'observa savourer, la respiration sifflante, ses mains serrées sur les bras d'Aidan.

— Breea, souffla-t-il en ajoutant plus de pression pour la faire basculer.

Il était si excité qu'il faillit exploser quand elle hoqueta son nom, mais il continua à la caresser. Puis, elle tendit la main vers lui et lui fit signe de s'approcher et il s'installa entre ses cuisses, appuyant son front contre le sien.

— La dernière chose que je veux, c'est te faire mal, dit-il, conscient que c'était ce qu'il ferait, pour un bref moment. Pardonne-moi.

Puis, il attrapa Brianna par les hanches et s'enfouit profondément en elle.

Elle cria, enfonça ses doigts dans ses épaules, comme pour s'écarter.

— Reste immobile, Breea, supplia-t-il en la maintenant en place. Je te promets que cela passera vite.

Quand elle ouvrit les yeux, elle chuchota :

— C'est déjà parti.

Il entendit la surprise dans sa voix tandis que la tension la quittait.

Il colla son front au sien et l'embrassa en nouant ses bras derrière elle. Il regarda ses yeux s'écarquiller de surprise et commença lentement à bouger en elle, savourant ses gémissements de plaisir. Son expression était le miroir de la sienne. Il accéléra le rythme, s'enfonça plus profondément et sut qu'il était fichu. Il oublia de respirer et céda au plaisir intense d'être entouré d'elle, plongeant en elle une dernière fois avant de jouir.

CHAPITRE 17

Brianna se réveilla avec un sourire et marmonna doucement en sentant Aidan derrière elle, le poids de sa main sur sa cuisse, même dans son sommeil. Si ça n'avait pas déjà été le cas, après la veille, elle se serait estimée chanceuse sur tous les fronts que le destin ait choisi Aidan pour elle. Elle appréciait encore plus son attitude très sérieuse, surtout maintenant qu'elle savait que sa concentration pouvait être dirigée vers *ça*. Il était aussi attentionné et réfléchi après : la veille, il était descendu et était revenu avec de grands seaux d'eau chaude et l'avait aidée à se laver, ce qui ne la dérangeait pas du tout, vu comme ils venaient d'être intimes. Puis, ils s'étaient assis devant la cheminée, avaient mangé du coq au vin, sans s'importuner du fait qu'il soit presque froid, pendant qu'Aidan la complimentait. Et pas juste pour le plat. Quand il la ramena au lit, il la glissa dans ses bras et elle s'endormit tandis qu'il passait ses doigts dans ses cheveux.

L'expérience avait été incroyable, elle n'aurait jamais imaginé ça, encore moins au XVe siècle, inutile de le dire. C'était vrai qu'elle avait été surprise par Aidan, fascinée même. Il était fort et puissant, clairement intelligent et sensible à son environnement, ce qui était des qualités séduisantes, même sans prendre en compte sa beauté. Mais la nuit dernière, ce qu'elle avait ressenti entre eux était différent. C'était électrique – c'était le seul mot qui lui venait. Leur alchimie semblait entrer en combustion et il était impossible de ne pas lui répondre.

Quand elle songeait à tous les moments qui avaient mené à la nuit dernière, elle trouvait que la majorité des moments étaient importants avec le recul, intenses même, mais était-ce vraiment étonnant ? Brianna sourit. Malgré les doutes initiaux d'Aidan, ils avaient partagé une camaraderie facile dès le départ. Elle se rappelait comme leur énergie avait été surprenante et rafraîchissante ; ils étaient en parfait accord, même si à y resonger, ce qu'il y avait entre eux était au fond bien plus naturel. S'ils étaient prédestinés à être ensemble, c'était comme cela que ça fonctionnait, naturellement – ou le contraire ?. Comment pouvait-elle expliquer autrement qu'en moins d'une semaine, elle se réveillait dans ses bras en tant que sa femme ?

Brianna sentit ses joues chauffer en pensant à comment il l'avait touchée et regardée, mais ce qui la surprenait le plus, c'était que pendant ce temps-là, elle ne s'était jamais sentie gênée ou inexpérimentée, même si c'était le cas et qu'il le savait. Elle n'avait ressenti qu'un intense désir de son côté comme de celui d'Aidan. Elle avait été embarquée par ce moment, surtout quand elle avait senti son érection pressée contre elle, épaisse et palpitante. Brûlante, elle était devenue désespérée, frénétique même, cherchant à l'attraper, le toucher, le serrer entre ses mains, ce qui était bien plus excitant que tout artéfact qu'elle ait tenu dans sa vie.

En souriant, elle s'étira un peu et remarqua qu'elle sentait une sensibilité qu'elle n'avait jamais eue avant. Elle était pleinement rassasiée et bien aimée, pour sûr. Là-dessus, elle s'arrêta, soudain incertaine. Elle était bien aimée, mais peut-être pas *aimée*-aimée. Aidan avait veillé sur elle et il savait qu'il s'intéressait à elle... mais à quel point ? Elle savait qu'elle était importante pour lui, alors était-ce important que ce qu'il ressente soit de l'amour ou non ? Il lui fallut une seconde pour réfléchir et comprendre que si, c'était important. Brianna se redressa, n'aimant pas ce qu'elle ressentait soudain. Le manque de confiance en soi. Elle n'avait peut-être pas toujours cru au soupçon de magie O'Roarke, mais elle avait toujours tenu à l'idée que tous les mariages O'Roarke étaient le produit d'un amour véritable et puissant. Elle tourna la tête et bien sûr, Aidan la dévisageait avec un air étrange.

— Breea, qu'y a-t-il ?

Eh bien, elle ne voulait pas le dire.

— Tu as fait un mauvais rêve ? Je t'ai fait mal ?

Il se redressa et tendit doucement la main vers elle, comme si elle pouvait soudain se briser.

Elle n'était pas sûre de savoir pourquoi elle était remplie de doutes, mais ils n'avaient jamais parlé de leurs sentiments – ni de leur existence d'ailleurs. Oui, il avait dit qu'ils s'inscriraient dans la tradition des O'Roarke, et oui, il l'avait traitée comme si elle était spéciale et l'avait comblée de compliments. Il avait même fait vœu de l'honorer et de la protéger, de veiller à son bien-être et elle savait qu'il était sincère, mais être prédestiné à être ensemble et en faire le vœu à cause du destin n'était pas la même chose que se rendre compte que quelqu'un nous plaisait et poursuivre le cours naturel des choses à partir de là. Même si elle n'avait AUCUNE expérience là-dedans, Aidan n'avait jamais dit qu'il l'appréciait ou tenait à elle ni n'avait exprimé verbalement de sentiments pour elle. Il avait simplement confirmé qu'il ressentait la magie à l'œuvre aussi, ce qui pouvait être uniquement physique – pour lui –, dit qu'elle était jolie, ou très belle, ce qui était grosso modo la même chose et évoquait le physique, pas le reste.

Elle inspira profondément et se tourna vers lui.

— Je sais que cela va sembler bête, mais... tu es heureux, n'est-ce pas ? Au moins passablement heureux ? Je veux dire, je sais que nous... je sais que c'est à cause du *destin,* dit-elle en mimant des guillemets d'une main, mais... heureux, ça correspondrait à ton état ?

Il lui accordait toute son attention, mais il semblait

déchiffrer une autre langue. Après un long moment, il inclina la tête sur le côté, sans cesser de la dévisager avec curiosité.

— Que me demandes-tu précisément ? S'il te plaît, sois claire.

Brianna inspira.

— Est-ce que tu m'apprécies ? demanda-t-elle en grimaçant intérieurement.

Elle avait trop besoin de savoir. Aidan plissa les yeux, puis se redressa et l'attira à lui.

— Brianna. Tu me demandes sincèrement ça ?

Elle se sentit rougir. Eh bien, dit comme ça, c'était difficile à croire. Malgré tout, elle haussa les épaules et acquiesça. Son raisonnement était valide.

— Breea, commença-t-il en secouant la tête. T'ai-je donné une raison de croire que non ?

— Non. Mais c'est le nœud de ma question. Nous sommes là...

Elle s'arrêta et montra les draps emmêlés, leurs membres joints.

— ... Mais est-ce parce qu'on sait que c'était ce qui était attendu de nous ? Par le destin ou je ne sais quoi ? Serions-nous là autrement ?

Aidan secoua la tête.

— Est-ce important ? En réalité ? Ce ne sont pas des circonstances ordinaires, tu le sais, mieux que moi encore.

Brianna hocha la tête, il marquait un point. Même s'ils ne l'avaient jamais dit à voix haute, qu'elle ait atterri ici depuis le futur était un fait connu tacitement. Pourtant, elle doutait.

— Et de toute façon, reprit Aidan, ce que nous avons partagé hier soir était de la véritable passion. Nous sommes remplis de sentiments, toi et moi... des sentiments et sensations qui sont nouveaux pour nous deux, comme nous nous découvrons encore...

Il mêla ses doigts à ses cheveux, puis caressa doucement son cou, l'approchant un tout petit peu de lui.

— Laisse-nous les explorer, les savourer, laisse-les se produire et grandir comme si nous n'avions *pas* été attirés l'un par l'autre par un plan pré-écrit. Oïl ?

Elle sentit ses mots agir en elle, chasser ses peurs visiblement infondées. Elle se rendit compte qu'Aidan ne lui avait jamais donné de raison de douter de quoi que ce soit et que le destin avait très bien choisi pour elle. Sur cette idée, elle sourit doucement et lui aussi. Heureuse et assurée, elle se pencha et effleura ses lèvres des siennes.

— Merci, chuchota-t-elle.

Elle s'installa contre lui, reconnaissante qu'il sache toujours quoi dire pour l'aider à voir les choses différemment ou à régler un problème.

Ils restèrent allongés ainsi quelques minutes dans un silence agréable. Aidan passait ses doigts dans ses cheveux et Brianna savourait la sensation les yeux fermés. Elle le sentit alors se raidir et ses doigts se figèrent. Perplexe, elle leva les yeux vers elle et vit qu'un étrange regard traversait son visage.

— Breea.

Un souffle lui échappa littéralement et il s'assit bien droit, la redressant avec lui. Il plongea ses yeux dans les siens, mais elle ne comprenait pas ce qui s'était passé, ce qui l'avait frappé si brusquement, jusqu'à ce qu'il penche sa tête doucement sur le côté et repousse ses cheveux sur ses épaules pour mieux regarder son cou. Puis, ce fut Brianna qui se figea en comprenant quand Aidan effleura des doigts son tatouage et chuchota quelque chose, clairement pour lui-même, puisqu'elle ne pouvait pas entendre.

— Comment se fait-il que tu aies cette marque ? demanda-t-il.

Ses yeux coulèrent vers les siens et ses doigts appuyaient sur le tatouage. Instinctivement, Brianna voulut couvrir le nœud de sa main, mais elle croisa celle d'Aidan et posa la sienne dessus.

— Je l'ai vu une fois, dit-elle vaguement.

— *Ce* nœud-là, ajouta-t-il en écartant sa main pour pouvoir le revoir. Tu as vu ce nœud spécifique, *ce* symbole circulaire ?

Elle frémit quand il caressa sa peau. Elle hocha la tête, ne sachant pas d'où venait cette grande surprise. Au début, elle pensait qu'il était juste choqué qu'elle ait un tatouage, mais il ne semblait pas s'intéresser au dessin en lui-même.

— Non. Ce nœud est uniquement mien, répondit Aidan.

Brianna en eut le souffle coupé. Elle s'immobilisa, mais leva les yeux pour croiser les siens. Elle avait toujours eu la sensation que ce nœud spécifique était à *elle*.

— Que veux-tu dire ? chuchota-t-elle.

Elle ne savait pas si elle se sentait bizarre parce qu'il le revendiquait, un symbole qu'elle n'avait jamais vu ailleurs de toute sa vie, ou parce qu'au fond, quelque chose lui disait que ce nœud qui leur était important à tous les deux se fondait sur plus qu'une simple appréciation de l'art celtique.

— Quand Pembrooke m'a été transmis, ce symbole a été créé. Un fil tressé a été ajouté autour du nœud qui est le symbole de notre confrérie, le symbole de notre loyauté, pour en faire un symbole à moi qui serait toujours lié à eux.

— C'est là que je l'ai vu, Aidan. Quand mon grand-père m'y a emmenée, quand j'étais petite.

Elle se rappelait encore avoir suivi des doigts le symbole, gravé dans la pierre. Le cœur de Brianna commença à battre sauvagement en comprenant tout ce que cela impliquait.

— Alors... je ne me suis pas seulement liée de manière permanente à Pembrooke, mais aussi à *toi* ? Je l'ai fait il y a des années, dès que j'ai été assez âgée pour avoir un tatouage... enfin, bien avant de connaître ton existence,

Elle se rappela soudain le médaillon.

— Aidan...

Elle hoqueta et secoua la tête, puis se précipita hors du lit en enveloppant une couverture autour d'elle tout en avançant vers sa sacoche.

— Brianna ?

Elle l'entendit l'appeler, mais elle était tellement rivée sur le médaillon qu'elle ne répondit pas. Elle chercha dans son sac, puis dans la pochette sur le côté et en découvrant qu'elle était vide, elle eut un moment de panique avant de se rappeler qu'elle l'avait sorti du sac mouillé la nuit de leur arrivée. En regardant dans la pièce, elle vit le tas de lin près du baquet et s'en approcha, lâchant un soupir de soulagement en trouvant le médaillon caché dessous. Elle le prit et le leva jusqu'à sa poitrine, effleurant le métal froid et ses gravures de chaque côté. Ce fut à ce moment qu'elle comprit soudain que c'était le *médaillon* – qu'elle avait toujours cru être fait pour elle – qui l'avait amenée ici auprès d'Aidan. Elle n'aurait jamais mis les pieds dans l'eau – d'accord, ne serait jamais tombée – autrement. Nerveuse à l'idée de lui montrer enfin ce qui les avait réunis, elle se tourna vers le lit... et tomba sur Aidan, qui l'avait suivie. En le voyant à la lumière du jour, torse nu, un simple morceau de lin autour de la taille, elle fut distraite, voire choquée de sa beauté.

— Qu'y a-t-il ? demanda-t-il en la cherchant du regard.

— J'ai trouvé quelque chose.

Lentement, elle abaissa les mains. Quand elle les ouvrit et révéla le médaillon, Aidan fixa l'objet en silence, effleura des doigts le symbole sur l'une des faces, puis le retourna et étudia l'ours de l'autre côté. Quand il la regarda, ses yeux étaient remplis d'émotion.

— Tu as trouvé ça ? demanda-t-il.

Sa voix se brisa légèrement. Elle hocha la tête.

— Oui.

Elle hésita, puis ajouta :

— À Abersoch. Regarde, il y a le symbole, *ton* symbole, Aidan.

Elle rit, puis effleura son tatouage.

— *Mon* symbole. Et il y a même un ours de l'autre côté.

Elle en eut les larmes aux yeux et expliqua :

— Mon père s'appelait Arthur.

Aidan n'avait pas besoin d'autre explication. Avec encore

plus d'émotions dans les yeux, il secoua légèrement la tête et caressa sa joue.

— Arthur. Ours.

Brianna hocha la tête, souriant à travers ses larmes.

— Oui.

Elle hésita, quelque chose la dérangeait, quelque chose qu'elle aurait dû savoir, mais dans son excitation, elle ne voyait pas ce que c'était. Elle songea que cela lui viendrait et elle lui montra le reste des détails du médaillon.

— Et regarde, ce nœud autour du rebord... C'est un nœud de l'infini, le nœud sans fin. Tout est connecté, tout ce qui est devenu nos symboles.

Il partageait son émerveillement et prit sa tête dans ses mains, embrassa son front avant de s'écarter pour la regarder.

— Breea, ce médaillon... c'est le mien.

— Le tien ? souffla-t-elle.

Tant de choses tourbillonnaient dans sa tête et soudain, elle se rappela ce qu'elle avait oublié juste avant.

— Aidan... Aidan signifie ours aussi.

Il acquiesça.

— Oïl, mes frères et moi avons chacun des armoiries. Ce médaillon a été forgé par mon mentor. J'ai cru que je ne le reverrais plus jamais... je l'ai fait tomber il y a des semaines.

Ils se dévisagèrent, les yeux écarquillés et aussitôt, ils dirent en même temps :

— Dans un bassin créé par la marée.

Quelque chose s'alluma dans ses yeux et il l'attira pour l'embrasser fermement.

— Brianna, tu t'inquiétais que ce que nous... que *ça*, dit-il en désignant ce qu'il y avait entre eux, ce qu'on partage ne soit rien qu'une illusion parce que le destin nous a poussés ensemble, c'est ça ?

Elle haussa les épaules.

— Peut-être ?

Pourtant, ses sentiments disaient le contraire. Des

sentiments dont elle ne pouvait nier l'existence et qui étaient incroyables et terrifiants à la fois.

— Et s'il n'en était rien ? reprit-il d'un souffle rauque. Et si le destin nous avait réunis *parce que* nous devions être ensemble ? Et si nous nous serions trouvés...

Il marqua une pause, puis déclara tout haut ce qui n'avait jamais été dit jusqu'à présent :

— ... sans les siècles qui nous séparaient ? Et si tu étais censée naître ici, à cette époque, pour mener à bien ta destinée. Je crois que le destin ne nous a pas réunis pour remplir l'ordre naturel des choses, mais pour corriger son erreur.

— Et peut-être était-ce pour ça que j'étais si attirée par Pembrooke et par ce symbole spécifique ?

Brianna voulait le croire, c'était l'idée la plus incroyable et romantique qu'elle puisse imaginer, mais... elle se sentait hésiter, dériver vers une série de fausses excuses qui n'expliquaient pourtant pas comment elle se trouvait ici, au XVe siècle, avec un homme qu'elle était sûre de pouvoir aimer, qu'elle aimait peut-être déjà. Le poids de ce que cela voudrait dire d'être amoureuse commença à s'installer. Si ce n'était que le début de ce qu'elle pourrait ressentir pour lui, elle n'était pas sûre qu'il y ait assez de magie pour qu'elle supporte de le perdre, de perdre quelqu'un d'autre.

Aidan l'agrippa par les épaules, fermement, mais pas sauvagement.

— Ne retourne pas derrière ton mur, s'il te plaît. Je ne te ferai pas de mal. Je ne te quitterai pas. Jamais.

Elle déglutit, sentit les larmes la picoter, mais les retint. Elle savait que son raisonnement était valide depuis le début, mais Aidan avait touché à quelque chose de beaucoup plus profond. Il l'attira dans ses bras et pressa ses lèvres sur son front.

— Tu n'es plus seule, dit-il. Tu es Brianna O'Roarke, de la maison de Pembrooke, par droit et par mariage.

Elle tomba amoureuse de lui un peu à ce moment, ou pour être honnête, un peu plus. Il ne s'était pas révélé sur ses sentiments et n'avait pas dit qu'il l'aimait et, à bien y penser, il n'avait même pas dit qu'il l'appréciait, mais rien de tout ça n'avait d'importance, surtout que ses faits et gestes étaient clairs sur la question. Aidan Sinclair la comprenait d'une façon inédite et cela comptait certainement beaucoup plus.

Elle pressa la main sur son torse et plongea ses yeux dans les siens, répéta ses mots, comme si les dire à voix haute scellerait son destin :

— Je suis Brianna O'Roarke, de la maison de Pembrooke, par droit et par mariage.

— Oïl, souffla-t-il ému.

Il attrapa sa tête et l'embrassa. Elle s'accrocha à lui, lui rendit son baiser, voulant y croire de tout son être. Elle gémit et quand il gémit à son tour, elle sentit le son vibrer dans son torse.

Il glissa ses mains vers le bas et la souleva, elle enveloppa ses jambes autour de sa taille et continua de l'embrasser tandis qu'il la portait au lit. Elle faillit lui demander de lui faire l'amour, mais s'arrêta, se demandant ce qu'elle devrait dire et comment le dire.

Quand il s'écarta et la regarda, il dut lire quelque chose dans son expression.

— Je t'en supplie, laisse tes inquiétudes de côté.

Puisqu'il s'était efforcé de les dissiper, elle n'était techniquement pas inquiète, du moins pour le moment, mais elle se sentit rougir et l'embrassa.

— Je me demandais comment te demander de me faire l'amour avec plus de subtilité.

S'il fallait se fier à son grognement, elle devina qu'il savait ce qu'elle voulait dire par là et un instant plus tard, il fut clair que oui, car il recouvrit sa bouche et l'embrassa tout en l'installant en dessous de lui. Puis, il s'écarta et la contempla un long moment.

— Quand je te regarde, Brianna et quand je te tiens... comme ça...

Ses derniers mots n'étaient plus qu'un doux murmure. Il l'attira à lui avant de reprendre :

— Ou quand tu me gratifies d'un simple contact au passage,

je ressens quelque chose que je n'ai *jamais* ressenti avant, jamais. Je n'ai pas encore de mots pour nommer ça, car je ne l'ai jamais connu... mais je n'ai pas l'ombre d'un doute que l'amour est précisément ce que nous avons et ce que nous construisons.

Là-dessus, elle sentit son cœur se retourner et elle encadra son visage, le visage de ce bel homme qui n'avait jamais manqué de lui montrer son respect, par les mots comme par ses actions.

— Alors ça irait que je te demande de me faire l'amour directement ? chuchota-t-elle.

— C'est même requis.

Brianna sentit ses dernières défenses céder. Que le destin l'ait amenée là où elle était censée être ou là où elle aurait dû être dès le départ lui importait peu. Elle savait juste qu'elle n'avait plus rien à craindre.

— Me feras-tu l'amour, Aidan ?

— Avec tout ce que j'ai, Brianna... Et avec tout ce qui fait que je suis moi.

CHAPITRE 18

Peu de choses dans la vie d'Aidan l'avaient vraiment accablé, pas les responsabilités familiales, pas le fait de prendre la suite de Lachlan – et donc de céder son droit de naissance à son frère Rhys –, ni même l'ampleur de la tâche que représentait la fin de la construction d'Abersoch. En vérité, il s'était satisfait de sa vie jusqu'à présent et s'était senti en pleine possession de ses moyens. Et, malgré tout ce qui lui était arrivé ces derniers jours – y compris la possibilité très réelle que ses ennemis, quels qu'ils soient, pussent frapper à nouveau à tout moment –, il ne se sentait toujours pas accablé. Il trouva cela plutôt curieux et se demanda comment cela était possible. Il avait gagné une femme, une compagne qui était et avait été depuis le début une constante dans son esprit, la plupart du temps à ses côtés, et pourtant, si on lui demandait, il dirait qu'il était satisfait, et sans aucun doute, qu'il contrôlait la situation. Certes, Brianna avait besoin d'un peu plus d'attention et de soins, mais les changements considérables qu'elle avait subis le méritaient. Donner à Brianna l'attention qu'il lui fallait était un privilège, et il n'aurait voulu être nulle part ailleurs qu'à ses côtés.

Sans le sentiment sous-jacent d'urgence quant à leur retour à Seagrave, afin de pouvoir s'occuper des Fitzgerald une bonne fois pour toutes, d'autant plus qu'il fallait annoncer la nouvelle de l'incendie à Grey, Aidan serait volontiers resté couché avec Brianna toute la journée. Il aurait été heureux de se promener en ville, de s'asseoir auprès d'elle au bord de la mer, ou de faire tout ce qu'elle voulait, du moment que c'était avec elle. Même s'il avait commencé à le sentir sur le bateau, les sentiments qu'il éprouvait pour Brianna avaient grandi et continuaient à grandir à chaque instant. Il se demanda s'ils se stabiliseraient un jour, s'ils cesseraient d'augmenter et il ressentit un éclair d'inquiétude en songeant à l'ampleur du désespoir auquel ses camarades avaient été soumis. Il était nécessaire de rester conscient de ces possibilités, mais il ne devait pas céder à ses inquiétudes. Il était prêt à veiller à la sécurité de Brianna et à prendre des mesures pour renforcer encore leurs protections avant de partir.

Bien qu'il répugnât à mettre fin à leur séjour à Ayr, il était essentiel de se hâter. Après avoir emballé ce qui restait de leurs affaires, il vit Brianna dire au revoir à leurs hôtes, leur exprimant sa gratitude pour leur attention, avant de regarder avec nostalgie le cottage comme si elle le mémorisait, tout comme elle l'avait fait à Abersoch.

— Nous reviendrons, lui dit-il en lui serrant la main sans la lâcher.

Il la garda près de lui pendant qu'ils marchaient vers la ville. Elle conserva le silence et semblait satisfaite, caressait Minette tout en regardant autour d'elle. Lorsqu'elle se tordit le cou pour la troisième fois, il se retourna pour suivre sa ligne de mire, se demandant si elle avait senti quelque chose qu'il n'avait pas senti.

— Tout va bien ? demanda-t-elle. Tu cherches quelque chose ?

Qu'elle pose cette question comme si son propre comportement ne lui avait pas hérissé le poil était plutôt culotté, pensa Aidan.

— Je me demande ce qui retient ton attention et franchement, si cela ne devrait pas retenir la mienne aussi.

Aussi vigilant avait-il été – et encore plus après l'incendie qui n'était vraisemblablement pas un accident d'après les conclusions de ses hommes et lui – la vigilance de Brianna le faisait douter.

Elle sourit et pencha la tête sur le côté, protégeant ses yeux du soleil.

— Je suis désolée. C'est juste que je n'ai pas vu Henry. Ou Alan ou Richard ?

Ah. Maintenant, il comprenait. Pendant un instant, il avait pensé avoir perdu le fil et ne pas avoir remarqué une véritable menace.

— Ils sont tout près, ils nous donnent juste un peu d'espace.

Il la regarda se retourner, balayant la zone du regard.

— Tu es sûr ? Je ne les vois nulle part.

Il s'esclaffa.

— Sûr et certain, crois-moi.

Ils avaient dormi juste à l'extérieur du cottage, restant bien en vue pour éviter que quelqu'un ne pensât à faire du grabuge. Il siffla alors et ils se montrèrent, manifestement assez proches pour avoir entendu l'inquiétude de Brianna, puisque ce fut vers elle qu'ils se tournèrent tous.

Elle leur sourit en frottant le bras d'Aidan.

— Je te fais confiance, vraiment. J'étais juste un peu perdue car ils ont été si présents jusque-là.

Il venait tout juste d'établir un contact visuel avec ses hommes lorsque les mots de Brianna lui parvinrent. Elle les avait prononcés facilement, avec beaucoup de désinvolture, mais ils étaient lourds de sens. Il se redressa un peu, sa poitrine se gonfla aussi, car il avait vraiment gagné l'honneur de sa confiance. Souriant comme un imbécile, il lui prit la main.

— Viens, dit-il en la conduisant chez le tanneur.

Aidan avait déjà à plusieurs reprises eu recours aux services de ce tanneur par le passé. L'artisan le salua en le voyant approcher, puis leva un doigt avant de disparaître dans sa boutique. Un instant plus tard, il réapparut, et Aidan retint un petit rire lorsque Brianna hoqueta en voyant ses bras chargés du reste de leurs sacs – ceux qu'elle estimait perdus pour de bon dans le port.

— Oh, Aidan, comment... ? demanda-t-elle avant de se précipiter vers le tanneur et de passer ses mains sur la mallette en cuir qu'Isabelle lui avait donnée.

Aidan était heureux de constater que toutes leurs affaires avaient été réparées et que le cuir avait retrouvé son lustre d'antan, même s'il ne doutait pas de l'habileté du tanneur. Il avait également acheté deux autres sacs nécessaires à leur voyage et quelques autres articles surprises qu'il n'avait pas encore récupérés.

L'homme déposa le tampon de fer portant le sceau de Pembrooke dans la main d'Aidan, puis leur montra la marque qu'il avait apposée à l'intérieur de tous les sacs, y compris les nouveaux. Quand Brianna vit qu'il s'agissait de leur symbole, elle hoqueta de nouveau et lui jeta un coup d'œil, les yeux brillants de joie. Quand Aidan lui montra son sac, pensant qu'ils devraient le marquer aussi, elle secoua la tête et l'ouvrit, lui montrant que la marque s'y trouvait déjà.

Il écarta ses cheveux de son cou, puis se pencha pour lui murmurer à l'oreille :

— Parce que ta place est ici.

Pendant qu'Aidan payait l'homme, Brianna commença à rassembler leurs achats tout en louant le travail de l'homme et en le remerciant.

Aidan prit habilement les affaires des mains de Brianna, les glissa sous son bras et la conduisit vers leur prochain arrêt. Elle était tellement occupée à parler qu'elle ne réalisa pas où ils se trouvaient avant qu'ils n'entrassent chez le tailleur. Quand elle regarda autour d'elle, ses yeux s'illuminèrent.

— Oooh.

Aidan rit, pas du tout surpris de sa joie. Si la foire regorgeait de belles marchandises et de tissus coûteux, aucun ne rivalisait avec cet établissement en particulier. Brianna hoqueta encore une fois quand il déposa quelques pièces d'argent dans la main du propriétaire. Sa mâchoire faillit toucher le sol lorsque le tailleur hocha la tête et posa des paquets emballés devant eux.

— Qu'as-tu acheté ? demanda-t-elle avec enthousiasme.

En guise de réponse, Aidan lui adressa un clin d'œil, puis posa les nouveaux sacs du tanneur sur la table pour les remplir. Le tailleur ouvrit le premier paquet, Brianna hoqueta encore.

— C'est pour moi ? souffla-t-elle en tendant la main pour examiner les vêtements qu'il avait confectionnés pour elle. Comment as-tu... J'ai encore quelques affaires, mais tu as presque tout perdu.

— Nous en avions tous les deux besoin.

Puis, elle vit sa belle robe, le seul autre vêtement qu'il avait pu sauver et que le tailleur avait utilisé pour avoir ses mesures. Elle admira ses nouvelles chemises et robes et les nouveaux vêtements d'Aidan.

— Ils sont très beaux, dit-elle au tailleur qui rayonna.

Elle se tourna pile quand Aidan enfilait sa nouvelle cape et elle écarquilla les yeux.

— Ooh, s'exclama-t-elle.

Elle tendit la main pour lisser le tissu sur ses épaules. Il l'embrassa rapidement et prit le dernier paquet qu'il lui tendit.

— Qu'est-ce que c'est ? demanda-t-elle en le regardant avec curiosité.

— Peut-être devrais-tu l'ouvrir.

Son regard alla d'Aidan au paquet tant de fois qu'il ne sut quoi interpréter de son hésitation. Enfin, elle déballa le paquet brun pour révéler le vêtement en dessous et son expression fut incroyable. On aurait dit qu'il lui avait donné une malle remplie de bijoux.

— Aidan ! s'écria-t-elle avant même de le déplier entièrement. Ma propre cape ? Accordée à la tienne ?

Il hocha la tête, un grand sourire aux lèvres.

— Tu en auras d'autres pour les différentes saisons, mais celle-ci devrait pouvoir nous tenir jusqu'à la maison.

Leurs capes étaient accordées simplement parce que cette couleur les aiderait à se fondre dans le décor, mais il appréciait la joie de Brianna malgré tout.

Au même moment, Henry récupérait la broche qu'il avait fait faire pour sa cape chez le forgeron et il avait hâte de la lui donner.

Elle était si excitée et animée qu'elle ne remarqua pas qu'il la menait vers le cordonnier en sortant du tailleur. Devant la porte, elle s'arrêta net.

— C'est pour quoi ? demanda-t-elle.

— Tu as besoin de bottes.

— J'ai des bottes.

— Je parle de bottes d'équitation, mon amour.

Le mot lui avait échappé et leurs yeux se croisèrent. Ce mot tendre était lourd de sens. Malgré tout, vu leur discussion du matin, c'était un lapsus bienvenu.

Après l'avoir aidée à retirer ses bottines pour enfiler la grande paire pour monter à cheval, il attendit qu'elle fît quelques pas.

— Alors ? Elles te vont ?

— Oui, répondit-elle en le regardant curieusement. Elles sont très bien. Comment connaissais-tu ma taille ?

Il leva la main.

— Ton petit pied loge ici, comme ça, expliqua-t-il en montrant du doigt l'endroit sur sa main.

Il avait fait la même chose sur le bateau, quand elle avait mis son pied à côté de lui pendant qu'ils jouaient et parlaient. Elle sourit et le serra dans ses bras et il la maintint en place quand elle voulut vite partir, puis poussa sa tête en arrière et l'embrassa.

— Plus qu'un arrêt, annonça-t-il.

— Bon Dieu, Aidan Sinclair, qu'y a-t-il encore ?! dit-elle en secouant la tête tout en riant.

L'apothicaire avait déjà préparé leurs articles : des marchandises nécessaires pour remplacer celles que Gwen avait soigneusement sélectionnées et qui étaient maintenant perdues dans la mer. Une bonne aiguille et du fil, ainsi que quelques herbes pour les cataplasmes, leur permettraient d'arriver à Seagrave où Gwen pourrait à nouveau les équiper correctement.

— Bien, conclut-il en ajustant sa cape sur ses épaules, leurs courses enfin terminées. Allons chercher des chevaux pour le voyage, vérifier la santé de ta jument et mettons-nous en route.

Glenn les attendait à l'écurie. Il avait préparé une bonne sélection, et en sortit quelques-uns qui conviendraient d'après lui. Après les avoir examinés, Aidan fit un signe de tête au duo qu'il avait choisi.

— Tu as fait un bon choix. Tes hommes aussi, lui dit Glenn en désignant les chevaux que les autres avaient choisis.

— Qu'en penses-tu ? demanda Aidan en se tournant vers Brianna.

Il s'aperçut alors qu'elle n'était plus à ses côtés. Il s'inquiéta un instant avant de l'apercevoir près de sa jument.

— Breea, l'appela-t-il avec un signe de la tête.

Reviens.

La bouche fermée, elle secoua la tête, faisant voleter ses cheveux. Il savait qu'elle avait l'intention d'emmener la jument avec eux, et il ne savait pas trop comment argumenter face à sa détermination, ni même s'il en avait envie. Après un nouveau signe de la main, elle secoua encore la tête et montra du doigt sa jument. Il aurait volontiers accepté qu'elle la prît, sauf qu'elle risquait de ne pas faire le voyage, dans l'état où elle se trouvait. Il soupira, n'ayant pas hâte de la décevoir. Elle dut se rendre compte de son intention, car son visage se décomposa lorsqu'il s'approcha d'elle et qu'il lui prit les mains.

— Je sais que tu veux l'emmener avec nous. Je crains qu'elle n'y parvienne pas.

— Je pense que si, Aidan. S'il te plaît. Je ne la monterai pas, insista-t-elle. L'autre que tu as choisi pour moi fera très bien l'affaire.

Il ferma les yeux, conscient qu'il ne devrait même pas envisager l'idée, mais il pencha la tête vers la sienne et murmura :

— Laisse-moi l'examiner.

Elle acquiesça et il vit qu'elle luttait pour contrôler ses émotions.

— Si ce n'est pas aujourd'hui, j'enverrai quelqu'un la chercher quand elle aura eu le temps de reprendre des forces.

Brianna lui serra les mains, mais garda une expression neutre, confiante dans le fait qu'il tiendrait parole. Elle le laissa inspecter la jument plus attentivement.

Il s'approcha lentement d'elle et fut surpris de voir qu'elle n'avait pas peur. S'il ne se trompait pas, elle essayait même de se tenir droite. Difficile de ne pas l'admirer.

— Bonne fille, dit-il, en utilisant des caresses pour la réconforter.

Il tâta son corps en quête de zones douloureuses ou sensibles. Il semblait impossible qu'elle n'en eût pas, et pourtant il n'en trouva pas. Aidan se demanda à moitié si elle ne se retenait pas d'une manière ou d'une autre pour pouvoir faire le voyage avec eux. Il fit signe à Glenn de venir, et après quelques minutes, Aidan demanda à Brianna de se joindre à eux.

— Je crois que tu as raison de dire qu'elle peut faire le voyage, mais cette décision doit être la tienne. S'il y a des problèmes, elle ne pourra peut-être pas suivre le rythme, et nous n'aurons peut-être pas le luxe de lui trouver un abri.

Le visage de la jeune femme était déterminé.

— Je ne la laisserai pas derrière moi. Elle viendra avec nous et suivra le rythme, je le sais aussi sûrement que je sais que je dois faire ce voyage avec toi. Elle a connu quelques déboires, mais elle a sa place ici, Aidan, tout autant que moi. Elle en a la force.

Vu la déclaration passionnée de Brianna, il n'en doutait pas et n'avait aucune envie de la contredire davantage. Il hocha donc la tête, encadra son visage et se pencha pour presser ses lèvres contre les siennes. Puis il sortit un tapis de selle de son sac.

— Alors il faut d'abord l'habituer à cela.

Brianna acquiesça et ses épaules se détendirent tandis que la tension quittait son corps. Elle l'aida à placer le tapis sur le cheval avant de conduire la jument hors des écuries, vers la zone où ses hommes attendaient avec les armes récupérées à la forge un peu plus tôt.

— On s'attend à des ennuis ? demanda Brianna en les observant.

Ses hommes se tournèrent vers Aidan pour qu'il répondît, tout en sécurisant leurs fourreaux et leurs épées. Il choisit ses mots avec soin et laissa entendre qu'il était possible qu'ils rencontrassent une menace que son influence ne suffirait pas à étouffer :

— Bien que j'aie une influence sur la plupart des régions d'Écosse et sur une certaine distance au-delà de nos frontières, dit-il, il est toujours préférable de ne pas attirer l'attention.

En réponse, elle releva le capuchon de sa cape.

— Exactement. Maintenant que nous quittons le bourg et que nous parcourons une telle distance à travers le pays, c'est à moi seul qu'il incombe d'assurer notre sécurité.

Pendant qu'ils se répartissaient les carquois et les arcs, ainsi que quelques dagues supplémentaires, Henry déroula un tissu pour dévoiler les dernières armes.

— Oh, elles sont jolies, dit Brianna en observant le jeu de dagues.

— Nous sommes heureux qu'elles vous plaisent, car elles sont à vous, lui répondit Henry.

— Vraiment ?

Elle le regarda alors, et il vit une prise de conscience passer dans son regard. C'était peut-être la première fois qu'elle comprenait que quelque chose d'attirant visuellement avait aussi un but plus vital.

— Oïl.

Il attacha un fourreau à sa ceinture et un autre autour de son mollet. Elle sembla d'abord hésiter, mais lorsqu'il lui demanda de les sortir, la rapidité et l'agilité avec lesquelles elle bougea montrèrent clairement qu'elle avait déjà manié une dague auparavant. C'était malin de sa part, et il avait manqué de perspicacité en prenant son hésitation pour une réticence à porter l'arme, et pas une évaluation calculée qui révélait sa compétence. Une fois qu'il eut ajusté la position des fourreaux, elle les sortit de nouveau, hochant sobrement la tête pour confirmer qu'elles étaient bien placées.

— Viens, dit-il en lui prenant la main.

— Où allons-nous ? murmura-t-elle.

En dépassant Henry, il attrapa la bourse qu'il avait récupérée chez le bijoutier et s'arrêta juste après un bosquet d'arbres tout proche.

— Je voulais un peu d'intimité pour te donner ceci, dit-il en plaçant la bourse dans sa main. Et non, ce n'est pas une autre arme. Mais tu auras la tienne avec le temps, fabriquée spécialement pour toi, bien sûr.

Elle le regarda les yeux écarquillés, soupesant la bourse dans sa main.

— Qu'est-ce que c'est ? demanda-t-elle, curieuse mais de nouveau hésitante à l'ouvrir.

— Un cadeau.

— Tu m'as offert un cadeau ?

Aidan secoua la tête, étonné. Il n'avait jamais connu quelqu'un d'aussi peu habitué à ce qu'on prît soin d'elle. Devant son incrédulité, il gloussa et fit un signe de tête en direction de la bourse.

— Mais tu m'as déjà tant donné, protesta-t-elle encore. Tu as passé toute la matinée à me couvrir de toutes sortes de choses.

— Des nécessités.

Elle secoua la tête.

— Aidan, ce que tu appelles des nécessités, pour moi c'est bien plus que ça.

— T'ai-je déjà dit que j'étais un homme patient ?

Elle opina du chef.

— Oui... sur le bateau.

— Ah, répondit-il en souriant. C'était vrai avant, alors.

Elle rit, les yeux brillants, ce qui lui faisait beaucoup d'effet. Elle dénoua enfin le ruban et ouvrit la petite bourse.

Quand elle vit ce qui était à l'intérieur, elle leva les yeux vers lui.

— Aidan.

Elle hoqueta tandis qu'il l'aidait à retirer la broche qu'il avait fait forger pour elle.

— C'est superbe.

— Tout comme toi, dit-il en le lui prenant pour l'accrocher à sa cape. J'ai fait faire ça pour symboliser notre union. Notre symbole commun avec une chaîne tressée.

Elle recouvrit sa main.

— Un nœud infini.

Il la regarda et hocha la tête.

— Oïl, nous sommes liés pour l'éternité, souffla-t-il en posant sa main à l'arrière de sa tête pour l'embrasser.

En sentant sa délicatesse sous ses mains, il reprit son sérieux et s'écarta pour la regarder. Il choisit les mots suivants avec prudence.

— Je ne m'y attends pas, mais s'il y a besoin, n'hésite pas à utiliser tes armes, même si ça semble improbable.

Ce n'était pas un mensonge complet : Aidan ne s'attendait pas à une menace imminente, mais il ne ferait pas l'erreur de croire que ce n'était pas une possibilité.

Elle se redressa et répondit sans vantardise :

— Eh bien, j'ai gagné plus de récompenses comme archère, mais je peux lancer une dague aussi. Mon grand-père m'a appris.

Elle avait été bien préparée, mais si elle devait se battre lors de ce voyage, ce ne serait pas du sport.

— Quand tu te défends, cela peut être différent.

Elle acquiesça d'un air grave.

— J'espère ne pas le découvrir, mais tu peux être sûr que je n'hésiterai pas.

Ils partirent peu de temps après, mais juste avant de perdre de vue la ville, Aidan s'efforça de s'arrêter pour laisser Brianna se tourner et dire au revoir. Quand elle eut assez contemplé la ville, elle lui lança un signe de tête et fit tourner sa monture pour reprendre le chemin. Ils s'arrêtèrent deux fois de plus ce jour-là, une fois pour un bref répit et une autre fois pour abreuver les chevaux. Aucune des deux pauses n'avait été demandée par Brianna et même si elle profita des deux, ils continuèrent jusqu'au crépuscule avant de s'arrêter pour la nuit.

La jument de Brianna, attachée au cheval d'Aidan par une longe, sembla bien s'en sortir, même si Aidan savait qu'il devrait vérifier son état avec attention, puisqu'elle était certainement assez faible. Il fut surpris de voir qu'elle allait bien, surtout vu leur rythme. Brianna, elle, n'était pas étonnée du tout.

Après avoir mis pied à terre, Aidan remarqua que Brianna était toujours sur son cheval.

— As-tu besoin d'aide ? proposa-t-il.

Il devait admettre que sa femme était une excellente cavalière, mais la journée avait été longue.

Elle esquissa un petit sourire.

— Je crois. J'ai adoré chevaucher aujourd'hui, mais je ne suis pas sûre de pouvoir passer la jambe par-dessus la selle, là.

Elle rit tandis qu'il levait les bras vers elle et quand il la souleva, elle enveloppa ses bras autour de son cou. Il ferma les yeux, surpris de ce geste. Ce n'était pas qu'ils n'avaient pas démontré leur tendresse ouvertement, simplement qu'il était pris de court par cette intimité naturelle et soudaine et il en profita pour la serrer un long moment.

Quand il fut sûr qu'elle pouvait tenir debout, il l'aida à retirer Minette de son écharpe et réunit leurs sacs.

— Laisse-moi examiner ta jument, ensuite on pourra se laver.

— Oh, ça me plairait beaucoup ! Mais... ça implique de marcher ?

Il s'esclaffa et confia leurs chevaux à Henry avant d'examiner une dernière fois la jument de Brianna, puis il essaya de la porter, mais elle insista pour marcher. Ensuite, il lui laissa un peu d'intimité et elle le rejoignit pour se laver rapidement dans le ruisseau.

— Je te ferais bien un grand sourire, dit-elle quand il lui donna un petit morceau de savon, mais je suis soudain si fatiguée.

Enfin quelque chose qui ne le surprenait pas. Elle devrait être épuisée.

— Je l'imaginerai, alors, répondit-il en repoussant quelques mèches de cheveux qui s'étaient échappées de son chignon pendant qu'elle se lavait le visage. Voilà.

Il prit le savon quand elle eut fini, puis lui indiqua de se tourner.

— Oh, parfait, souffla-t-elle en gémissant tandis qu'il lavait son cou et son dos tout en pétrissant ses muscles.

— Comment vont tes jambes ?

— Elles sont douloureuses, mais je suis sûre qu'au matin... enfin, qu'*un* matin dans le futur proche, ça ira mieux.

Elle se retourna vers lui et il rit.

— Je m'occuperai d'elles bientôt.

Elle rougit violemment et il ajouta :

— Je voulais parler de les masser.

Elle secoua la tête, les yeux brillants.

— Ce n'est pas mieux, Aidan Sinclair, mais j'aime ta façon de penser.

Il s'esclaffa, pas sûr d'avoir un jour été aussi heureux dans sa vie.

CHAPITRE 19

Lorsque Brianna se réveilla le lendemain matin, il faisait encore assez sombre. Elle tâta le lit de fortune qu'Aidan avait fabriqué par un coup de génie la nuit précédente, installé dans un coin d'herbe douce avec un coussin sous eux. C'était étonnamment confortable — du moins quand il était à côté d'elle. Comprenant qu'Aidan était déjà debout et parti, tout comme Minette, Brianna se redressa et remarqua qu'il n'était pas aussi tôt qu'elle l'avait pensé. Une douce lueur d'aube éclairait l'horizon, et elle balaya du regard la zone où ils avaient établi leur campement, s'arrêtant lorsque ses yeux croisèrent les siens. Son sourire fut instantané et elle sentit l'affection dans ses yeux, même d'ici. Il se tenait près du feu, Minette glissée dans l'écharpe qu'il portait en bandoulière. *Mon Dieu, comme elle aimait cet homme.* Bouche bée, elle se rendit compte que cela lui était venu naturellement et se couvrit la bouche avec les mains. Aidan pencha la tête sur le côté et la regarda avec curiosité. Oui, ses sentiments grandissaient rapidement, mais la façon dont ils la frappaient maintenant était surprenante. Agréable, mais surprenante. Brianna 2.0 avait évolué bien au-delà de ses attentes, même si elle n'en avait pas vraiment eu au départ.

Elle se leva, enroula une de leurs couvertures autour de ses épaules et attrapa la dague qu'Aidan avait laissée à sa portée, fixant le fourreau autour de son mollet. Elle enfila ensuite ses bottes fourrées, qu'il avait judicieusement placées à côté du lit, avant de s'approcher de lui. Il tenait une boisson fumante dans une main et l'attira à lui de l'autre, avant de déposer un baiser sur son front.

— Pour toi, dit-il en lui mettant une tasse de thé dans la main.

Brianna prit la tasse avec reconnaissance.

— Tu sais que tu es déjà présélectionné comme prétendant ?

Il lui fit un clin d'œil, semblant comprendre ce qu'elle voulait dire.

— Je ne suis pas dupe, Breea, et je me fiche éperdument de savoir où je me situe dans ta hiérarchie. Je suis simplement heureux d'avoir été sélectionné.

Elle fut un peu déstabilisée par sa réponse. Bien sûr, elle aimait taquiner — surtout avec lui, étonnamment – mais il devait bien savoir qu'il était le seul sélectionné. Elle but une gorgée, poussa un gémissement de plaisir avant de se blottir contre lui, savourant la sensation du poids de sa tête sur la sienne.

— Tu sais vraiment comment rendre une fille heureuse.

Il se dégagea et lui souleva le menton.

— C'est seulement ton bonheur qui me préoccupe.

Lorsqu'elle rougit en pensant à toutes les fois où il l'avait rendue heureuse, il rit.

— Je parlais en général.

Elle haussa les épaules, puis sourit timidement, ce à quoi elle s'habituait de plus en plus, tout en caressant Minette.

— Comment vont tes jambes ? lui demanda-t-il.

— Aidan, murmura-t-elle. Chut.

Son massage innocent de la veille était tout sauf innocent. Peut-être avait-il commencé comme ça – après l'avoir mise à l'aise, il s'était assis à ses pieds et avait commencé à frotter ses membres endoloris. Le voir trouver chaque muscle qui avait besoin d'attention était impressionnant, mais à un moment donné, ses intentions s'étaient transformées en quelque chose de plus romantique. Elle savait qu'elle en était en partie responsable et le fait qu'elle ait gémi et se soit tortillée pendant tout ce temps n'avait probablement pas aidé. Aidan avait été doux mais déterminé, la touchant partout, de ses orteils à ses fesses, mais il était ensuite revenu sur son chemin, en utilisant ses lèvres. Il lui avait dit à quel point sa peau était claire, et elle savait qu'il ne voulait pas dire qu'elle était sujette aux coups de soleil – bien qu'elle le soit –, mais qu'il la trouvait belle. Sa façon de la flatter si facilement et si naturellement était romantique, et elle avait un faible pour son vocabulaire du XVe siècle.

Quand il avait commencé à embrasser l'intérieur de ses cuisses, elle avait failli sursauter, puis il avait fait passer sa chemise, la seule chose qu'elle portait, au-dessus de sa taille, avant de prendre ses fesses dans ses mains. Elle avait retenu son souffle, se demandant quel genre de plaisir l'attendait. Ensuite, elle n'avait plus été en mesure de se demander quoi que ce soit de cohérent parce qu'il l'avait fait se tordre et gémir jusqu'à ce qu'elle crie son nom. Lorsqu'elle s'était agrippée à lui, brûlant d'envie de le sentir en elle, elle avait entendu sa respiration se couper. Il s'était enfoncé profondément en elle et s'était immobilisé pendant un long moment. C'était la sensation la plus incroyable du monde et ses jambes, lesquelles à ce moment-là fonctionnaient très bien, s'étaient enroulées autour de sa taille. Quand il avait commencé à bouger, elle l'avait accompagné. Elle avait enfoncé ses ongles dans son cuir chevelu et ses épaules tandis qu'il entamait ses va-et-vient, fort et rapidement. Le plaisir était si intense qu'il avait failli la submerger, et lorsqu'il avait joui quelques instants plus tard, elle avait trouvé cela tout aussi gratifiant. C'était vraiment une fin merveilleuse pour une journée incroyable.

Elle le regarda maintenant sourire et secouer la tête,

manifestement conscient qu'elle était en train de se rappeler leur moment. Pourtant, il la pointa du doigt pour la réprimander et la taquiner, et elle ne put que hausser les épaules et se mordre la lèvre.

— Breea. *Breea*, je t'en supplie. Arrête.

Il lisait clairement en elle. Elle tourna sur elle-même pour se calmer pendant une seconde ou dix, puis se tourna à nouveau vers lui.

— Désolée.

— Ne t'excuse pas, répondit-il avec un petit rire. J'ai hâte de faire l'amour plus tard, vraiment. Mais nous n'en avons pas le luxe pour l'instant.

— Quoi qu'il en soit, mes jambes vont bien, dit-elle en prenant un air sérieux.

Il lui saisit l'arrière de la tête et l'attira vers lui pour qu'il puisse l'embrasser langoureusement.

— Oïl, c'est vrai.

Et dire qu'avant, elle ne pensait qu'au travail. Pourtant, elle ne s'en plaignait pas, loin de là. Elle n'avait jamais réalisé à quel point elle apprécierait ce genre d'affection et était heureuse, peut-être même soulagée, qu'Aidan semble la donner si facilement. Il prenait très bien soin d'elle, s'occupait d'elle dans tous les sens du terme. Elle ne perdait pas de vue que tout cela n'était qu'un début. Elle songea à ce que ça serait de vivre ensemble à Pembrooke, dans un avenir très proche. Serait-il toujours à la maison ? Devrait-il voyager ? L'accompagnerait-elle ? Auraient-ils des enfants ? Voudrait-il des garçons ou des filles ? Elle jeta un coup d'œil vers lui et leurs yeux se croisèrent – il la regardait avec curiosité, ce qui n'était pas si surprenant puisque cela arrivait souvent.

Elle prit une nouvelle bouchée du sandwich qu'il lui avait donné lorsqu'il l'avait fait asseoir avec Minette. Elle fut surprise : il n'y avait rien qui clochait, mais il s'agissait clairement d'un sandwich, apparu au XVe siècle bien avant l'heure, et elle ne s'y attendait donc pas. Elle n'était pas sûre de ce qu'il contenait, mais le pain était moelleux et aux graines, et l'intérieur formait la combinaison parfaite de sucré et de salé, avec un soupçon d'épices – tout simplement délicieux.

— C'est toi qui as fait ça ? demanda-t-elle.

Sa voix se brisa légèrement sous une vague d'émotion.

— Tu ne te sens pas bien ? s'inquiéta Aidan.

Il faisait une drôle de tête, même si, encore une fois, cela n'avait rien d'alarmant.

— Breea ?

Le sandwich était vraiment très bon et avait été préparé presque délicatement, manifestement avec beaucoup de soin. Qu'il ait fait cela pour elle alors qu'elle était certaine qu'il se serait contenté d'un bout de pain déchiré et de quelques morceaux de fromage la subjuguait. Elle prit une autre bouchée, essayant de comprendre ce qu'il y avait exactement dedans. Quand elle eut fini de mâcher, elle demanda à nouveau :

— C'est toi qui l'as fait ?

Aidan acquiesça.

— Oui, juste avant que tu te réveilles.

Elle resta bouche bée et le regarda avec stupéfaction en secouant la tête. Aidan tendit la main vers le sandwich, mais elle le ramena vers sa poitrine et repoussa sa main.

— Il n'est pas bon ? demanda-t-il, ayant manifestement mal compris.

— Pas bon ? croassa-t-elle en secouant la tête, émerveillée.

Il était délicieux. Le pain n'était ni trop dur ni trop croustillant, et il n'était pas trop laborieux d'en prendre une bouchée. Elle ouvrit le sandwich et vit de fines tranches de pommes et de fromage disposées en couches régulières et... et...

— C'est de la figue ? demanda-t-elle.

— Oui, une tartinade de figue.

— Tu as apporté de la *tartinade* ? s'écria-t-elle.

Ses sourcils se froncèrent.

— Non, seulement des figues.

Il n'avait pas fait ça à la va-vite, c'était sûr.

— Breea ?

Brianna leva la main et secoua à nouveau la tête, puis se tourna sur le côté, détournant le regard. Elle avait juste besoin d'un moment pour se reprendre, ce qui n'était pas facile à faire quand il l'observait si attentivement. Une fois qu'elle eut repris son souffle, elle lui adressa un sourire en coin, puis referma le sandwich et prit une autre petite bouchée.

— C'est vraiment bon, Aidan.

Il sembla comprendre qu'elle appréciait simplement son souci du détail et lui adressa un rapide signe de tête, avant de retourner démonter leur campement.

Ce n'était que le début d'une routine qui se poursuivit pendant plusieurs jours, Aidan s'occupait d'elle, de sa jument et de Minette avec le plus grand soin. Même ses hommes étaient prévenants et toujours aussi diligents dans leurs tâches, dont la plus importante était d'assurer la protection d'Aidan et la sienne. Brianna essayait de se rendre utile autant que possible, demandant toujours si et comment elle pouvait aider, mais ils semblaient avoir une sorte d'organisation et étaient contents de sa présence, tout simplement. Les hommes d'Aidan leur laissaient parfois un peu plus d'espace, surtout une fois qu'ils avaient établi leur camp pour la nuit et après avoir sécurisé le périmètre. Il en allait de même la plupart des matins, jusqu'à ce qu'ils repartent pour la journée.

Cela paraissait impossible – bien qu'elle ne devrait plus être surprise par ce qui était possible –, mais jusqu'à présent, chaque jour qu'elle avait passé avec Aidan était tout aussi excitant et bouleversant que le précédent. Brianna était parfois presque effrayée par l'intensité de ses sentiments naissants. Un monde nouveau semblait s'être ouvert à elle. Avant Aidan, elle s'était concentrée sur ce qui l'entourait. Et même si elle gravait encore dans sa mémoire certaines vues, les objets, les structures et même les lieux étaient désormais bien moins importants que ses préoccupations pour Aidan, Minette, sa jument et même les hommes d'Aidan.

Pendant des années, elle était restée à l'abri, fermée, et elle était surprise d'aimer autant le contact. Sur le plan sexuel, bien sûr, c'était tout à fait nouveau pour elle, mais en réalité, elle avait juste envie du contact physique d'Aidan. C'était incroyable qu'elle puisse tendre la main quand il passait et effleurer son épaule, tenir sa main, l'embrasser, presser ses lèvres sur n'importe quelle partie de son corps à portée de main, que ce soit son dos ou son bras, frotter son visage contre son torse quand il la serrait dans ses bras la nuit. Maintenant qu'elle avait été éveillée au plaisir du toucher, elle n'en avait jamais assez.

Ces derniers soirs, elle était si fatiguée qu'après qu'ils se furent lavés dans un ruisseau voisin, Aidan l'avait littéralement massée pour l'endormir, sentant son épuisement. Elle avait veillé à se réveiller très tôt pour être avec lui avant qu'il ne quitte leur lit. Au début, elle craignait de le manquer, mais après lui avoir fait l'amour, il lui avoua qu'il s'attardait et attendait qu'elle se réveille.

— Si tu ne ressens ne serait-ce qu'une fraction de ce que je ressens... quitter notre lit sans te regarder dans les yeux... sans te toucher... te serrer contre moi... me perdre en toi... c'est presque impossible. Alors, attendre que tu te réveilles n'est pas difficile, Brianna.

Il y avait de quoi tomber en pâmoison !

Comme ils avaient beaucoup à penser lors de la chevauchée de la journée, c'était souvent lors de ces moments avant l'aube, encore allongée dans ses bras, que Brianna s'interrogeait sur leur vie à Pembrooke.

— Aidan ? demanda-t-elle un matin, environ une semaine après le début de leur voyage.

— Oïl, chuchota-t-il, toujours calme, en lui frottant le dos.

— Tu veux des enfants, hein ?

Il grogna et l'attira plus près de lui.

— Je veux une ribambelle d'enfants, avec toi, Breea. Avec des yeux bleus comme un ciel étoilé et des cheveux aussi lisses que la surface d'un lac.

Elle rit et s'apprêta à avouer que ses cheveux lisses et raides allaient bientôt boucler, mais il la fit rouler sous lui, les yeux brillants.

— Pour poursuivre l'héritage de la maison de Pembrooke, nous devons être assidus.

— Eh bien, dit comme ça, cela paraît nécessaire, commenta Brianna, en souriant.

Il lui fit à nouveau l'amour et Brianna était sûre que c'était bien de l'amour, si l'on pouvait en croit la force de l'émotion dans ses yeux et la révérence de ses caresses.

Ils retournèrent au ruisseau après ça et se lavèrent avant le petit déjeuner.

— Prêt ? demanda-t-il.

Elle venait de s'habiller et de s'assurer que ses dagues, qu'il voulait qu'elle porte tous les jours, étaient bien attachées.

Lorsqu'elle acquiesça, il ajouta :

— Tu vas être gâtée aujourd'hui.

— Aidan Sinclair, répliqua Brianna en secouant la tête, savourant leurs plaisanteries. Tu ne sais donc pas ? Je suis gâtée chaque jour.

Cela lui plut et il tint à lui montrer sa reconnaissance en l'embrassant. En s'écartant, il la regarda dans les yeux et lui dit :

— J'ai hâte de te ramener à la maison, jeune femme.

Dès qu'il prononça ces mots, Brianna remarqua quelque chose traverser son visage, de l'inquiétude peut-être.

— Je ne nous ai pas porté malchance, si ? plaisanta-t-elle.

Elle vit quelque chose s'allumer dans les yeux d'Aidan et comprit qu'elle prenait à la légère quelque chose qui avait un poids réel. Malgré tout, Brianna se rendit compte qu'elle avait toujours vu les choses à travers la lentille d'un historien – elle se sentait encore éloignée des conséquences réelles de la vie dans le passé. Mais le regard d'Aidan la ramena à sa réalité actuelle. Le point de vue de l'observateur ne fonctionnerait plus. Il était vrai qu'au XVe siècle, la malchance et les sortilèges avaient probablement une connotation différente de chez elle et, après son voyage à travers les siècles, elle ne pouvait pas les minimiser.

— Non, dit-il avant de lui adresser un sourire peu convaincant.

Brianna grimaça intérieurement. Et si elle leur avait *bel et bien* porté malchance ? Ou quelque chose de pire ?

— Breea ?

Elle soupira.

— Désolée. C'est juste que... tu ne penses pas que nous sommes...

Elle lui prit les mains et regarda autour d'elle. Même si le reste du groupe était loin d'être à portée de voix, elle se pencha tout de même et chuchota :

— Tu ne penses pas que nous sommes maudits ou quelque chose comme ça, n'est-ce pas ?

Heureusement, Aidan ne broncha pas.

— Non, du moins pas parce que tu as simplement dit avoir apprécié nos journées ensemble. Ni parce que je souhaite que nous soyons à Pembrooke et que nous commencions nos vies ensemble.

Bien que sa réponse ne l'ait pas tout à fait assurée que la malchance et les malédictions étaient impossibles, Brianna décida de ne pas insister davantage. Elle voyait bien qu'Aidan était impatient de continuer à avancer, et pas parce qu'il croyait qu'ils pouvaient être maudits ou voir leurs ennuis se terminer avec le voyage. Elle ne pouvait malgré tout pas s'empêcher de penser que quelque chose le préoccupait. Quoi qu'il en soit, elle décida qu'elle lui ferait confiance pour le lui dire si et quand il le jugerait nécessaire.

Jusqu'à présent, il ne l'avait jamais pressée au cours de leurs matinées, et même si les quelques personnes qu'ils avaient rencontrées en chemin étaient toutes familières à Aidan et à ses hommes, elle sentait que voyager à découvert comme cela n'était pas son premier choix. Ils étaient armés, certes, mais elle était certaine qu'il avait choisi le chemin le plus rapide et sûr possible parce qu'ils avaient avec eux Brianna, Minette et sa jument. Pourtant, quelque chose dans leur conversation lui fit voir les choses différemment, avec un peu plus de prudence. De retour au camp, le sentiment ne l'avait pas quittée. Ils rejoignirent les hommes d'Aidan pour un petit déjeuner rapide avant de se préparer à partir.

Pendant qu'Aidan et ses hommes finissaient de démonter leur camp, Brianna prit soin de sa jument, comme elle le faisait tous les matins. Et comme tous les matins, elle s'émerveilla de voir à quel point elle s'était améliorée.

— Tu avais juste besoin de faire confiance à quelqu'un, n'est-ce pas ? roucoula-t-elle en lui caressant le museau.

Sa jument – Brianna n'avait pas encore trouvé le bon nom – hennit et se pressa contre sa main.

— Je sais, moi aussi je me sens plutôt sûre de moi.

— Comme il se doit.

Brianna sursauta un instant, mais se détendit presque instantanément lorsqu'Aidan s'approcha d'elle. Après avoir examiné la jument, il fit un signe de tête et s'adressa au cheval.

— Ma femme avait raison, Jumette. Je suis heureux de voir comment tu t'en sors. Tu vas t'épanouir à la maison, ma belle, attends un peu.

Il se tourna alors vers Brianna.

— Tu veux la guider aujourd'hui ?

Brianna acquiesça, surprise par cette proposition, mais elle savait que c'était parce qu'elles avaient toutes les deux gagné sa confiance. Puis, quelque chose d'autre la frappa.

— Tu l'as appelée Jumette ?

— Oïl, répondit-il avec un clin d'œil. Tu as ton petit chat, Minette, et maintenant tu as ta jument, Jumette. Il faudra attendre pour les dragons.

Il se pencha pour l'embrasser.

— Les dragons ? répéta-t-elle, un petit sourire au visage, essayant de comprendre ce qu'il voulait dire.

— Breea, on parle de la maison de Pembrooke, dit-il avec

effarement. Tu crois qu'une maison aussi puissante que Pembrooke n'a pas de dragons ?

Il la fixa d'un air sérieux qu'il réussit à garder quelques secondes avant de glousser, en l'attirant contre lui. Il riait encore contre ses lèvres quand il l'embrassa.

Ce fut alors que Brianna se souvint de son commentaire précédent sur la libération des dragons et elle rit, elle aussi, rougissant à la fois parce qu'Aidan s'en était souvenu et parce qu'elle s'était presque – *presque* – demandé s'il lui disait la vérité.

Oui, Aidan la comprenait bien.

Elle était encore d'humeur rêveuse quand le loch Ness apparut plus tard dans la matinée. Elle avait déjà vu le lac auparavant, bien sûr, mais là, c'était comme s'il était tout nouveau. Elle resta à cheval, stupéfaite, à s'imprégner du paysage, puis elle jeta un coup d'œil à Aidan pour voir s'il était aussi émerveillé qu'elle. Il attendait manifestement qu'elle croise son regard, peut-être depuis un moment, mais ses yeux débordaient également d'émerveillement. Elle soutint son regard et fut prise d'une bouffée d'émotion en réalisant que son émerveillement n'avait rien à voir avec le lac, et tout à voir avec elle. Ce fut un moment très instructif et elle se sentit un peu coupable d'avoir passé des années à être blasée.

Les nuits suivantes, ils campèrent plus tard. Aidan et ses hommes étaient heureux d'approcher de leur destination et avaient pris l'habitude de chevaucher un peu plus longtemps pour réduire la distance. En fin de soirée, les discussions portaient sur Seagrave et les amis d'Aidan qui y résidaient, Greylen et sa femme Gwen. Brianna se souvenait que Dar et Lachlan avaient aussi parlé du couple et elle était impatiente de les rencontrer. Il lui semblait que cela faisait une éternité qu'elle avait rendu visite aux MacTavish à Abersoch, mais en réalité, cela ne faisait que quelques semaines.

Le lendemain matin, après un autre effort passionné avant l'aube pour créer leur héritage, assurer et veiller à la survie de la maison de Pembrooke, Aidan conduisit Brianna à un ruisseau voisin. Elle vit que l'endroit lui était très familier, et bien que le soleil commence à peine à se lever, il lui indiqua un point au loin et lui dit qu'elle aurait bientôt un bain chaud, un lit moelleux et un repas qui lui plairait certainement. Son humeur s'était quelque peu adoucie ces derniers jours et s'il continuait toujours à commenter les paysages, toujours prompt à lui expliquer la flore et la faune, elle remarqua ce matin qu'il s'arrêta à plusieurs reprises pour écouter et scruter les environs avant de poursuivre son chemin. Elle s'empressait de lui emboîter le pas, et s'arrêtait donc brusquement à chaque fois, se demandant s'il y avait quelque chose qu'elle devait chercher, mais il finissait toujours par repartir. Cela arriva de nouveau dans l'eau, alors qu'ils se baignaient, mais quelque chose avait changé et, en un instant, son visage se figea. Il posa un doigt sur ses lèvres, puis indiqua d'un signe de tête qu'ils devaient partir. Il n'avait pas l'air inquiet, juste vigilant, alors elle ne paniqua pas, mais elle n'avait jamais essayé d'être aussi silencieuse de sa vie.

Ils commençaient à peine à s'habiller qu'Aidan leva la tête et se tourna pour regarder dans la direction opposée. Brianna retint son souffle, maintenant vraiment effrayée ; elle allait lui demander ce qui n'allait pas quand il couvrit sa bouche de sa main. Elle se figea sur place, à moitié habillée, jetant un regard sur le reste de leurs vêtements, l'arc et le carquois, l'épée et leurs dagues. Tout était à portée de main, mais lorsqu'elle croisa le regard d'Aidan, elle sut que ce qu'il avait vu était mauvais, aussi ne tenta-t-elle pas de rassembler leurs affaires. Un instant plus tard, il la recouvrait de sa cape et lui glissait ses dagues dans les mains, avant de récupérer les siennes. Lorsqu'il lui passa le carquois sur l'épaule, son cœur se serra encore un peu plus. Il ne lui avait jamais demandé de l'utiliser auparavant, et cela faisait des années qu'elle n'avait pas tiré sur une cible. Elle se tint un peu plus droite et il sortit une flèche, la plaça sur l'arc avant de refermer ses doigts autour des deux. Elle observait d'un côté de l'autre, essayant de déterminer où elle aurait le meilleur avantage, mais Aidan lui serra la main.

— Pas maintenant, dit-il, la voix basse mais claire comme de l'eau de roche. Quand je te le dirai, rejoins notre camp. Ne perds pas une seconde, Breea. Fuis, comme si les feux de l'enfer étaient dans ton dos.

Elle acquiesça. Il ne voulait pas qu'elle regarde en arrière.

— Si tu dois te défendre, n'hésite pas. Sois précise, d'accord ?

Elle opina du chef, comprenant qu'il lui disait de viser pour tuer.

— Si tu te tiens à l'endroit où nous avons dormi la nuit dernière et que tu regardes vers le feu, Seagrave se trouve plein nord, continua Aidan, et à pied, tu atteindras sa frontière bien avant le crépuscule. Ne fais confiance à personne tant que tu ne seras pas sur le territoire des MacGreggor. Ils n'iront pas au-delà. À personne, Breea.

Elle sentit les larmes lui monter aux yeux et acquiesça, le cœur battant à tout rompre. Pensait-il qu'elle devrait peut-être se mettre à l'abri seule ? Ou était-il simplement en train de la préparer au pire ? Il était si grave, son visage était figé dans une expression qu'elle ne lui avait jamais vue auparavant. Aidan la fixa encore une seconde dans les yeux avant de lui dire :

— N'oublie jamais qui tu es.

Brianna trembla légèrement, se demandant si c'était sa façon de lui dire au revoir, si ce seraient les derniers mots qu'elle l'entendrait prononcer. Il était vrai que les O'Roarke ne se mariaient qu'en cas d'amour véritable, mais la longévité de ces mariages n'avait jamais été garantie – sa promesse d'un mariage d'amour véritable touchait-elle déjà à sa fin ? Avant que Brianna ne puisse tomber dans une spirale infernale, Aidan se retourna et se fit soudain si grand qu'on aurait dit qu'il avait doublé sa taille. Il était manifestement en train de la protéger, mais elle n'était pas sûre de savoir de quoi. Pourtant, ce mouvement la ramena à la raison.

Brianna entendit un bruit derrière eux depuis leur campement, rompant le silence inquiétant qui s'était installé dans les bois. Lorsqu'elle se tourna vers le bruit, Brianna vit leurs chevaux fuir la zone, sa jument à l'arrière. Puis, au moment où Aidan tendit la main derrière lui pour lui serrer le poignet, elle vit ce qu'il avait vu. Les hommes. Ils étaient au moins huit, sortant de leurs cachettes tout autour du ruisseau où ils venaient de se laver. Ils avaient visiblement attendu une occasion. L'idée qu'ils l'aient observée si longtemps à son insu fit frissonner Brianna. Lorsque quelque chose retentit à nouveau derrière eux, elle resserra sa prise sur la chemise d'Aidan, mais il se contenta de serrer à nouveau son poignet et de passer son pouce sur sa paume, d'un geste apaisant. Dès qu'elle se retourna, Brianna vit que ses hommes approchaient, ce qu'il devait savoir. Elle fit une prière pendant qu'Aidan balayait la zone du regard, tout en la maintenant contre lui d'un bras. Le temps qu'Henry, Alan et Richard les rejoignent, les autres hommes n'étaient plus qu'à quelques mètres.

Brianna n'avait aucune idée de leur plan, si Aidan et ses hommes avaient même un plan, mais il était clair qu'ils travaillaient tous les quatre en parfaite harmonie et qu'ils pouvaient lire les expressions et les intentions des uns et des autres en un instant. Tous étaient concentrés sur les inconnus qui se rapprochaient d'eux. Puis le bras d'Aidan quitta son dos et elle sut que le moment était presque venu. Quand il prit son épée, ses hommes en firent de même, d'un geste si fluide que Brianna eut l'impression de les regarder au ralenti. Elle vit la position d'Aidan changer alors qu'il saisissait la poignée à deux mains, la puissance rayonner de son torse et de ses hanches tandis qu'il levait l'épée dans les airs.

— *COURS* ! hurla-t-il avant de s'élancer vers l'avant.

Le cœur tambourinant, Brianna se retourna, complètement terrifiée, et courut vers leur camp. Entre sa respiration et le bruit du sang qui affluait dans sa tête, elle n'entendait rien de ce qui se passait derrière elle. Elle fut tentée de se retourner, mais Aidan comptait sur elle pour ne pas le faire. Elle ne cessa de se répéter les mots dont il voulait qu'elle se souvienne. *Je suis Brianna O'Roarke de la maison de Pembrooke, par droit et par mariage.* Les buissons éraflaient son visage, ses mains et ses jambes tandis qu'elle courait, mais elle continua. Elle trébucha quelques fois sur des racines ou des branches, mais se redressa chaque fois qu'elle manqua de tomber. Sa poigne sur l'arc et la flèche était si forte que ses doigts en étaient engourdis et ses phalanges étaient à vif à force d'effleurer le sol en essayant de faire profil bas. Quand elle atteignit enfin le périmètre de leur camp, c'était évident qu'Alan, Richard et Henry avaient éparpillé leurs affaires. Ils avaient sûrement laissé les chevaux partir aussi, pour qu'ils ne soient pas blessés ou volés, ou pire. Elle savait que Minette devait être quelque part et parcourut des yeux le camp en se demandant où ils l'avaient cachée. Après un instant de recherche paniquée, Brianna décida qu'elle devrait revenir plus tard pour fouiller la zone. Heureusement, son grand-père lui avait appris comment trouver le nord au cours de l'une de ses leçons. Brianna s'élança tout en chuchotant pour elle-même : *oh, s'il te plaît, s'il te plaît, s'il te plaît, ne me fais pas faire ça toute seule...*

Elle entendit du mouvement derrière elle et se figea. Pendant quelques secondes, elle fut envahie par la peur, puis les yeux d'Aidan repassèrent dans sa tête et elle se tourna pour découvrir un homme qu'elle ne reconnaissait pas et qui approchait vite, même s'il était encore loin. La voix d'Aidan résonna dans ses oreilles : *Ne fais confiance à personne...* Tout ce qu'on lui avait appris dans sa jeunesse lui revenait maintenant, mais ce n'était pas une compétition ni un entraînement avec son grand-père. Il n'y aurait pas de remise de prix ou de rubans bleus. *Défends-toi...* Elle planta ses pieds dans le sol, se mit en place et encocha sa flèche, tendit le bras et tira sur la corde. Son point d'ancrage lui revint, comme une vieille amie. Les mots d'Aidan, encore : *Sois précise...* En regardant la hampe, elle visa en plein centre... *N'hésite pas...* Complètement immobile, Brianna entendait presque la voix de son grand-père dans son oreille, ses conseils se mêlaient à ceux d'Aidan dans sa tête... *Attends un peu, ma fille... là !* Elle lâcha la corde, suivit des yeux le chemin de la flèche tandis que ses doigts effleuraient son oreille. La flèche toucha sa cible et elle observa d'un air neutre son futur agresseur tomber au sol. Elle s'autorisa un instant pour accepter ce qu'elle avait fait avant de se retourner.

Seagrave. Au nord. Courir. *Ne faire confiance à personne.*

CHAPITRE 20

Soulagé d'entendre les pas de Brianna s'éloigner, Aidan reporta son attention sur l'homme devant lui, Gil Fitzgerald, grognant lorsque son épée rencontra le métal. Chaque moment où il parvenait à retenir ces hommes permettait à Brianna de se mettre en sécurité. Aidan pensait avoir compté tous leurs assaillants, qui lui étaient tous familiers – les frères Fitzgerald et leurs hommes, qui les avaient toujours regardés d'un air menaçant et envieux lors de leurs rencontres. Cette routine avait usé sa patience, tout comme s'occuper des frères et de leurs convocations malvenues depuis la mort de Robert.

Il grogna en repoussant un coup impressionnant de Gil et l'éloigna d'un coup de pied rapide. Il remarqua avec surprise qu'il avait sous-estimé les compétences de Gil : son ennemi était étonnamment agile et rapide sur ses appuis. Aidan pivota rapidement et repéra Alan, Richard et Henry en pleine mêlée. Tous s'en sortaient très bien et il remarqua qu'au moins l'un des hommes des Fitzgerald semblait être tombé au combat.

— Ça t'a pris du temps, ricana Gil, réattirant l'attention d'Aidan sur lui. On pensait qu'après avoir survécu au feu, tu rentrerais plus vite.

Aidan se hérissa, mais garda son calme. Les Fitzgerald

n'étaient visiblement que deux tyrans agaçants, capables de bien des actes brutaux. Ainsi, non seulement ils étaient responsables du feu, mais ils avaient supposé – à raison – qu'il rentrerait tout droit à Seagrave. Aidan était surpris qu'ils eussent eu la patience d'attendre et se demanda depuis combien de temps ils les suivaient. Peut-être les avait-il sous-estimés là-dessus aussi. Il s'autorisa un moment de doute. N'avait-il pas pris des mesures ? Avait-il été aveugle ? Il savait que ce n'était pas vrai, que ses hommes et lui avaient été aussi prudents que possible et que le degré de danger dans lequel ils se trouvaient n'était qu'assez grave pour laisser Brianna seule. Il pouvait s'occuper des Fitzgerald, il le savait. En réalité, il était content de cette occasion.

— Imagine notre surprise de te voir à Ayr – *et* de voir ce qui te retardait autant. Une femme comme ça... c'est compréhensible, ajouta Gil avec un regard pervers dans la direction qu'avait prise Brianna.

Aidan dut prendre sur lui pour maintenir sa position et ne pas l'attaquer bêtement.

— N'aie crainte, Sinclair, on trouvera quelqu'un d'autre pour notre sœur, et pour cette *femme*. On s'occupera d'elle aussi.

Si Aidan pouvait le tuer deux fois pour cette suggestion, il le ferait, mais son destin était déjà scellé, tristement. La brève ascension des frères Fitzgerald s'arrêterait aujourd'hui, de la main de la maison de Pembrooke, à commencer par Gil. Celui-ci sourit et Aidan trouva sa synchronisation amusante, jusqu'à ce qu'il reprît la parole.

— Nigel doit déjà avoir mis les mains sur elle, maintenant. La fille, je veux dire. J'imagine sa joie d'être seul avec elle.

Aidan ne perdit pas de temps pour confirmer l'absence de Nigel, il se contenta de soutenir le regard de Gil et gronda.

— C'est ça.

Puis, il jeta son épée dans les airs et alors que les yeux de Gil suivaient l'arc de cercle de l'épée, Aidan sortit sa dague. Quand Gil le regarda, Aidan sourit et plongea en avant.

— Jamais de sa vie il ne la touchera, dit-il en enfonçant la dague dans la gorge de Gil.

L'homme s'effondra au sol et Aidan retira sa lame, sans l'ombre d'un remords. Il se retourna et chercha Nigel parmi les corps au sol et ceux qui se battaient, en vain. Le cœur battant, il attrapa l'un des deux hommes qui s'étaient rendus par le col et lui demanda où était Nigel, essayant de ne pas imaginer ses mains sur Brianna. Il apprit que Nigel n'était pas là et qu'il attendait allongé dans les bois avec au moins un autre homme de leur camp. Le pouls d'Aidan s'accéléra encore plus. *Non.* Il avait envoyé Brianna droit dans la gueule du loup. Il trébucha et attrapa son épée, toujours au sol près de Gil, puis courut. Il n'avait pas besoin d'imaginer les feux de l'enfer derrière lui, ils étaient là, à le pousser en avant.

Il suivit le chemin qu'elle avait pris dans les buissons, repéra les endroits où elle était tombée. Il remarqua du sang sur le rebord d'une pierre affûtée et sut que c'était le sien. Quand il arriva à leur campement, il vit ses empreintes de bottes dans la terre. Visiblement, elle s'était retournée, puis s'était tenue bien droit dans la direction qu'il lui avait dit de prendre. Mais... Aidan suivit les traces et vit qu'elle avait reculé d'un pas en direction du sud après s'être retournée. De ce côté-là, ses empreintes étaient plus profondes et semblaient indiquer une position de tir. Il se tourna pour observer ce qu'elle avait vu, courut pour inspecter la zone et tomba sur un homme, abattu dans une petite clairière. Ainsi donc, elle l'avait tué, et d'une seule flèche, visiblement. *Bien joué, Breea.* Mais cela voulait dire que Nigel était toujours quelque part ici – tout comme Brianna.

Aidan retrouva bien vite sa trace, en direction du nord, comme il lui avait dit, et s'élança à sa poursuite avec une seule idée en tête : la rejoindre à temps.

CHAPITRE 21

Les yeux rivés sur le terrain plus haut, droit devant, Brianna courait aussi vite que le pouvaient ses jambes. Elle n'avait jamais eu aussi peur de sa vie, pas même les jours passés sur la mer après l'accident – au moins, elle ne savait pas qu'elle était seule et elle était inconsciente des dangers qui la menaçaient. Cette fois, ce n'était pas pareil.

Elle avait vu Aidan, l'homme qu'elle aimait, peut-être bien pour la dernière fois et... avait dû partir. Il lui avait donné les outils et conseils pour s'assurer qu'elle arrive en sécurité, mais elle était seule. Elle se demanda si l'histoire ne se répétait pas. Si elle n'était pas vraiment maudite et que son destin n'était pas de revivre le trauma de perdre ceux qui comptaient le plus, encore et encore. *Non*, se dit Brianna. Elle ne finirait pas seule, son mariage d'amour véritable et puissant en souvenir pour le reste de ses jours. Aidan lui avait montré comment croire en son pouvoir. Il avait instillé en elle de l'amour, de l'espoir et de l'assurance. Il l'avait libérée. Il s'assurerait qu'elle ait une chance de se battre et il se battrait lui aussi. Cette fois, ce serait différent. Il reviendrait, c'était obligé.

Consciente qu'elle devait continuer à avancer, Brianna regarda autour d'elle. Coincée dans une prairie, pas loin de leur camp, elle mourait d'envie de se mettre à couvert, mais la ligne d'arbres était toujours au loin. Elle pensa entendre quelqu'un derrière elle et manqua de bondir, mais elle continua, la main sur l'endroit où sa dague était rangée. Quand elle se tourna et observa la prairie, elle ne vit personne. C'était l'avantage d'être dans un espace dégagé. L'ennemi la repérerait vite, mais l'inverse était valable également. Elle ne savait pas s'il y en avait d'autres ni même s'ils la poursuivraient. Elle n'avait pas eu le temps de se demander jusque-là si l'attaque était une embuscade fortuite ou si ces hommes en avaient après Aidan. Elle regarda une dernière fois en arrière avant de reprendre le rythme. Plus vite elle atteindrait un point plus haut et une forêt, mieux elle serait.

Pile quand elle passa sous la ligne d'arbres, elle crut entendre un autre bruit, comme le frémissement qu'elle avait déjà entendu. D'instinct, elle posa la main sur sa dague, mais encore une fois, quand elle se tourna, elle ne vit rien que la prairie derrière elle. Elle songea qu'elle imaginait des choses et prit un moment – et une grande inspiration bien nécessaire – pour essayer de se débarrasser de sa peur. Une fois calmée, elle se concentra sur son but : Seagrave.

D'après Aidan, il restait cinq peut-être six heures de marche. Elle n'allait pas gagner de médaille pour sa vitesse, mais elle pouvait garder un bon rythme. Il n'y avait rien de mieux qu'avoir l'esprit clair pour rester motivé. Et derrière la végétation qui s'épaississait au pied des arbres, elle était quelque peu cachée, maintenant. Elle se sentait prête à continuer et se tourna pour finir nez à nez avec un homme planté là, dressé derrière elle.

Elle cria, puis se figea tandis qu'il plongeait vers elle. Profitant de sa peur et de sa surprise, l'homme lui attrapa le poignet et le heurta fort contre son genou. Elle hurla et sa dague tomba au sol tandis que la douleur irradiait dans son bras. Tout sourire, l'homme lui tordit l'épaule et l'attira à lui. Elle sentit son carquois s'écraser contre un arbre et sut que ses flèches étaient tombées au sol. Se savoir sans défense – une de ses dagues et ses flèches étaient hors d'atteinte – la ramena au présent et elle commença à donner des coups de pied et à griffer tout ce qu'elle pouvait, mais l'homme avait déjà le contrôle sur elle.

Il ricana, puis lui lança :

— Oh débats-toi, ma jolie, ça nous plaît.

Brianna frémit. Elle savait exactement ce qu'il voulait dire et il fallait qu'elle s'échappe *maintenant*. Elle devait retrouver le contrôle. *Breagha... Réfléchis, ma puce !* La voix de son grand-père résonna dans sa tête et c'était tout ce dont elle avait besoin pour revenir à elle. Elle laissa son corps devenir complètement mou et se transforma en poids mort, puis tomba au sol. Il était toujours au-dessus d'elle, mais cela lui donna les quelques secondes qu'il lui fallait. L'homme grogna et elle crut l'entendre faire un méchant commentaire avant qu'il tende la main vers elle. Mais cette fois, elle était prête, elle avait attrapé son autre dague dans le fourreau à son mollet, que l'homme n'avait pas vu à cause des plis de sa cape.

Son attaquant n'était pas aussi large qu'Aidan, mais elle doutait malgré tout qu'un coup de cet angle-là soit fatal. Elle avait une seule chance de le mettre en incapacité et de causer autant de dégâts que possible. Quand il la souleva, elle serra ses deux mains autour de la poignée et la leva en utilisant toute sa force, le frappant au ventre. Il hurla et les mains fermement agrippées à la dague, le visage déterminé, les mâchoires serrées, Brianna tira aussi fort que possible et le repoussa, essayant de retirer la dague. Il hoqueta, les yeux écarquillés d'incrédulité, puis attrapa ses mains et tomba en l'emportant avec lui. Elle cria et se dégagea ainsi que sa dague avant de s'écarter à la hâte.

Elle l'observa un moment essayer de se lever en rugissant de rage. En comprenant qu'elle avait fait moins de mal qu'elle ne l'espérait, elle resta figée sur place, terrifiée, avant de se secouer et de parvenir à faire bouger ses membres. Elle se tourna sur ses genoux et se redressa. En se levant, elle se baissa pour prendre les flèches tombées, mais lâcha la dague. En essayant de la récupérer, elle trébucha deux fois avant de la laisser derrière pour courir vers une zone plus en hauteur.

Ce n'est que plus haut sur la colline, alors qu'elle essayait de mettre autant de distance que possible entre elle et l'homme, qu'elle comprit son erreur et à quel point la situation était grave. Les arbres ici étaient plus espacés, ce qui la camouflait moins. Elle chercha frénétiquement un meilleur endroit et quand elle n'en trouva pas, elle se tourna pour regarder derrière elle une demi-seconde. Le cœur battant, elle vit que l'homme n'était pas loin derrière elle et qu'il n'était pas seul. Elle fit volte-face et continua. Brianna savait ce qu'elle avait à faire, mais quand elle baissa les yeux vers ses mains, elle se rendit compte qu'elle n'était parvenue qu'à récupérer une flèche et quelques grosses brindilles.

Un jour, tu n'en auras peut-être qu'une.

CHAPITRE 22

Aidan venait d'atteindre la clairière entre les deux flancs de colline quand il entendit un cri. *Brianna.* Il se tourna vers le bruit, qui venait des bois au bout de la grande étendue d'herbe, changea de direction, nourri d'un mélange brutal de peur et de colère. En grognant, il serra les dents tout en essayant de repousser l'idée qu'elle fût en danger. Il entendit un autre cri, mais cette fois, ce n'était pas celui de Brianna, mais d'un homme. Aidan sut qu'il était presque rendu, mais le bosquet d'arbres était plein de buissons épais qui lui cachaient la vue. Malgré tout, il savait qu'il était proche et il observa avec concentration et... *là !*

Il repéra un mouvement, un simple éclair de couleur causé par une manche à travers les branches et à ce moment exact, Brianna cria encore. Aidan rugit et chargea à travers le fourré, mais quand il arriva de l'autre côté, il n'y avait personne. Elle avait disparu, il l'avait manquée de quelques précieuses secondes. La panique monta dans son torse alors qu'il cherchait sa trace et revint en arrière. Tout à coup, il vit quelque chose briller au sol. La dague de Breea. En s'approchant, il trouva son carquois et des flèches éparpillées, puis il vit sa *deuxième* dague... trempée de sang. Bon Dieu, elle était sans défense, peut-être blessée. Paniqué, il chercha le flanc de colline et son regard atterrit enfin sur quelqu'un, mais ce n'était pas Brianna. C'était Nigel, qui remontait la colline en trébuchant, mais sans cesser d'avancer avec ténacité. Un autre grognement lui échappa et il attrapa les dagues de Brianna et les rangea toutes deux à côté des siennes avant de s'élancer derrière Nigel, ratissant la colline à la recherche de sa bien-aimée. Enfin, il la repéra, en haut de la colline, contre un tronc, la capuche relevée, cachée. Elle semblait indemne et son soulagement fut si grand qu'il expira un grand coup.

Mais en s'approchant, il comprit qu'elle ne se cachait pas du tout. Non, elle avait choisi sa position avec soin pour se fondre dans son environnement. Il la regarda commencer à bouger, lentement, le visage déterminé, tout en bandant son arc. Ne l'avait-elle pas vu, pas entendu ? Conscient qu'elle avait déjà pris la vie d'un homme, il voulut lui épargner de fardeau d'en prendre une autre – et pour être honnête, Aidan voulait abattre Nigel lui-même. Rendu sur les talons de son ennemi, il appela Brianna sèchement. En entendant sa voix, Nigel se tourna, étonné de le voir. Il lut clairement son intention quand il tendit la main vers une dague – celle de Brianna. Ce serait une fin appropriée pour l'angoisse qu'il avait dû lui infliger.

— Oïl, dit Aidan, excité par la peur sur le visage de Nigel. Ton frère t'attend.

Nigel écarquilla les yeux et Aidan plongea en avant et frappa avec précision. Il tint le corps de Nigel qui s'effondrait au sol.

— Puisque je suis un homme de parole, tu auras ma réponse maintenant. J'aurais épousé ta sœur, mais seulement pour la sauver du danger qu'elle courait aux mains de ton frère et toi.

En tournant la dague, il l'acheva, puis retira la lame, pressé de retrouver Brianna.

En enjambant le corps de Nigel, il leva les yeux vers la colline, anxieux à l'idée de croiser son regard. Mais dès qu'il la vit, il comprit son erreur. L'objectif de Brianna n'avait jamais été Nigel, car ses sourcils étaient toujours froncés et elle regardait ailleurs – il devait y en avoir un autre. Aidan se figea pour qu'elle eût une vue dégagée. Que ce fût ses derniers instants sur cette terre ou non, ses yeux ne quittèrent pas le visage de Brianna, magnifique et concentrée. Il resta entièrement immobile et elle lâcha la corde. Il n'autorisa pas ses yeux à dévier de son visage, même quand la flèche le dépassa, si près que l'air siffla, avant de trouver sa cible, abattant l'homme qui avait surgi derrière lui, assez près pour que son épée claquât aux pieds d'Aidan.

Pendant une seconde, leurs yeux se croisèrent, puis Aidan détourna le regard, se tourna et s'accroupit pour récupérer l'épée de l'homme. Ne voyant plus d'hommes des Fitzgerald rôder sur la colline, il resta en position un instant plus longtemps jusqu'à être sûr que le danger était bien passé. Enfin, il se précipita vers Brianna, qui l'observait avec tout autant d'attention. Elle relâcha enfin sa garde et se laissa glisser le long du tronc jusqu'à toucher le sol, son arc juste devant elle.

CHAPITRE 23

Le cœur toujours tambourinant, Brianna essaya de reprendre son souffle tandis qu'Aidan courait vers elle. Même s'ils semblaient hors de danger, elle avait toujours l'impression d'être une cible à découvert et continuait de regarder autour, terrifiée que quelqu'un d'autre ne surgisse. Dès qu'Aidan fut assez près, elle relâcha sa poigne sur l'arc et tendit sa main indemne pour le toucher, gardant son bras meurtri glissé contre elle. Elle n'avait même pas eu la chance de le regarder, mais elle savait qu'elle avait au moins un beau bleu.

— Breea.

Sa voix était rauque et il tomba à genoux devant elle, l'attrapa par les épaules et approcha son visage du sien. Lentement, il baissa sa capuche, souffla son nom et chercha son regard, tout en repoussant doucement ses cheveux de son visage.

— Tu es blessée ?

Elle prit sa main, s'émerveillant que la forme de ses doigts soit si familière, qu'elle en tire autant de réconfort.

— J'ai besoin de mes flèches, dit-elle en revenant au présent. Elles sont en bas de la colline. Mes dagues aussi.

Il sembla étonné de sa demande, puis quelque chose changea sur son visage et il la dévisagea intensément, comme s'il essayait de la comprendre. Frustrée par son manque d'action, elle jeta un regard d'un côté puis de l'autre, surveillant les alentours au cas où quelqu'un apparaîtrait.

— *Aidan*, s'il te plaît, nous sommes sans défense.

Enfin, il bougea en secouant la tête.

— Non, Breea. Nous ne sommes pas sans défense.

Avant qu'elle ne proteste, il encadra son visage, bloquant sa vision périphérique, de telle sorte qu'elle ne puisse que le regarder dans les yeux.

— Je suis armé. J'ai deux épées et six dagues, dont tes deux dagues et dans un instant, je récupérerai tes flèches. Mais tu dois savoir que nous ne sommes pas sans défense et que tu n'es plus seule.

Il n'avait toujours pas bougé, ne l'avait pas laissée bouger, mais Brianna sentit sa respiration ralentir lentement et quand ses épaules se détendirent, elle lâcha un bruit proche du soupir. Aidan hocha la tête avec approbation.

— Oïl. Tu es blessée ?

Il glissa ses mains sur sa tête en appuyant doucement. Elle remarqua une coupure sous son œil et tendit la main.

— Brianna.

Il attendit qu'elle le regarde de nouveau.

— T'a-t-il fait du mal ?

Oh. Elle écarta les yeux à cette pensée, mais secoua vite la tête, comprenant qu'elle n'avait pas encore répondu. Elle vit son soulagement et chuchota son nom, suivant du doigt la coupure le long de ses cheveux et celle sous son œil.

— Breea. Je suis indemne. Quelques égratignures, rien de plus.

— Et Henry ? Il va bien ? Alan, Richard ?

Elle essaya de ne pas penser à Minette ou à leurs chevaux, sinon elle ne ferait qu'imaginer le pire.

— Je suis sûr qu'ils ne sont pas loin derrière.

Il continua malgré tout son inspection, ses mains

effleurèrent ses épaules, ses bras et elle grimaça, ce qui le fit s'arrêter net.

— Tu es blessée.

Elle secoua la tête, perplexe un instant, puis se rappela son poignet. L'homme l'avait attrapé et heurté pour qu'elle lâche sa dague. *Ses dagues !* Elle les avait toutes les deux lâchées. Soudain, elle se sentit exposée.

— Mes dagues, Aidan, demanda-t-elle. Et mes flèches. Tu as dit que tu irais les chercher.

— J'irai.

Il acquiesça lentement, puis se pencha pour essayer de mieux voir sa main. Elle n'était pas sûre qu'il l'ait touchée, mais elle cria par anticipation et il leva les yeux vers elle.

— Pardon, c'est juste sensible. Je suis nerveuse.

Il hocha la tête et retira ses mains, tout en observant son poignet depuis sa position. En silence, il grimaça avant de repousser sa manche doucement. Il soupira, ferma les yeux et secoua la tête en la regardant de nouveau.

— Breea. Tu as bandé l'arc... avec cette main ?

Elle baissa les yeux vers sa main droite, blessée. Oui, elle avait utilisé sa mauvaise main, mais quel autre choix avait-elle ? Elle n'avait pas prêté attention à ses blessures sur le coup, elle avait couru pour se cacher et rester en vie – et elle avait empêché cet homme d'attaquer Aidan.

— C'est ma main dominante. J'avais besoin de bien viser.

S'il était mécontent de cette excuse, il ne le montra pas et ne dit rien de plus, se contentant de passer son arc à son épaule.

— Je dois bander ça, mais descendons d'abord de la colline. Pas besoin de se hâter d'aller à Seagrave. Protège ton bras.

Il n'ajouta rien et la souleva prudemment, ce qui lui arracha une grimace qu'il imita. Il la porta en bas de la colline et une fois bien installée, elle se blottit contre lui et oublia un instant qu'ils étaient plus visibles maintenant.

— Je ne vois personne.

Il avait visiblement deviné la raison de son agitation et exerça une douce pression sur son dos.

Quand il atteignit l'endroit où elle avait fait tomber ses flèches, il la déplaça légèrement sans la poser pour se pencher et les récupérer, ainsi que le carquois.

— Jusqu'à ce que ton bras guérisse, tu me feras confiance pour veiller à ta défense, dit-il en mettant le carquois à son épaule.

Sa voix était saccadée et Brianna l'entendit tout de suite. Sa peur devint secondaire, elle tira sur sa chemise pour attirer son attention et quand il baissa la tête pour la regarder, même s'il restait un guerrier implacable toujours maître de lui-même, elle vit la douleur et tristesse qu'il essayait de lui cacher – elle le connaissait trop bien.

— Aidan, dit-elle d'un ton très sérieux. Je te ferai *toujours* confiance. J'espère que je ne serai plus jamais dans cette situation, mais... c'est *ta* force et ton courage qui m'ont guidée.

Brianna soutint son regard un long moment et vit son visage s'adoucir. Aidan la souleva juste assez pour frotter son visage au sien, un contact dont ils avaient tous deux besoin. Elle venait de se réinstaller contre son torse, savourant ses bras puissants et assurés qui la serraient, lorsqu'Aidan se tendit soudain et s'arrêta net. Elle lâcha un petit cri étouffé et tourna la tête pour voir ce qui avait causé cette réaction, mais juste après, elle relâcha sa poigne sur son bras. Au bas de la colline, dans la prairie, se trouvait Jumette, l'air indemne. En la voyant, la respiration de Brianna se coupa. *Son cheval.* Elle faillit pleurer de soulagement et son rythme cardiaque ralentit de nouveau. Aidan la serra doucement et quand elle se tourna vers lui, elle vit que ses yeux étaient larmoyants.

— Elle est revenue pour toi, annonça-t-il d'une voix pleine d'émotion.

Quelque part, Brianna n'était pas surprise, même malgré le chaos. Le retour de Jumette confirmait seulement ce qu'elle savait déjà – qu'ils étaient faits pour être ensemble, tous.

— On est une famille, Aidan, dit-elle en reposant sa tête contre lui. Bien sûr qu'elle est revenue.

Aidan conserva un air grave un moment, tout en la serrant. Après une seconde, il grogna et lui adressa un signe de tête, puis avança. Quand il arriva devant l'herbe proche de Jumette, il la posa doucement au sol avant de se tourner vers la jument.

Brianna surveilla les collines pendant qu'Aidan examinait Jumette, chuchotant des compliments et des mots tendres à l'oreille du cheval, assez fort pour que Brianna entende. Une fois son inspection terminée, il lui tapota l'encolure, puis démêla l'un des sacs à ses flancs.

— Jumette transportait nos achats faits chez l'apothicaire.

Le soulagement se lisait sur son visage ; il s'agenouilla près d'elle et ouvrit le sac. Il était si calme et maître de lui-même, à la fois comme un guerrier féroce et comme un protecteur apaisant.

— Il faut que tu boives quelque chose, dit-il en ouvrant une outre d'eau qu'il avait sortie du sac.

Elle hocha la tête en remarquant soudain qu'elle était plus qu'assoiffée, ce qui lui rappela le péril dans lequel ils étaient juste avant. Aidan dut le remarquer à son expression faciale. Il posa ses mains sur sa tête pendant qu'elle buvait l'eau froide.

— Breea. Tu es en sécurité maintenant.

Elle but une dernière gorgée, puis croisa ses yeux. Elle commençait à croire qu'ils étaient en sécurité, mais...

— J'ai tué deux hommes, Aidan.

Elle chuchotait, mais elle avait besoin de le dire à voix haute.

— Qui se fichaient de ta vie ou de la mienne, répondit-il.

Il avait raison, bien entendu, mais ça n'enlevait rien au fait que c'était beaucoup à encaisser. Elle n'était pas sûre de pouvoir en parler sur le moment et Aidan parut le sentir. Quand elle n'ajouta rien, il hocha simplement la tête et l'aida à boire encore avant d'examiner son bras. Elle n'avait pas vu ce qu'il avait acheté chez l'apothicaire à Ayr, mais en l'observant ouvrir certains paquets, elle vit qu'ils étaient remplis de différentes sortes d'herbes et de poudres. Il mélangea plusieurs poudres ensemble d'abord, dans une petite tasse, avant d'ajouter de l'eau et de les transformer en un liquide laiteux.

— Je ne peux pas me porter garant du goût, précisa-t-il en grimaçant, agenouillé devant elle pour lui donner la mixture. Mais cela aidera avec la douleur et apaisera peut-être ton anxiété.

Brianna hocha la tête et se prépara. Elle eut un moment de panique où elle se demanda si elle devait vraiment faire confiance à ce remède du XVe siècle, mais le repoussa – de quelles autres options disposait-elle ? Et puis, elle savait qu'Aidan ne lui donnerait jamais quelque chose qu'il estimait risqué un tant soit peu. Elle avala la concoction, qui n'avait pas si mauvais goût – un peu comme les suppléments de vitamine qu'elle prenait avec une bouteille d'eau, le genre qui ne se dissout pas et a un goût boisé. Satisfait, Aidan lui fit un signe de tête.

Après avoir posé la tasse, il mélangea des herbes avec une autre poudre dans ce qui servait de mortier et de pilon, puis ouvrit un petit contenant rempli d'une sorte de crème qu'il ajouta au mélange.

Brianna baissa les yeux vers son bras, remarqua les marbrures roses et rouges qui tachaient déjà sa peau, du haut de sa main à son coude, sans parler des égratignures et coupures qu'elle s'était faites à courir dans les buissons. Elle observa Aidan rincer les blessures et appliquer sa pommade. Elle était émerveillée de le voir aussi doué là-dedans aussi. Quand il eut fini de faire pénétrer la crème, il leva les yeux vers elle et sourit doucement, puis caressa ses joues avant de sortir un morceau de lin doux d'un autre paquet.

Quand il l'enveloppa autour de son bras, la pression soulagea aussitôt un peu de la douleur, surtout dans son poignet et sa main. Il lui leva le menton pour mieux voir son visage, cherchant des coupures et égratignures près de ses cheveux. Après une minute, il la regarda droit dans les yeux avec tant de soin que Brianna sentit son affection la recouvrir comme un baume. Submergée, elle gémit et serra sa jambe. La position d'Aidan changea aussitôt et il enveloppa doucement ses bras autour d'elle, l'attirant aussi près que possible sans mettre de pression sur son bras blessé. Il se laissa aller à leur étreinte et quand il s'écarta après un long moment, il effleura ses lèvres des siennes et reprit ses soins, nettoya les coupures sur son visage, que Brianna avait oubliées et ne voyait pas.

— Y a-t-il autre chose ? demanda-t-il en jetant un regard à son corps.

Elle secoua la tête.

— Je ne crois pas.

Même si elle ne s'en rappelait pas.

— Je ne sais pas, peut-être, mais juste des égratignures, je pense.

— Tu veux bien me montrer ? Je ne veux surtout pas laisser quelque chose s'infecter.

Il y avait quelques endroits à vif au niveau de ses genoux et un à l'arrière de sa cuisse, qui datait de quand elle était tombée au sol. Elle devait avoir quelques bleus sur l'avant de son corps, mais rien de très sérieux. Après avoir nettoyé ses plaies et y avoir appliqué de la crème, il se leva et déchira une bande de son manteau.

Le bruit la surprit tellement qu'elle hoqueta. Il croisa son regard et s'agenouilla à côté d'elle, la calmant d'un geste.

— Je te promets que le danger est passé. Nous sommes encore à quelques heures de cheval. On sera sur le territoire MacGreggor très vite, mais Seagrave est à une certaine distance de la frontière. Il vaut mieux garder ton bras maintenu en attendant.

Brianna opina du chef, elle n'avait pas encore songé qu'elle ne pouvait pas chevaucher, encore moins seule.

— Tu crois que Jumette est prête ?

Elle se demandait si les porter tous les deux ne serait pas trop pour elle.

— Je pense qu'elle est plus que prête, mais si elle montre un signe de fatigue, je marcherai et la guiderai.

Elle acquiesça, puis quelque chose la frappa et elle hoqueta encore. La mention d'une écharpe pour son bras lui rappela qu'elle ne savait toujours pas où Minette était.

— Aidan ?

Elle n'eut même pas besoin de poser la question. Il avait dû deviner rien qu'à la regarder.

— On la trouvera. J'imagine qu'elle est cachée en sécurité, hors de portée.

Quelques minutes plus tard, il glissa l'écharpe par-dessus son épaule et enveloppa le tissu autour de son bras pour qu'il soit maintenu. Brianna remarqua la différence dès que son cou et son épaule portèrent son poids. Elle lança un regard reconnaissant à Aidan, mais tressaillit et s'agrippa à sa jambe avec sa bonne main quand elle entendit du bruit à l'orée de la clairière.

— Ce sont mes hommes, affirma-t-il en la regardant.

Elle ne savait pas comment il le savait, mais comme à point nommé, les hommes d'Aidan entrèrent dans la clairière, leurs chevaux derrière eux.

Quand ils s'approchèrent, Brianna vit qu'Henry avait l'écharpe de Minette à l'épaule et elle apparut, blottie contre lui. Elle serra les jambes d'Aidan encore, si contente qu'elle faillit pleurer. Elle recouvrit sa bouche et quand elle se tourna vers Aidan, il attendait déjà. Elle était si bouleversée qu'ils soient tous vraiment indemnes, tous, qu'elle ne remarqua pas grand-chose, mais le regard dans ses yeux la frappa et fit gonfler son cœur.

Très vite, Henry fut à côté d'elle et transféra Minette dans ses bras. Essayant de ne pas perdre le contrôle et fondre en larmes devant Minette tout en la caressant, Brianna demanda aux hommes s'ils allaient bien. Comme ils ne répondaient pas, elle leva les yeux et vit qu'ils avaient tous une mine affreuse. Elle comprit après un moment qu'ils étaient peut-être insultés qu'elle ait douté de leur sécurité – ou plutôt de leur compétence au combat. Heureusement, Aidan intervint en son nom et s'assura qu'ils sachent qu'elle s'inquiétait simplement. Avant que les hommes ne répondent, il expliqua que Brianna avait abattu l'homme près de leur camp et encore un autre dans les bois, près d'eux.

— Grâce à Brianna, le nom de Sinclair et la maison de Pembrooke ont encore un futur.

Et comme s'il avait initié quelque chose, les trois hommes firent à Brianna un récit de leur état. Ils laissèrent les détails gores mais lui assurèrent qu'ils étaient tous en bonne forme, robustes et entiers, le tout avec un respect notable.

Elle était fière de s'être défendue elle-même, mais elle laisserait avec joie la défense à Aidan et ses hommes dans le futur, ce qu'elle leur confia.

— Soyez assurés, je ne veux plus jamais avoir à faire ça.

Puis, elle changea de sujet, un peu gênée d'être le centre de l'attention.

— Vos chevaux sont revenus aussi.

Henry opina du chef, les yeux brillants.

— Pour tout vous dire, c'est Jumette qui les a ramenés. Exactement à l'endroit où nous avions dressé le camp, puis elle est partie en trottant et je vois maintenant quelle était sa destination.

Brianna sentit les larmes monter et regarda les chevaux, puis les hommes. Ils étaient tous devenus si importants pour elle. Ils ne semblaient même pas s'importuner qu'elle soit dans tous ses états et lui donnèrent quelques minutes pour déverser son surplus d'émotion. Aidan s'agenouilla derrière elle, la tint dans ses bras, la berça jusqu'à ce qu'elle soit calmée pendant qu'elle pleurait au-dessus de Minette, tout en chuchotant pour l'apaiser, sans dire grand-chose, juste des sons.

Quand elle se reprit enfin, Aidan embrassa le sommet de sa tête et gratouilla Minette derrière les oreilles. Henry s'agenouilla et lui fit signe de lui donner le chaton pour qu'il puisse la mettre dans son écharpe – elle n'allait pas pouvoir la porter dans son état. Elle câlina Minette un peu plus longtemps, puis la lui confia. Henry se retint au dernier moment de caresser le félin juste à temps, puisque tous les yeux étaient sur lui.

Une fois Minette bien installée avec Henry, Aidan alla s'entretenir avec ses hommes, réunis à quelques mètres, pour faire l'inventaire de leurs affaires.

Ils décidèrent que Jumette les transporterait Aidan et elle jusqu'à Seagrave. Henry chevaucherait avec eux pendant qu'Alan et Richard les suivraient de peu, escortant les hommes qui s'étaient rendus et avaient été cachés de sa vue. Quand Aidan la souleva sur Jumette, Brianna sentit à peine la douleur dans son poignet – la concoction fonctionnait, à moins que ce soit un effet placebo, ce qui était tout aussi bien. Aidan monta sur le tapis de selle derrière elle et elle s'adossa à lui, savourant son aplomb. Il l'aida à trouver la position parfaite pour monter sans selle, mais en toute sécurité dans ses bras. Elle sut qu'il avait hâte de l'amener à Seagrave, mais remarqua qu'il prit quand même le temps de la serrer tandis qu'elle s'installait contre lui. Il lâcha un bruit de pur contentement qu'elle ressentait aussi, et la remercia.

— Il est temps de savourer ce bain chaud et ce lit moelleux que je t'ai promis, annonça-t-il en frottant son menton sur sa tête.

Elle n'y songeait même pas, mais honnêtement, le manque de confort lors du trajet ne l'avait pas gênée, du moins pas avant ce matin. Elle n'avait jamais vécu ce que c'était d'être aussi proche de quelqu'un et si cela voulait dire dormir au sol toutes les nuits ou se baigner dans un ruisseau, elle choisirait ça plutôt que ce qu'elle avait avant. Une vie sans vrai compagnon. Elle sut alors qu'elle l'aimait vraiment et que cela surpassait tout le reste. En sécurité dans les bras d'Aidan, Brianna sentit vite une vague de fatigue l'envahir et sombra dans ce qui serait sûrement un sommeil profond et paisible.

CHAPITRE 24

Dès l'instant où Aidan franchit la frontière des MacGreggor, Henry et lui furent entourés de patrouilleurs. Il ne s'attendait pas à moins, Aidan connaissait bien ces hommes et leur faisait confiance et ils sentirent son urgence. Rien qu'avec un subtil signe de tête vers Brianna qui dormait toujours dans ses bras – un effet bienvenu du mélange qu'il lui avait donné –, les hommes resserrèrent leur escorte et se hâtèrent de rentrer au château.

Si Aidan s'était inquiété de l'endurance de Jumette, elle l'avait de nouveau surpris. Non seulement elle avait tenu tout le long du trajet, mais cette fière jument se révélait être une bonne meneuse. Il lui laisserait le droit de porter sa maîtresse jusqu'à sa destination.

Bien vite, un autre groupe de cavaliers apparut au loin, Alex à leur tête. Aidan le reconnut aussitôt ; son regard de faucon et sa perception accrue le tiraient en avant avec une hâte qui égalait celle d'Aidan. À son approche, le cavalier à côté d'Aidan recula et Alex prit sa place.

— Où sont Alan et Richard ? demanda-t-il.

Puis, il lança un regard appuyé vers Brianna, qui se reposait contre son torse.

— Un peu plus loin. Les Fitzgerald nous ont attaqués plus tôt ce matin. Alan et Richard escortent les deux hommes qui ont survécu.

Les yeux d'Alex devinrent noirs en entendant la nouvelle, puis il partit parler aux hommes qui l'accompagnaient. Sur son ordre, la moitié partit en direction du château et les autres en direction de la frontière, sans doute pour aider Alan et Richard une fois la frontière franchie. Alex revint et reprit sa position à côté d'Aidan. C'était un homme inébranlable et loyal, alors ce n'était pas étonnant qu'il ne dît rien de plus et ne posât pas de question. Et puis, ce n'était pas le moment de l'interroger sur Brianna. En vérité, Aidan n'était même pas sûr de pouvoir exprimer tout ce qu'elle était pour lui. Non que cette question concernât les autres.

Heureusement, le reste du chemin se fit en silence, à part le son régulier des sabots, et Aidan resongea à toute cette histoire avec les frères Fitzgerald, qui avait duré plusieurs années et dont le point culminant avait été cette visite surprise un mois plus tôt, quand il s'apprêtait à quitter Seagrave et enfin, leur piètre tactique d'embuscade.

Vu les évènements de la journée, Aidan remettait en question son jugement, vu comme les frères et leurs hommes étaient parvenus à les suivre et à les prendre par surprise. Quelques semaines avant, Aidan considérait les Fitzgerald comme une nuisance au mieux, une dont il se débarrasserait d'une façon ou d'une autre en laissant toute alliance réelle ou imaginaire derrière. Avait-il baissé sa vigilance ? Lachlan lui avait laissé la responsabilité du gardien, mais pouvait-il toujours la revendiquer si son attention rivée sur Brianna était la cause de leurs ennuis ? Ces pensées le tourmentèrent jusqu'à ce qu'il atteignît le sommet de la colline et que les portes de Seagrave apparussent enfin. Poser ses yeux sur le château aurait dû le soulager, mais à la place, le bruit dans sa tête devint étourdissant, une tempête en préparation et un présage des représailles qui l'attendaient sûrement.

En entrant dans la cour, Aidan progressa aussitôt vers les marches, ayant hâte que Brianna obtînt l'aide médicale qu'il lui fallait. Il remarqua que les cavaliers qu'Alex avait envoyés en amont en avaient fait de même : leurs chevaux avaient été laissés aux mains des gardes, sûrement car ils s'étaient précipités pour aller chercher Gwen. Aidan baissa la tête et la frotta doucement contre Brianna pour la réveiller avant de lui murmurer qu'ils étaient arrivés. Elle papillonna des yeux et il lui sourit, ignorant son inquiétude et sa peur. Il se laissa descendre au sol et regarda Jumette dans les yeux pour la remercier brièvement avant de se hâter vers les marches, la laissant aux bons soins des gardes qui attendaient de prendre les rênes.

Il faillit entrer en collision avec Gwen, qui sortait pile quand lui entrait. En le voyant, elle s'arrêta net et observa son apparence dépenaillée et probablement épouvantable avant de se tourner vers Brianna, encore somnolente, à moitié réveillée dans ses bras.

— Que s'est-il passé ? demanda Gwen d'une voix rauque avant de se racler la gorge. Aidan ? Dis-moi.

En comprenant que tout ça devait lui rappeler l'embuscade de Grey et Gavin des années avant, Aidan hésita dans l'intention de lui éviter des souvenirs désagréables.

— Aidan ! insista-t-elle.

— Nous avons été pris en embuscade.

Elle reporta son attention vers Brianna et ses traits s'adoucirent tandis qu'Aidan l'attirait instinctivement plus près de lui. Brianna s'agrippa à sa chemise en réponse. Elle était encore vaseuse, mais plus alerte maintenant et elle leva les yeux vers lui.

— Oh, bonjour, dit Gwen, incapable de retenir son sourire. Je m'appelle Gwen. Tu es entre de bonnes mains. Les miennes et celles de ce gars-là.

Brianna tenta de sourire et souffla un remerciement à peine audible, puis Gwen se tourna vers Aidan.

— Faisons-la entrer.

Sa voix fut presque noyée par le martèlement de sabots d'un

autre groupe de cavaliers. Aidan se tourna tandis que Gwen et lui entraient dans le donjon, et il vit Grey à l'avant de la troupe.

— Il nous trouvera, dirent-ils tous deux en continuant leur chemin.

Gwen le guida dans le couloir qui menait à son infirmerie.

— Que s'est-il passé ?

Aidan secoua la tête. Brianna ne lui avait pas encore dit *combien* elle était blessée.

— Je ne sais pas trop. On a été retenus.

Il la regarda, se demandant si elle pourrait fournir une réponse, mais elle avait refermé les yeux et il la serra contre lui.

— Je lui ai dit de courir. Quand je l'ai trouvée, je savais que son poignet avait besoin de soin... je savais qu'elle avait des coupures... mais, je..., bégaya-t-il en posant Brianna.

Il l'aida à trouver une position confortable quand elle grimaça.

Gwen le regarda avec sympathie et tendit la main pour l'apaiser tout en avançant. Son contact aida, cette main stable fit taire ses inquiétudes grandissantes et compensa la perte du poids de Brianna dans ses bras.

— Tu as fait ça ? demanda-t-elle en montrant l'écharpe qu'il avait créée avec sa cape et le morceau de lin propre bandé autour du bras de Brianna.

Aidan acquiesça et au même moment, Grey apparut, visiblement informé de la situation. Ils échangèrent un bref regard avant qu'Aidan se tournât vers Brianna, toujours agrippée à son poignet pour essayer de se relever tout en grimaçant.

— Je... je ne me sens pas... bien, dit-elle haletante.

Aidan l'aida bien vite à se redresser, mais resta près d'elle et regarda avec inquiétude Gwen retirer l'écharpe pour mieux voir son bras. Avant qu'elle ne pût continuer son examen, Brianna commença à s'éventer avec sa bonne main et de la sueur apparut à son front.

— S'il vous plaît, retirez-moi ça, demanda-t-elle en peinant à retirer sa cape tout en poussant ses cheveux en arrière.

Très vite, Aidan la retira, puis la tendit à Gwen pour qu'il pût repousser les cheveux de Gwen et les tourner autour de sa main pour les éloigner de son visage et de son cou. Elle le regarda avec tant de gratitude que son cœur faillit fondre. C'était une tâche simple, d'utiliser ses mains comme pince pour garder sa nuque au frais. Pourtant, il était content de lui fournir le moindre soulagement, quoique bref – car dès que Brianna grimaça, il comprit qu'elle s'apprêtait à vomir.

Sur le moment, Aidan n'était pas sûr de ce qui était le plus important : tenir ses cheveux ou trouver quelque chose dans lequel elle pourrait vomir. Figé par le doute, il ne put que présenter sa main en coupe tout en cherchant autour de lui quelque chose de plus convenable. Gwen vint à la rescousse quelques secondes plus tard avec une petite bassine devant Brianna, qui s'y agrippa bien vite. Aidan lui laissa le peu d'intimité possible dans la petite pièce en tournant la tête pendant qu'elle vidait le contenu de son estomac. Puisqu'elle n'avait ingéré que de l'eau et le mélange qu'il lui avait donné, ce fut vite terminé, mais il eut le temps de croiser le regard de Gwen et Grey, apparemment amusés de sa réaction pour aider Brianna. En d'autres circonstances, il aurait pu rire de leurs singeries – de leurs regards exagérés et de Grey qui l'imitait en présentant ses mains devant Gwen qui feignait de vomir dedans. Mais vu la situation, il ne voyait pas ce qui les faisait tant rire. Ils avaient sans doute fait la même chose au fil des années.

Aidan plissa les yeux vers eux avant de reporter son attention sur Brianna qui reprit son souffle. Il dénoua sa main de ses cheveux pour pouvoir attraper quelques torchons en lin sur la table pour lui essuyer la bouche. Elle hocha la tête en posant sa main sur la sienne et lui prit le tissu. Il en attrapa un autre et le trempa dans de l'eau froide pour tamponner son front devenu moite. Il effleura de ses phalanges son visage et elle souffla un petit *merci* puis commença à pleurer tout doucement.

Aidan sentit son cœur gonfler de compassion.

— Non, Breea. Ne pleure pas, mon amour.

Il la serra dans ses bras tandis qu'elle se reprenait et une fois calmée, il demanda si elle voulait s'allonger encore une fois. Quand elle hocha la tête, il l'aida à s'installer, posa ses lèvres sur son front et se retourna, se demandant ce qui pouvait bien prendre tant de temps à Gwen.

Il découvrit Gwen *et* Grey figés comme des statues, à l'observer, plus du tout en train de rire. Un instant plus tard, Gwen se tira de sa torpeur et fit un pas vers lui et il vit que ce qui l'avait retenu était simplement de l'émotion. Une émotion pure et sincère

— Je suis désolée. Je suis tellement contente pour toi, dit-elle doucement avant de s'asseoir au chevet de Brianna. J'ai entendu Aidan t'appeler Breea. C'est ton prénom ?

Elle repoussa les cheveux de Brianna, qui essaya de parler mais semblait trop faible.

— Brianna, intervint Aidan. Brianna O'Roarke. Ma femme.

Il ne vit pas le visage de Gwen, mais elle leva les mains jusqu'à ses joues et vu l'étincelle dans les yeux de Brianna, il ne pouvait qu'imaginer son expression de joie. Il fallut un instant pour que Gwen se reprît et sa voix dissimulait à peine sa joie :

— Tu te sens un peu mieux maintenant ?

— Juste un peu étourdie, parvint à dire Brianna avant de haleter encore.

— On va attendre quelques minutes que ça passe, proposa Gwen en posant un nouveau linge froid sur son front. Aidan. Es-tu malade, toi aussi ? Vous avez mangé la même chose, peut-être ?

— Non, nous n'avons pas mangé, dit-il en prenant une bande de cuir que Grey lui proposait pour attacher les cheveux de Brianna. Elle a juste pris un mélange que j'ai fait pour la douleur et pour l'aider à se reposer.

Gwen marmonna tout en regardant Brianna. Pendant ce temps, Aidan rassembla doucement les cheveux de Brianna et les plaça comme elle les portait, au sommet de sa tête. Il était soulagé de la voir sourire, attraper sa main et fermant les yeux, visiblement à l'aise maintenant. Après une minute, Gwen le regarda.

— Je ne crois pas qu'une des poudres que je t'ai données aurait pu...

Aidan secoua la tête et sentit ses yeux s'écarquiller.

— Attends, *quoi* ? demanda Gwen en faisant volte-face vers lui.

— J'ai perdu mes provisions, expliqua-t-il en sentant son cœur sombrer. Avant qu'on quitte Ayr, j'en ai acheté d'autres à l'apothicaire. Enfin, ce que j'ai pu trouver.

Le sourire de Gwen et son attitude chaleureuse disparurent aussitôt.

— Je dois voir ce que tu lui as donné, Aidan.

Il regarda autour de lui un instant, perdu, jusqu'à sentir une main sur son épaule. Henry. Il était sur le seuil tout le long et il tendit à Gwen le sac de secours. Même s'il avait une certaine connaissance des remèdes anesthésiants et comestibles grâce à la mère de Grey, Lady Madelyn, une guérisseuse talentueuse, Gwen avait une expérience avancée. Aidan savait donc que les mélanges étaient à éviter, point. Il achetait donc des ingrédients simples qu'il combinait lui-même.

Malgré tout, il retint son souffle, rempli d'inquiétude. Son regard allait de Brianna, qui heureusement avait trouvé une position confortable et restait immobile, à Gwen, qui inspectait ses achats. Enfin, elle hocha fermement la tête et examina de nouveau Brianna en prenant en compte cette nouvelle information. Aidan l'observa passer un temps considérable à regarder ses yeux, sa gorge, à chercher des zones d'irritations cutanées, le tout sans déranger la pudeur de Brianna. Elle termina par compter les battements de cœur de Brianna et se retourna vers lui en soupirant profondément.

— Je crois que ça ira pour elle.

— Tu *CROIS* ?

Il fut lui-même alarmé par la férocité de ses propres mots. Sa réponse évasive l'avait secoué ; il voulait de l'assurance, même si c'était impossible pour Gwen.

Devant la réaction d'Aidan, Grey s'interposa, les narines dilatées à cause du ton qu'Aidan avait employé avec sa femme, mais Gwen n'en avait visiblement cure. Elle leva simplement les yeux au ciel avant de reporter son attention vers Brianna. Malgré tout, Aidan lança un regard d'excuse à Grey, que son ami accepta d'un signe de tête.

— Qu'est-il arrivé à tes provisions ? demanda Gwen en commençant à retirer le lin sur le bras de Brianna.

— Elles ont été perdues dans le feu.

Là-dessus, Gwen leva la tête et répéta en même temps que Grey :

— *Le feu ?*

— Vous n'avez pas appris ? demanda-t-il en calmant Brianna d'un geste, car elle s'était agitée à cause de leur réaction soudaine.

Il était sûr que la nouvelle l'aurait précédée, vu la longueur de leur voyage. Grey secoua la tête.

— Non, j'ai emmené Tristan à Dunhill et nous venons de rentrer.

— Grey.

Aidan sentit Brianna lui serrer la main, mais quand il baissa les yeux vers elle, il vit un petit sourire sur ses lèvres – elle avait voulu le soutenir.

— Le bateau... le bateau a été gravement endommagé. Peut-être détruit.

Il espérait être celui qui apporterait la nouvelle à son ami, mais vu les circonstances qu'il connaissait maintenant, il aurait aimé qu'il ne l'apprît pas en même temps que tout le reste.

— Qu'est-il arrivé ?

— Les Fitzgerald. Gil et Nigel étaient à Ayr et m'ont vu avec Brianna. Je n'ai pas les détails exacts, mais je sais pour sûr qu'ils ont quelque chose à voir là-dedans.

— Et quand ils ont échoué... ils ont fait *ça* ? demanda Grey en indiquant de la main les blessures d'Aidan et Brianna.

L'expression de Grey se durcit en comprenant l'étendue de la malveillance des Fitzgerald. Aidan hocha la tête.

— Oïl.

Brianna le regarda, perdue.

— Tu les connaissais ? Les hommes qui nous ont attaqués ?

— Oh là là, marmonna Gwen en levant les yeux au ciel.

Grey se contenta de le dévisager et choisit de garder le silence.

— Aidan, insista Brianna en lui serrant la main.

— Je les connaissais, avoua-t-il platement.

Un bruit derrière lui le poussa à se retourner et il vit Tristan faire irruption dans la pièce en criant son nom. Malgré tout, le cœur d'Aidan enfla en le voyant et il ne put s'empêcher de sourire quand le garçon se jeta sur lui. Il posa une main sur sa tête et Tristan leva la tête et recula, puis hoqueta en voyant Brianna.

— C'est ta lady ? Elle a trouvé ton médaillon ?

Avant qu'Aidan ne pût répondre, Minette miaula depuis l'écharpe à l'épaule d'Henry et Tristan leva les yeux vers le félin.

— Tu as capturé le petit chat aussi ! hoqueta-t-il.

En bon jeune garçon, il laissa toutes ses questions de côté pour s'intéresser à l'animal qu'Henry lui montrait.

Pendant que Tristan câlinait Minette et jouait avec, Gwen reporta son attention sur le bras débandé de Brianna. Elle l'examina en silence et Aidan sentit la tension dans la pièce monter encore. Elle lui glissa un regard et se pencha en voyant la marque bien visible d'une main sur le poignet de Brianna. Des heures plus tard, elle ressortait encore plus.

Gwen leva les yeux et croisa ceux de Brianna.

— Y a-t-il autre chose ? demanda-t-elle à voix basse.

Quand Brianna secoua la tête, Gwen regarda tour à tour Aidan et Grey et écarquilla les yeux – il fallut un moment pour qu'Aidan comprît que Gwen pensait qu'il y avait peut-être d'autres marques que Brianna taisait pour l'épargner. Son sang ne fit qu'un tour à l'idée que Nigel eut... Il secoua la tête pour se vider l'esprit. Il était sûr que Nigel n'avait pas eu le temps de... de faire plus de dégâts, mais soudain, il doutait. Peut-être que son insistance pour retrouver ses armes et sa peur d'être sans défense venaient d'autre chose. L'horreur dut se lire sur son visage, car Gwen lui adressa un regard sympathique, mais implorant.

— Et si vous nous laissiez quelques minutes ? proposa-t-elle.

Aidan chancela, soudain déséquilibré. Même si Gwen avait raison de s'assurer que Brianna reçût les soins nécessaires avec l'intimité dont elle pouvait avoir besoin l'idée de la quitter – surtout en sachant que c'était *parce qu'il* l'avait envoyée loin de lui, seule aux mains de l'ennemi – était odieuse et trop douloureuse.

Il peinait à justifier son comportement et l'obsession qui traversait sa tête. Son regard écarquillé quand il avait demandé si elle avait d'autres blessures qu'il ne connaissait pas le rendait irrationnel et n'aidait pas. Pourtant, il resta debout là, impuissant, et Gwen échangea un regard avec Grey, conspirant pour veiller à son départ. Aussitôt, Grey se posta à côté de lui et le prit par les épaules pour l'écarter. Aidan soutint le regard de Brianna aussi longtemps que possible et s'accrocha au cadre de la porte avant que Grey et Henry ne parvinssent à le faire sortir de la pièce.

CHAPITRE 25

Brianna serra la main de Gwen, soudain très consciente de ce qui se passait grâce au fait que le brouillard se dissipait.

— Il ne s'est rien passé d'autre, Gwen, insista-t-elle en essayant de se redresser.

Elle était consciente d'avoir l'air plus vaseuse que ce qu'elle ressentait. Le visage de Gwen était rempli de compassion, mais voir Aidan souffrir comme ça était horrible, ils avaient traversé assez d'épreuves.

— Tu ne peux pas laisser Aidan s'inquiéter comme ça. Cet homme – celui qui m'a attaquée – m'a fait très peur, mais ceci, dit-elle en montrant son poignet, est le seul dommage physique qu'il ait causé.

Gwen l'aida à s'installer plus confortablement, déplaça quelques oreillers derrière elle et sous son bras avant de reprendre d'une voix inquiète :

— Je voulais juste être sûre. Et tu n'es pas encore tout à fait prête à te lever, même si ton cerveau te dit le contraire.

Brianna se rendit compte que Gwen avait raison. Elle se sentait plus alerte maintenant – ce qu'elle avait bu pour soulager la douleur était en train de s'estomper, et voir à quel point Aidan résistait pour ne pas quitter ses côtés l'avait ramenée à la réalité – mais son corps ne réagissait pas aussi rapidement.

— Ce n'est rien, lui assura Gwen. Ça ne durera pas longtemps, essaie de te détendre si tu le peux.

Elle inspira profondément, encourageant Brianna à faire de même.

— Voilà, dit Gwen en souriant.

Elles firent cela plusieurs fois, tandis que Brianna se concentrait sur Gwen. C'était une belle femme, avec de jolis yeux verts et des cheveux blond foncé. Il y avait quelque chose de merveilleux dans sa façon d'être, si chaleureuse et attentionnée. Gwen s'avança et lui prit le côté du visage.

— Je sais que tu ne me connais même pas et je ne peux qu'imaginer ce que tu as vécu – et *crois-moi*, mon imagination a été poussée au-delà de ses limites, dit Gwen avec un regard complice et un lent hochement de tête. Mais je te jure, Brianna, je suis de ton côté. Et celui d'Aidan aussi.

Elle marqua une nouvelle pause avant de poursuivre :

— Même si ces hommes – Aidan, Grey, toute la confrérie – veulent nous mettre à l'abri de tout, ça ne se passe pas toujours comme ça.

Brianna posa sa main sur celle de Gwen – elle avait le sentiment qu'elle parlait expérience. Elles échangèrent un regard lourd de sens et Brianna reprit :

— Honnêtement, Gwen, il ne s'est rien passé d'autre.

— D'accord... mais si tu te souviens de quelque chose plus tard, je suis là. Garder les choses à l'intérieur peut être tellement destructeur, parfois on ne se rend même pas compte à quel point c'est dommageable.

Gwen attendit que Brianna acquiesce, puis attrapa quelques fournitures sur un petit plateau à côté d'elle.

Pendant que Gwen nettoyait et soignait sa main et son poignet, elle lui raconta ce qui lui était arrivé il y a des années. Son enlèvement par le frère de Gavin et la façon dont cela l'avait presque brisée. Lorsqu'elle arriva à cette partie, Gwen tourna la tête un instant comme si elle était happée par le souvenir, puis fit un petit bruit et se retourna.

— Même si je le savais, c'est le fait que Grey insiste pour que j'en parle qui m'a permis de commencer à guérir. Je ne peux pas parler pour les autres, mais pour moi, la différence a été remarquable – cela m'a vraiment aidée. Et j'ai découvert que parfois, partager mon expérience peut aider quelqu'un d'autre à guérir aussi.

Gwen laissa ses mots s'imprégner, puis sourit doucement avant de laisser le sujet de côté.

— Je sais que ce n'est pas le meilleur jour de ta vie, Brianna, mais j'ai hâte d'entendre parler de toi. Aidan représente beaucoup pour nous. Savoir qu'il a trouvé... qu'il t'a trouvée... Brianna, qu'est-ce qu'il y a ?

Gwen la regardait si attentivement qu'il fallut un moment à Brianna pour se rendre compte qu'elle avait commencé à dériver dans ses propres pensées.

— Je suis désolée.

Brianna avait la tête qui tournait, tout ce qui lui était arrivé au cours des dernières semaines lui revenait d'un coup et quelque chose qu'Aidan avait dit résonnait au fond de son esprit.

— Je... je crois que j'ai tellement de choses à te dire, Gwen, murmura-t-elle en pensant aux MacTavish et à ce qu'ils lui avaient dit sur les autres femmes que leurs amis avaient épousées. Mais je dois dire quelque chose à Aidan.

Se sentant suffisamment forte, elle se redressa.

— Tu te sens peut-être prête, protesta Gwen en la faisant se rallonger, mais finissons de bander ton bras et mettons en place une nouvelle écharpe avant que tu ne t'enfuies. C'est si important ?

Brianna opina lentement.

— Je crois que oui. J'ai vu un homme à Ayr, le matin de notre arrivée. Je n'ai rien dit à Aidan... parce que je... je me sentais tellement gênée ce jour-là.

Elle s'arrêta un instant et regarda Gwen à la dérobée avant d'ajouter :

— Si... pas à ma place.

— Hmmph, lâcha Gwen avec un hochement de tête. Je suis passée par là.

Ses yeux brillaient d'un air complice et elle ajouta :

— Joli tatouage, d'ailleurs.

Elle lui adressa un clin d'œil et le cœur de Brianna gonfla d'excitation, de joie et de soulagement, même si ce n'était qu'une confirmation évidente qu'elle n'était vraiment pas seule ici. De toute évidence, ce n'était pas le moment d'entrer dans les détails, mais elle sentit le changement, elle se trouvait désormais sur une base plus solide. Gwen lui sourit d'un air encourageant alors que ces pensées tourbillonnaient dans sa tête.

— C'est bon, crois-moi, nous aurons tout le temps. Seagrave a peut-être beaucoup de commodités modernes, mais elles ne sont pas *si* modernes que ça. Pourtant, nous excellons dans quelques passe-temps qui dépassent le quotidien de la « vie luxueuse » du XVe siècle, dit-elle avec des guillemets et un petit rire avant d'en citer quelques-uns. Comme les réunions de famille, les repas exceptionnels, quelques jeux... et même faire des bébés.

Elle lui lança un sourire contagieux et rougit quand Brianna s'esclaffa.

— Allez, continue, l'encouragea Gwen. Parle-moi de cet homme que tu as vu à Ayr.

Brianna s'arrêta un instant pour tout assimiler, sentant le sourire sur son visage avant que la réalité du moment présent ne lui revienne. Elle acquiesça, puis prit une profonde inspiration avant de parler.

— Eh bien, au début, je pensais que c'était un gars au hasard qui me jetait un mauvais regard, je me suis vue au centre du monde... Mon Dieu, je suis même allée jusqu'à imaginer qu'il était furieux que je me promène avec Aidan pour une raison ou une autre.

L'esprit de Brianna était un tourbillon de pensées qu'elle s'efforçait de démêler.

— Peut-être que si j'avais dit quelque chose... mais j'étais tellement bouleversée à l'idée que d'autres femmes puissent être avec Aidan avant moi que je n'ai rien dit.

Elle s'interrompit, contrariée d'avoir été si puérile de n'avoir rien fait d'utile à ce sujet, ni sur le moment ni par la suite.

— Brianna, intervint Gwen en lui serrant la main, ce qui attira son attention au moins un instant. Ce qui s'est passé, quoi que ce soit, n'est pas de ta faute. Je suis peut-être la première personne à te le dire, mais je t'assure que je serai loin d'être la dernière.

— Mais si j'avais pu nous sauver de ça ?

Gwen secoua la tête.

— Parfois, on ne peut pas être sauvé, répliqua-t-elle.

Elle semblait comprendre d'une certaine manière sans connaître encore les détails.

Sentant une vraie âme sœur en la personne de Gwen, une histoire commune, pour ainsi dire, Brianna lui raconta ce qui s'était passé et comment Aidan l'avait envoyée loin quand il avait su qu'ils étaient en danger.

Cela faisait encore mal de penser comment, en quelques secondes, elle avait songé que cela pouvait être leur dernier moment ensemble.

— Il voulait juste me protéger.

Brianna sentit une nouvelle vague d'émotion et pleura un bon coup pendant que Gwen l'apaisait. Quand elle se reprit, Gwen secoua la tête et sourit doucement.

— C'est tout ce qu'ils veulent tous, Brianna. Crois-moi, si tu as la chance d'être liée à l'un de ces hommes – et j'entends cette phrase de manière rhétorique, puisque c'est évident que oui – il n'y a pas d'amour plus fort et puissant. Impossible.

— Gwen.

La voix de Brianna se brisa une seconde et elle se pencha plus près, avec la sensation qu'elle devait dire quelque chose, mais les mots ne venaient pas.

— Quoi que ce soit, tu peux me le dire. Crois-moi, ça aide.

— Je... j'ai tué deux hommes.

— Oh, ma chérie.

En voyant la compassion inconditionnelle et la chaleur dans ses yeux, Brianna craqua encore.

— C'est un lourd fardeau à porter, dit Gwen quand Brianna lui raconta toute l'histoire. Qu'ils l'aient mérité ou non.

Brianna regarda Gwen et vit aussitôt qu'elle parlait d'expérience – et pourtant elle était là, visiblement saine d'esprit et vigoureuse. Elle témoignait de la véracité de ses mots.

— Je veux jute te le demander une dernière fois et après, je laisserai la question de côté. L'homme que tu as repoussé... tu es *sûre* et certaine que rien d'autre ne s'est produit ? Qu'il n'a pas...

— Je suis sûre, répondit Brianna en frissonnant à l'idée de ce qui aurait pu se produire. Puis elle prit la main de Gwen dans la sienne : Merci. D'avoir écouté et d'avoir partagé ton histoire avec moi.

— Je suis là pour toi, quand tu veux.

— Peut-on y aller maintenant ? Je dois vraiment voir Aidan.

Gwen acquiesça, puis se leva.

— Donne-moi juste une seconde.

Brianna hoqueta en la voyant de profil.

— Gwen ! Je n'avais pas vu que tu étais enceinte.

Gwen grimaça et marmonna que c'était un « passe-temps » en mimant les guillemets, tout en se dirigeant vers les placards le long du mur. Elle posa une main sur son dos tout en regardant ses réserves avant de prendre ce qu'il lui fallait. Puis, Gwen enveloppa le bras de Brianna et l'accrocha grâce à une nouvelle écharpe.

— Très bien, allons-y, dit-elle en lui tendant une main.

Brianna s'écarta et la regarda d'un air sceptique.

— Je ne veux pas te faire tomber.

Gwen rit.

— Je suis plus forte que j'en ai l'air. Mais espérons qu'on reste toutes les deux droites, sinon ça va chier des bulles.

Brianna rit en l'entendant et cela lui fit tellement de bien de lâcher prise un moment. Elle imagina l'expression d'Aidan et Greylen s'ils revenaient et les trouvaient toutes deux étalées au sol.

Quand elle revint à elle, elle se calma.

— Tu les connaissais ? demanda-t-elle tandis que Gwen la tirait. Ces hommes...

Elle essaya de repousser le brouillard et de se rappeler les noms qu'Aidan avait cités.

— Ils étaient frères, je crois ?

— Les Fitzgerald. Jusqu'au mois dernier, je ne les connaissais que de nom, mais ils se sont présentés ici à l'improviste... Mais je crois que c'est à Aidan de te raconter.

Quand Gwen ouvrit la porte, Henry attendait de l'autre côté avec deux hommes que Brianna ne reconnut pas.

— Il est dans le bureau, indiqua aussitôt Henry en la regardant avec inquiétude.

Elle opina, se rendant compte que c'était la première fois depuis leur départ d'Ayr qu'Aidan et elle étaient séparés.

— Je vais bien, lui assura-t-elle. Mais j'ai besoin de parler à Aidan. Tu veux bien m'emmener le voir ?

Henry jeta un regard à Gwen, peut-être pour s'assurer qu'elle pouvait se promener dans le château. Sur un signe de tête de Gwen, il tourna dans le couloir et lui adressa un signe de la main pour qu'elle le suive. Les autres hommes leur emboîtèrent le pas et Brianna s'efforça de ne pas s'appuyer sur Gwen, qui lui avait proposé son bras. Elle était tellement concentrée sur sa volonté de retrouver Aidan qu'elle prêta peu d'attention à son entourage, même si elle remarqua la chaleur et la propreté de l'énorme hall d'entrée. Ils traversèrent ce foyer et elle eut du mal à ne pas regarder la maçonnerie complexe et surtout l'éblouissante arche qui menait au grand hall. Brianna se nota mentalement qu'elle reviendrait l'examiner de plus près quand elle serait en meilleure forme.

Ils avaient fait la moitié du chemin quand le garçon qui était entré en courant dans la pièce un peu plus tôt pour voir Aidan apparut. Il semblait très inquiet et quand Gwen secoua la tête pour répondre à la question dans ses yeux, son visage se décomposa encore plus. Brianna leva les sourcils en direction de Gwen pour lui dire qu'elle pouvait prendre le temps de lui parler. Gwen sourit et tapota sa main tandis qu'elles avançaient vers lui.

Quand elles atteignirent le garçon, Gwen lui leva le menton en lui souriant chaleureusement.

— Ça ira pour lui, Tristan.

La lèvre du garçon frémit.

— Tu es sûre, maman ?

— Oïl, mon garçon, j'en suis sûre et certaine.

Quand il leva les yeux vers sa mère, Brianna vit qu'ils étaient de la même teinte que ceux de Gwen. Il regarda Brianna comme pour avoir un deuxième avis et elle lui sourit.

— Je sais que nous n'avons pas été vraiment présentés, dit-elle en tendant la main, mais je m'appelle Brianna. Voudrais-tu venir avec nous trouver Aidan ?

Vu son expression, Tristan ne s'attendait pas à être invité. Le garçon la touchait grâce à l'amour qu'il ressentait pour Aidan.

— Peut-être que tu pourrais m'aider à m'équilibrer, pour que je ne m'appuie pas sur ta maman ?

Là-dessus, le garçon bomba le torse, les yeux plus du tout tristes.

— C'est mon devoir de vous assister. Mais je ne peux pas garder pour moi quelque chose qui pourrait causer du trouble.

Tout en disant cela, l'enfant garda un œil sur les hommes derrière eux. Curieuse, Brianna se retourna. Vu l'expression ravie de tous et l'allure fière de Tristan, elle comprit et lui adressa un sourire chaleureux.

— Pas facile de garder un secret par ici, dit Gwen en riant.

Tristan sait ce qu'il a le droit de partager et ce qu'il doit garder pour lui.

Brianna hocha la tête et fit face à Tristan.

— Eh bien, vu que je suis déterminée à parler à Aidan, je pense qu'un bras ou une épaule sur laquelle m'appuyer fera l'affaire *et* nous empêchera de causer le moindre trouble.

Le garçon l'étudia attentivement, son regard allant d'elle aux hommes, à la recherche d'un indice peut-être. Visiblement, ils le laissaient prendre sa propre décision et Brianna devait dire qu'elle appréciait la leçon de pensée critique de Tristan.

Au bout d'un moment, il hocha vivement la tête et lui offrit son bras, que Brianna accepta gracieusement avec exagération. Ils poursuivirent leur chemin vers un autre couloir et s'arrêtèrent devant des portes. Brianna entendit des voix étouffées derrière, peut-être même un ou deux cris, et soudain elle hésita et recula.

— Qu'est-ce que tu crois qu'ils font ? demanda-t-elle en se tournant vers Gwen.

Gwen réfléchit un instant, puis dit :

— Eh bien, puisque les frères Fitzgerald sont morts, je suppose qu'ils sont soit en train d'élaborer une stratégie pour la suite, soit en train de remonter le moral d'Aidan.

Elle marqua une pause.

— Je pense que te voir aiderait beaucoup. Veux-tu que je frappe ? Ou tu veux le faire ?

Brianna inspira profondément. Non seulement elle devait parler à Aidan de l'homme qu'elle avait vu à Ayr, mais elle voulait aussi lui faire savoir qu'elle allait bien, relativement bien du moins. Elle s'apprêtait à faire un pas en avant lorsque Tristan se plaça devant elle et frappa la porte du poing avec plus de force que Brianna ne l'aurait cru possible de la part d'un enfant de son âge. Ses actions furent accueillies par des grognements d'approbation derrière eux et Brianna ne put s'empêcher d'être à nouveau impressionnée par l'entraînement de ce garçon, ainsi que par l'encouragement constant des hommes qui l'entouraient.

Greylen ouvrit la porte quelques instants plus tard et

Brianna ne manqua pas de voir son regard affectueux pour Gwen. Elle n'était pas en état de le remarquer auparavant, mais ce bref regard lui suffit pour comprendre à quel point il aimait sa femme. Ces gens ne cessaient de monter dans son estime, de manière exponentielle.

Il y avait trop de monde dans la pièce pour que Brianna puisse voir autre chose que le profil d'Aidan, penché sur une grande table ronde placée devant un mur rempli de cartes. Elle fut frappée par l'image, qui lui rappelait le bureau de son grand-père à Dunhill. Lorsque l'un des hommes bougea, elle vit qu'Aidan était en train d'écrire une lettre. Une fois qu'il eut terminé, il la transmit à l'un des gardes à proximité, qui hocha la tête et sortit de la pièce. Sans lever les yeux, Aidan se remit à écrire, termina une autre lettre, la scella et la remit encore une fois. Le second garde fit un signe de tête respectueux à Gwen et Brianna en passant, ce qui alerta Aidan de leur présence.

Il laissa immédiatement tout tomber et se précipita vers elle. Il avait l'air... oh, maintenant qu'elle pouvait vraiment le *voir*, il avait l'air à la fois beau et hagard. Le fait qu'ils soient tous les deux encore debout était un miracle, et franchement, elle n'y avait même pas encore trop réfléchi. Brianna tendit sa main valide, secouant la tête à mesure qu'il se rapprochait. Son visage était si tendu, tout ce qu'elle voulait c'était lui assurer qu'elle allait bien, que rien d'autre ne lui était arrivé, mais il la prit dans ses bras si vite. Quand son corps et sa chaleur l'enveloppèrent, tout ce qu'elle parvint à faire fut d'inspirer profondément. Elle sentit Aidan se tendre et sut qu'il luttait pour garder le contrôle, qu'il pensait probablement au pire à cause de sa réaction. Elle répugnait à quitter son étreinte, mais elle devait le rassurer.

— Il n'y a eu rien de plus, dit-elle en s'écartant et en le regardant intensément pour qu'il voie qu'elle avait l'esprit clair. Je te le jure.

Ses yeux, d'une teinte de vert captivante, changèrent, tout comme son inquiétude. Ils devinrent si foncés qu'ils étaient presque émeraude. Il se pencha, pressa son front contre le sien et chuchota :

— Tu n'avais pas besoin de jurer *quoi que ce soit*, Brianna. Je veux juste... je veux juste te protéger.

Elle adorait ça chez lui et il lui en avait fait la démonstration plusieurs fois, même quelques heures auparavant, face à la mort. Littéralement. Brianna songea à quelque chose que Gwen avait dit, qui était peut-être vrai quoique terrible vu les conséquences.

— Peut-être que tu n'étais pas censé le faire.

Un grognement s'échappa de sa gorge et Brianna fronça les sourcils. Gwen lui lança un regard qui disait grosso modo *gardons cette idée pour nous*. Hmm, bien compris. Malgré la force de ces hommes, leur sens du devoir ne devait pas être menacé.

Une fois calmé, Aidan jeta un regard à l'écharpe créée par Gwen.

— Et ton poignet ?

Ses yeux allèrent de Brianna à Gwen en quête d'une confirmation. Brianna hocha la tête en frottant son bras avec celui indemne.

— Juste une entorse, conclut Gwen. Mais ce bleu va prendre un moment avant de disparaître.

Brianna resserra sa poigne sur le bras d'Aidan pour attirer son attention.

— Je dois te dire quelque chose.

Il attendit, le visage inquiet.

— Je crois que j'ai vu un de ces hommes. Avant, je veux dire.

— Avant ce matin ?

Elle opina du chef.

— Oui.

— Tu te rappelles où ?

— Quand nous marchions en ville, le matin de notre arrivée. Je n'ai pas compris que j'aurais dû dire quelque chose, peut-être aurait-on pu éviter tout ça.

— Brianna, souffla-t-il en posant ses mains de chaque côté de sa tête. Tu ne peux pas porter ce fardeau également.

— Mais..., ajouta-t-elle avant de se tourner vers Greylen. Je suis vraiment désolée pour votre navire.

— Est-ce toi qui y as mis le feu ?

— Non.

— Alors tu n'as pas à t'excuser.

Quand elle commença à rouvrir la bouche, les deux hommes secouèrent sèchement la tête, refusant toute protestation. Comprenant que la discussion était close, Brianna acquiesça.

— Qui étaient-ils ? Pourquoi en avaient-ils après toi ?

Avant qu'Aidan ne puisse répondre, un autre homme entra. Brianna ne pensait pas qu'il faisait partie des gardes, mais plutôt de la confrérie, vu sa présence autoritaire et la façon dont Aidan se tourna vers lui aussitôt pour lui accorder toute son attention.

— Je viens de parler à Alex, dit-elle en posant sa main sur l'épaule d'Aidan.

Aidan semblait sur le point de répondre quand l'homme, qui avait salué tout le monde dans la pièce d'un signe de tête – Gwen avait eu un sourire particulièrement chaleureux – posa son regard sur Brianna. Après un instant, il pencha la tête.

— Nous sommes-nous déjà rencontrés ? demanda-t-il en la regardant droit dans les yeux.

Quand elle l'examina un peu plus, Brianna faillit hoqueter. Elle n'avait jamais rencontré quelqu'un avec exactement la même teinte d'yeux que les siens, en dehors de son père et de son grand-père. Était-ce un membre de sa famille ? Un O'Roarke du XVe siècle ? Ses pensées allaient à toute vitesse, passaient en revue la généalogie qu'elle avait passé des années à étudier. Puis elle comprit. Si elle se souvenait bien, cela devait être...

— Callum, commença Aidan en se plaçant à côté d'elle pour l'attirer à lui. Je te présente ma femme, Brianna.

Brianna garda le silence tandis que le regard de Callum allait de l'un à l'autre et l'observait avec curiosité.

— D'où viens-tu ? demanda-t-il les yeux plongés dans les siens.

Elle fut troublée par sa question, elle ne savait pas comment y répondre, mais après un moment, elle agita la main maladroitement et dit :

— De... assez loin.

Elle savait que sa réponse vague n'était pas acceptable, mais c'était le mieux qu'elle pouvait faire. Callum réfléchit un moment et elle peina à ne pas balancer son poids d'un pied à l'autre. Enfin, il reprit la parole d'un ton neutre, en regardant Aidan.

— Je vois. Et vous êtes mariés ?

Pour une raison étrange, il semblait perplexe.

— Oïl, affirma lentement Aidan.

Encore une fois, Callum sembla dérouté.

— Et tu ne nous as pas réunis pour l'occasion ? Comme nous l'avons tous fait pour des affaires d'une telle importance ?

— Nous avons échangé nos vœux sur le bateau.

Les mots d'Aidan étaient secs maintenant, ce qui perturbait Brianna qui pensait que Callum et lui étaient de bons amis – des frères, même.

— Des vœux... sur le bateau ? répéta Callum, de plus en plus confus. Père Michael t'accompagnait ?

Aidan secoua la tête.

— Et votre géniteur ? demanda Callum à Brianna. Vos parents étaient présents ?

Quand elle fit non de la tête, Callum hocha lentement la tête, le regard sur elle, avant de se tourner vers Aidan.

— Donc vous vous êtes promis l'un à l'autre ? dit-il presque rhétoriquement, même si son ton était chargé de mépris. Mais tu n'as pas consacré ce mariage à l'église ni obtenu l'approbation de quelqu'un qui pourrait être une famille aux yeux de Brianna et répondre d'elle ?

Oh, grimaça-t-elle. Soudain, ce qui semblait honnête et normal ne l'était plus du tout.

— *J'ai* répondu d'elle, dit Aidan en la serrant contre lui.

Callum la regarda.

— Vous êtes O'Roarke, Brianna, non ? Ça me semble

évident, affirma-t-il en plissant les yeux vers Aidan, en tout cas pour moi.

Elle opina du chef, sentant que si son père avait été en vie, il aurait tenu le même discours que Callum.

— As-tu pensé à *un seul* moment à m'en parler ? demanda-t-il à Aidan.

Sa voix contenait un tranchant qui n'y était pas juste avant. Brianna sentit Aidan se raidir à côté d'elle.

— À quel sujet... ?

Là-dessus, la posture de Callum changea et elle sentit presque l'air se troubler dans la pièce.

— Puisqu'elle est sur cette terre, dit-il avec un geste de la main, ayant bien lu entre les lignes, sans famille qui la connaisse, *je* suis le référent de Brianna et je suis responsable de sa main.

L'échange devint tendu. Aidan avança d'un pas, si près de Callum que leurs torses se touchèrent presque.

— Les circonstances demandaient action. Comme les tiennes, avec Maggie. As-tu cherché à en faire de même quand tu as épousé une *Sinclair* sans m'en parler d'abord ?

— Si seulement tu te sortais la tête de...

Là-dessus, Greylen s'interposa entre eux, mais il brisa à peine la tension et Aidan et Callum continuèrent à se fusiller du regard. Greylen les repoussa tous les deux et Callum reformula sa phrase.

— Si tu y réfléchissais bien, tu te rappellerais qu'au contraire, je l'ai fait !

Aidan sembla réfléchir à ses mots et remarqua que tous les yeux étaient sur lui.

— Tu as raison, tu m'as envoyé un message pour demander s'il y avait un lien de parenté, vu qu'elle portait le même nom et pour demander ma bénédiction si tel était le cas.

Callum sembla apaisé par cette correction ainsi que son ton quelque peu calmé et il se reprit.

Brianna resta plantée là, sous le choc, remettant lentement en place ce qui s'était passé. Elle se sentait mal pour tous les deux, mais sur le coup, elle était particulièrement peinée pour Callum. Il était visiblement fâché et c'était une question d'honneur familial. L'honneur de *sa* famille à elle également. Grâce au temps passé avec les MacTavish et à ses années à étudier l'histoire de sa famille, elle savait que de tous les hommes de ce cercle, Callum était le plus calme et réservé, celui qui avait subi un deuil terrible, un trait de famille chez les O'Roarke. Elle ne le savait que trop bien.

Il était clair qu'ils n'en avaient pas fini. Elle le sentait dans l'air et elle était déchirée.

Aidan soutint son regard et elle sut qu'il pouvait le lire dans ses yeux.

— Je suis désolé.

Elle savait qu'il était sincère, cette journée avait été tumultueuse, pour emprunter un terme employé par son *mari*. Un mari par approbation consensuelle, même légale vu l'époque, mais maintenant que Callum le mentionnait, Brianna se rappela le registre familial, dans lesquels les mariages avaient tous été enregistrés jusqu'à Fergus et Isabeau. Certaines pages étaient tachées et abîmées, certaines perdues avant que son grand-père et elle ne puissent préserver ce qu'il en restait, mais elle se fit maintenant la réflexion qu'en plus des noms de ceux qui étaient assez proches de la famille pour être inscrits sur les pages, le clergé qui s'était chargé de la cérémonie avait toujours été documenté. Cela s'ajoutait à la colère de Callum : ils avaient toujours pris les unions sanctifiées au sérieux. Pendant un court instant, Brianna s'inquiéta de pouvoir poursuivre la tradition.

— Il faut qu'on ait un mariage à l'église et vite, dit-elle en prenant Aidan par la main.

— On le fera.

Presque désespéré, il s'agrippa à sa main indemne et baissa les yeux vers elle. Il essayait de lui donner toute son attention, mais ses yeux allaient d'elle à Callum.

Il y eut un long moment où personne ne parla et plus il durait, plus la tension grandissait dans la pièce. Le silence devint assourdissant et Brianna voulait absolument y mettre fin. Elle serra la main d'Aidan, espérant qu'il garde ses yeux sur elle.

— Tu m'as dit que tu savais qui étaient ces hommes qui nous ont attaqués ? Pourquoi étaient-ils après toi ?

Brianna n'était pas sûre de savoir qui avait fait une erreur. Elle en posant la question ou Aidan en l'y obligeant. Mais au bout du compte, ce fut Callum qui eut le dernier mot, prenant son rôle de gardien familial très au sérieux.

— Parce qu'il était censé épouser leur sœur.

CHAPITRE 26

Quelles que fussent les représailles qu'Aidan s'était imaginées, il ne pensait pas qu'elles viendraient de la main de Callum. Pourtant, les quelques secondes qui suivirent la proclamation de son ami, il resta hébété et vit une série d'émotions traverser le visage de Brianna – de la confusion à l'incrédulité, et plus il se taisait, plus elle semblait blessée et pire encore. La gravité de son erreur lui apparut soudainement. Il voulait dire quelque chose, prendre sa défense, mais il était incapable de parler, car il n'avait pas de défense en réalité. Quelle importance que les Fitzgerald eussent demandé qu'il épousât Judith ? Oïl, c'était du chantage, mais il le lui avait caché comme si cela recelait une quelconque importance réelle. Le remords qu'il ressentait était fort, comme si quelqu'un avait glissé sa main dans son torse et agrippé son cœur pour chasser toute joie qui pouvait grandir dedans. La sensation était douloureuse, surtout avec le regard de Brianna quand elle balbutia d'une voix à peine audible.

— Oh... *oh*.

Cela manqua de le renverser. Et pourtant, les mots ne sortaient pas. Brianna lui lança un dernier regard implorant avant de se tourner pour quitter la pièce, suivie de Gwen qui se précipita dans son sillage. Il reporta son regard sur Callum, qui n'avait pas bougé, comprenant sûrement ce qu'il venait de faire. En fait, à part les femmes, tout le monde dans le bureau de Grey resta immobile et silencieux.

— Je ne voulais pas la blesser, s'excusa Callum.

Le regard dans ses yeux indiqua à Aidan qu'il ne voulait pas lui faire du mal à lui non plus, pas vraiment. Il le savait et franchement, il n'avait personne d'autre que lui à blâmer pour ce qui venait de se produire. Il n'avait jamais abordé le sujet avec Brianna. Pas une fois. Il avait pensé – comme un idiot – que garder son cap et se concentrer sur mettre formellement fin à l'arrangement suffirait, mais l'agitation qui montait dans son torse aurait dû le détromper. Il savait maintenant qu'il aurait pu – aurait *dû* – trouver le temps de parler de Judith et ses frères à Brianna, de lui donner une vague explication au moins, pour qu'elle ne découvrît pas la nouvelle... comme ça. Par surprise.

Secouant la tête devant sa propre absurdité, il affronta Callum, carra les épaules et adressa à son ami les excuses qu'il méritait, mais ils parlèrent en même temps. Aidan leva la main et l'arrêta.

— Non, laisse-moi, s'il te plaît. Je te dois une excuse, Callum. Je vois maintenant pourquoi tu... tu...

— As eu envie de te botter le derrière ? proposa un homme presque dans sa barbe.

Oïl, *ça*. Il fallut un court instant pour que Callum et lui sourissent et tous deux hochèrent la tête tandis que la pièce riait. Ils étaient avant tout des frères – surtout dans ce genre de cas – et au bout du compte, tout le reste n'avait pas d'importance.

— Puis-je te proposer un conseil ? demanda Callum quand tout le monde se reprit.

Aidan acquiesça et Callum désigna la porte.

— Va à sa poursuite. Maintenant.

Il n'avait pas besoin de plus d'encouragement. Les autres approuvèrent bruyamment derrière lui et Aidan se retourna et se hâta à sa poursuite. En tournant dans le couloir pour se diriger vers l'escalier, il trouva Tristan perché en haut des marches. Aidan ne s'arrêta pas, mais croisa son regard et lui lança un sourire penaud et posa une main sur son oreille.

— Ne jamais être trop fier pour admettre ses erreurs, récita le garçon.

Une des nombreuses leçons de leur confrérie.

— Et ? demanda Aidan sans un regard en arrière.

— Même si ça te fait du mal... *surtout* si ça fait du mal.

Même si Aidan n'avait pas de quoi se réjouir, voilà qui le fit sourire. Mais son sourire disparut aussitôt quand il manqua de renverser Gwen qui descendait et l'arrêta net. Pas littéralement bien sûr, par respect, mais il resta immobile pour qu'elle pût tapoter son bras.

— Ooh, qu'est-ce qui ne va pas chez toi ?

Visiblement, elle avait besoin de ses deux mains pour expier sa frustration. L'air satisfaite de sa punition, elle prit une profonde inspiration, puis le regarda d'un air contrit.

— Désolée, je sais que tu t'es déjà pris un savon. C'est juste que je l'aime vraiment beaucoup et...

Aidan l'attrapa par les épaules et la coupa :

— Je *l'aime*, Gwen.

— Oh.

Elle soupira et se radoucit aussitôt.

— Normalement, je ne le dirais pas, mais c'est évident qu'elle t'aime aussi.

Elle grimaça et coula un regard sur le côté.

— Raison pour laquelle elle t'attend dans ta chambre. Vas-y.

Oïl, il essayait.

Il acquiesça et lui sourit. Avant de reprendre son chemin, il lui montra la balustrade et la lâcha.

— Sois prudente.

Elle leva les yeux au ciel, mais agrippa la rambarde tandis qu'il continuait vers sa chambre... *leur* chambre. Celle qu'il partageait avec sa femme à Seagrave. Il savait qu'il avait beaucoup à réparer, mais un instant, il fut frappé de voir à quel point sa vie avait changé depuis son dernier séjour ici. Quand il atteignit la porte, il frappa, ne sachant pas à quoi s'attendre. Il fut soulagé de l'entendre lui dire d'entrer et il s'exécuta rapidement, momentanément dérouté parce qu'elle ne semblait être nulle part.

— Brianna ? dit-il en parcourant des yeux la chambre.

Il s'apprêtait à l'appeler encore quand il la vit sur le sol devant le feu, ses jambes glissées sous son corps, Minette sur le coussin derrière sa tête.

Quand elle croisa son regard, elle grimaça. Il était clair qu'elle était mécontente, que ce fût après lui, la situation ou les deux.

— Je ne m'étais jamais demandé ce que ce serait de ramener quelqu'un pour le présenter à mes parents, mais je viens de le découvrir, gronda-t-elle.

Elle était hors d'elle, donc. Il n'était pas vraiment surpris, vu ce qu'elle venait d'apprendre – et comment elle l'avait appris.

— Pourquoi es-tu assise par terre ?

— Je suis sale, dit-elle d'un ton sec. Je ne vais pas salir quoi que ce soit dans cette chambre jusqu'à ce que je puisse prendre un bain et me changer.

Elle marqua une pause un moment et il n'osa pas la défier.

— Comment va Callum ?

Il comprit bien que sa question était une démonstration de loyauté familiale.

— Très bien, répliqua-t-il en lui rendant son regard. Un peu comme toi maintenant.

Elle ouvrit la bouche pour protester et il leva la main.

— *Non*. La réaction de Callum était appropriée et méritée. J'aurais dû m'attendre à cela de lui, nous sommes aussi frères que des frères de sang.

— J'imagine que c'est une bonne chose, vu qu'il fait partie de ma famille.

Visiblement, elle n'était pas émue par ses mots.

— Et tu es *ma* famille, Brianna. Ma femme. Oïl, insista-t-il en voyant son regard dubitatif. Nous n'avons pas encore été mariés à l'église, mais nous le serons.

— Ce n'est même pas ça ! éclata-t-elle. Enfin, si, il y a de ça... mais... tu étais fiancé ! Promis à une autre !

Aidan s'assura que ses mots fussent clairs quand il répondit :

— Jamais, Brianna, vraiment, nous n'étions pas fiancés.

— C'était un détail technique alors... Vous ressentiez quelque chose l'un pour l'autre ?

Le tranchant de sa voix et le regard dans ses yeux le poignardèrent – elle était vraiment blessée.

— Brianna, je connais à peine Judith, je n'ai certainement pas de sentiments pour elle...

Il laissa sa phrase en suspens en voyant son regard et inclina la tête, attendant qu'elle dît ce qu'elle pensait. Elle le regarda un long moment, puis reprit, sans le même tranchant dans la voix.

— Peut-être y a-t-il plus, mais tu ne veux juste pas me le dire ?

— Je te donne l'impression d'être un homme qui ne dit pas ce qu'il a en tête ?

Elle grimaça et leva sa main indemne en l'air.

— Je veux dire... vraiment, Aidan ?

C'est vrai. Puisqu'il n'avait pas d'argument, il essaya de garder le silence et la laissa continuer, même s'il grogna – ce qu'il n'aurait pas dû faire.

— Oh, *maintenant*, tu as quelque chose à dire ?

Elle accepta son regard contrit, mais après un moment, l'inquiétude traversa de nouveau son visage.

— Est-ce vrai ? Avais-tu des sentiments pour elle ?

Aidan réprima un soupir. Il ne pouvait pas être frustré qu'elle ressentît le besoin de lui reposer la question, vu qu'il n'avait pas été franc là-dessus.

— Non.

— Avait-*elle* des sentiments pour toi ?

Il ne savait pas comment cela aurait pu être possible et sa surprise devant sa question dut se voir.

— Nous avons à peine été en présence l'un de l'autre. Peut-être deux fois, trois en tout – de toute notre vie.

Il expliqua rapidement comment la suggestion d'un mariage avec Judith était arrivée et la véritable nature de cette union, mais elle restait sceptique.

— D'accord... j'imagine, ajouta-t-elle avec un haussement d'épaules. Mais... si je n'étais pas arrivée, aurais-tu été au bout ?

— *Non.*

Sa réponse fut immédiate, même s'il ne savait pas vraiment ce qu'il aurait fait. Son visage dut laisser voir cette indécision, vu qu'au bout du compte, il avait considéré l'idée. L'inquiétude de Brianna se vit aussitôt.

— Non, Breea.

— Tu as dû y penser.

— Je me sentais désolé pour sa situation.

C'était la vérité. Brianna se décomposa.

— Pour l'amour de Dieu, Brianna. Je t'aime, TOI. Je n'ai jamais songé à me promettre à toi, je l'ai fait, point. C'était un acte sur le moment que je savais être bon. C'était la providence. Notre destin. Il n'y a pas eu de réflexion quand il s'agissait de toi ; je savais que tu étais la femme de mon cœur, que tu détenais mon cœur.

Quand elle le regarda, son regard était rempli d'amour, mais elle était blessée par ce qu'elle avait appris, sans parler du trauma qu'elle avait enduré quelques heures avant.

— Je sais, dans le fond de mon cœur, dit-elle en tapant son poing contre sa poitrine, que tu as raison, que nous sommes faits l'un pour l'autre. Mais... Aidan...

Sa voix se brisa et elle recouvrit ses yeux de sa main et pleura.

— Breea.

Il tomba à genoux et la prit dans ses bras. Il était reconnaissant qu'elle acceptât son contact, car son chagrin lui brisait le cœur. Il la tint un bon moment, lâchant des bruits apaisants tout en la berçant doucement tandis qu'elle sanglotait. Il n'était pas pressé, il n'avait pas besoin de la hâter. Elle avait besoin d'expier, de lâcher prise sur tout ce qui montait en elle depuis leur réveil ce matin-là. En attendant, lui fournir un refuge était tout ce qui comptait pour lui, malgré leur confrontation.

Après quelques minutes, sa respiration ralentit, elle commença à se calmer et s'écarta pour le regarder. Il n'aurait rien pensé d'un si petit geste avant ce matin, mais maintenant, rien que le fait de l'avoir dans ses bras à le regarder apportait un élan de gratitude, d'amour et de tendresse. Il posa ses lèvres sur son front, sur le coin de ses yeux, puis, incapable de se retenir, il frotta son visage contre le sien. Elle sembla comprendre qu'il était ébranlé par tout ça lui aussi et soupira tout en hochant la tête.

Il ne sut pas combien de temps ils restèrent là à se réconforter en silence, mais quand elle le re-regarda, deux choses étaient très claires : un, sa pauvre Breea avait traversé l'enfer et deux, qu'elle fût en sécurité entre les murs de Seagrave était une bénédiction.

— Je suis tellement désolé pour tout ce que tu as affronté aujourd'hui.

Elle posa doucement ses doigts sur ses lèvres.

— Non, dit-elle si doucement qu'il entendit à peine. Je commence à penser...

Elle tordit sa bouche et plissa les yeux, mais elle avait le regard perdu au lointain, perdu dans ses pensées. Puis, elle reporta son attention sur lui.

— Et si ça avait toujours été destiné à se produire ? Une version de ce qui s'est passé aujourd'hui, en tout cas ?

Voilà qui attirait son attention.

— Que veux-tu dire ? demanda-t-il en se redressant.

Ce n'étaient pas des réflexions revigorantes de la journée comme il pensait.

— Et si notre rencontre n'avait jamais été faite pour qu'on soit ensemble sur le long terme ?

Elle posa ses mains sur son visage tandis qu'il secouait la tête, ne sachant pas exactement où elle voulait en venir. Il n'aimait déjà pas ce qu'il entendait.

— Et si c'était tout ce qu'on avait, Aidan ? Et si notre union n'était pas viable éternellement ?

Ses mots le stupéfièrent.

— *Attends...* qu... pourquoi ?

— J'ai besoin de réfléchir à ça, dit-elle en se plaçant à califourchon sur ses genoux.

Il voyait presque les rouages tourner dans sa tête et même s'il attendait, elle ne dit rien de plus. Après une minute de plus, il n'y tint plus.

— Pourquoi remettrais-tu en question la viabilité de notre union ?

Il ajusta légèrement sa position, mais la garda fermement dans ses bras. Elle sembla étonnée par la question et hocha lentement la tête.

— Eh bien, je me suis rappelé quelque chose. Après toutes ces discussions sur la famille et l'héritage et après avoir vu Callum – dont j'avais vu le nom avant – je me suis rappelé ce registre qu'on a dans notre famille et qui est transmis de génération en génération.

Il pensait savoir exactement de quel livre elle parlait. Si c'était lui, il l'avait vu de nombreuses fois. Il avait même vu Callum y inscrire son nom et celui de Margaret.

— Le nom de tous ceux qui se sont mariés au fil du temps y est inscrit et... nos noms ne sont pas notés.

— Attends, intervint Aidan en posant ses mains sur ses épaules. Ralentis. Tu t'inquiètes que nos noms ne soient pas notés dans les pages d'un livre qui avait peut-être presque un millénaire quand tu as eu les mains dessus ? Toutes les pages étaient-elles intactes quand tu l'as lu ?

— Ce n'est pas une inquiétude, répliqua-t-elle quelque peu offensée, c'est une hypothèse, une théorie enracinée dans...

— Breea, je ne me moquais pas de ton hypothèse.

— Je suis désolée, mes pensées vont à toute vitesse. Elles n'étaient pas intactes, pas toutes, mais écoute-moi bien. Et si... et s'il y avait une autre raison à ce déroulement des choses pour nous ?

Il voyait déjà qu'il n'aimerait pas ce qu'elle s'apprêtait à dire, mais il la laissa s'exprimer. En vérité, il était content de juste la toucher.

— Et si nos noms n'y figuraient pas, n'étaient pas inclus dans le registre familial parce qu'on... on ne... parce que le destin ne *réparait pas* ses erreurs mais suivait un plan délibéré ?

Il grogna. C'était pire que ce qu'il pensait.

— Brianna...

— Non, s'il te plaît, écoute-moi.

Même s'il n'aimait pas ce qu'elle disait, il sourit, acquiesça et la serra un peu plus.

— Je t'écouterai toujours.

Seul un imbécile ignorerait son avis, mais malgré ses inquiétudes, il était certain qu'ils finiraient par l'emporter, quelles que fussent ses ruminations.

Elle lui raconta alors tout ce qui l'avait menée jusqu'à lui, à commencer par sa quête pour récupérer l'épée de sa famille. Aidan acquiesça, recoupant ces nouvelles informations avec ce qu'il savait déjà grâce à la découverte de l'épée par Maggie, puis aux interactions de Dar et de Céleste avec elle, par la suite. Il prit une grande inspiration en comprenant que c'était le grand-père de Brianna qui avait mis l'épée en mouvement. Il s'interrogea sur la lettre qu'il avait laissée, une lettre qui semblait sous-entendre qu'il avait connaissance du destin de sa petite-fille et se demanda ce que cela pouvait signifier, mais il ne dit rien, voulant la laisser s'exprimer pleinement.

Il écouta attentivement Brianna parler de son étrange voyage à Dunhill et de son chagrin en découvrant que les boîtes aux lettres ancestrales n'ornaient plus le manteau de la cheminée. L'entendre parler de ces choses, se rendre compte qu'elles avaient une signification profonde et personnelle pour tous les deux, à près de mille ans d'intervalle, le stupéfia. Lorsqu'elle lui raconta ce qui l'avait amenée à quitter précipitamment la maison de ses ancêtres, lorsqu'elle partagea en détail ce dont elle se souvenait de ce dernier voyage avec ses parents – et les nouvelles informations données par son oncle et de sa tante –, son récit et ce qu'elle avait déjà enduré faillirent le faire pleurer.

— Ohh, Breea, dit-il, le cœur brisé. Et je t'ai amenée à bord d'un bateau.

— Non, corrigea-t-elle en secouant la tête. Enfin, si, mais Aidan, tu m'as aussi redonné le goût de la mer, tu m'as rendu des souvenirs heureux que je n'avais jamais pu revoir avant, et bien plus encore.

Elle lui raconta alors son arrêt à Carlisle, comment on lui avait offert la sacoche en cuir et la robe dans laquelle il l'avait vue pour la première fois. La femme du stand semblait tout savoir et était extraordinaire – Aidan était sûr qu'il s'agissait d'Esmeralda en personne. Puis elle lui parla d'Abersoch et même s'il aurait dû savoir que tout cela y menait, il ne lui était jamais venu à l'esprit que... que...

— Tu as vu Lachlan, Dar et Céleste ? Tu as *dîné* avec eux ? dit-il, respirant à peine, tellement submergé par l'émotion qu'il ferma les yeux et laissa tomber sa tête.

— Je suis restée quelques jours avec eux, confirma-t-elle en commençant à lui caresser les cheveux. Et leur petit garçon, Griffin.

Elle lui laissa quelques instants pour se ressaisir avant de poursuivre son récit, jusqu'au moment où elle avait aperçu son médaillon, comme s'il avait surgi de nulle part.

— Peut-on prendre un moment ? demanda-t-il en se levant et la tirant avec lui.

Elle acquiesça volontiers et vint se coller à lui, mais la porte s'ouvrit d'un coup sec. Ils tournèrent tous deux la tête et Gwen entra précipitamment, suivie de Lady Madelyn et d'Anna, ainsi que d'un défilé d'employés préparant bruyamment deux baquets, tout en ne cachant pas leur mécontentement à l'égard d'Aidan. Il était clair que Gwen avait omis de mentionner qu'il était de nouveau dans ses bonnes grâces, et il leva en l'air leurs mains jointes.

Gwen fit la grimace en comprenant que sa bévue était la cause de son désarroi actuel, et rectifia rapidement la situation, avertissant tout le monde de leur réconciliation. Elle lui jeta un regard d'excuse et commença à faire sortir tout le monde. Aidan remercia d'un signe de tête les employés qui lui souriaient au passage. Il surprit Brianna qui écarquillait les yeux de surprise, visiblement impressionnée par le pouvoir de Gwen.

— Toi aussi, dit Gwen en se tournant vers lui. Dehors.

— *Quoi* ? s'étonna-t-il.

Gwen se contenta de hocher la tête, le doigt pointé vers la porte. Il plissa les yeux, pas très content de devoir mettre sa conversation avec Brianna entre parenthèses, mais lorsqu'il baissa les yeux vers elle, elle lui adressa un petit sourire rassurant.

— J'aurais pu prendre soin de toi moi-même, dit-il, soulagé qu'ils soient à nouveau sur une bonne entente.

— Et je t'aurais laissé faire, répondit-elle avec une audace qu'il n'avait jamais vue chez elle auparavant – une audace bien méritée.

Son sourire s'élargit devant l'approbation qu'elle lisait dans ses yeux.

— Nous sommes devenus une bonne équipe, toi et moi.

Elle passa sa main de son torse à sa nuque, où ses doigts s'emmêlèrent dans ses cheveux.

Oïl, en effet, ils formaient une bonne équipe et son cœur se gonfla d'amour.

— Breea. Nous trouverons une solution et nous l'emporterons ensemble, comme nous l'avons fait jusqu'à présent.

Il se pencha vers elle, pressa son front contre le sien.

— Je t'aime. Je...

Il hésita en réalisant à quel point il voulait, avait besoin d'entendre les mêmes mots en retour. Il savait jusqu'au bout des ongles que les mots ne comptaient pas, pas face à l'action.

Pourtant, après tout ce qu'ils avaient enduré, il avait presque honte d'admettre que c'était *cela* qui causait sa perte.

— Je...

— Je t'aime aussi, le coupa-t-elle, mettant fin à sa misère.

Elle appuya sa main sur son cou comme pour renforcer son point de vue. Il l'embrassa alors. L'effet de cet aveu fut si puissant qu'il le submergea et le remit d'aplomb. Avant de la lâcher, il dit d'un ton ferme en se tournant tour à tour vers Gwen, Lady Madelyn et Anna :

— Je reviendrai bientôt.

Gwen secoua la tête et il soupira mais se reprit.

— Pas trop tôt, mais pas dans longtemps non plus, insista-t-il.

— Nous nous verrons au dîner, répliqua Gwen.

Son ton ferme ne laissait aucune place à l'interprétation. Il haussa un sourcil en se penchant plus près de Brianna.

— Je la trouve parfois *très* autoritaire, commenta-t-il en posant ses lèvres sur les siennes.

Brianna gloussa, ce qui lui arracha un sourire.

— Aidan, dehors !

Et c'est ainsi que cela se termina.

CHAPITRE 27

Les heures qui suivirent, Brianna fut traitée comme dans l'équivalent au XVe siècle d'un spa luxueux. Du shampooing incroyable – qui sentait aussi bon que son shampooing de marque, sans la mousse épaisse – au massage crânien qui allait avec, à l'exfoliant pour le corps concocté par Gwen et Lady Madelyn et enfin, à la manucure-pédicure hautement inattendue – phénoménale, même sans verni. Brianna se fichait d'avoir la peau fripée ici et là. C'était incroyable d'être parfaitement propre et détendue de partout, ses cheveux étaient impeccablement coiffés en un joli chignon et sa peau était rayonnante. Gwen avait même réussi à lui fournir une sorte de brosse à dents et lui avait donné du dentifrice qu'elle avait créé, ce qui lui valut la reconnaissance éternelle de Brianna.

Se remettant encore de la conversation avec Aidan et inhabituée à autant d'attention, Brianna avait eu besoin d'un moment pour laisser couler les choses. Mais après cette journée qui avait été un tourbillon d'émotions – même Brianna 2.0 n'était pas équipée pour ça – elle s'était laissé aller. À part Aidan, personne – *personne* – n'avait pris soin d'elle comme ça depuis son enfance. Gwen, Anna et Lady Madelyn s'étaient occupés de tout avec habilité et sourires compatissants. Il fallait dire que leur timing était parfait, surtout après sa matinée bouleversante.

Quand elle fut de nouveau habillée d'une jolie robe douce de la collection de Gwen, sûrement une de celles qu'elle avait fait faire pour le début de sa grossesse puisqu'elle semblait vraiment petite, Brianna avait presque l'impression que le début de la journée n'était jamais arrivé. Cela semblait déjà lointain avec ce qui s'était passé entretemps... à moins qu'elle ne compartimente simplement les évènements. Mais même quand Alan et Richard vinrent déposer ses affaires – qui furent aussitôt prises pour être lavées –, elle ne flancha pas – aucun souvenir de la matinée ne l'envahit et elle ne resombra pas dans la spirale. Son inquiétude ne concernait que leur bien-être tandis qu'eux s'inquiétaient du sien.

En descendant, Brianna fut si emballée par le décor qu'elle ne sut pas où regarder. Elle s'émerveilla de combien tout avait changé en elle depuis son arrivée un peu plus tôt. Quand elle s'arrêta sur le palier pour regarder dehors, elle dut reprendre son souffle, car la vue était époustouflante. Gwen lui tapota la main et lui adressa un sourire complice, comme si c'était quelque chose que tout le monde faisait.

Elle regardait partout où elle pouvait, mais quand elles entrèrent dans le grand hall, sa concentration se focalisa sur Callum et Grey, en pleine conversation. Ils étaient la tête penchée et Aidan faisait les cent pas devant la cheminée. Les voir tous ensemble comme ça formait une scène surprenante, avec tous ces hommes habillés simplement mais élégamment d'une chemise à manches longues, d'un pantalon sombre et de grandes bottes cirées. Surprenant, oui, et un peu en avance sur son temps, un détail qui perturba Brianna jusqu'à ce qu'elle songe à la richesse et à la sagesse de ces gens – sans compter l'influence de Gwen. Quelle que soit la raison de cette avancée, cela leur allait à la perfection.

Quand Aidan leva les yeux et la vit, il leva les mains en l'air et avança vers elle.

— Enfin ! grogna-t-il en arrivant près d'elle.

Il l'attira dans ses bras. Brianna sentit son cœur enfler en voyant sa réaction et sourit, savourant son étreinte tout en espérant que ses peurs n'étaient pas justifiées. L'idée qu'ils se quittent était inimaginable. L'explication d'Aidan un peu plus tôt l'avait apaisée, mais il restait quelque chose qu'elle n'arrivait pas à oublier. Clairement, tout l'incident Judith était résolu – du moins ses peurs à ce sujet – mais ce n'était qu'une partie du problème. Ce qui restait dans un coin de sa tête était encore plus effrayant. Cela la poussait à questionner toute l'histoire de sa famille, surtout *son* histoire à elle. Oui, le destin l'avait emmenée là où elle devait aller et elle sentait qu'elle était *faite* pour être ici, mais était-ce parce qu'Aidan et elle étaient faits pour être ensemble et vivre heureux ou... ou y avait-il autre chose qui les attendait ?

— Breea.

Brianna sursauta en entendant Aidan prononcer son nom. Elle était tellement perdue dans ses pensées que lorsqu'elle leva les yeux vers lui, il lui fallut un moment pour reconnaître la préoccupation qui se lisait sur son visage. Elle sourit doucement, espérant dissiper ses inquiétudes, mais elle n'était pas sûre que ce soit le moment d'aborder à nouveau le sujet.

Lui évitant d'avoir à s'expliquer, Tristan entra dans la pièce et tout le monde se tourna vers lui. Il tenait dans ses bras une petite fille qui avait l'air de sortir d'une sieste. Brianna devina qu'il s'agissait de sa sœur, mais elle fut déconcertée lorsque la petite fille tendit la main vers Callum. Sans même regarder, celui-ci ouvrit les bras et la prit dans ses bras. Alors que l'enfant se blottissait contre lui, Brianna se tourna vers Gwen qui lui sourit et lui expliqua que Callum avait séjourné à Seagrave après la mort de sa première femme, Fiona, et qu'il avait développé un lien avec tous ses enfants, mais surtout avec celle-ci.

Brianna acquiesça et se retourna pour les regarder – elle aurait dû s'attendre à ce que ces hommes soient aussi tendres et attentionnés avec les nourrissons et les enfants. Dans la foulée, le plus jeune garçon de Greylen et Gwen arriva en trottinant et cria de joie quand son père le souleva. Brianna sourit. C'était vraiment remarquable.

Tristan resta près d'Aidan et, après avoir à peine eu le temps de bavarder, ils se rassemblèrent tous autour de la table et s'installèrent. Lorsque Brianna prit la main d'Aidan, il expliqua que le début des repas était un peu plus urgent. À en croire les rires et les sourires qui fusèrent autour de la table, tout le monde était d'accord. Alors que les enfants s'asseyaient, Brianna fut de nouveau frappée par la tendresse de ce qui ressemblait à une véritable table familiale. Les boissons furent servies, tout comme les plateaux et les bols remplis de mets délicieux, et tout cela fut un peu écrasant. Pendant un petit moment, elle choisit d'observer plutôt que de participer, juste pour se laisser le temps de s'imprégner de la situation. Elle dut réprimer un rire en voyant Callum faire semblant de servir à la petite fille le beurrier au lieu de son repas – la petite fille écarquilla les yeux, fixant avec consternation Callum, puis le petit plat couvert sur la table. Au bout d'un moment, Callum rit et corrigea rapidement son erreur, ajoutant une cuillerée du plat à son pain. Tous deux échangèrent le plus doux des sourires.

Quand les bavardages autour de la table se calmèrent au profit du repas, Aidan se pencha vers elle et lui demanda de partager ses pensées antérieures – ses craintes, en fait – avec les personnes présentes autour de la table. Consciente qu'il serait préférable d'en parler et d'obtenir l'avis de personnes ayant l'expérience de ce genre de choses, Brianna acquiesça, même si elle était nerveuse.

Elle se pencha plus près de lui pour lui parler à l'oreille, espérant que personne d'autre ne l'entendrait, et fut frappée par la sensation de bien-être, de justesse, que lui procurait le fait d'être si proche de lui.

— Je veux être ici avec toi. Tu le sais, n'est-ce pas ? Oublie tout le reste, murmura-t-elle.

Il était important qu'elle le lui dise, que quels que soient ses doutes sur les intentions du Destin, elle profiterait de chaque seconde qu'elle pourrait passer avec lui.

— Je sais, dit-il en lui caressant le visage.

Enfin, il reprit, assez fort pour attirer l'attention de tout le monde :

— Je... *nous* avons un sujet à aborder.

Le cœur de Brianna bondit quand elle comprit ce qu'il s'apprêtait à dire, mais elle déglutit et hocha la tête quand il la regarda en haussant un sourcil pour lui laisser le temps de changer d'avis. Elle serra sa main pour puiser de l'assurance et regarda la table pendant qu'Aidan reprenait :

— Brianna... Brianna pense que...

Il bégaya et elle le regarda, surprise de le voir chanceler. Ils échangèrent un regard doux-amer et elle l'encouragea d'un signe de tête qu'Aidan lui rendit. Il se racla la gorge.

— Elle pense sérieusement que dans notre cas, le fil de destin pourrait ne pas s'appliquer comme au restant d'entre vous. J'essaie de la convaincre du contraire.

Soudain, tous les yeux furent sur elle et Brianna se trémoussa sur son siège.

— Eh bien, je ne *veux* pas que ça soit vrai, précisa-t-elle, mais et si ça l'était ?

— Comment ? demanda Greylen.

Sa femme chercha sa main à côté d'elle et il la lui prit.

Brianna sentit un poids quitter ses épaules rien qu'à voir cette inquiétude de leur part et elle se tourna vers Aidan avec un sourire reconnaissant – il avait raison d'évoquer la question. Contente d'avoir un endroit où externaliser ses peurs, Brianna leur parla du registre à la maison et des pages manquantes.

Elle se tourna vers Callum qui s'apprêtait à parler.

— Eh bien, je me demande si la page où ton union aurait été – sera – inscrite fait partie des pages manquantes. La dernière sur laquelle j'ai écrit était celle de Dar et Céleste. As-tu vu leurs noms ?

Remplie d'espoir, Brianna réfléchit et se rendit compte qu'elle n'avait pas vu leurs noms. Elle secoua la tête.

— Je ne crois pas. Je me le serais rappelé, surtout à un moment pendant ma visite… chez eux… *Oh.*

Vu le choc sur les visages autour de la table, Brianna se tourna vers Aidan. Elle attrapa son bras, les larmes aux yeux.

— Tu n'as rien dit ?

Il secoua la tête, l'air aussi surpris d'avoir oublié.

— Il s'est passé tant de choses, ça ne m'a pas traversé l'esprit.

— Eux, commença Greylen. Tu veux dire…

Brianna hocha lentement la tête en se rappelant la réaction d'Aidan.

— Dar, Céleste et Lachlan.

— Il va bien ? demanda Gwen les yeux écarquillés. Lachlan ?

Brianna acquiesça encore, elle avait oublié qu'il avait une maladie cardiaque qui se serait terminée autrement ici au XVe siècle.

— Oh oui. Il est en très bonne santé.

Pauvre Gwen, elle laissa sa tête tomber dans ses mains et fondit en larme tandis que Greylen s'efforçait de l'apaiser. Même Tristan se posta aux côtés de sa mère pour lui apporter son soutien.

— Et Céleste, elle va bien aussi ? demanda Callum.

Elle sourit en pensant à elle.

— Oh oui, elle est tellement adorable. Calme, au début elle était assez timide. Mais elle est charmante. Quand elle a vu ma sacoche, on aurait cru qu'elle avait trouvé un trésor perdu. Je ne savais même pas que c'était une création O'Roarke mais elle l'a su de l'autre bout de la pièce.

Callum fut ému à ce moment et Brianna se rappela leur lien. Céleste était la sœur de Derek qui d'après les MacTavish était une réincarnation de Callum au XXIe siècle.

— Leur petit garçon s'appelle Griffin et doit avoir deux ans, peut-être.

Tout le monde hocha la tête et elle supposa que cela concordait avec la chronologie.

— Et elle doit être un peu plus avancée que toi dans sa grossesse maintenant, Gwen.

Comprenant combien ils étaient importants pour les personnes de la table, Brianna raconta de nouveau toute l'histoire. Tout le monde avait plus d'une question sur sa dernière visite à Dunhill – elle avait à peine pu raconter son arrivée que les commentaires enjoués avaient commencé. Brianna était soulagée que personne ne semble vouloir s'attarder sur son trauma d'enfance et tout ce qu'elle avait appris de sa tante et de son oncle cette nuit-là, mais ils passèrent un temps considérable à parler du soupçon de magie auquel elle n'avait pas cru.

Embarquée dans leur conversation, entourée de gens qui semblaient aussi proches d'elle que sa famille, peut-être même plus, Brianna s'oublia un moment et parla des traditions familiales des O'Roarke. Et puisqu'elle apprenait que rien ne passait inaperçu avec ces gens, quand elle mentionna le fait que les O'Roarke ne se mariaient qu'en cas d'amour véritable, tout le monde sauta sur le sujet. Brianna jeta un regard à Callum, elle savait que malgré les siècles entre eux, il comprendrait et se rendrait compte de cet héritage.

— Le problème, c'est que les mariages O'Roarke ont un prix, dit-elle lentement. Ils n'arrivent qu'à moins d'un amour véritable et puissant, ce qui est bien sûr très bien, mais la *durée* de ces mariages est parfois terriblement courte.

Tout le monde hocha la tête d'un air grave et elle sentit qu'ils savaient que c'était vrai, surtout Callum.

Voulant passer à autre chose, Brianna raconta sa nuit à l'auberge et le marché artisanal, puis décrivit en détail la femme qui lui avait donné les vêtements quand on la questionna. Arrivée à la partie sur Abersoch, elle raconta en détail chaque moment depuis l'instant où Dar lui avait ouvert la porte, comme auparavant avec Aidan.

Le repas fut débarrassé et Brianna se rendit compte qu'elle n'avait pas eu l'occasion de dire combien tout ça avait été merveilleux. Elle ouvrit la bouche pour le faire, mais elle fut vite assaillie d'une série de questions – tout le monde était repassé au sujet de ses inquiétudes sur le destin qui ne l'aurait pas amenée ici pour une union éternelle mais pour autre chose.

Tout le monde intervint, essaya de lui faire voir un autre côté des choses, sauf Callum. Il prit vite la parole et il était clair qu'il comprenait ses inquiétudes.

— Tu crois qu'il y a plus de prévu.

Brianna vit le visage d'Aidan se fermer. Elle hocha la tête, consciente du regard d'Aidan sur elle.

— Je n'ai pas le désir d'y trouver une vérité, reprit Callum. Je ne souhaite même pas y songer, mais Brianna a raison : il faut y réfléchir. Nous ne pouvons pas fermer les yeux et ignorer cette possibilité bien réelle. Je sais que je peux parler en notre nom à tous quand je te dis que nous croyons tous sincèrement que tu y crois, ou du moins que c'est possible, oïl ?

Brianna hocha la tête, à la fois reconnaissante et terrifiée qu'ils soient prêts à considérer l'idée. Callum regarda chaque personne avant de reprendre :

— Malheureusement, le raisonnement de Brianna fait sens, aussi désagréable est-ce. Pourtant, si on réfléchit par exemple à la situation de Margaret et moi, qui avons chacun perdu notre premier amour...

Il secoua la tête.

— Ce que je veux dire c'est que nous avons perdu quelqu'un et deux ans après, nous avons été unis, ou réunis, d'après la croyance. J'imagine que n'importe quoi aurait pu se produire. Auquel cas, nos tragédies se seraient produites différemment, mais se seraient produites quand même.

— C'est vrai. J'espère que tu as fini, commenta Aidan en le fusillant du regard. Merci pour ton intervention.

À contrecœur, Callum continua :

— Et...

Il s'arrêta un moment et jeta un regard à Aidan. Si l'on pouvait se fier aux dagues dans son regard, Aidan n'était pas ravi de ce que Callum s'apprêtait à dire.

— Sans le marché qu'a passé ma mère, moi aussi, j'aurais eu comme destin une union passionnée mais terriblement courte.

Il raconta alors à Brianna son histoire, qu'elle n'avait jusque-là pas lue pendant ses recherches sur sa famille. Sa mère Isabeau avait offert une pierre à une enchanteresse comme paiement pour s'assurer du bonheur de Callum – la pierre exacte qui reprendrait sa place légitime dans l'épée loup des siècles plus tard.

C'était une histoire tellement belle et romantique que Brianna oublia presque comment ils en étaient arrivés là, mais elle revint rapidement à la réalité lorsqu'elle vit qu'Aidan jetait maintenant un regard noir à Callum. Espérant éviter qu'Aidan ne saute de l'autre côté de la table pour le frapper, Brianna lui serra la jambe.

— Et toi, qu'est-ce que tu crois ? lui demanda Gwen.

Brianna lui était reconnaissante pour cette intervention.

— Je commence à me demander si tout ce que j'ai appris, tout ce qu'on m'a enseigné – l'armement, mon expertise professionnelle sur...

Elle jeta un coup d'œil autour de la pièce, ne sachant pas ce qu'elle devait dire à haute voix, puis continua :

— Eh bien, sur les objets de votre monde. Je me suis demandé si tout cela ne menait pas à aujourd'hui. Si je n'étais pas censée être ici avec Aidan, dit-elle en le regardant, principalement pour lancer cette flèche et le sauver.

Entre les regards éberlués de Greylen et Callum et le soupir bruyant d'Aidan, Brianna comprit qu'il avait également omis de mentionner cette partie de l'histoire. Après qu'Aidan les avait mis au courant – un peu à contrecœur, nota Brianna, bien qu'il lui ait adressé un sourire contrit après –, elle dit à Callum que si elle avait pu le faire, c'était grâce à Maggie, qu'à partir d'elle, toutes les filles O'Roarke à travers les siècles avaient appris à manier des armes. Il secoua la tête, visiblement bouleversé, mais il se reprit rapidement et lui sourit avec nostalgie.

— J'ai failli m'étouffer avec mon petit déjeuner le matin où elle m'a demandé de lui apprendre à manier l'épée.

Tout le monde gloussa, tandis qu'il racontait l'histoire de sa précieuse Maggie, et il n'y avait pas d'autre façon de la décrire – l'amour que Callum avait pour elle était si évident.

Brianna sursauta en réalisant soudain quelque chose.

— Elle a appris avec l'épée du loup ?

Le visage de Callum s'illumina et l'effet fut électrique.

— C'est un nom tout à fait approprié, dit-il avec une lueur dans les yeux. Oïl, c'était bien avec elle, je considérais l'épée comme la sienne jusqu'à la nuit où Dar est parti avec. Plus tard, l'épée a été accrochée au mur du grand hall et c'est là qu'elle reposait quand Céleste et lui vivaient avec nous. C'est moi...

Il devint ému et, en regardant autour d'elle, Brianna vit que c'était le cas de tout le monde.

— C'est moi qui l'ai mise entre ses mains, le jour où elle a été renvoyée à son époque – son époque légitime.

Brianna laissa à tous un temps pour se reprendre. Aidan commença à passer ses pouces sur sa paume d'un air absent et la sensation était très agréable, simple et pure, contrairement à tout ce qui venait de se dire, à la journée en elle-même. Pourtant, cela lui rappela à quel point elle était reconnaissante d'être assise là, et lorsque Gwen croisa son regard et sourit, quelque chose dans son regard la frappa à nouveau : cette femme était vraiment heureuse et satisfaite de sa vie, elle s'épanouissait à des siècles de ce à quoi elle était habituée.

Brianna s'apprêtait à prendre la parole, mais ce fut Grey qui rompit le silence :

— Je ne comprends toujours pas ce qui t'inquiète. Il est évident qu'Aidan et toi êtes bien ensemble.

Oui et c'était bien là le plus difficile. Brianna n'avait absolument aucun doute sur leur couple, mais elle se demandait s'il était vraiment fait pour durer. Elle déglutit difficilement, incapable d'exprimer ses pensées à voix haute. De l'autre côté de la table, Gwen se décomposa.

— Oh, Brianna. Tu penses que c'est la raison pour laquelle tu es ici, que c'est la *seule* raison ?

Brianna sentit les larmes monter et hocha la tête.

— Aidan et toi êtes faits l'un pour l'autre, c'est évident, mais maintenant que vous avez réglé vos comptes, pour ainsi dire...

Brianna acquiesça à nouveau, essuyant les larmes qui avaient commencé à couler.

— Tu pourrais aussi avoir tort, dit Grey fermement, mais avec tant de tendresse que ses larmes s'arrêtèrent et qu'elle put se ressaisir.

Elle sourit faiblement, se demandant s'il l'avait fait exprès.

— J'espère que c'est le cas, mais quand j'ai compris que techniquement nous n'étions pas mariés...

Elle n'eut pas la chance de terminer sa phrase car tout le monde – même Callum, remarqua-t-elle – se lança dans un déluge d'excuses pour expliquer pourquoi Aidan avait agi ainsi. Il était clair que c'était la partie de l'histoire qu'Aidan avait racontée à Greylen et Callum pendant qu'elle était à l'étage avec Gwen. Tous semblaient s'accorder sur le fait que même si Aidan avait donné son consentement au moment où il avait compris qu'ils étaient faits l'un pour l'autre, il ne s'attendait pas à ce que Brianna donne le sien avant un certain temps après leur voyage. La pauvre se retrouvait dans un endroit complètement nouveau et il était normal de songer qu'elle aurait sûrement besoin de temps pour s'adapter, non seulement à cet endroit, mais à Aidan lui-même. Il n'avait pas tenu compte de l'incendie ni de leur séjour ultérieur à Ayr, et il ne s'était surtout pas attendu à la réaction de Brianna face à l'incendie. Lorsqu'ils en vinrent à relayer ce point du récit d'Aidan, elle rougit en repensant à cette nuit où tout avait changé pour elle. Elle était reconnaissante à Aidan de l'avoir racontée, lui épargnant tout embarras et déclarant simplement qu'elle avait *accepté ce que le destin leur avait donné*. Ils avaient compris de toute façon.

Après quelques minutes de cacophonie, Brianna tendit la main, espérant calmer le débat.

— Je comprends pourquoi il l'a fait, dit-elle à haute voix.

Aidan l'observait attentivement, mais son expression était indéchiffrable.

— Je n'ai aucun regret, dit-il

Elle lui serra la main.

— Et moi non plus.

Elle espérait qu'il saurait qu'elle le pensait vraiment. Et, malgré ses craintes, elle était si reconnaissante d'avoir un peu su que le destin était intervenu. Cela leur avait permis d'abandonner toute prudence et de se plonger complètement l'un dans l'autre – quelle que soit l'issue, elle ne pouvait pas imaginer ne pas avoir vécu ces dernières semaines avec lui.

— Mais... et si le fait que notre mariage ne soit pas conforme aux normes d'O'Roarke était une sorte de présage ?

— Un détail technique, insista encore Aidan, en se redressant comme si sa seule corpulence pouvait plaider sa cause. Facilement et rapidement rectifié.

Cela déclencha une nouvelle discussion, bien que celle-ci soit beaucoup plus civilisée. On demanda où se trouvait le Père Michael, nom que Brianna avait vu dans le registre familial, de sorte que les vœux puissent être échangés ce soir même. Malgré les réactions positives et l'empressement à élaborer un plan pour avancer, Brianna se sentait toujours mal à l'aise.

Peut-être réfléchissait-elle trop ou était-elle tout simplement irrationnelle, mais elle ne pouvait pas s'empêcher de penser qu'elle attendait que l'épée de Damoclès lui tombe sur la tête.

Brianna regarda Greylen et les autres et se sentit soudain très fatiguée. Rien ne lui plaisait plus qu'être en compagnie de ces gens, manger un bon repas et, surtout, se glisser dans ce lit moelleux et dans la sécurité des bras d'Aidan, et mettre cette journée derrière elle.

Elle fit donc un signe de tête et un haussement d'épaules probablement peu convaincants et prit sa fourchette. Elle se rendit compte qu'elle avait été tellement prise par la conversation et les questions qu'elle avait à peine prêté attention au dîner et qu'ils en étaient maintenant au dessert. Elle en prit une bouchée et faillit gémir tant il était bon – un gâteau aux baies fraîches et à la vanille, nappé d'une succulente crème fouettée – et à ce moment-là, tout le monde l'imita et mangea son dessert en bavardant d'un ton léger.

Au bout d'un moment, Callum se leva et servit le brandy, observant la table pour voir s'il y avait des preneurs. Brianna refusa d'abord, puis changea d'avis et leva la main, indiquant qu'elle en prendrait juste un peu. Callum acquiesça et déposa un petit verre à côté d'elle, avant de servir Aidan et Greylen. Lorsqu'il reprit sa place, la conversation s'orienta vers la visite de Brianna à Dunhill, quand elle aurait eu la chance de guérir complètement.

Au bout d'un moment, elle remarqua que Gwen était devenue silencieuse et secouait la tête, en souriant d'une oreille à l'autre. Greylen le remarqua également et lui rendit son sourire, puis couvrit sa main de la sienne et la serra légèrement. Toujours souriante, Gwen prit la parole.

— Regardez notre famille qui s'agrandit. C'est incroyable, dit-elle avec mélancolie.

Callum et Aidan hochèrent la tête et levèrent leur verre en l'honneur de ses sentiments. Ce n'était pas la première fois que Brianna était frappée par l'affection qui régnait autour de cette table et par la profondeur des liens qui unissaient ces personnes. En regardant les visages qui lui étaient de plus en plus familiers, Brianna se rendit compte qu'elle n'avait pas vu la mère de Greylen depuis un moment.

— En parlant de famille, où est Lady Madelyn ? demanda-t-elle.

C'étaient ses premiers mots depuis l'aveu de ses craintes. Gwen s'illumina de nouveau.

— Oh ! Elle est en train de préparer quelques affaires pour Isabelle et les enfants afin qu'Aidan puisse les...

Elle secoua la tête en le regardant et continua en bégayant :

— ... emmener... avec...

Puis, elle s'arrêta en plein milieu de phrase.

Brianna se tourna vers Aidan et le vit les yeux écarquillés, en train de secouer la tête – exactement comme Gwen, sauf qu'elle avait compris son signal un peu trop tard. Soudain, tout s'expliquait.

— Tu pars, devina Brianna en regardant Aidan.

Il acquiesça.

— Je pars aux premières lueurs du jour.

Et voilà l'épée de Damoclès qui tombait.

CHAPITRE 28

Aidan n'avait jamais eu l'intention de cacher à Brianna son voyage à venir – en fait, s'il n'avait pas été expulsé aussi vite de leur chambre un peu plus tôt, il lui aurait dit.

Pourtant, il resta assis, dans une bataille de volonté silencieuse avec l'adversaire le plus honorable qu'il eût rencontré. En vérité, il n'était pas sûr d'avoir le désir de camper sur ses positions – il détestait que Brianna fût encore envoyée dans une spirale de doute et de confusion. Il fut donc reconnaissant que tous ceux qui étaient attablés s'excusassent en prétextant qu'il fallait s'occuper des enfants ou autres excuses semblables. Brianna leur dit au revoir et Grey s'occupa des détails pour préparer le bateau à partir tôt, indiquant au personnel de revenir plus tard.

Une fois la pièce vide, Aidan tourna sa chaise vers Brianna, espérant qu'elle en ferait de même. Elle n'en fit rien et se redressa, puis lui adressa un regard des plus intenses.

— Tu ramènes les corps et les prisonniers, c'est ça ? Et je suis sûre qu'il faut que tu traites la question de Judith. J'imagine que tu te sens responsable d'elle, surtout maintenant.

Elle leva une main pour l'arrêter quand il essaya de parler.

— Je dis juste que je te connais assez pour savoir que vu les circonstances, tu te sens obligé de vérifier que tes actes n'auront pas de conséquences négatives pour elle.

Elle avait raison, bien sûr, mais il craignait qu'elle plaçât plus d'importance sur cette entreprise qu'il n'y en avait vraiment. Sa plus grande inquiétude pourtant était son ton plat et ses yeux vides. Il apprenait que sa femme était une force de la nature, surtout quand on la poussait, mais vu ses inquiétudes un peu plus tôt, il avait peur qu'elle mît de la distance entre eux. Au bout d'un moment, il fit glisser le pied de sa chaise de son pied pour qu'elle lui fît face.

— Breea... Brianna.

— Nous ne sommes pas mariés, dit-elle encore. J'ai vécu dans une bulle magique instaurée sur la base d'une fausse sécurité.

Elle était visiblement rivée sur le détail qui la dérangeait.

— Aïe, dit comme ça, je peux presque comprendre ton inquiétude.

Il appuya ses doigts contre ses yeux et soupira, prit un moment avant de lui adresser un regard fervent.

— Pourtant, peu importe comment nous en sommes arrivés là, nous *sommes* mariés. Le consentement mutuel et la consommation *sont* un lien.

— Pas pour un O'Roarke, pas sur le long terme.

— Ça l'était avant, répliqua-t-il, surpris par sa réaction animée. À part toi, je frapperai quiconque suggère l'inverse.

— Aidan.

Elle posa sa main sur sa poitrine et secoua la tête.

— Je ne diminuais pas ce que nous avons, tu as tout mon cœur. Si Père Michael pouvait nous marier maintenant, c'est moi qui te tirerais pour aller le voir, juste pour satisfaire mes craintes... mais...

Elle laissa sa phrase en suspens. Elle sembla se décider sur quelque chose, se pencha en avant et prit ses mains dans les siennes.

— *Mais* je crois qu'il y a une chance qu'à la fin, ça ne se produise pas.

Aidan lâcha un petit soupir, soulagé qu'elle ne s'écartât pas de lui comme il l'avait craint. Son contact était une aubaine également, même si ses mains étaient si délicates dans les siennes qu'il sentait sa lutte, son inquiétude, même. Pour être honnête, cela produisait un véritable effet chez lui, ses mots lui étaient inacceptables. Mais il était Sinclair de la maison de Pembrooke et cela voulait dire qu'il ne devait pas céder si vite. Il portait avec lui le poids de son nom et de son titre et rien que cette idée le renforçait. Il essaya de trouver un terrain d'entente. Il se pencha en avant, les yeux dans les siens.

— Dar et Céleste étaient séparés et ils sont ensemble et heureux maintenant.

Cela n'eut pas l'effet escompté.

— Tu parles de tes camarades. Ce ne sont pas des O'Roarke, rappela-t-elle avec un triste haussement d'épaules. Et puis, cela veut quand même dire que leur union était durable, il n'y a eu qu'une simple pause, durant laquelle personne n'est passé à autre chose.

Il fut surpris de combien ses mots le surprenaient.

— Une pause, répéta-t-il. *Une pause ?* Je ne crois pas.

Il luttait pour ne pas montrer qu'il était offensé.

— Je dirais que c'était plus un gouffre transcendant et je suis sûr que tu seras d'accord maintenant que tu l'as expérimenté. Nos unions ne sont pas des liaisons peu fiables qu'on balance au vent, Brianna. Quand l'un de nous trouve sa compagne, il n'y en a pas d'autres, personne ne passe à autre chose.

— Et Callum et Maggie ?

— Je ne dirais pas que leur exemple s'applique à ton hypothèse, mais plutôt qu'elle prouve la mienne.

— En quoi ?

— Ils ne forment qu'un. Maggie est une autre Fiona et Callum un autre Derek, deux âmes identiques nées à des siècles d'écart.

Il lui laissa le temps d'y songer, puis demanda :

— As-tu déjà vu ou constaté une preuve ou *connu* un

O'Roarke autre que Callum qui ait trouvé l'amour après la perte de leur amour véritable ?

Brianna secoua aussitôt la tête – elle n'avait même pas besoin de réfléchir, comme il le pensait.

— Parce que ça n'existe pas. C'est tout, Breea.

Il leva les mains et sentit sa ferveur monter.

— Voilà ce qu'on a et ce qui est vrai pour tous mes camarades, y compris ceux qui ne portent pas le nom O'Roarke. Même Lachlan n'a jamais séduit une autre après Ella. Et Dar n'aurait jamais été avec une autre si Céleste ne lui était jamais revenu. Céleste aussi aurait pleuré la perte de Dar pour le restant de ses jours, à moins qu'il ne naisse dans son époque après être décédé dans la nôtre – du moins, c'est comme ça que je comprends le fonctionnement du destin.

Brianna fronça les sourcils, confuse.

— Que veux-tu dire ?

Aidan soupira. C'était difficile à expliquer.

— Je ne peux pas le prouver, mais je crois que les âmes sœurs éternelles ont la possibilité de se retrouver si l'une décède, même à travers le temps et l'espace. Je ne crois pas que ça se passera *forcément*, mais que cela reste possible. Quel que soit la magie ou le destin qui nous ait réunis ensemble, je ne crois pas que l'un de nous puisse passer à autre chose après notre amour prédestiné, en cas de décès d'un des deux partenaires.

Aidan était si pris par son hypothèse qu'il n'avait pas remarqué le changement d'expression de Brianna. Une urgence traversait son visage.

— Il faut qu'on écrive ça sur du papier, un *parchemin*... maintenant, dit-elle en commençant à fouiller dans la pièce.

— Breea ?

Elle posa l'orbe en bronze gravé qu'elle admirait et qui l'avait distraite.

— Je repensais à cette lettre que mon grand-père m'a laissée. C'est juste...

Elle laissa sa phrase en suspens, perdue dans ses pensées.

Aidan haussa un sourcil, espérant l'encourager quand elle le regarderait.

— Oui, dit-elle en lui adressant un sourire complice et un signe de tête. Tu ne vas sûrement pas y croire, mais je n'étais pas facile quand je suis venue vivre avec lui. Je ne me comportais pas mal, bien sûr, mais j'étais juste... intense, j'imagine.

Ça ne m'étonne pas. Aidan réprima un sourire. Il ne pouvait qu'imaginer sa Breea – curieuse et pleine de ressources, avide de comprendre le monde – jeune, qui entrait dans une nouvelle vie après que la sienne avait été mise sens dessus dessous. Plutôt que de faire des suppositions sur son caractère, il dit simplement :

— Je suis sûr qu'il ne souhaitait que t'apporter un refuge.

Elle sourit doucement.

— C'est ce qu'il a fait, mais je veux dire que *plus que tout autre*, mon grand-père devait savoir que j'aurais besoin de preuves. Il en aurait fourni pour tout ça, alors ça me paraît étrange que...

Elle se pencha, inspecta les tables de jeu en noyer sur lesquelles se trouvaient du verre vénitien complexe et laissa sa phrase en suspens, ce qui devenait une habitude.

— Qu'est-ce qui est étrange ? insista Aidan qui voulait qu'elle poursuivît.

— Eh bien, il a parlé d'assurer notre héritage et qu'une part de moi a toujours su, mais ça ne veut pas forcément dire qu'être *ici* est mon héritage. Il voulait peut-être simplement dire que ma fascination pour Pembrooke et mon entraînement consolideraient notre héritage dans le futur... ou quelque chose comme ça.

Aidan avait besoin de plus.

— Tu l'as ? Cette lettre ?

Il fallait qu'il vît ces mots lui-même. Elle secoua la tête et soupira en abandonnant sa quête d'un parchemin pour revenir à sa chaise avec une pièce d'échec dans les mains. Elle lui adressa un sourire espiègle avant de poser le chevalier en marbre sur la table et de tourner le petit cheval pour qu'il fût face à elle.

— Non, je l'ai laissé sur ma table de chevet avant de partir explorer les tunnels.

— Mais tu as dit que tu n'avais pas ton sac avec toi non plus.

Elle écarquilla les yeux.

— Non, je ne l'avais pas, répondit-elle en écarquillant les yeux. Il est apparu de nulle part après… enfin, *après*. Rempli de toutes mes affaires bien sûr, enfin celles que j'avais rapportées du marché artisanal.

— Tu as bien vérifié ? demanda-t-il. Vu notre confrérie, il est possible que Dar ou Lachlan l'aient glissé dans la poche interne cachée de ton sac.

Aidan essayait de retenir son excitation, mais c'était difficile.

— Non. Il n'y avait rien jusqu'à ce que j'y cache le médaillon.

Il ravala sa déception. Une part de lui avait cru qu'il y aurait une lettre de la personne à qui Brianna faisait le plus confiance pour lui dire ce qu'elle avait besoin d'entendre. Mais elle avait vérifié les cachettes du sac, alors cette manière de communication avait bien été transmise et elle savait où regarder. Peu importe. *Il* serait la preuve. *Il* la convaincrait et lui donnerait la stabilité dont elle avait besoin et qu'elle méritait. Aidan se pencha en avant et posa ses mains sur son visage.

— Breea, nous gagnerons. J'ai prêté allégeance à très peu de personnes dans ma vie et je n'ai fait vœu qu'une fois d'honorer, d'aimer et de protéger jusqu'à mon dernier souffle… je ne l'ai fait qu'avec *toi*.

Elle sourit.

— Tu m'as tant donné, je n'aurais jamais pu imaginer cette sensation. Je n'imagine pas vivre… sans… sans toi.

Ohh, ses si grands yeux le hantaient.

— Tu le crois encore ? Qu'on pourrait ne pas être faits pour rester ensemble ?

— J'y crois tellement que cela me ronge. Je ne veux pas y croire, mais je ne peux pas m'en empêcher.

Pour la première fois, Aidan sentit la peur l'envahir et il se demanda si elle n'avait pas raison.

— Eh bien, commença-t-il lentement, bien que je ne puisse pas prévoir l'avenir, j'ai la ferme intention de te revenir entier et dévoué une fois que ce voyage sera terminé.

— Je sais. Et j'ai hâte, souffla-t-elle en lui serrant les mains.

Bon Dieu, elle l'avait effrayé.

— J'ai bien l'intention de revenir vers toi, répéta-t-il. Et tu seras là, entière aussi.

Et dans le cas contraire, il remuerait ciel et terre pour la retrouver.

Elle opina du chef. Il y eut une lueur dans son regard qui le secoua et il se pencha plus près, sachant d'une certaine manière ce qu'elle allait demander.

— Je sais que nous avons eu une dure journée, commença-t-elle, mais c'est peut-être à cause de cela… et de cette incertitude quant à notre avenir que j'ai besoin… j'ai vraiment besoin que tu m'emmènes à l'étage et que tu me fasses l'amour. J'ai besoin d'être aussi proche de toi que possible.

Il acquiesça et avec le même besoin primitif en lui, il l'emmena à l'étage aussi vite que possible. Une fois dans leur chambre, il put à peine se souvenir de la façon dont ils étaient arrivés là, tant il était concentré sur son besoin douloureux d'être en elle – maintenant. Il verrouilla la porte et immédiatement, ils furent l'un sur l'autre, à se toucher, à avancer maladroitement vers le lit tout en procédant au retrait rapide – mais prudent pour son poignet – de leurs vêtements. Il n'appellerait pas ce qui se passa ensuite des ébats amoureux ; c'était certainement né de l'amour, mais en vérité, tout ça était un acte de désespoir depuis l'instant où ils avaient quitté le grand hall. Il savait qu'elle le ressentait aussi, ce besoin instinctif, à la fois brut et primitif. Pourtant, après cela, Brianna et lui sentirent la tension de la journée s'estomper suffisamment pour pouvoir partager des moments insouciants : sourire en ramassant leurs vêtements éparpillés entre la porte et le lit et, se laver, apprécier l'affection familière qui s'était développée entre eux au cours de ces dernières semaines.

Après l'avoir aidée à enfiler une chemise de nuit délicate qu'il avait trouvée fraîchement lavée et suspendue dans l'armoire, il ajouta une autre bûche au feu, accéléra le pas et la rejoignit dans leur lit, de peur qu'elle ne fît plus de dégâts qu'il ne pouvait en réparer ou, pire, qu'elle ne se blessât elle-même.

— Laisse-moi faire, dit-il en arrivant derrière elle alors qu'elle s'efforçait d'attacher ses cheveux avec une seule main en état de marche.

Elle se retourna et sourit lorsque ses doigts effleurèrent ses cheveux avant de les attacher correctement, puis elle marmonna de plaisir quand il se pencha en avant et pressa ses lèvres contre son cou, ce qui lui arracha un frisson. Cela lui plaisait et il recommença, souriant lorsqu'elle émit un son de pur contentement.

— J'ai eu une idée…, dit-elle, plutôt optimiste.

Elle se plaça entre les jambes d'Aidan.

— Oïl ? demanda-t-il en essayant d'étouffer l'espoir qui bondissait dans son cœur.

Il laissa ses doigts suivre son cou en attendant sa réponse, observa la chair de poule se dresser en réponse à son contact. Au bout d'un moment, elle se décala à nouveau pour le regarder, tout en restant dans ses bras. Ses yeux étincelaient tandis qu'elle caressait son front, puis glissait ses mains dans ses cheveux. Elle jeta un coup d'œil en douce à sa coupure et hocha la tête en signe d'approbation, visiblement satisfaite de sa guérison.

Enfin, elle prit la parole.

— Si je fais le compte des signes, des choses qui pourraient corroborer le fait que rester ici, mariée à toi, est mon héritage…

— Tu l'as fait ?

Il n'avait pas pu s'empêcher de l'interrompre. Elle sourit.

— Non, mais à la seconde où je mettrai la main sur de l'encre et du parchemin, tu peux parier tes dragons que je le ferai.

Il gloussa et l'attira plus près de lui, rapprochant son visage du sien.

— Alors, ce compte ?

— J'aime tout ici, surtout toi, murmura-t-elle en effleurant ses lèvres. Il y a Pembrooke et tes dragons proverbiaux, bien sûr. Et j'ajoute aussi la question de mes vêtements à la colonne des « Rester ».

— Tes vêtements ? demanda-t-il, perplexe.

Elle acquiesça en s'écartant.

— La tenue que je portais le jour où j'ai trouvé ton médaillon, dit-elle avec toujours plus de zèle. Je me suis rendu compte qu'elle avait disparu, perdue dans le feu ou dans la mer. C'est peut-être un signe.

Aidan sourit sans hésiter, mais à l'intérieur, sa peur revint, comme un étau.

— Eh bien, nous y voilà, dit-il avec une fausse joie. Quelque chose de positif après tout.

— Oui, je pense que je peux voir un avenir rose et brillant avec un donjon rempli de nos enfants, et la maison de Pembrooke qui grandit couronnée de gloire.

Elle semblait complètement satisfaite de ce raisonnement et s'endormit peu de temps après, dans ses bras. Il la serra pendant des heures, chassant la pensée qui lui trottait dans la tête. Il avait en sa possession ce paquet de vêtements, arraché à la pile qu'il avait donnée à laver à Ayr. Il caressa ses cheveux et effleura son front de ses lèvres. Le ciel devint de plus en plus sombre et il ne quitta leur lit qu'une seule fois, pour alimenter le feu. Brianna dormait encore profondément lorsqu'il entra dans les latrines, mais quelques instants plus tard, en revenant dans leur chambre, il la découvrit debout et visiblement troublée. Avant de pouvoir l'avertir de sa présence, elle pleura et, dans son état ensommeillé, tomba du lit dans un bruit sourd. Aidan se précipita vers elle et la souleva du sol.

— Je ne partirais jamais sans te dire au revoir, dit-il en la serrant fort.

Elle ne dit rien, mais s'agrippa à lui toujours en pleurant.

— Je ne veux pas partir, Brianna. Mais je dois le faire.

— Je sais, murmura-t-elle, essayant manifestement de cacher

l'émotion dans sa voix, de minimiser sa réaction. J'ai juste paniqué.

Oïl. Il était difficile d'oublier tout ce qu'elle avait perdu, les instincts inculqués dès son plus jeune âge.

— Il est encore très tôt, et j'aimerais m'allonger avec toi et te prendre dans mes bras tant que nous en avons le temps.

Elle acquiesça mais indiqua qu'elle devait se rendre aux latrines d'où il venait de sortir. Il regarda son bras.

— Tu as besoin d'aide ? demanda-t-il.

Elle secoua la tête, mais il attendit à côté du lit malgré tout et l'aida à monter avant de se glisser à côté d'elle, en prenant soin de ne pas bousculer son poignet blessé. Immédiatement, elle se pressa contre lui et coinça une jambe entre les siennes. Il s'en réjouit, car elle n'était jamais assez près de lui à son goût. Elle resta silencieuse pendant si longtemps qu'il crut qu'elle s'était rendormie, puis elle murmura :

— Ça va bien se passer, n'est-ce pas ?

— Sans l'ombre d'un doute.

CHAPITRE 29

Brianna fut réveillée par un petit coup à la porte des heures plus tard. Aidan resserra ses bras autour d'elle avec un petit bruit affectueux. Il lui embrassa le front pendant qu'elle ouvrait les yeux.

— Ton petit déjeuner est là, lui dit-il à l'oreille. Ne bouge pas.

Ça, elle en était capable. La nuit avait été floue, entre son réveil paniqué et le moment passé à s'accrocher à lui comme si sa vie en dépendait. Aidan et elle avaient refait l'amour ; cette fois, c'était sans hâte et réfléchi, inoubliable et profond. Elle serra l'oreiller sur lequel ils étaient allongés, inspira son odeur et admira ses épaules carrées tandis qu'il traversait la pièce. Il enfila un pantalon – avec un long cordon pour le refermer – qu'elle envisageait sérieusement de prendre pour elle. Il serait parfait pour traîner et pour dormir.

Une fois décemment habillé, il ouvrit la porte et s'écarta, laissant Gwen et une parade de domestiques entrer. Brianna sourit doucement et agita la main pour la saluer, et sa nouvelle amie la salua en retour. Il était si tôt qu'elle devina que Gwen avait mis un point d'honneur à s'assurer qu'Aidan partirait comme il fallait. Brianna les observa déposer un grand plateau sur la table près de la fenêtre, placer des seaux d'eau chaude sur l'âtre et ranimer le feu. Puis, le personnel prit congé aussi vite et silencieusement qu'ils étaient arrivés. Gwen, elle, resta et Brianna comprit alors qu'elle était là pour regarder leurs blessures et surtout celles d'Aidan, puisqu'il partait très tôt. Elle lui adressa un regard scrutateur et il s'assit sans qu'on lui demande pour qu'elle puisse examiner un peu mieux les coupures sur son visage, inclinant son menton pour qu'il soit éclairé par le feu.

Elle le trouva en parfaite santé, hocha la tête et sourit.

— Attention, elle veut ton pantalon, dit-elle en montrant Brianna.

Elle ne vit pas l'expression d'Aidan mais Gwen leva les yeux au ciel en réponse.

— Non. Je disais qu'elle avait littéralement des vues sur ton pantalon.

Brianna réprima un rire tandis qu'il se tournait vers elle et haussait un sourcil. Elle haussa les épaules et recula contre la tête de lit.

— J'ai raison ou j'ai raison ? demanda Gwen en s'approchant.

Brianna ne put retenir son rire.

— Totalement. Il a l'air trop confortable pour qu'on ne le prenne pas.

— Je le savais ! Comment tu te sens ? demanda-t-elle en lui prenant son poignet.

— Endolorie, mais pas aussi mal que je le pensais.

— Hmm.

Gwen prit un moment pour inspecter les éraflures et les bleus et sourit.

— Eh bien, je suis très contente de ce que ça donne, dit-elle en rebandant le poignet. Ça a même dégonflé.

Elle hocha la tête en regardant Aidan transporter une tasse fumante de... elle plissa le nez en repérant un arôme de...

— C'est du *café* ? demanda-t-elle à la fois reconnaissante et horrifiée.

— Oui. Mais avant que tu flippes, reprit Gwen en levant la

main devant l'air ahuri de Brianna, il est important que tu saches qu'on garde tout ça secret.

Là-dessus, Aidan grimaça et marmonna quelque chose d'inintelligible.

Gwen soupira.

— Si, on garde ça secret, malgré ce qu'Aidan pense. Le capitaine John ne peut pas traverser le monde sur des caprices.

Là-dessus, Aidan haussa un sourcil et Brianna recouvrit sa bouche et s'esclaffa. Il était clair que c'était une étrange dispute.

— Bon, d'accord ! Enfin, il ne le fait *plus*. Ce n'est pas ma faute si Grey me surprend de temps en temps avec un petit cadeau plaisir !

Brianna tendit la main et lui tapota le bras.

— Tu sais quoi, je m'en fiche pour l'instant. Ce que j'adorerais, c'est en boire un peu.

Gwen sourit et lui tendit la tasse fumante. Brianna l'inhala d'abord, savourant la sensation familière, puis but une grande gorgée.

— Oh, ça fait du bien.

Gwen lui lança un clin d'œil, puis se leva et s'avança vers la porte avant de se retourner.

— Ah, et j'ai entendu que tu avais un faible pour le thé préféré d'Aidan. Il y en a plein d'autres en cuisine.

Aidan sourit d'un air espiègle et Brianna trouva cela adorable qu'il n'ait jamais dit que c'était *son* thé et se soit contenté de la rendre heureuse avec. Elle fit un signe de main à Gwen avant qu'elle ne parte et Aidan la suivit en direction de la porte, où il lui demanda d'attendre. D'un air absent, Brianna les observa, surtout concentrée sur son café. Aidan se tourna vers l'armoire, fouilla dedans et en tira quelque chose qu'il fourra dans les mains de Gwen – du linge à laver peut-être ? Elle était si occupée à boire son café en admirant le pantalon d'Aidan, ou plutôt Aidan dans son pantalon qu'elle n'y prêta pas trop attention.

Puis, il revint la voir.

—Je n'en ai pas pour longtemps, dit-il en l'attirant à lui.

Elle soupira de contentement et il frotta son menton contre sa tête.

— Un jour, bientôt, chuchota-t-il, on aura le plaisir de marcher ensemble tranquillement, sans soucis, avec rien que nos vies devant nous.

Elle sourit et passa sa main sur son torse.

— J'ai hâte.

Il frotta son visage au sien et l'embrassa, puis ils passèrent quelques minutes à se câliner et finir leurs cafés avant de se laver et de s'habiller. Au début, il avait insisté pour qu'elle reste au lit à se détendre, prétextant qu'il était tôt. Elle lui avait dit que jamais elle ne le laisserait partir sans le regarder depuis la côte jusqu'à ce qu'il disparaisse à l'horizon.

Cela le fit rire et elle oublia presque de quoi ils parlaient, qu'il s'apprêtait à partir en bateau, sur la mer, vers une rencontre incertaine. Elle porta Minette pendant qu'Aidan rassemblait ses affaires et quand ils entendirent frapper à la porte, Aidan haussa un sourcil et la regarda.

— Ça doit être Tristan.

— C'est bon, dit-elle en hochant la tête. Tristan, entre.

Le garçon ouvrit la porte, regarda prudemment à l'intérieur, mais elle vit qu'il était soulagé qu'on le laisse entrer. Ses yeux s'illuminèrent et il se hâta vers eux avant de s'accrocher à la jambe d'Aidan. Il leur dit bonjour tout en caressant rapidement Minette.

Aidan prit leurs capes et demanda à Tristan de veiller sur elle et Minette en son absence. Ensuite, il glissa le vêtement sur ses épaules et maintint la cape en place grâce à la broche. Tout en repoussant ses cheveux, il la regarda dans les yeux. Elle y lut plein d'amour, de promesses et perdit presque le contrôle et toute sa bravoure.

— Je reviendrai. Et tu seras là.

Il pressa son front contre le sien et ajouta dans un murmure rauque :

— Tu es tout pour moi, oïl ?

Brianna hocha la tête, espérant avoir l'air plus assurée qu'elle ne l'était en réalité. Elle suivit Aidan dans le couloir qui menait aux escaliers, où Callum et Grey attendaient déjà.

— Attendez, dit-elle face à eux.

Elle savait qu'Aidan avait envoyé une missive à son ami Ronan et son frère Rhys et qu'il devait les retrouver à Ayr, mais elle ne pensait pas que Callum et Greylen l'accompagneraient aussi.

— Vous y allez aussi ?

— Ils ont cherché à tuer une O'Roarke. Une des miennes, dit Callum en se redressant de toute sa taille – impressionnante par ailleurs. Cela ne peut pas rester sans réponse et même si Aidan n'a pas besoin de moi pour ça, je l'accompagnerai.

— Eh bien, de mon côté, je pense qu'il a besoin de moi, répliqua Grey en serrant avec affection la nuque d'Aidan.

Les hommes s'esclaffèrent et Brianna les imita, frappée de la force de leur lien.

— Et puis, j'en profiterai pour voir en personne le bateau, ou ce qu'il en reste.

En entendant des bruits de pas, elle se tourna et vit Gwen qui avançait dans le couloir.

— Je suis vraiment désolée, commença Brianna. J'ai l'impression que...

Ils la firent tous taire d'un regard tandis que Gwen arrivait à sa hauteur.

— Ne t'inquiète pas, dit-elle en agitant la main. En bateau, ils reviendront plus vite que tu ne le penses, sûrement avec des cadeaux et des trésors.

Là-dessus, Brianna dut sourire. Si Gwen pouvait être nonchalante sur tout ça, elle pouvait au moins essayer aussi. Elle les écouta parler de leurs plans, reconnaissante de ne pas avoir à participer. Elle était si plongée dans leur conversation qu'elle ne remarqua rien d'autre que la main d'Aidan dans la sienne tandis qu'ils sortaient et traversaient la cour jusqu'à approcher des chevaux harnachés par le personnel d'écurie. Un petit groupe d'hommes attendait, notamment Richard et Alan. En s'approchant, les hommes commencèrent à dire au revoir et Brianna sentit son cœur plonger. Elle avait espéré pouvoir accompagner Aidan plus loin, jusqu'au bateau si possible.

Aidan posa ses mains sur ses épaules.

— Il fait encore noir, mon amour, lui rappela-t-il en repoussant ses cheveux. Et il y a ton poignet.

Elle savait qu'il avait raison, entre l'heure et sa blessure, sans parler de la grossesse de Gwen, il était logique de rester en arrière. Malgré tout, elle ne s'attendait pas à une séparation aussi tôt.

— Ne laisse pas de place aux peurs, oïl ?

Il tapota doucement sa tempe du doigt et elle sourit malgré sa tristesse.

— Je ne le ferai pas, affirma-t-elle en secouant la tête.

Il sourit aussi, prit sa tête entre ses mains et plongea ses yeux dans les siens.

— Et par-dessus tout, entends bien que je t'aime.

Elle posa sa main sur l'une des siennes, sur sa joue, et envahie d'émotion, elle lui répéta les mêmes mots. Aidan détourna son regard quand Gwen arriva près d'elle pour la tirer doucement, car les hommes montaient à cheval.

Bien trop tôt, Brianna se retrouva debout sur la falaise, à regarder le bateau lever l'ancre, à peine visible dans l'aube violette. Pile quand le soleil pointait à l'horizon, Brianna fut frappée par cette image de lui, presque identique à la première fois qu'elle l'avait vu. Seulement cette fois, son imposante silhouette était flanquée de Callum et Greylen, formant une véritable image de pouvoir qui lui était intimement familière.

Tristan, qui veillait sur elle, lui prit la main. La voix d'Aidan faisait écho à travers l'eau qui les séparait.

— Brianna O'Roarke de la maison de Pembrooke, n'oublie jamais qui tu es.

Le garçon leva les yeux vers elle et sourit comme s'il savait, puis courut le long du vide avant de sauter sur des roches. Brianna le regarda soulever sa capuche et lever les mains en l'air, au moment où Aidan et ses hommes tiraient leurs épées à l'unisson pour les pointer vers le ciel.

— Et n'oublie jamais qui tu es : Sinclair de la maison de Pembrooke ! gronda Aidan.

Ses frères – et Tristan – répondirent en écho avec un cri de ralliement. C'était un salut adapté et elle essuya ses larmes. Henry posa un mouchoir en lin dans sa main. Si elle avait un jour questionné sa valeur, le fait qu'Aidan le laisse avec elle en disait long. Quand elle retourna dans sa chambre, elle trouva Minette endormie sur le lit et elle remarqua que les draps avaient été changés pendant qu'elle accompagnait Aidan. Elle lâcha sûrement un petit bruit, car Tristan la regarda bizarrement. Elle ne voulait pas pleurer, mais elle aurait voulu au moins garder sa taie d'oreiller. Serrant ses bras autour d'elle pour compenser cette perte, aussi bête qu'elle puisse paraître, elle sursauta quand Gwen arriva derrière elle.

— Désolée, Tristan est arrivé en courant en disant que tu n'étais pas bien.

Brianna n'avait pas remarqué qu'il avait quitté la pièce.

— Tu ne peux pas le savoir, bien sûr, reprit-elle en s'approchant de l'armoire, mais une fois, Greylen et moi avons été séparés des mois et en son absence, sa chemise était ma bouée. Tout ce qui lui appartenait, en fait.

Elle tira quelque chose d'un tiroir et quand elle se tourna vers Brianna, elle tenait les taies d'oreiller qui étaient sur le lit.

— Tu vois ?

Elle se sentit si bête d'être à sangloter pour une taie d'oreiller, mais Gwen ne semblait pas s'en formaliser.

— Sa chemise et son pantalon sont là aussi. Et si tu te reposais un peu ? Je suis sûre qu'un bon jour de repos ou deux te feraient le plus grand bien.

Bien entendu, Gwen avait raison. Brianna passa la journée entière et une partie de la suivante à se reposer. Quand elle émergea enfin de sa chambre vers midi le lendemain, elle entra en collision avec Tristan qui se pressait dans le couloir pour venir la voir. Un sourire affectueux aux lèvres, elle se pencha pour lui parler et le vit jeter un regard inquiet vers Henry. Brianna regarda son garde d'un air interrogateur, mais il soupira et secoua la tête. Elle savait tirer ses propres conclusions et comprit qu'Henry avait insisté pour qu'elle se repose sans qu'on la dérange et que Tristan avait demandé le contraire. Visiblement, il prenait les directives d'Aidan très au sérieux. Amusée de leur bataille de nerfs, elle fit ce qu'elle put pour rectifier la situation.

— Tu sais, on m'a dit avec quelle diligence tu avais veillé sur moi, dit-elle à Tristan avec un clin d'œil pour Henry. J'ai hâte de le dire à Aidan à son retour. Peut-être même qu'on pourrait lui écrire une lettre.

Après tout, elle essayait justement de mettre la main sur du parchemin. Le garçon rayonna aussitôt et bomba fièrement le torse. Brianna surprit Henry à réprimer un sourire.

Une fois la situation corrigée, elle lui attrapa la main.

— Bon, je suis affamée, tu crois qu'on pourrait se glisser aux cuisines et manger quelque chose ?

Tristan plissa le nez tout en grimaçant et Henry s'esclaffa, deux signes que tout allait bien.

CHAPITRE 30

Frappé par de forts vents contraires, le navire arriva à Ayr légèrement plus tard que prévu. Pas assez pour faire une vraie différence, mais suffisant pour qu'Aidan profitât de ce temps qu'il n'aurait pas eu autrement avec Grey et Callum. Même s'ils étaient tous des hommes adultes, dans l'intimité de la cabine qu'ils partageaient, ils revenaient à leur enfance. Leurs rires provoquaient du chahut, si bien qu'un membre de l'équipage tambourinait parfois sur la porte ou un mur pour qu'ils cessassent leurs singeries. Ils acceptèrent tout ça sans sourciller et quand ils descendirent du bateau, tout le monde se comportait comme si rien n'était arrivé.

Après avoir amarré, ils firent chemin jusqu'au rivage où les attendaient Rhys et Ronan. Tous se saluèrent avec joie et après s'être entretenu avec le capitaine John et avoir vu ce qui restait du bateau de Grey, désormais hissé sur la terre ferme, le groupe se rendit chez Glenn pour rassembler des chevaux et se mettre en route. La propriété des Fitzgerald était à une journée à cheval d'Ayr, et le trajet était facile. Le temps de s'occuper des hommes impliqués dans l'embuscade – ce qui se passa très bien, finalement – il ne restait plus que Judith elle-même.

Tous les cinq – Aidan, Callum, Grey, Ronan et Rhys – se

trouvaient donc dans le donjon, face à Judith et deux membres de sa famille, une tante et un oncle qui semblèrent tous deux soulagés d'être débarrassés de Gil et Nigel. Même si le cas de Judith – ou des fiançailles qui n'en avaient jamais été – n'était pas son problème, Aidan s'en occupa malgré tout, espérant qu'en retour, quelqu'un aurait la gentillesse d'en faire de même pour lui un jour. Pourtant, si Judith sembla reconnaissante de ne pas être mise dans le même sac que ses frères, il était clair que le mariage ne lui avait jamais traversé l'esprit. Pourtant, après une discussion, elle admit qu'elle comprenait son importance, surtout maintenant que son père était décédé. Vu le comportement haineux de ses frères, elle avoua quoiqu'à contrecœur qu'elle peinerait peut-être à trouver un mariage convenable.

Le groupe commença à discuter de comment s'informer discrètement des meilleures possibilités pour elle et Aidan remarqua que Rhys lui prêtait une attention toute particulière – ses yeux ne la quittaient pas. Soit Judith ne le remarqua pas – même si cela lui semblait peu probable –, soit son attention lui procurait des sentiments ambivalents. Un plan commença à se former dans sa tête, plan qui se révéla non nécessaire car Rhys prit abruptement la parole.

— Je l'épouserai, dit-il avec tout le sérieux de quelqu'un qui en vient à la conclusion qu'il a trouvé sa future femme.

Que Rhys fît cette déclaration très importante avec autant de fermeté tout en regardant chaleureusement Judith en disait long.

Ils se tournèrent tous vers lui et vu le regard des autres, personne n'avait prédit ce dénouement, et pourtant personne ne sembla particulièrement surpris. Judith, quant à elle, rougit, mais ne parut nullement opposée à cette union. Rhys ne laissa rien le trahir, mais Aidan savait que c'était son style : petit garçon, il avait perdu de nombreuses fois contre Rhys quand le jeu exigeait de garder un visage solennel. Callum brisa le moment avec un commentaire non nécessaire, mais attendu :

— Assure-toi que l'union soit sanctifiée.

Judith discuta avec sa tante et son oncle des mérites d'une telle alliance, mais Aidan sut qu'ils accepteraient, surtout vu comme Judith regardait Rhys avec curiosité.

Ce fut à Aidan de réprimer un sourire quand Rhys reprit la parole :

— Avez-vous un prêtre parmi vous ?

Quand la famille Fitzgerald répondit par la négative, Rhys émit le souhait d'être marié par Père Michael, à moins qu'il n'y eût une objection. Franchement, Aidan en avait une : il souhaitait retrouver Brianna au plus vite et que Père Michael fût à sa disposition. Or, un mariage, quoique rapidement décrété, exigeait que l'on convoquât un prêtre et retardât leur retour.

Au bout du compte, Aidan et ses frères profitèrent du retard en aidant les Fitzgerald à régler leurs affaires et mettre tout en ordre. C'était le moins qu'ils pussent faire, car après tout, ils avaient bénéficié de leur alliance originelle, qui leur avait permis de passer sur leur territoire pour construire Abersoch. Ainsi, Lachlan et leurs pères auraient voulu qu'ils aidassent comme ils pouvaient.

Presque une semaine complète après, Aidan rentra à Ayr avec joie. Il ne voulait pas quitter Rhys et Ronan, tous deux restés pour s'occuper de choses, mais il avait hâte de retrouver Brianna. Ils ramenèrent leurs chevaux chez Glenn et furent prêts à embarquer sur le bateau pour rentrer. Pas chez lui tout de suite, mais à Seagrave – ou Dunhill ? Il rit car ça n'avait aucune importance. Si Brianna était sur la lune, il irait l'y chercher, quel qu'en fût le prix – mais à cette pensée, Aidan trébucha. Il se reprit, puis regarda autour de lui pour voir si quelqu'un s'en était aperçu. Ses camarades lui lançaient un regard étrange. *Peu importe*, songea Aidan. S'ils savaient ce qui lui avait traversé l'esprit, ils comprendraient sûrement. Il continua son examen de la zone et repéra une femme étrange au loin. Le cœur tambourinant, il avança vers elle, accélérant le pas au fur et à mesure. Sans la rapidité d'esprit et la force de ses camarades, il aurait réussi à la charger et peut-être même à la mettre au sol.

— Pas sans encombre ! s'écria Aidan quand il fut enfin face à Esmeralda.

Callum et Greylen le tiraient chacun en arrière.

— *Le chemin qui se déploie devant toi ne sera pas sans encombre*, c'est ce que vous avez dit !

Elle resta immobile, mais ses yeux tressaillirent.

— J'ai failli la perdre – aux mains de la mort !

La voix d'Aidan se brisa en prononçant ces mots à voix haute.

— Et maintenant... j'ai *toujours* peur de la perdre et de ne plus pouvoir l'atteindre !

Il était surpris de voir les mots couler tout seuls.

— Et tu crois que ceci est ton destin, Aidan Sinclair ?

Ses mots lui portèrent un coup et nourrirent ses pires craintes.

— Est-ce le cas ? demanda-t-il en serrant les poings. Ce moment avec Brianna, *ce...* c'était pour rien ?

Sa vision devint floue tandis que l'émotion montait, et sans le ton d'Esmeralda quand elle répondit, il aurait pensé que ses mots n'étaient rien d'autre qu'un message voilé frustrant.

— L'amour véritable vient toujours avec un prix, dit-elle en les regardant tour à tour.

Aidan n'était pas satisfait de sa réponse cryptée.

— Si vous saviez ce que ça... ce qu'on ressent quand on le vit, vous ne vous en mêleriez pas.

Elle s'approcha et Aidan tressaillit, mais ne recula pas. Qu'elle ou celui qu'elle servait le frappât, s'il le fallait. Mais quand elle prit son visage dans ses mains, ce ne fut pas de la rage qu'il lut dans ses yeux, mais de l'empathie et de la compassion à ne plus savoir qu'en faire.

— Je suis tellement désolée, lui dit-elle avec tant de sincérité que sa colère se dissipa en un instant, le laissant à vif et nu. Si je pouvais vous éviter ça, je le ferais.

Il sut qu'elle disait vrai, car il voyait maintenant qu'elle avait elle-même souffert.

— Je l'aime, de tout mon cœur et avec tout ce que j'ai.

L'émotion coula sur ses joues sous le poids de ses mots, qui contenaient toute sa peur.

Elle hocha la tête.

— Oïl. Et elle t'aime. Vous êtes faits l'un pour l'autre, après tout.

Légèrement renforcé par cette déclaration, il trouva la force de lui demander ce qu'il craignait le plus :

— Vais-je la perdre ?

— Le véritable amour n'est jamais perdu, Aidan. Vous vous connaîtrez toujours, vous vous reconnaîtrez, que vous vous réveilliez l'un à côté de l'autre tous les jours jusqu'au dernier ou que vous vous retrouviez sous une autre forme ou dans une autre époque. Et si ces dernières semaines sont tout ce que vous partagerez, un jour tu sauras : l'amour véritable est toujours victorieux et en vaut toujours le prix. Tu lui as donné des ailes pour voler et faire ce qu'elle doit faire. Tu l'aimes pour qui elle est, sans aucune condition, ce qui est un sacré exploit pour un homme de ton... tempérament. Tu lui as donné le pouvoir d'être indépendante et à ce moment-là, libère-la...

Aidan ne put en entendre davantage.

— Je ne veux pas qu'elle soit libre, avoua-t-il honteusement.

Il pensa à Lachlan et à la force qu'il avait fallu pour s'éloigner d'Ella. Lui n'était pas aussi fort. Mais alors... il fut peiné de le comprendre, mais il supposa que ne jamais avoir rencontré Brianna aurait été pire qu'avoir été avec elle ce court instant. Malgré tout, il souffrait à l'idée que la perdre fût une possibilité.

— Pourquoi... pourquoi faites-vous ça, pourquoi vous en mêlez ?

Elle secoua la tête.

— Je comprends pourquoi toi et tes camarades le pensez,

mais s'il te plaît, crois-moi, je connais ta peine et j'essaie d'aider autant que le destin me le permet.

Aidan attrapa ses mains et elle écarquilla les yeux sous la surprise.

— Je vous en supplie, demanda-t-il en l'observant ses yeux remplis de larmes. Pouvez-vous être une aide *maintenant* ?

Elle hocha la tête et lui prit les mains.

— Ce que tu cherches est là, avec elle, depuis le début.

CHAPITRE 31

— Brianna ! Brianna !

Brianna se tourna, le cœur rempli d'affection de voir Tristan appuyé sur le rebord de la fenêtre, à regarder l'extérieur. Elle comprenait pourquoi Aidan et ce garçon étaient si attachés l'un à l'autre. Ils étaient tous les deux si sérieux, et pourtant tendres et ouverts aux autres. Elle avait passé presque chaque jour de cette dernière semaine avec lui derrière elle ou à ses côtés. Elle s'était efforcée de se tenir occupée et d'aider Gwen ; s'il n'y avait pas autant de bouches à nourrir et d'enfants à s'occuper vu qu'Isabelle et Gavin n'étaient plus là, le donjon s'ajustait encore à leur absence. Il était évident qu'ils avaient une routine rondement menée quand ils étaient là et qu'ils manquaient à tout le monde.

— Regarde ! s'exclama Tristan tandis que Brianna s'avançait vers la fenêtre. Maggie est là ! Et je crois que Tante Cateline est venue aussi, avec Isla et le bébé, regarde !

Le rythme cardiaque de Brianna s'accéléra et elle se précipita pour regarder elle-même. En effet, un petit groupe s'amassait sur le chemin qui menait aux portes du château et sa famille se trouvait pile au centre. Aussitôt, elle sentit les larmes lui brûler les yeux. Elle en essuya quelques-unes au moment où Gwen faisait irruption dans sa chambre.

— Brianna, ils sont là, dit-elle clairement émue aussi.

C'était un grand jour. Brianna rencontrait le reste de sa famille, sa vraie famille, pour la première fois. Gwen avait reçu une lettre de Maggie un peu plus tôt pour la prévenir qu'elle viendrait passer quelques jours à Seagrave, pressée qu'elle était de rencontrer *la fameuse Brianna*. Apparemment, Callum lui avait écrit le jour où il avait voulu, eh bien, montrer à Aidan qui était le boss, en ce qui concernait sa famille. Quand la lettre de Maggie était arrivée, ils étaient déjà en route, quoiqu'avançant à un rythme lent, puisque Tante Cateline et les deux jeunes enfants de Maggie venaient aussi, Isla et le bébé Dougal.

Tous les trois – Brianna, Gwen et Tristan – se précipitèrent hors de la chambre vers les escaliers et Brianna tenta de rester devant Gwen, même si c'était perdu d'avance puisqu'elle avançait à un rythme qui semblait impossible vu sa grossesse. Elle avait peur que Gwen trébuche dans un escalier, mais celle-ci leva les yeux au ciel en voyant ce que Brianna faisait.

— On ne fera que se faire mal toutes les deux, marmonna-t-elle dans sa barbe.

— C'est vrai, mais j'ai gagné la faveur de tes gardes, regarde, répliqua Brianna en montrant les sentinelles en bas des escaliers qui la regardaient en hochant la tête.

Quand elles arrivèrent dehors, tout le monde était descendu de la calèche et Tante Cateline portait le bébé. Bien sûr, Brianna n'avait jamais rencontré Maggie, mais elle la reconnut aussitôt. Dès que Brianna apparut sur le seuil, Maggie courut comme si elle était un membre de la famille chérie qui lui avait manqué, tout en criant son nom. Sa voix se brisa, remplie d'une telle émotion que Brianna chancela et commença à pleurer elle-même en descendant les marches, le menton tremblant et les joues trempées de larmes. Quand Maggie l'atteignit, elle enveloppa ses bras autour d'elle, ce qui faisait d'elles un sacré spectacle, même si

Brianna s'en fichait complètement. Elle se laissa aller à cette étreinte chaleureuse et tendre. Quand elles se séparèrent enfin, Maggie sourit à Tristan, puis à la petite fille de Gwen, avant de tendre la main vers Tante Cateline et de les intégrer à un grand cercle de câlin. Gwen et Lady Madelyn se joignirent à eux et après quelques minutes, elles se reprirent suffisamment pour s'écarter.

— Oh, regarde-toi, dit Maggie en saisissant Brianna par les épaules tout en secouant la tête. Tu es si jolie.

Ses doigts s'emmêlèrent dans l'une des boucles ondulées de Brianna, qui étaient réapparues lorsque son traitement à la kératine avait perdu son emprise – Brianna avait su que la transformation était terminée quand Gwen avait poussé un cri de choc et de joie en la voyant et l'avait pointée du doigt en s'exclamant : *Tes cheveux !*

— Regarde un peu notre famille, reprit Maggie en les regardant tour à tour.

Elle s'écarta pour permettre à Tante Cateline de s'approcher. Brianna se laissa à nouveau scruter. La femme la regarda dans les yeux, puis posa ses mains sur ses joues. Brianna s'émerveilla de savoir que son visage reposait entre les mains – étonnamment douces – de son ancêtre préférée, Cateline De la Cour.

— Tu sais que ces yeux te viennent de ma sœur Isabeau, l'informa Cateline d'un ton approbateur.

Brianna secoua la tête tandis que ses yeux se remplissaient à nouveau de larmes. Elle ne s'était jamais sentie aussi liée à une autre personne depuis la mort de son grand-père et aussi complète depuis l'accident de ses parents. Elle ne pouvait même pas parler. Elle se contenta de se blottir dans les bras de Cateline et resta là, à écouter le bébé babiller jusqu'à ce qu'elle soit capable de se ressaisir un peu. Lorsqu'elle s'écarta, elle remarqua que certains hommes, surtout les plus âgés, se pinçaient l'arête du nez pour ne pas céder à l'émotion.

— Allez, dit Gwen au bout d'un moment, rentrons à l'intérieur installer tout le monde.

Brianna s'apprêtait à suivre les autres dans l'escalier quand elle vit Gwen faire un signe à Maggie en désignant le bébé. Maggie lui sourit, les yeux remplis d'une émotion différente et elle le prit des bras de Tante Cateline et le retourna pour que Gwen puisse le voir.

Le visage de Gwen se tordit pendant une seconde, puis elle sourit et hocha la tête avant de caresser doucement le visage et la tête du petit garçon. Maggie se détourna un instant et Brianna comprit alors qu'elles avaient probablement été enceintes en même temps, mais que Gwen avait perdu ce bébé. Frappée par une autre vague de sentiments tout à fait différents, Brianna s'éventa les yeux pour éviter de pleurer. Après une longue étreinte avec le bébé au milieu, les deux femmes se séparèrent, se tournèrent vers Brianna et l'entourèrent chacune d'un bras.

Brianna, qui n'avait jamais vraiment eu d'amies proches et certainement pas d'esprit de sororité, se retrouva soudain au milieu de ce genre de relation. Toutes trois montèrent les marches bras dessus, bras dessous et entrèrent en versant encore quelques larmes tout en riant. Après avoir décidé qui dormirait avec qui – surtout les plus petits –, Brianna fit quelques allers-retours entre la chambre de Gwen et celles des autres, distribuant des flacons de nouveaux savons, lotions et gommages que Gwen et Lady Madelyn avaient préparés. Lors de son dernier voyage, quelque chose attira son attention dans l'une des armoires ouvertes de Gwen et elle faillit faire tomber le plateau qu'elle portait.

— Attends, dit Brianna en sentant son cœur se flétrir. Pourquoi as-tu cela ?

Horrifiée, elle se pencha pour attraper la pile de vêtements regroupés à côté des chaussures de Gwen. C'était la tenue qu'elle portait le jour où elle était arrivée dans cette époque. Soudain, un déclic se produisit.

— C'est ce qu'il t'a donné le matin de son départ, n'est-ce pas ?

— Oh, Brianna, je suis vraiment désolée, dit Gwen en

secouant la tête. Ce n'était pas pour te contrarier. Il voulait juste...

Elle s'arrêta, car Brianna s'effondra de nouveau – toutes ses vieilles peurs refaisaient surface.

— Brianna, qu'est-ce qui ne va pas ?

Maggie venait d'apparaître dans l'embrasure de la porte et se précipita immédiatement à ses côtés. Brianna se laissa guider jusqu'à un petit coin salon, sous le regard inquiet de Maggie.

Sachant qu'elle pouvait faire confiance à sa nouvelle consœur, Brianna laissa sortir tous ses sentiments et expliqua à Maggie ce qu'elle avait manqué. Gwen comblait les lacunes et traduisait pour elle lorsqu'elle pleurait trop fort pour parler clairement.

— Et si cela signifiait que je suis censée y retourner ? dit Brianna.

Cette possibilité la désespérait vraiment et cette prise de conscience la surprit – soudain, sa maison, qu'elle avait toujours aimée et où elle s'était sentie le plus en sécurité pendant la majeure partie de sa vie, lui paraissait austère et vide. Il serait cruel de se faire arracher tout ce qu'elle avait trouvé ici.

— Je ne veux pas perdre ça, ce que j'ai ici avec vous tous, pas seulement Aidan.

— Je ne comprends pas pourquoi tu penses cela, dit Gwen en secouant la tête. J'ai toujours mes vêtements de... eh bien, tu sais. Au grand dam de mon mari, d'ailleurs, ajouta-t-elle en penchant la tête sur le côté. Et pour son grand plaisir parfois. Anna me fait toutes sortes de vêtements, certains adaptés à l'époque, d'autres... pas tellement.

Brianna sourit un peu. Elle savait que Gwen essayait seulement d'aider, mais elle n'était toujours pas convaincue. Elle leur avait parlé de la théorie d'Aidan sur le destin, lorsqu'il s'agissait de leur confrérie, curieuse de voir comment Gwen et Maggie réagiraient.

— Eh bien, commença Maggie, je suppose qu'il a raison.

Quand je suis arrivée à Dunhill, Derek était parti depuis presque deux ans. Fiona aussi. Et croyez-moi, Callum et moi ne sommes *pas* tombés instantanément amoureux d'un regard – vraiment pas. Mais nous avions beaucoup de points communs et ça l'emportait sur tout le reste. Qui sait ce qui serait arrivé si nous n'avions jamais quitté la sécurité de notre bulle ?

Maggie marqua une pause, sans doute à cause des yeux écarquillés de Brianna.

— Les bulles, c'est bien, mais on ne peut pas y rester éternellement, ajouta Gwen sans perdre de temps – apparemment la métaphore de la bulle avait déjà été utilisée. Et une fois que la marée est montée... – Gwen fit la grimace. Mauvais choix de mots. Voilà que je mélange les métaphores. Ce que je voulais dire, c'est qu'une fois que l'amour s'installe, il n'y a rien qui puisse l'arrêter, même si vous prétendez le contraire ou si vous essayez d'être plus malin que lui.

Gwen rit, puis ajouta :

— Demande à Maggie, elle a essayé.

Maggie grimaça.

— Je pensais juste que tant que je n'admettrais rien à voix haute, tout irait bien.

Brianna acquiesça, une petite lueur d'espoir brillant dans sa poitrine tandis qu'elle écoutait l'histoire de Maggie. Malgré tous leurs hauts et leurs bas, et toutes les difficultés qu'ils avaient surmontées, ils étaient *toujours* ensemble, tous.

— Ces choses folles que nous faisons en essayant de déjouer un destin qui a déjà été choisi pour nous.

— Eh bien, au moins toi, tu as eu une prophétie pour te donner un indice – et n'oublions pas que tu es aussi la première de la classe... dit Maggie en inclinant un chapeau imaginaire à Gwen.

— Mais je ne suis pas détective, dit Gwen en plaisantant.

— Oui, et ben la détective en question a été un échec cuisant. Ma plus grande réussite se résume à battre des tapis à l'abbaye. Allez Maggie, imita-t-elle dans un faible murmure triste, en faisant tourner ses doigts comme des pompons.

— Attends, la coupa Brianna en secouant la tête. C'est vraiment ce que tu penses ?

Elle était choquée que cette femme qu'elle avait idolâtrée toute sa vie se voie sous un jour aussi sombre.

— J'étais une agente fédérale qui s'est effondrée et est devenue une trouillarde qui fait des révérences sans cesse et tente de plaire aux gens, dit Maggie.

Gwen n'était pas d'accord avec l'évaluation sévère de Maggie non plus et Brianna décida que c'était à son tour d'encourager Maggie et de la remettre sur le droit chemin.

— Maggie, c'est grâce à toi et à l'héritage que *tu* as créé que j'ai survécu ici, et Aidan aussi. Sans toi, je n'aurais jamais appris l'autodéfense ou le maniement des armes – ou du moins pas comme je l'ai fait. Sans tes sentiments après avoir perdu Derek et failli perdre Callum, tu n'aurais pas fait en sorte que *toutes* les femmes O'Roarke depuis près d'un millénaire – un *millénaire* – ne ressentent plus jamais ça. *ÇA*, c'est un héritage incroyable et puissant. En fait, c'est même bien plus que ça.

Maggie acquiesça, luttant manifestement contre les larmes.

— C'est vrai, insista doucement Brianna. Tu as toujours été une de mes héroïnes.

Elle lui laissa un moment pour assimiler cette phrase, puis ajouta :

— Et qu'y a-t-il de mal à faire la révérence ?

Après un sourire appréciateur de Maggie et un nouveau câlin groupé, tout le monde était émotionnellement épuisé et, au lieu de redoubler d'efforts ou d'essayer de faire avancer une théorie, elles décidèrent de se reposer et de concentrer leur énergie sur quelque chose de positif. Brianna comprenait où elles voulaient en venir, mais elles n'avaient pas compris ou avaient oublié qu'un inconvénient supplémentaire de son héritage O'Roarke pouvait faire pencher la balance – quand il s'agissait de mariage, du moins. La crainte de Brianna que quelque chose lui coupe l'herbe sous le pied ou l'arrache à cette réalité ne s'était que légèrement atténuée, mais rien de ce que Gwen ou Maggie pourraient lui dire n'y changerait quoi que ce soit, et elle était donc heureuse d'en rester là pour le moment.

Ce soir-là, bien après que le château s'était calmé, on frappa à la porte de Brianna et Gwen entra.

— Aujourd'hui, nous avons encore gagné, Brianna.

Elle lui prit les mains comme pour la soutenir et lui dire : *Tu vois, tu es toujours là*. Gwen ferma les yeux et dit doucement comme une prière :

— Merci.

En levant les yeux vers elle, Brianna comprit que c'était ce que la famille et les amis faisaient l'un pour l'autre. Le geste de Gwen était si doux, si sincère et si naturel. Ce petit acte de gentillesse remonta suffisamment le moral de Brianna pour lui donner le courage de croire que l'impossible était à portée de main.

Et c'est ainsi que les jours commencèrent à filer et que la semaine qui suivit se transforma en un séjour amusant entre filles – enfin, entre filles, plus les gardes de Seagrave et de Dunhill, Henry, et bien sûr, Tristan, son petit frère, et le bébé Dougal. Malgré tout, c'étaient les filles – âgées de deux à soixante-deux ans si Brianna calculait correctement l'âge de Tante Cateline – qui faisaient vibrer la maison. La prière de remerciement de Gwen devint rapidement une routine nocturne, et elle, Maggie, Tante Cateline, Lady Madelyn et Anna vinrent toutes dans la chambre de Brianna chaque soir, après avoir couché les petits pour la nuit, pour lui rappeler qu'elle était toujours là. Parfois, Brianna aurait juré pouvoir entendre un autre chœur de voix le murmurer aussi, et elle imaginait le personnel et les gardes juste derrière la porte, faisant ce qu'ils pouvaient pour s'assurer qu'elle resterait.

Après presque dix jours à Seagrave, Gwen déclara Brianna complètement guérie et elles s'organisèrent aussitôt pour se rendre à Dunhill afin que Brianna puisse enfin voir le château tel qu'il était à l'époque... ou était-ce, tel qu'il était maintenant... alors, maintenant... elle leva ses mains en l'air. Peu importe ce qui était techniquement correct, c'était Dunhill *maintenant*, voilà tout.

Si Brianna peinait à contenir son excitation à l'idée de se rendre sur la terre de ses ancêtres, elle n'arrivait pas à se débarrasser de l'inquiétude lancinante que quelque chose vienne éteindre le peu de magie qu'elle portait en elle. Jusqu'à présent, elle avait réussi à repousser les démons, même lorsqu'elle avait entendu dire que le Père Michael devait marier *le Sinclair* à Judith Fitzgerald. Elle s'était pardonnée pour cela : était-ce vraiment étonnant qu'elle ait pensé au pire, surtout quand l'information comprenait des expressions telles que *ne pas refaire la même erreur* et *s'assurer que l'union soit sanctifiée*. C'était un peu exagéré, même pour Brianna 2.0.

Heureusement, elles apprirent la nouvelle juste avant de s'installer pour dîner, ce qui signifiait que Brianna était en compagnie de nombreuses femmes sages. Alors qu'elles passaient le pain et le beurre autour de la table, elles l'avaient immédiatement remise sur le droit chemin. C'était une bonne chose qu'elle se soit habituée à leur esprit vif et à leur perspicacité, car elles n'étaient ni timides ni indirectes.

— Tu as raison, dit Brianna avec un hochement de tête décisif – enfin, à quatre-vingt-dix-neuf pour cent. Tout va bien se passer.

Gwen lui tendit la main.

— Tu t'es vraiment trouvée, n'est-ce pas ? commenta-t-elle en souriant affectueusement.

Brianna se rendit alors compte que Gwen avait raison, elle ne s'était jamais sentie aussi à l'aise dans sa peau. Gwen sembla comprendre intuitivement, car elle serra doucement la main de Brianna.

— C'est ce qui arrive quand on trouve sa famille, les gens qui feront partie de notre vie. Les vrais.

Brianna lui serra la main en retour.

— Eh bien, c'est vrai que les génies aiment la compagnie, lança-t-elle avec un sourire.

Sa nouvelle communauté sourit et étouffa un rire.

La conversation autour de la table se reporta alors vers le mariage de Brianna – tout le monde insistait sur son caractère imminent. Lorsque Maggie suggéra qu'elle porte sa robe, sa mâchoire se décrocha. Elle ne savait même pas à quoi ressemblait la robe, mais cela n'avait pas d'importance. L'offre était si importante pour elle qu'elle se sentit submergée. Quand elle se ressaisit, elle tendit la main à Maggie.

— Oh, Maggie, j'adorerais porter ta robe, dit-elle. Mais tu crois que ça porte malheur qu'Aidan l'ait déjà vue ?

Gwen et Maggie la regardèrent toutes les deux d'un air étrange, et le silence fut tel que pendant un moment, Brianna craignit d'avoir dit quelque chose de mal.

— Brianna, tu es d'accord avec moi : tu es techniquement déjà mariée – elle marqua une pause, apparemment pour laisser l'idée s'installer. Et puis, Aidan n'est pas venu à ce mariage. Il n'est arrivé que le *lendemain* des noces. Donc... il n'a jamais vu la robe.

C'était trop parfait pour refuser – le *destin* ? se demanda-t-elle un instant – et Brianna se sentit immédiatement plus légère.

— Oh, dans ce cas, oui ! J'adorerais porter ta robe, Maggie.

Brianna se sentait flotter. Elle était si heureuse, entre la révélation de la robe et les soupirs de plaisir qu'elle entendit quand tout le monde s'intéressa de plus près au plat principal, que Brianna avait préparé elle-même pour remercier les autres de leur soutien et hospitalité. Elle réussit même à garder son sérieux lorsque Gwen tourna la tête pour la regarder, lui lançant un regard perçant avant d'agiter sa fourchette en l'air.

— C'est du coq au vin ? demanda Gwen en brandissant sa fourchette vers elle.

Brianna haussa les épaules.

— Peut-être. Juste un petit peu, précisa-t-elle en levant la main et en rapprochant son index et son pouce.

— Et c'est à *moi* qu'on fait la morale parce que je prépare des plats qui troublent la chronologie historique ?

Assises autour de la table, elles rirent tout le long du repas. Après le dessert, des sortes de fruits flambés servis avec des pâtisseries qui lui valurent l'adulation éternelle de Gwen, elles se rendirent là-haut et mirent les petits au lit. C'était devenu une routine du soir : les bains, les histoires pour s'endormir, puis le défilé de câlins et de bonnes nuits.

Lorsque Lady Madelyn et Tante Cateline se retirèrent, Brianna prit elle aussi un bain chaud, impatiente de retrouver ensuite Gwen et Maggie dans le grand hall pour le thé, une autre partie de leur routine que Brianna adorait. Enfant, elle n'avait jamais vraiment aimé s'éloigner de son grand-père ou de leur maison, et n'avait donc jamais participé aux soirées pyjama auxquelles elle avait été invitée, mais elle avait l'impression d'en faire un peu l'expérience ici, avec Gwen et Maggie.

Depuis son arrivée, elle coiffait toujours ses cheveux de la même manière, mais au lieu du glamour des mèches lisses, ses boucles ondulées naturelles donnaient à son chignon désordonné un tout autre style. En regardant dans le miroir les quelques mèches indisciplinées qui s'échappaient toujours et tombaient sur son visage, Brianna dut admettre que cela lui allait beaucoup mieux. Lorsqu'elle enfila sa chemise de nuit préférée, celle ornée de dentelle qu'Aidan lui avait achetée à Ayr, elle songea qu'elle se sentait mieux à propos de son avenir ici. Rejetant ses craintes au fond de son esprit, elle décida d'arrêter de tergiverser – le passé était son présent maintenant et elle allait l'assumer. Après avoir attrapé la robe de chambre que Gwen lui avait donnée juste pour ces occasions, elle se vit de nouveau furtivement dans le miroir et s'arrêta, émerveillée par son reflet. Brianna savait que les plus grands changements se faisaient à l'intérieur, mais elle aimait ce qu'elle voyait.

Avec un sourire, elle serra la ceinture et descendit rejoindre les filles. En voyant la cour déborder d'activité, elle s'appuya au rebord de la fenêtre, sur le palier entre les deux escaliers. Elle ne savait pas trop comment elle avait pu manquer tout ce remue-ménage, mais elle vit Henry parler avec Alan et Richard. *Ça veut forcément dire que les hommes sont de retour.* Le cœur battant, elle se précipita au rez-de-chaussée, impatiente de retrouver Aidan, mais lorsqu'elle entra dans le grand hall, il n'était pas là. Elle repéra Gwen et Maggie déjà blotties dans les bras de leurs maris près de la cheminée, mais il n'y avait pas Aidan. Pendant un instant, elle paniqua, envahie par la terreur que quelque chose se soit passé, que sa tradition familiale se soit réveillée et l'ait éloigné d'elle, qu'elle ait tout gâché en décidant quelques instants plus tôt que tout irait bien.

Brianna secoua la tête en essayant de ne pas penser au pire, et avait presque cédé à la panique lorsqu'elle entendit un son lointain. Elle se figea. Elle reporta son regard vers l'entrée et retint son souffle en espérant que son esprit ne lui jouait pas de mauvais tours, mais elle l'entendit à nouveau, le bruit familier des pas lourds d'Aidan. Elle se tourna vers la porte, et il était là, Tristan dans ses bras, en pleine conversation avec Henry. Elle vit ses yeux balayer la pièce, jusqu'à se poser sur elle. Ses yeux à elle se remplirent de larmes tandis qu'il secouait la tête, la regardant de la tête aux pieds une fois, puis deux. Il posa doucement le garçon sur le sol, avança à grandes enjambées et Brianna courut vers lui le cœur tambourinant, se jeta contre lui, s'abandonnant à sa force tandis que ses bras l'enveloppaient et la soulevaient du sol.

Il souffla son nom, se balançant d'avant en arrière, puis la déposa à terre et prit sa tête entre ses mains pour poser ses lèvres contre les siennes. Lorsqu'ils se séparèrent enfin, il lui caressa le visage, toucha ses cheveux et secoua la tête.

— Comment... Qu'est-ce qui s'est passé ?

Soudain timide, elle posa sa main sur la sienne.

— Non, dit-il les yeux embués. C'est très beau et ça te va bien. C'est juste que... je ne comprends pas.

Brianna manqua de rire, se demandant comment elle allait lui expliquer ça, mais il ne semblait pas attendre de réponse, pas dans l'immédiat en tout cas. Il l'attira dans ses bras et l'embrassa encore une fois.

Quand ils s'écartèrent, ce fut abrupt et Aidan la regarda avec urgence, comme s'il se rappelait soudain de quelque chose.

— Breea, mon amour ? demanda-t-il en la prenant par les épaules. Où est ta sacoche ?

— Ma sacoche ? répéta-t-elle confuse. Pourquoi en as-tu besoin ?

— Breea, s'il te plaît, mon amour, où est-elle ? Sache que c'est important, ou je ne te le demanderais pas ce soir tout particulièrement.

— Elle est là-haut, répondit Brianna. Nous avions commencé à préparer nos affaires pour Dunhill, donc elle est sur le banc, à côté de l'armoire.

Aidan se tourna, fit un signe de tête à Henry qui attendait dans l'entrée et partit rapidement vers les escaliers. Quelques minutes plus tard, il était de retour avec sa sacoche. Aidan inspira sèchement, puis attrapa Brianna par la main et la tira vers l'espace pour s'asseoir, indiquant aux autres d'en faire de même. Tout le monde lui prêtait attention, maintenant. Brianna regarda Gwen et Maggie, qui haussèrent toutes deux les épaules, visiblement aussi perplexes qu'elle. Aidan s'assit et l'attira à lui avant de prendre ses deux mains dans les siennes.

— Tu te rappelles quand je t'ai demandé si tu connaissais l'emplacement secret dans le sac ? demanda-t-il ses yeux vers rivés sur elle.

— Bien sûr que je me souviens, dit-elle en levant les yeux au ciel, un peu troublée. C'était il y a quelques semaines.

— Brianna.

En général, quand Aidan prononçait son nom ainsi, en la regardant fixement, cela voulait dire qu'il était frustré, mais cette fois, il y avait de l'amusement dans ses yeux. Il se passait quelque chose et Brianna était curieuse de savoir quoi – et le rapport avec sa sacoche.

Il lui caressa la joue et sourit tout en la regardant droit dans les yeux.

— Voudrais-tu s'il te plaît nous montrer ce compartiment dont tu m'as parlé ? demanda-t-il plus calme.

Brianna hocha la tête et s'agenouilla devant le sac, l'ouvrit et sortit ce qu'elle avait rangé dedans pour pouvoir leur montrer la poche cachée dans les replis du sac.

— Y a-t-il quelque chose dedans ? demanda Aidan quand elle lui montra.

— Eh bien, oui, le médaillon y est toujours.

Tristan s'illumina et commença à sautiller dans la pièce.

— Tu peux le retirer ? reprit Aidan d'une voix mesurée.

— Le retirer ?

L'idée la dérangeait. Elle n'avait pas touché le médaillon depuis leur départ d'Ayr. Quand ses craintes sur son appartenance à ce siècle avaient commencé, elle n'avait plus voulu tenter le destin. Le médaillon l'avait amenée ici et elle s'inquiétait qu'il la ramène à son époque, tout comme l'épée avait ramené Céleste en les prenant par surprise.

— Tu n'iras nulle part, affirma Aidan d'une voix douce, comme s'il lisait dans ses pensées.

Brianna se tortilla.

— Peut-être que Tristan devrait l'avoir.

Cela lui semblait être un bon compromis. L'enfant devint fou de joie à l'idée d'avoir le médaillon.

— Bon, évitons de donner d'autres objets de ma possession, on verra plus tard.

Il y avait un soupçon de sourire, ce qui était un soulagement après l'intensité de ces dernières minutes et elle rougit d'être accusée – à raison – d'avoir oublié que le médaillon lui appartenait.

— Tu es vraiment insolente, même si j'adore. Mais revenons à la sacoche, tu veux bien ? La semaine dernière, quand je t'ai demandé si tu avais vérifié le compartiment et que tu as semblé savoir de quoi je parlais, j'ai pensé que tu savais comment la confrérie communiquait, à une époque.

Elle secoua la tête, ne comprenant pas à quoi il se référait. Quelle importance qu'elle sache comment la poche avait été utilisée par le passé ?

Aidan expliqua qu'ils avaient tous une marque reconnaissable pour indiquer un compartiment secret, créé dans une maçonnerie, un mur, un chemin ou une entrée – ou plus fréquent, un sac de voyage.

— Vraiment ? C'est si intelligent.

Son esprit d'historienne était fasciné. Les hommes furent ravis de son compliment, mais Maggie regardait Callum avec un air choqué, comme si elle venait de comprendre quelque chose. Callum lui rendit son regard et hocha doucement la tête. Brianna n'eut pas beaucoup le temps de s'interroger, car Aidan s'agenouilla et lui prit doucement le sac des bras. Elle le regarda d'abord avec curiosité, puis le souffle court tandis qu'il ouvrait en grand le sac et lui montra une minuscule gravure au fond de la sacoche, à peine remarquable si on ne sait pas ce qu'on cherche – on pouvait la prendre pour un défaut. Elle s'émerveilla de cette idée brillante. Cela devait être la marque qu'il avait mentionnée. Puis, il tira sur un pan de cuir et Brianna hoqueta. Elle n'avait jamais remarqué le morceau de cuir en plus.

— *Voilà* ce dont je te parlais, dit-il d'une voix tremblante. Je pensais que tu savais, vu ce que tu avais dit. Puis-je ou veux-tu nous en faire l'honneur ?

Soudain, Brianna avait peur, mais elle voulait être celle à le faire. Lentement, elle glissa la main dans le sac, passa ses doigts sur la couture révélée par Aidan, puis dans l'ouverture. Elle hoqueta en sentant quelque chose dissimulé à l'intérieur. Les yeux rivés à ceux d'Aidan, elle sortit non pas une, mais trois enveloppes, toutes protégées d'une pochette plastique résistant à l'eau. Elle en reconnut une, mais pas les autres.

Émerveillé, Aidan secoua la tête, les yeux remplis d'émotion.

— Je ne sais pas ce que c'est. Je ne peux que répéter ce qu'on m'a dit : ce dont tu as besoin est là.

Brianna prit la première enveloppe et eut le souffle coupé. Elle le croyait à peine possible.

— Elle vous est adressée. À vous tous.

Elle montra aux hommes l'écriture qui indiquait « À mes frères », puis posa l'enveloppe dans les mains d'Aidan. Elle hocha la tête pour l'implorer de l'ouvrir. Il prit un moment pour ouvrir le sceau sans le déchirer, mais quand ce fut fait, il lut à voix haute en faisant passer un autre papier qui figurait avec. Tout le monde était désormais par terre et leur cercle se referma : ils étaient assis si proches qu'ils se touchaient tous.

À mes frères, si seulement nous avions eu plus de temps.

Nous étions si émus par la présence inattendue de Brianna, par son intérêt pour nos histoires et les récits de sa famille que, quand elle est partie explorer ce matin, nous n'avons pas pensé au temps, ce qui était très bête, avec le recul.

Une enveloppe est arrivée peu de temps après de Dunhill. Elle nous venait de la tante et l'oncle de Brianna qui y vivent à notre époque et elle contenait un message demandant à ce que la lettre jointe soit donnée à Brianna en toute hâte. Nous avons compris que le temps était essentiel – il est peut-être déjà trop tard.

Malheureusement, je dois faire court, car nous devons partir à sa recherche, mais je vous joins un portrait que j'ai dessiné hier seulement. Sachez que nous allons tous bien et que vous nous manquez tous profondément.

Que Dieu soit avec vous,
Avec amour,
Dar et Céleste.

Il y avait des taches là où les larmes avaient sali la page et quand Brianna releva les yeux, elle vit que tout le monde avait les yeux humides. Ils se passèrent le dessin qui représentait Dar, Céleste, Lachlan et leur petit garçon, Griffin. Le croquis était si beau, plein de joie, déchirant, et doux-amer à la fois.

Les deux autres lettres étaient adressées à Brianna et écrites de la main de son grand-père. Elle avait déjà vu la première – c'était celle qu'elle avait lue dans la cuisine avec Dar, Céleste et Lachlan. La deuxième était inédite. Elle toucha l'enveloppe et laissa quelques minutes de plus pour que tous se reprennent. Quand ils comprirent ce qu'elle faisait, ils lui firent un signe d'encouragement de la main.

— Ouvre-la, dit Aidan.

Elle inspira profondément, puis craqua le sceau prudemment. Les mains tremblantes, elle sortit la lettre et passa ses doigts sur le papier préféré de son grand-père et sur sa jolie écriture florissante. Une plus petite page tomba quand elle déplia la lettre. Curieuse, elle reporta son attention sur cette feuille et vit que c'était un très vieux morceau de parchemin, plastifié. Il lui fallut un instant pour le reconnaître.

— Oh ! hoqueta-t-elle. C'est une des pages... de... de notre registre familial.

Elle la souleva et la regarda de près, le cœur tambourinant sauvagement. « *Brianna O'Roarke, fille d'Arthur et Meredith...* »

Elle se figea en fixant les noms de ses parents. Non seulement le nom de Brianna y était, mais celui de ses parents aussi, alors qu'aucune autre entrée n'avait jamais mentionné les liens de parenté. Voilà comment son grand-père savait. Ça avait été fait pour que l'entrée soit repérée.

— Aidan, souffla-t-elle.

Sa voix se brisa, mais elle lui tendit la page.

— Nos noms sont dessus !

Les yeux embués, il prit le papier et le regarda lui-même, puis posa sa main à l'arrière de sa tête et l'embrassa.

— Lis la lettre, mon amour, s'il te plaît.

Ma chère Brianna,

Je prie pour que cette lettre te parvienne au plus heureux des moments. J'y joins une page du registre familial des O'Roarke, celle qui contient ton nom et celui de ton futur mari. J'espère que quand tu recevras ça, vous vous serez trouvés. Je souhaite aussi te raconter quelque chose et je sens que cela sera important pour toi et les tiens. C'est une sorte de récit d'un été, il y a quelques années – le nombre d'années dépend bien sûr de la date où tu recevras ceci.

Alors que tu étais en plein dans tes études, je suis tombé sur un jeune homme en faisant des recherches à l'université. Nous avons commencé à parler et il me semblait étrangement familier et je crois qu'il ressentait la même chose. Même si à l'heure où j'écris, je ne dirais pas que notre rencontre était fortuite, vu tout ce qui s'est passé depuis.

Nous avons vite sympathisé, ce jeune homme et moi, et il est devenu fasciné par notre tradition familiale. Il me posait toutes sortes de questions pertinentes auxquelles j'étais heureux de répondre. Je lui ai raconté l'histoire de nos armoiries et de notre crédo et il m'a parlé de sa famille, de la femme qu'il aimait et de la vie qu'ils partageaient. Après un moment, il m'a demandé s'il pouvait venir dans notre maison ancestrale un jour et voir certains artéfacts. De la part d'un autre, j'aurais été suspicieux, mais c'était un homme bon et je voyais que ce voyage était important pour lui. Et comme j'avais déjà un voyage en Écosse de prévu, je l'ai aussitôt invité.

Son voyage fut bref, pas plus d'un week-end, mais ça a tout changé. Si je n'avais pas vu de mes yeux ce qui s'est passé, je n'aurais pas repensé autant à notre soudaine alliance, mais tout a changé quand je lui ai montré l'épée. J'ai ouvert l'étui et en voyant notre trésor familial, Derek – c'était son nom – a été frappé d'une telle émotion que ses genoux ont manqué de flancher. Quand il m'a regardé, les yeux implorants et la main tremblante au-dessus de l'épée, bien sûr, j'ai acquiescé. La beauté d'un homme saisissant la poignée d'une arme qui est sûrement sa providence est indescriptible et indiscutable. Cette épée lui appartenait, du moins, ça a été le cas à cet instant, et je ne pouvais pas en bonne conscience faire autre chose que de veiller à ce qu'elle lui revienne, aussi étrange cela puisse paraître.

J'ai appris sa mort tragique des semaines plus tard et même si nous nous étions connus qu'une brève période, j'ai eu l'impression de perdre un membre de la famille précieux – et d'une façon, Brianna, je crois que rien ne pourrait être plus vrai. Je me rappelle encore vivement lui avoir demandé d'attendre que j'écrive rapidement une lettre pour toi, une qui accompagnerait l'épée qu'il emporterait avec lui. Je savais qu'un jour, tu serais choquée de mon geste et tu essaierais de retrouver la trace de notre trésor. Puis, j'ai fouillé dans mon bureau jusqu'à trouver le médaillon du loup – sans savoir pourquoi, je savais qu'il devait partir avec aussi. En se dirigeant vers la porte, il s'est arrêté et m'a regardé avec un éclat dans ses yeux bleus – un bleu que je reconnais maintenant comme similaire au mien – avant de désigner avec fermeté l'une des pierres du mur.

— Quoi que vous cherchiez, je parierais que cela se trouve là.

Ça m'a perturbé sur le coup, cette pierre n'avait pas l'air différente des autres. Alors imagine bien ma surprise quand plus tard, j'ai frotté le mortier qui l'emprisonnait et j'ai découvert qu'elle se délogeait facilement. Je l'ai retirée et j'ai trouvé, je crois bien, la raison pour laquelle Pembrooke m'a appelé, ce jour-là, la raison pour laquelle il t'a appelée aussi, j'imagine. Je le joins à cette lettre.

Sois sans crainte, mon cœur, ton futur sera le plus heureux de tous. Je te supplie de ne pas gâcher un instant de ce qui te revient de droit. Profite de ce soupçon de magie

O'Roarke en sachant que l'amour que tu partages est véritable.

Je serai toujours avec toi, ma précieuse petite-fille.
Ton grand-père éternel,
Dougal O'Roarke

Brianna lut la lettre une deuxième fois, en silence, les larmes coulant sur ses joues, puis à voix haute sur l'insistance de tous. Enfin, elle la transmit et ils la regardèrent tous, laissant chaque mot s'imprégner dans leur esprit tandis qu'ils comprenaient ce qui s'était passé. Callum et Maggie semblèrent particulièrement affectés, Maggie sanglotait et Callum la serrait contre lui, la tête penchée vers elle pendant qu'ils chuchotaient ensemble.

Quand Maggie se fut calmée un peu, la conversation dévia vers une femme que les hommes appelaient Esmeralda – mais Maggie se référait à elle comme *la vieille sorcière*, avec une sorte de respect. Il fallut quelques minutes, mais Brianna comprit avec un sursaut qu'ils parlaient de la femme qui lui avait donné la sacoche. La première nuit avec Aidan à Seagrave, elle se rappela qu'il l'avait mentionnée. La seule personne qui gardait le silence était Gwen. Elle sembla perplexe, et quand Greylen lui prit la main et lui demanda ce qui la gênait, elle secoua la tête.

— Je crois... je crois que la femme dont vous parlez... celle que Callum et Maggie ont croisée à la foire, et peut-être même la marraine la bonne fée de Brianna, cette Esmeralda... je crois que ça pourrait être ma tante Millicent.

— Ta tante Millicent qui t'a emmenée à Abersoch ? demanda Greylen en écarquillant les yeux. Et t'a parlé des bassins créés par la marée ?

Gwen hocha la tête.

— Oïl. Tu crois que c'est possible ? Que ma tante Millicent et Esmeralda soient la même personne ?

Pendant une bonne heure, ils essayèrent tous d'expliquer à quoi elle ressemblait à chaque fois qu'ils l'avaient vue, mais ils comprirent vite qu'elle apparaissait légèrement différente à chacun d'eux, même s'ils étaient en sa compagnie au même moment.

— Comme c'est bizarre, commenta Gwen.

— Tu trouves ? Ou intelligent, fit remarquer Greylen.

— Eh bien, je dois vous dire que Millicent était un vrai joyau. Sans mauvaise blague, précisa-t-elle avec une grimace.

Ils rirent tous, mais après un moment, Brianna soupira.

— Je me demande si je la verrai un jour. La pierre, je veux dire.

Elle était allongée sur le sol, la tête sur la cuisse d'Aidan. Gwen essaya de se redresser, mais chancela jusqu'à ce que Greylen l'aide.

— Hé. Tu avais un plan de secours ? demanda-t-elle à Aidan. Je veux dire, comment comptais-tu *courtiser* ta femme si tu n'étais pas tombé sur cette Esmeralda.

— Tu parles à Sinclair de la maison de Pembrooke, Gwendolyn. Je t'assure que j'ai de grands plans – de *grands* plans, répliqua Aidan avec fanfare.

Il soutint le regard de Brianna, très surprise. Elle avait oublié combien il pouvait être romantique.

— C'est vrai ? chuchota-t-elle. Vraiment ?

Il inclina la tête sur le côté, geste qui était désormais un étrange rappel des moments passés, tout en la regardant avec curiosité, presque aussi abasourdi.

— Breea, souffla-t-il la main sur l'arrière de sa tête. J'ai hâte de te *courtiser* chaque jour pour le restant de nos vies.

Elle se sentit fondre, malgré les grognements et ricanements des spectateurs. Aidan déposa un baiser sur ses lèvres et sans la lâcher, il se leva en lui tenant les mains. Quand ils s'écartèrent, Aidan la regardait droit dans les yeux.

— Breea, chuchota-t-il juste assez fort pour qu'elle entende. On l'a emporté.

Elle avait le sentiment que ça ne faisait pas partie de sa *cour*, mais le résultat de la fin heureuse de leur détresse. Quand ses mains passèrent dans ses cheveux juste avant de l'embrasser encore, la pièce se mit à crier et les oreillers à pleuvoir, gentiment lancés sur eux.

— Hé ! Allez tous les deux. Laissez ça pour plus tard. Aidan, remets-y toi.

Aidan s'écarta enfin, l'air contrit. Son expression se fit alors sérieuse.

— Brianna… tu as deux possibilités, jeune femme.

Un instant, elle fut surprise de son ton *et* du fait qu'il ait dit *tu* au lieu de *nous*.

— *J'ai* deux possibilités ? Qu'est-il arrivé au nous ? demanda-t-elle en reculant d'un pas.

— Je me bats pour l'héritage, là, répliqua-t-il visiblement exaspéré. Et comme *je* n'ai jamais remis en question la sainteté de notre union, j'espère te montrer ton erreur – le plus tôt, le mieux.

Brianna ne savait pas quoi penser. D'accord, il marquait un point, mais il prenait tout ça bien trop au sérieux d'un coup.

— D'accord… alors première possibilité ? demanda-t-elle avec autant d'hésitation qu'Aidan soupira et que son expression ô combien sérieuse s'estompa un court moment.

— Breea, mon amour. Je ne fais que jouer un rôle, dit-il avant de reprendre son intensité.

Elle sourit, contente de voir leur complicité facile revenir. Après avoir inspiré profondément pour se calmer, elle sourit et répéta avec plus de bravoure :

— Un ?

— Tu restes ici avec moi et tu me laisses t'aimer comme j'étais destiné à le faire pour le restant de nos vies.

Brianna leva les yeux au ciel. Bien sûr, elle choisirait l'option un, pourquoi aurait-elle besoin de partir ?

— Je suis conscient des défauts de tout ça, maintenant que tu n'as plus besoin d'être convaincue, mais joue le rôle, oïl ?

— D'accord, mais j'aime vraiment *vraiment* beaucoup l'option un, répliqua-t-elle avec un soupir exagéré. Deux ?

Il la regarda avec tant de sérieux, droit dans les yeux, en silence, qu'elle commença à regretter sa question. Jusqu'à ce qu'il articule le mot *jeu* et qu'elle respire de nouveau avant de sursauter quand il s'écria :

— Henry !

Gwen comme Maggie sursautèrent aussi et Brianna inspira sèchement, serrant les mains d'Aidan en quête de soutien, car elle se sentait soudain perdue. C'était dur de se rappeler que ceci était de la comédie, car quand Henry pivota sur ses talons, c'était avec tant de fanfare que cela rivalisait avec toute relève de garde qu'elle ait vue. Ses bottes firent écho tandis qu'il traversait le foyer alors qu'Aidan la regardait, sans esquisser le moindre sourire, l'air mortellement sérieux. Elle observa les portes s'ouvrir au moment où Henry s'approchait et serra les mains d'Aidan un peu plus fort, maintenant un peu effrayée. *C'est un jeu, hein ?* Mais quand elle leva les yeux vers lui, son expression était toujours indéchiffrable.

Elle hoqueta quand Henry s'arrêta en haut des marches et attrapa son épée avant de fendre l'air en la levant vers les cieux. Un cri lui échappa et elle recouvrit sa bouche... puis Henry s'écria :

— *RELÂCHEZ LES DRAGONS !*

Brianna était tellement abasourdie qu'elle resta figée un instant, puis éclata de rire tandis que la tension quittait son corps. Cela aurait pu être une scène de film. Elle lança à Aidan un regard interrogateur, se demandant s'il savait ce qu'il faisait.

Il s'approcha plus près d'elle.

— Tu ne sais pas encore maintenant que je ferais n'importe quoi pour te prouver que tu es faite pour être ici, avec moi ? dit-il en saisissant sa tête dans ses mains.

Bon Dieu, elle adorait quand il faisait ça.

— Comme c'est intelligent de votre part, monsieur Sinclair, souffla-t-elle.

Elle avait voulu lancer une nouvelle taquinerie, mais elle se sentit fondre en voyant l'amour dans ses yeux.

— Veux-tu bien me ramener à la maison alors ? Que je puisse enfin voir Pembrooke comme il faut ?

Il esquissa un grand sourire, hocha la tête, mais dit :

— Hors de question, mon amour...

— *Attends*... quoi ?

— On part à la première lueur de l'aube pour Dunhill, où Père Michael nous mariera *officiellement*, pour que ton gardien autoritaire Callum puisse écrire nos noms dans le registre familial.

— Super, oui, mais alors...

Alors il l'embrassa.

ÉPILOGUE

Depuis son perchoir en haut de la colline, Aidan repéra Brianna dans le jardin en bas. Il lui adressa un signe de tête et se tourna vers son homme avec un sourire, glissant le petit sachet qu'il lui avait donné dans sa poche. Quand il regarda le ciel, il se rendit compte que la matinée touchait à sa fin et se hâta d'aller aux écuries. Après avoir permis à Jumette de se refroidir après ses exercices, il lui donna quelques tapes, puis chercha sa femme et la repéra, un panier à la main, en train de quitter les jardins.

Il sourit encore et remarqua la traînée de petits derrière elle. Aucun n'était à eux *pour l'instant*, même si leurs vaillants efforts avaient porté leurs fruits et qu'elle attendait un enfant. En plus des enfants derrière elle, Brianna était suivie de quelques *animaux* y compris un... Aidan pencha la tête sur le côté pour confirmer, oïl, c'était bien une oie qu'il ne croyait pas avoir déjà vue. Il secoua tendrement la tête et l'observa progresser vers le donjon, tout en souriant et adressant des signes de tête sur son passage, partageant sa bonne humeur. Elle ne l'avait pas encore vu et Aidan l'observa s'arrêter devant les portes et presser la main sur le symbole. Leur symbole.

Elle disparut à l'intérieur et il resta planté là comme un idiot, à ne contempler rien d'autre que les portes du donjon, complètement épris. Il se fichait d'être transporté par son charme ou par la marque de bien plus qu'un soupçon de magie O'Roarke.

Une fois lavé et de retour dans le donjon, Aidan fut accueilli de sourires chaleureux et d'un bonheur qui envahissait tout leur château, et en vérité tout le domaine de Pembrooke. Ces derniers mois, c'était comme si cet endroit avait reçu de la poussière de fée, après leur union sanctifiée.

Oïl, ils avaient été à Dunhill le matin suivant le retour de ses camarades et lui à Seagrave et la révélation de ce qui se cachait dans la sacoche de Brianna.

Leur groupe de cavaliers ridiculement large aurait pu ressembler à une armée, mais le trajet avait été rempli de rires et de joie. Le ravissement de Brianna à leur arrivée au cabanon de mi-parcours était contagieux et même s'ils avaient prévu que les femmes y dormissent pendant que les hommes dormaient à la belle étoile, leurs femmes avaient d'autres idées en tête. Après que les enfants s'étaient endormis, elles étaient sorties les rejoindre, au grand plaisir de tous. Aidan était ravi de pouvoir attirer Brianna à lui et la serrer contre lui toute la nuit, dormant sur un lit improvisé, comme au tout début de leur relation.

Ils étaient entrés sur le territoire O'Roarke le lendemain matin et même si la frontière était invisible, c'était comme si une partie de Brianna le reconnaissait. Aussitôt, son expression changea, elle s'était redressée, plus alerte, et quand elle s'était tournée pour le regarder, tout son être semblait éveillé et submergé.

— Breea ? avait-il demandé soudain inquiet.

Mais elle avait secoué la tête, envoyant danser ses boucles douces et avait souri.

— Je les sens. Tous, Aidan… Je suis à la maison.

Il avait compris, mais malgré tout, elle avait tendu la main et l'avait regardé doucement.

— Je ne veux pas dire que toi et Pembrooke n'êtes pas ma maison…

Elle avait laissé sa phrase en suspens et il en avait profité pour couper son envie de s'excuser.

— Je sais très bien ce que tu veux dire et que tu ressentes ça, c'est un cadeau.

— Je peux ? Tu devrais venir vers moi.

Elle avait fait un geste de la main, indiquant son avis de chevaucher devant, de ne faire qu'un avec cette terre. Il était allé avec elle et ce qui avait commencé comme un petit galop régulier et enjoué pour célébrer son retour était devenu tout autre chose. Il peinait à l'expliquer avec des mots, mais il aurait juré sentir son énergie s'entortiller avec la terre et prendre racine. Jumette donnait l'allure et son étalon suivait, courant à travers la prairie dans un vrai galop. Aidan restait quelques pas derrière et regardait les cheveux de Brianna voguer au vent derrière elle.

À Dunhill, Brianna avait refusé la proposition de Maggie et Callum de séjourner dans les appartements qui avaient été à Fergus et Isabeau, puis Dar et Céleste et avait demandé la chambre à côté de celle de Tante Cateline, pour rester près d'elle le temps de leur séjour. Aidan se fichait d'où ils formaient, tant qu'il pouvait la serrer dans ses bras la nuit et se réveiller auprès d'elle au matin. Les après-midis étaient encore mieux : ils profitaient des siestes des enfants pour s'enfuir seuls dans la chambre, même s'il n'était alors pas question de dormir.

Les jours qui avaient suivi, Brianna lui avait fait visiter sa maison telle qu'elle la connaissait. Même si bien sûr, il connaissait bien Dunhill, voir le château avec ses yeux était une sacrée expérience. Il n'oublierait jamais sa joie quand Callum et Maggie et même Tante Cateline lui avaient montré les trésors qu'elle n'avait jamais vus de ses yeux, mais dont elle avait entendu parler dans des livres. Ni son visage quand elle était entrée dans la salle à manger *informelle* la première fois, quand elle avait passé ses mains sur les étoffes, admiré les roses sur la vaisselle préférée de Maggie.

Aidan aurait dit que sa découverte des boîtes aux lettres sur le manteau, leur place pour des siècles encore, était le moment le plus précieux de tous. Elle avait écarquillé les yeux, secoué la tête et s'était avancée pour les regarder de plus près, puis avait hoqueté et s'était tournée vers lui.

— Je peux créer un vernis pour aider à les préserver.

Elle avait alors couru vers lui et s'était agrippée à sa tunique.

— Aidan ! Et si c'était *moi* qui les avais préservées pour qu'elle soit toujours là dans le futur pour Céleste ?

Il avait espéré qu'elle n'aurait pas besoin de réponse, car cela semblait couler de source. Il avait haussé un sourcil et lui avait lancé un regard encourageant, ce à quoi elle avait répondu par un rire.

— C'est vrai.

Oïl.

Père Michael les avait mariés ce premier soir et quand Aidan s'était tenu sur les marches de la chapelle habillé de ses beaux atours de mariage, Brianna avait traversé la cour dans une robe qui se trouvait être un objet de famille. Il avait eu la sensation que tout se passait comme il fallait. Ils avaient échangé leurs vœux et leurs bagues et même si leur mariage était maintenant sanctifié, en réalité, leur lien s'était solidifié des semaines avant. Chacun de ses camarades était là sauf Ronan, dont ils n'avaient pas de nouvelles depuis leur départ d'Ayr, ce qui ne lui ressemblait pas, et Dar, bien sûr.

De retour au donjon, ils étaient tous allés dans le bureau de Callum et avaient attendu avec impatience que l'encre séchât, comme s'ils menaient une course contre le temps pour s'assurer que leur histoire ne se répéterait pas. Aidan ne serait pas surpris qu'ils eussent tous retenu leur souffle tandis que Callum retirait la pierre du mur. C'était un acte que lui et ses camarades avaient déjà fait plusieurs fois par le passé, mais cela semblait plus significatif cette fois. Une fois le compartiment à l'intérieur révélé, Aidan et Brianna avaient placé ensemble la page arrachée du registre familial. Après, la pierre avait été remise en place et des soupirs avaient traversé la pièce, ainsi que des rires, quand Gwen avait demandé si ce n'était pas le moment pour un petit verre, regrettant de ne pas pouvoir le faire aussi.

Désormais ils étaient installés à Pembrooke pour vivre leur vie ensemble et Aidan peinait à croire tout ce qu'il avait fallu faire pour en arriver là. Secoué de sa rêverie, il entra dans le salon où Brianna installait des fleurs fraîches dans un vase sur la table. Quand elle se tourna et le vit là, il ne sut pas qui était plus heureux de voir l'autre, mais à vrai dire, il s'en fichait. Il ouvrit les bras une seconde avant qu'elle se jette contre lui dans un bruit sourd et il s'esclaffa avant de la serrer contre lui, malgré son ventre entre eux.

Il passa la main dans ses cheveux et pencha la tête pour l'embrasser avant de sourire en l'entendant gémir. Quand il s'écarta, elle se pencha en avant.

— Encore, s'il te plaît, chuchota-t-elle.

Elle se dressa sur la pointe des pieds pour toucher ses lèvres des siennes. Il céda, bien entendu, et même s'il lui avait fait l'amour lentement et doucement quelques heures plus tôt, il sentit qu'il pourrait bien le refaire. En toute hâte. Puis, il se rappela.

— Attends, mon amour.

Il rit de la voir esquisser une moue.

— J'ai quelque chose pour toi.

Il glissa la main dans sa poche et lui tendit le petit sachet en soie.

— Qu'est-ce que c'est ?

Comme il ne répondit pas tout de suite, elle commença à enquêter :

— C'est fragile ? Du verre ?

Elle le secoua doucement.

— Un hochet de bébé ?

Il rit et l'attira dans ses bras, puis rit encore tandis qu'elle le serrait d'un bras tout en regardant le cadeau. Elle leva les yeux vers lui d'un air contrit.

— Désolée, dit-elle avant de feindre de jeter le paquet.

— Non ! dit-il en tendant la main.

— Oooh, je le savais ! s'écria-t-elle avec joue en lui frottant le torse de sa main libre. C'est de la porcelaine ? Du cristal ? Un...

— Pourquoi tu ne l'ouvres pas pour voir ça par toi-même ?

Elle grimaça, mais défit le ruban et glissa prudemment le contenu du petit pochon dans sa main.

— Oh, Aidan.

Elle inspira très légèrement en observant la figurine, à ajouter à sa collection grandissante, puis elle lui jeta un regard.

Oïl. Le regard qu'il s'efforçait d'éveiller chaque jour.

— C'est très beau.

Un ours en cristal avec un louveteau dans les bras reposait dans sa main.

— Comme toi.

— C'est du saphir, dit-elle.

C'était la couleur qu'elle n'avait pas encore.

— Comme tes yeux.

Elle le posa prudemment sur l'étagère avec le reste de sa collection de babioles en cristal, puis le regarda.

— Il est magique.

— Comme ton amour.

Il le pensait vraiment. Elle lui lança un regard rêveur, puis sursauta et écarquilla les yeux avant de prendre ses mains et de les presser contre son ventre. Les yeux dans les yeux, ils attendirent ensemble et échangèrent un sourire quand le bébé donna un coup de pied, comme prévu.

Puis, il pressa son front contre le sien et souffla les mots qu'il ne dirait jamais assez :

— Tu es tout pour moi.

LA PROPHÉTIE

⸻

Extrait la premier tome de la série *Les Lairds des Highlands*

⸻

25 avril, 1426

Greylen MacGreggor était conscient de l'aube imminente. Si conscient que c'en était presque douloureux. Les ombres jouaient toujours dans les derniers renfoncements de sommeil agité, des ombres qui l'avaient hanté la majeure partie de sa vie. C'était toujours lors des dernières secondes de semi-conscience qu'il se voyait tendre la main dans le noir. Un espoir futile de quelque chose de tangible à sa portée. Pourtant, chaque jour, à son réveil, le vide l'accueillait.

Cette journée n'était point différente.

Comprenant la vérité, il rejeta les couvertures et s'assit sur le bord de la couche. Les pieds sur le sol, les coudes sur les genoux, il posa sa tête dans ses mains un court instant. Puis, comme chaque matin, il passa rudement ses doigts dans ses cheveux avant de se lever.

Une punition pour ses idées saugrenues.

De la douleur pour apaiser celle qui ne s'absentait jamais.

Pieds nus et en pantalon, il quitta sa cabine et monta sur le pont. Dans le ciel, étoiles et pleine lune illuminaient la mer noire. Son capitaine était posté au gouvernail du bateau et quelques membres de l'équipage dans les environs le laissaient à sa solitude. Il avança jusqu'à la proue, pas étonné d'entendre quelques minutes plus tard les bruits de pas du seul homme qui oserait l'approcher à un moment pareil.

— Greylen ? demanda Gavin, son bras droit.

— Oïl ?

— Nous accosterons au port à l'aube.

Greylen tourna la tête et haussa un sourcil.

— Oïl, Gavin, c'est un fait que j'ai déjà en ma connaissance.

Gavin lança à son commandant un sourire en coin.

— Je te suis inestimable, n'est-ce pas ?

Greylen lui rendit son sourire, mais refusa de répondre. Il regarda la mer, de nouveau silencieux, comme toujours l'heure précédant l'aube.

C'était son deuxième endroit préféré pour commencer une nouvelle journée. Son premier était sur la plage sous les falaises de Seagrave. C'était le seul moment où il se permettait de plonger dans les images de ses rêves.

Le seul moment où il y réfléchissait.

— Il reste un mois, annonça calmement Gavin.

Il était dans la même posture que Greylen : les jambes écartées et les bras croisés.

— Tu es un puits d'information ce matin, ironisa Greylen.

Il savait exactement à quoi son second se référait, mais chaque jour l'approchant de sa trente-troisième année, Greylen se faisait plus réservé.

— Je te laisse en paix, proposa Gavin.

Il prit congé aussi vite qu'il était apparu.

En paix ? Avait-il connu cela ne serait-ce qu'une journée ?

Greylen songea à ce sentiment un instant. Il l'avait brièvement ressenti le jour où sa mère l'avait convoqué. Le jour où elle lui avait conté la prophétie.

Mais comment pourrait-il affronter la journée qu'il attendait depuis dix ans si... si elle n'était que néant ?

Les images disparaîtraient-elles ? Ces images qui ne naissaient que la dernière heure de sommeil agité qu'il s'octroyait.

Des images d'*elle*... qui le hantaient depuis toujours.

Non, il ne pourrait jamais les laisser partir.

Il y reviendrait toujours.

Mes livres vous attendent sur votre site de vente en ligne, chez votre libraire ou dans votre bibliothèque préférés.

JAMAIS UN ADIEU

Extrait du tome 1 de la série *des Frères Montgomery*

1774, Abersoch, Grande-Bretagne

Amanda s'avança et traversa la salle de bal, ignorant les compliments qu'on lui lançait. Elle ne regardait qu'Alexander et soutint son regard jusqu'à ce qu'elle arrive devant lui.

— Ma représentation est terminée, dit-elle fermement d'une voix douce, avec un sérieux mortel. Bonne nuit, Alexander.

Alors elle quitta la pièce.

En regardant derrière elle, elle le vit se tirer de sa stupeur. Il se retourna et s'apprêta à la suivre, Amanda se hâta. Elle l'entendait derrière elle, mais il ne l'atteignit que lorsqu'elle entra dans sa chambre. L'attrapant par le bras, il lui fit faire volte-face. Il l'étudia et secoua la tête en agrippant ses bras.

— Qui êtes-vous ? chuchota-t-il.

C'était à la fois une question et une accusation.

Prête à se réveiller de cette hallucination, Amanda décida que le moment d'être honnête était venu. Ce n'était pas comme si ceci était réel de toute façon, même si ça semblait l'être. Toutes ses lectures obsessives sur le domaine des Montgomery régnaient visiblement dans son subconscient depuis son coup à la tête.

C'était sûrement pour être *physiquement* sur le domaine qu'elle avait imaginé qu'Alexander lui avait sauvé la vie, pas une fois, mais deux. Merci à son penchant pour les hommes puissants et autoritaires d'avoir inventé cet homme. Exquis, élégant, viril. C'était peut-être aussi pour ça que le baiser qu'il lui avait donné avait paru être l'événement le plus plaisant de sa vie.

Et Callesandra. Amanda avait toujours voulu des enfants, mais elle n'avait jamais trouvé la bonne personne avec qui les avoir. Si Callesandra avait été à elle, elle l'aurait chérie. Une si gentille petite fille.

Cela lui brisa le cœur qu'ils aient tous deux été si maltraités par Rebecca, que les histoires qu'elle avait lues soient vraies.

Un instant, Amanda sentit une attirance forte pour cette vie et souhaita que tout ça soit vrai, pour qu'Alexander soit son mari et Callesandra sa jolie fille. Elle voulut le toucher une dernière fois avant que ce soit terminé et posa ses doigts sur les pans de sa veste, puis ses mains à plat, sur son torse.

— Ce soir, je suis votre femme, je suppose... et la mère de votre fille. Mais je ne vous ai jamais vu de ma vie auparavant.

Mes livres vous attendent sur votre site de vente en ligne, chez votre libraire ou dans votre bibliothèque préférés.

À PROPOS DE L'AUTEURE

Kim Sakwa est l'auteure de multiples romances best-sellers, comme *La Prophétie, Le Prix, La Parole, La Promesse, Jamais un adieu, Jamais trop tard* et *Jamais dire jamais*. Quand elle n'écrit pas, elle aime écouter les playlists qu'elle crée pour ses romans. C'est une romantique inconditionnelle, accro aux "et ils vécurent heureux et eurent beaucoup d'enfants".

AUTRES TITRES DE KIM SAKWA

Les Lairds des Highlands

La Prophétie

Le Prix

La Parole

La Promesse

Le Trophée: À paraître (date à déterminer)

Les frères Montgomery

Jamais un adieu

Jamais trop tard

Jamais dire jamais: À paraître (date à déterminer)